湖南省文艺人才扶持
"三百工程"系列丛书

裂 缝

蒲钰 著

湖南师范大学出版社

图书在版编目（CIP）数据

裂缝／蒲钰著. —长沙：湖南师范大学出版社，2016.8
ISBN 978-7-5648-2523-2

Ⅰ.①裂…　Ⅱ.①蒲…　Ⅲ.①中篇小说—小说集—中国—当代　Ⅳ.
①I247.5

中国版本图书馆CIP数据核字（2016）第142965号

裂缝　Liefeng

蒲　钰　著

◇策划组稿：李　阳
◇责任编辑：何雅静　李　阳
◇责任校对：蒋旭东　周文婷
◇出版发行：湖南师范大学出版社
　　　　　　地址／长沙市岳麓山　邮编／410081
　　　　　　电话／0731.88873071　88873070　传真／0731.88872636
　　　　　　网址／http：//press.hunnu.edu.cn
◇经销：新华书店
◇印刷：永清县晔盛亚胶印有限公司
◇开本：710mm×1000mm　1/16
◇印张：18
◇字数：320千字
◇版次：2016年8月第1版　2024年8月第2次印刷
◇书号：ISBN 978-7-5648-2523-2
◇定价：68.00元

凡购本书，如有缺页、倒页、脱页，由本社发行部调换
本社购书热线：0731.88872256　88872636
投稿热线：0731.88872256　13975805626　QQ：1349748847

目 录

贵州街 ……………………………………………（001）
猎愿 ………………………………………………（111）
龙虎镇往事 ………………………………………（195）
下放地 ……………………………………………（208）
裂缝 ………………………………………………（242）
满城找妈 …………………………………………（255）
酒窝 ………………………………………………（264）
画一朵玫瑰给你 …………………………………（269）
婚姻欠条 …………………………………………（278）
补丁 ………………………………………………（281）

贵州街

一

  民国三十五年夏天，热闹非凡的贵州街突然变得冷清了。我的孙崽张大炮骑着高头大马带着的一队人马从张家老酒馆门口经过时，齐刷刷地停了下来，我的孙崽突然翻身下马，大踏步走了进来。"公，我要走了。"见到我，他大老远就打招呼。我很惊诧，眯缝着结眵的眼睛问他，要去哪里？他说要去打仗。还要打仗？我更惊诧了。为什么还要打仗？我说这日本鬼子不是投降了吗？孙崽就笑，说，日本鬼子投降了，我们更要打仗。说着，他把一大袋子光洋往柜台上一放，说，这是弟兄们的酒钱。然后急匆匆地出去了。当我从柜台里出来，跌跌撞撞地追出去的时候，孙崽已经翻身上马走远了。

  我的孙崽这一走，贵州街就彻底变得冷清了。

  我在贵州街活了九十八个年头了。在我眼里，贵州街一直都很热闹，街道两旁，商行店铺，鳞次栉比，店铺门前摆的摊担网点连绵不断，遇到旧历四九赶集之日，街上更是人头攒动，摩肩接踵，各种叫卖声此起彼伏。而现在，贵州街变得如此冷冷清清，心里难免有些空落落的，感觉自己就像一口被掏空的麻袋皱巴巴地被扔在张家老酒馆的门口。

  我是张家老酒馆的老板，也是伙计。张家老酒馆是贵州街一块老字号招牌，在龙溪口家喻户晓，父亲张驼子把张家老酒馆托付给我的时候，跑堂的伙计就有三十九人，加上作坊里打杂工有近百口人，哪想几十年打拼下来，现在就只剩下我一个糟老头子了。

  贵州街这个名字很早就有人叫了，比父母叫我的小名张百年还要早两年，是条名副其实的百年老街。到过贵州街的人都知道，贵州街并非在贵州，而是在湖南境内。从镇远走水路去湖南要经过一个繁华的码头，这个码头就是龙溪口。沅水流域在湖南有三个大码头,龙溪口就是其中一个,另外两个是洪江和常德。龙溪口是湖南晃县的一个小镇,也是沅水上游最后一个大码头了。贵州街就在这个小镇上。用湖南人的话说,湖南的版图是个老人头,晃县就是老人的鼻子,这个鼻子深深地探到贵州那边去了,龙溪口就在鼻尖上,凡是在这里居住或者是在这里做生意讨生活的人,总能闻到来自贵州那边浓郁的烟土气息。贵州那边的烟土大都在这里转口,以至于这里许多男子的血液里都流淌着很深的烟毒。但凡是成年男子,他们屁股边挂的三大件无不与烟土有关,烟枪、火镰和烟袋,叮当作响。他们见面打招呼,也不管认识与否,总要借火烧上一锅烟,吞云吐雾闲聊一番。

贵州街之所以叫贵州街,是因为这条街被贵州省管辖了近百年。有人说它是插花地,也有人说它是飞地。其实意思也都差不多,这里是贵州的地盘,归贵州管辖。不过,飞地比插花地要生动得多。你想想,贵州的一小块地盘凭空飞到湖南来,还不偏不倚正好落到龙溪口了,多生动有趣。而插花地一说,则有人为的意思,是把贵州的一小块地盘有意识地插到湖南,插到龙溪口,就像插花栽苕一样。无论是飞地还是插花地,都不便于地方政府的治理。为了便于治理,两年前经国民政府内政部和湖南、贵州两省民政厅派员会同晃县与玉屏两县县长实地勘察,重新调整两省之间的飞地与插花地,晃县用偌大一个罗家寨换回了贵州街。

贵州街的名字因此而沿用至今。

其实贵州街是不是贵州的地盘,只有我的祖父张老酒心里最清楚。我的祖父张老酒是第一个到龙溪口谋生的生意人。那时候龙溪口还没有名字,也没有人家,还只是一片荒无人烟的滩头地。

我们老张家祖籍江西赣州。"江西填湖广"的时候,我们老张家的祖辈从江西被填到了贵州境内的一片荒蛮之地。我的祖父张老酒自幼随父亲到贵筑城里卖甜酒谋生,一次偶然的机会,祖父从甜酒中悟出了另一种酒——泡酒。泡酒是一种养生酒,凡是喝过泡酒的人,无论男女,个个都是容光焕发,精神抖擞。祖父的生意因此越做越大,越做越红火。只可惜祖父是个枕着钱袋子睡觉的命。他先后娶了五个如花似玉的嫩女人,但她们进门没几天都香消玉殒了。后来他又托人说媒,娶了贵筑镇上的马寡妇。这马寡妇人长得十分水灵,像一碗水汪汪的酒娘子,三十岁不到,就要了四个男人的命。按理说,马寡妇的命够硬了。哪想这女人嫁给祖父还不到一年时间,又在夜里一命呜呼了。马寡妇是流血不止而身亡的。据说那鲜血像山泉水一样从马寡妇下身满是杂草的泉眼里源源不断地流出来，止都止不住。血液毕竟不是山泉水，总有流尽的时候，祖父用洗脸盆接了半脸盆，马寡妇的血就流干净了。

我祖父张老酒太损女人了。什么样的闲话都有。有人说他身上长着狗的东西，狗的东西有倒钩，只有母狗才能用，女人用了会被勾魂夺魄。有人说他身上长的是马的东西，又粗又长，只有母马才能用，没有哪个女人受得了。小镇上的男人跟女人说到长就来劲了。他们说祖父张老酒的东西长得放不下了，只能用来做裤腰带，那东西要在腰杆上绕上两圈，还得扎起来。说这话的人图的是嘴巴快活，所以越说越玄乎，越传越离谱。刚开始，也没有人相信，可是夏天的时候，有个叫陈结巴的单身汉看到祖父光着屁股在花溪里洗澡，他回去结结巴巴地到处说，小镇上的人就真相信了。

有句老话叫"河边卵，没人管"。贵筑的男人大热天到花溪里洗澡都光着个屁股，从来不避人的，在人前，胆小者也就用两只手掌胡乱地捂着那地方，也不管捂得住捂不住，然后急匆匆地往水里一蹲，就什么都看不见了。那是一个晒得死牛的仲夏正午，路边的青草和树叶都没精打采地卷着白边儿，要是没有什么特别急的事儿，没人愿意到日头底下去。祖父到城里送泡酒，满头大汗地往回赶，路过花桥时见花溪水清悠悠的，便把酒桶担子扔在花桥上，把衣服裤子扒了，随手扔在酒桶的扁担上，扑通一声跳进花溪里。哪想贵筑镇上的单身佬陈结巴没米下锅了，正躲在花桥底下摸鱼捞虾抓螃蟹，他一抬眼就看到了祖父。说起陈结巴这个人，还真有点意思。陈结巴和马寡妇是邻居，就住在马寡妇的隔壁，对马寡妇有过念想，曾经在墙壁上抠过洞，偷看过马寡妇洗澡睡觉，好几次都摸到门边了，却又怕死，硬是不敢敲门。后来马寡妇嫁给祖父张老酒，陈结巴就是想敲门，也没有机会了。祖父笑呵呵地打招呼道："陈结巴，你躲在那做哪样？"

张结巴说："我……我……我……摸……摸……摸鱼哩。"陈结巴说话一向结结巴巴的。"是……是……是吗？"祖父故意捞起家伙，结结巴巴地开玩笑，"这……这……这……有条大……大……大鱼，你……你……你摸不？"

"我……我……我夹……夹……夹死你！"

陈结巴从笆篓里捞起只螃蟹，作势要扔过去，祖父却闪身游开了。

回到镇上，陈结巴见人就说："张……张……张老酒那……那……那个长……长……长得吓……吓……吓人。"刚开始大伙儿不明白他说什么，他就做了个青蛙游水的动作，然后指着屁股用手臂比划说："这……这……这么粗，这……这……这么长。"大伙就明白了，祖父的东西有手臂那么粗，游泳的时候，屁股后面还拖着一截，差不多有半根手臂那么长。

贵筑只有巴掌大的地方，只一袋烟的工夫就传遍了。那以后，祖父在女人的眼里就真成了一个怪物，只能打光棍了。贵筑城的女人虽然对祖父充满好奇，但想到要死人，也就没人再肯嫁他了。

当然，贵筑城里也有一个女人不怕死。这个女人就是我的祖母。我的祖母姓周，叫周如玉，是贵筑知县周云樵府上的千金。周云樵夫妇年轻时进京赶考在清水江遭遇劫匪，险些丧命，是姚家坪的木商老板姚百万从劫匪的手中救了他们的性命，还赠与他们进京的盘缠，周云樵考取功名回到清水江，还当了贵筑知县。后来，周云樵夫妇在一次酒宴上与姚百万夫妇相遇，当时他们的夫人都挺着个肚子，便指腹为婚。

姚百万是靠经营木材起家的，满脑子都是木材，有了儿子之后便给儿子取名姚林森，希望姚家的木材越堆越多，生意越做越大。姚林森十七岁那年，刚到周云樵府上下过聘礼，说好周如玉年过十八就抬花轿过来迎娶。哪想就在这个节骨眼上，周如玉爱上了年近半百的祖父，而且跟祖父私奔了。

在很多人的眼里，姚林森就是财富的象征。

但周如玉却不想嫁给这个连名字都全是木头的男人。

> 月亮湾，花岗岩，
> 姚家窨子成排排；
> 一渡两江上三岸，
> 金银财宝如浪来。

清水江流域至今还流传着这样的歌谣，说的就是姚林森的父亲姚百万，当年经营木材生意，富甲一方。在祖母周如玉的眼里，姚林森只是清水江边的一堆木头而已。她想跟祖父私奔去上海，就是想彻底离开这堆木头。

二

祖母周如玉与祖父张老酒是在赏花节上认识的。一年一度的赏花节在花溪河畔举行。其实赏花节赏的不是花，赏的是花一样的男女。每年阴历六月初六这天，贵筑城里城外的未婚男女都会打扮得漂漂亮亮的，他们身穿节日的盛装，去花溪河畔赏花。姑娘们撑着红红绿绿的油纸伞，捏弄着香绢绣花帕子，小伙子则头戴精致的细篾斗笠，摇着花扇子，吹着木叶，唱着山歌，互相追逐嬉闹于花溪河畔的花影树丛中。姑娘要是遇到让自己红鸾星动的小伙子，则会主动送花，也就是主动把手中捏着的香绢绣花帕子送给小伙子。小伙子要是对哪位姑娘有意思了，也会动手摘花，也就是想办法把姑娘捏在手上的香绢绣花帕子抢过来。要是遇到姑娘送花，小伙子收了，或者是小伙子摘花，姑娘不追要回去，那就两情相悦了。赏花节结束后，小伙子就可以提篮子登门向姑娘提亲，从而成就幸福美满的婚姻。那些没有把花送出去的姑娘和没有摘到花的小伙子，只能等待来年的赏花节，再觅有情人。按理说，祖母周如玉与祖父张老酒都不应该在赏花节上出现的。赏花节是贵筑未婚青年男女独有的节日。周如玉自幼便与人指腹为婚了，有了婚约之人是不能参加赏花节的。周如玉自懂事那天起，就从心里不承认这门婚事。周如玉与贴身丫环小月儿到花溪只是想散散心。年近五十的祖父在赏花节上出现，也只是到花桥的桥头摆摊卖甜酒泡酒，招揽生意而已。

赏花节那天，祖父为寻找婚姻的青年男女准备了两担刚出锅的嫩甜酒，还有两桶存放了整整一年的泡酒。花桥的桥头有个亭子，祖父一大早用板车把东西拉来了，摆在亭子边的空地上。早上凉快，也没有什么生意，祖父就蹲在亭子边抽旱烟袋，看青年男女追逐嬉戏。后来，日头一晒，生意就来了。

那些口干舌燥的青年男女像蝴蝶一样飘过来。

鲜花在握的小伙子，自然抢着为心上人买碗甜酒，他们自己也要喝一两碗泡酒相互祝贺。一些还没有摘到花，胆子还有点小的小伙子，他们想摘花，可是跟了姑娘一路还是下不了手，这时也会跑过来灌两碗泡酒，然后趁着酒兴，把想摘的花儿摘了。

周如玉与贴身丫环小月儿举了把红纸伞从亭子边经过时，一眼就看到了人群中的祖父。祖父在摊子前忙得不可开交。见那么多人抢着买东西吃，周如玉便悄声问小月儿："他这是卖的什么？"

"好像卖的甜酒和泡酒。"

"什么泡酒，很好喝吗？"周如玉没有喝过泡酒，有些好奇。

"当然好喝。"

小月儿舔了舔嘴巴，笑道："小姐，你没看到那么多人在抢着喝么？"

"不就是酒吗？有什么好喝的。"

"泡酒是酒，但又不真的是酒。"小月儿一向伶牙俐齿，但想要解释清楚什么是泡酒，还是显得有些嘴拙，"小姐，怎么跟你说呢，泡酒是甜的。"

"甜的，不就是甜酒吗？"

"是甜酒,又不是甜酒。"小月儿努力解释着,"甜酒有渣,但泡酒没渣,是没有渣的甜酒。"

周如玉想喝那没有渣的甜酒,便在摊子前排起队来。

这也许就是缘分吧。周如玉来到祖父面前时,见祖父忙得满头大汗,有些心疼祖父,便从袖子里把那张绣了鸳鸯戏水的花帕子摸出来了。参加赏花节的女子都把自己的花帕子捏在手上,等着送人,或者等着让人抢,只有周如玉的花帕子是藏在袖子里的。周如玉十七岁了,想去参加赏花节,但是父亲周云樵不让她参加。于是她跑到母亲那里软磨硬泡,说是要去花溪散散心,不带花帕子就是了。这姑娘不带花帕子就没花给人摘,母亲心肠软,经不起软磨硬泡,便搜了周如玉的身,还让小月儿跟着去。哪想周如玉鬼机灵,事先把花帕子藏在衣袖里了。周如玉从衣袖里抽出花帕子,心疼说:"老人家,擦擦汗水吧。"祖父正忙得不可开交,见有人突然递过来一张帕子,以为是熟人给的帕子,便头也不抬地接过来,抹了一把汗水,然后顺手把帕子揣到怀里了。

"你——"

小月儿想要训斥祖父,要回小姐的花帕子,但被周如玉用眼色制止了。

祖父热情地问道:"小姐,要喝点什么?"

周如玉红着脸说:"我要……来两碗没有渣的甜酒。"

祖父当即要往碗里舀甜酒,小月儿急了:"你这个人怎么这样呢!我家小姐要的不是甜酒,是没有渣的那个……"

"不好意思,小姐要的是泡酒呀。"祖父舀了两碗泡酒,递给周如玉和小月儿,笑眯眯地说道,"泡酒好,泡酒美容养颜哩。"然后接了小月儿给的酒钱,给后面的客人装甜酒去了。

"啧啧啧,没渣的甜酒就是好喝。"

回去后,周如玉对祖父的泡酒赞不绝口。小月儿听得多了,就开玩笑说:"小姐,你花都让他摘了,要是真的喜欢,就嫁给他得了。"哪想一语成谶。两个月后,姚林森到周云樵府上下聘礼,周如玉便跑去张家老酒馆找祖父,说起了结婚的事儿。

祖父发现怀里多了张花帕子,也很纳闷,以为是哪个粗心姑娘,或者小伙子打落在摊子边,自己捡到了。祖父怕失主着急,还到花桥边摆了两天摊子,也不见有人来找。后来得知花帕子是周如玉给的,祖父就有点难为情了。

私奔前,祖父与周如玉有过这样的对话:

"闺女,我张老酒一大把年纪,都可以做你爹了。"

"张老酒,我不要做你的闺女,我要做你的女人。"

"做我的女人?你知道我的过去吗?"

"知道,不就是有五六个女人死在你的怀里吗?"

"难道——你就不怕死?"

"要是怕死,我就不来找你了。"

见祖父还在犹豫,周如玉又说:"就是死在你的怀里,也比嫁给那个木脑壳强。"

祖父有点心动了,周如玉又说:"张老酒,带我走吧。"

"想去哪里?"

"上海。"

话说到这份上,祖父毫不犹豫地关了张家老酒馆,带着周如玉直奔舞阳镇而去。

从贵筑去上海,得走水路。按理说,去上海就近可以走清水江,但清水江是姚百万的地盘,他们只能舍近求远,直奔舞阳镇了。

他们摆脱官府与姚百万的追堵拦截赶到舞阳镇时,清晨仅有的一趟船已经离岸开走了。舞阳镇是贵州地界,他们担心官府的人与姚百万的人会追上来,但又苦于找不到去上海的船只,急得在镇上乱转,像热锅上的两只蚂蚁。好在舞阳码头上还有些小木排整装待发,放排走水也不论时辰,只要有水有生意,随时都可以出发。祖父当即找到放排走水经验丰富的排老大,说明来意。

排老大是个三十来岁的中年男子,长着一张包公黑脸,就挽着一条大裤头,上身裸露着,也不着衣服,一身古铜色的肌肉透露着排工特有的健壮。这个男人含着半袋土烟蹲在码头上,像是在等生意。其实小木排的价钱已经相当可观了,要是顺便捎点别的货物,排到货到,也能多赚些银两。刚开始排老大有点难为情:"老辈子,我的小木排向来只带货物,不带人。"死活不肯答应这桩生意,后来还是周如玉聪明,脑瓜子灵变,她把排老大拉扯到一边,咬着耳朵说些悄悄话,排老大也就点头答应了。

排老大之所以愿意带上他们还是存有私心和念想的。祖母给的赏钱多,这只是一方面,但不是最主要的原因,之前祖父许诺的赏钱也是等重货物的好几倍了,为了搭成这桩生意,早些离开舞阳镇,祖父甚至还放话说:"银两要是不够,还可以再添。"那架势大有你要多少我就给多少的意思,可排老大就是不动心。

最让排老大动心的，还是祖母周如玉。面对如花似玉楚楚动人的妙龄女子，是个男人都会动心，更何况祖母面对的还是整天放排走水精力旺盛的排老大呢。放排走水的人心里都很苦，他们一天到晚在浪尖上讨生活，赚的都是舍命的钱，弄不好哪天就把命都搭上了。

生意谈成了，只见排老大把食指弯在唇边，很响地打了个唿哨，有排工就把小木排从对面撑过来了，稳稳当当地停靠在岸边。排工是个二十来岁的青年人，矮个，长得有点胖，脸看上去有点圆，笑眯眯的，他裸着上身，比排老大白净多了，明眼人一眼就能看得出来，是个刚上排没多久的新手。祖父一问方知，他是排老大的弟弟，父母年前双双辞世，便跟哥哥在排上讨生活。

排老大冲祖父笑道："老辈子，看你闺女长得乖巧，嘴巴又跟放了封糖似的，实在讨人喜欢，我们兄弟俩也不加钱了，就当是缘分吧，顺路捎你们一程。"显然对方是把周如玉当成祖父的闺女了。

明明是对亡命鸳鸯，是要私奔去上海做夫妻的，现在被排老大误以为是父女了。祖父祖母也没必要解释，他们只是相视一笑，便心领神会心照不宣了，匆匆取了包袱，携手上了小木排。

小木排中央搭得有帆布棚子，是遮阳挡雨休息的地方，排头与排尾相通，相互也都看得见，棚子里除了些黑糊糊的炊具和亮晶晶的枞膏，还整齐有序地堆放着五口麻袋，麻袋装得胀鼓鼓的，也不知道装的是什么。

"二位就坐这里吧。"

排老大指着其中的一口麻袋，要他们坐到麻袋上去。

祖父也不客气，一屁股就坐在那口麻袋上，凭感觉，麻袋里装的是谷子，而且是带有芒刺的扯扯糯。这种高秆优质糯谷难脱粒，熟了得连秆扯回去，所以叫扯扯糯。扯扯糯只适合种在高山冷水田里，糯性极强，但产量低，价格不菲，是贵筑的特产。在贵筑，祖父用这种糯谷子做出来的泡酒自然是一等一的佳酿，倒进碗里，即使泡酒再满，也是不溢不漫，而且还能抽出丝来，入口即化，甜得跟蜜糖似的，一直甜到人心坎里去了。显然是有雇主花了大价钱托排老大送往湖南去。

周如玉抱着祖父的右手臂坐在麻袋上，肥美的屁股一直在麻袋上挪来挪去，很不安分的样子，弄得祖父心里也跟着痒痒的了，不由得皱起眉头来。周如玉是知县千金，平日里穿的是旗袍，那种红色的旗袍是周云樵夫妇托人从上海带回来的，衩开得有点儿高。还好逃出来时，换了一套下人的粗布衣裤，要是不换就麻烦了。麻袋有些矮了，要是穿着旗袍坐到麻袋上，洁白的腿儿岂不是全露出来了。还有，绸缎料子做的旗袍薄如蝉翼，麻袋里的糯谷子锋芒毕露，这女人的屁股肯定受不了。即便是换了粗布衣裤，周如玉还是如坐针毡。"把屁股抬起来一下。"祖父索性让周如玉把屁股抬起来，把装了衣物的包袱塞到她的屁股下面。

祖父问："舒服了吧？"

周如玉说："软软的，舒服多了。"

"二位坐稳当了。"

排老大说这话的时候，篙子在岸边上一抵，小木排就离岸了。小木排缓缓撑出了舞阳镇，人还没有追上来，祖父祖母悬着的心也就放下了。

这种小木排只二十几根木头，两个人就可以放了。兄弟二人，一个站在排头，一个站在排尾。放排主要看排头，排头负责看水路，选道，经验丰富。遇到激流险滩，只要排头过去了，排尾也就没事了，跟着过去。

出了舞阳镇，河道就有了一定坡度，水势变得汹涌起来，小木排快得跟射箭似的，一转眼就射出去老远。舞阳河激流险滩多，每每遇到激流险滩时，排老大就会在排头吼上一句："呃——！我来了——"

排尾的老二也跟着吼："呃——！我来了——"

好像他们这一吼，就把激流险滩给镇住了。

舞阳一百零八滩，滩滩都是鬼门关。一些镇不住激流险滩的排工都死在河里了，他们的尸体就会顺流而下，遇到转水塘了，这些尸体就像死猪一样在那打着转，有时运气好，只一转就转到河边去了。家人往往会到转水塘边找尸体，有的尸体找得到，有的尸体找不到，葬身河底了。排古佬，河里死，河边埋，这就是放排走水的命。排过龙王滩，隐隐听到呼救声。祖父抬眼一望，只见有挂小木排挂在河中的礁石上，首尾错位了，排头朝上，排尾朝下，根本没法前行了。小木排挂在礁石上，随时都有散架的可能。两个排工趴在排上大呼救命，但排老大对那几近绝望的呼救声充耳不闻，眼看就要撞上那挂小木排的排头了，排老大手中的竹篙在河心里不慌不忙地抵了一下，大吼一声："过——！"便险险地避开那挂小木排，与之擦身而过了。

祖父很奇怪："为什么不停下来救人呢？"

排老大说："没人救得了他们，只能等着收尸了。"

河谷越来越空旷，兄弟俩的吼声还是把越来越空旷的河谷塞得满满的。

裂缝

小木排在浪尖上奔跑的速度足以让人感到头昏脑涨了,但又不至于马上晕倒,还好棚子两边有帆布遮掩着,棚子里的人看不到奔跑的河岸,否则周如玉就真的要晕倒了。

周如玉软软地躺在祖父的怀里,像根快要煮熟了的面条。能看得出来,排老大对祖父怀里的女人是心存念想的,而且那种念想从来就没有断过,以至于若干年后,他们的内心依然纠结着。这也难怪,放排走水原本就是一个只有雄性的世界,现在这个世界里突然多了个如花似玉的妙龄女子,雄性十足的排老大想不兴奋都难。每每过了险滩,凡是能闲下来的地方,排老大都要回过头来,往棚子里望。然后扯起嗓子唱湘西人最爱唱的那种坏坏的野情歌——

十八姐儿笑眯眯,
两袋汁儿胀破衣;
一朝落在郎的手,
汁儿摸成苦瓜皮。

在湘西,男女老少都会唱野情歌。野情歌虽然野,却也情趣盎然,甚至充满了生活的哲思。听了这歌,祖父自然是开怀大笑,只羞得年轻的祖母把头埋在祖父的怀里,再也不敢抬头望排头一眼。

中午时分,排老大兄弟俩把小木排停靠在一片荒无人烟的浅滩上。是弄早饭的时辰了。舞阳河上放排走水的排工都是中午时分才弄早饭吃。他们纷纷提着小木桶上岸去打干净的山泉水,捡来干柴,烧火煮饭。祖父则搂着祖母到河滩的阴凉处歇息。一路激流险滩,周如玉早就晕头转向,分不清东西南北了。她问祖父:"这是哪里?"

祖父没来过这里,自然也就答不上来了,只能环顾四周。

这里是一个河口,一条河流有如苍龙从云雾山间奔腾而至,在舞阳河畔张开大口,吐出一大片沙滩,舞阳河一下子变得更加宽广,也更加波澜壮阔了。

祖父心里琢磨着,眼前的河流像条长龙,这里应该是龙口。河流不大,跟贵筑城里的花溪差不多,但是水势汹涌澎湃。祖父信口开河道:"这里就是龙溪口。"

三

　　距离河口百余丈远的地方有口百年老井，叫凤和井。祖父祖母刚到龙溪口的时候，凤和井只是一眼山泉水。一眼拇指大小的山泉水从爬满青苔的石头裂缝里白花花地喷涌出来，流淌成一尾碧幽幽的小溪，汇入龙溪河。这泉水来自石头里层，冬暖夏凉，四季不断，过往的山客和排工都喜欢到那里取水，或是煮饭，或是用水壶装着，带到路上喝。祖父用青石板把这股山泉水围成一口三尺见方的井。说来也巧，成井的第二天早上，周如玉提着小木桶去取水时，发现有只漂亮的鸟儿站在井边的青石板上饮水，以为是凤凰，跑回去跟祖父一说，祖父放了手中的活路跑去一看，是只金鸡。金鸡喝足水，单腿站在那，不停回头啄洗它漂亮的羽毛。

　　祖母误把金鸡当凤凰了。

　　祖父怕祖母尴尬，也就把金鸡说是凤凰了。他们还在井的下边给"凤凰"刨了一口塘，供它喝水。可是塘刨好之后，"凤凰"再也没有出现过。这口塘日后成了祖母浣纱梳洗的地方。年轻的祖母经常在那里浣纱梳洗，像传说中的凤凰。

　　后来有位书生进京赶考，路过龙溪口，到井边讨水喝，见此情景，就在井边的青石板上刻了三个大字——凤和井。

　　凤和井就这样叫开了。

　　排老大兄弟俩吃饱喝足后，把从舞阳镇放下来的两个人的小木排换成五个人的大木排，放到洪江去了。祖父祖母没有跟排老大兄弟俩的大木排去洪江。那个红霞满天的傍晚，排老大是扯着嗓子唱着那支坏坏的野情歌离开龙溪口的。大木排顺着舞阳河在前面不远处拐了个弯，也就拐出了视线，再也看不见了。

　　但歌声还在，排老大的歌声充满了男人的念想。

　　祖母知道，排老大是故意唱给她听的，想要打情骂俏一番。祖母是在官府衙门里长大的正经女子，别说不会唱野情歌，就是会唱野情歌，也开不了这个口。之后差不多四十年的光阴里，祖母都会听到这歌声。这歌声仿佛成了祖母生命中的一部分。她只要听到这歌声，就知道排老大又来了。

　　祖父当年留在龙溪口，其实也是祖母的意思。吃饭的时候，周如玉好奇地问排老大："哥哥，这是到了哪里？"

　　排老大的回答有些模糊："湖南吧，这里应该是湖南的地盘了。"听说到

·裂缝

了湖南，周如玉也就放心了。后来，见排老大和几个排工在河滩上敲敲打打，把小木排扎成大木排，周如玉又问排老大："哥哥，这里到上海还有多远？"

排老大没有去过上海，哪里知道有多远。他放排走水去得最远的地方就是洪江，到了洪江，就得换成更大的洪江排了。他在舞阳河上放排走水十几年，跟洪江排的排工打过很多次招呼，知道排上的趣事。因为是听说，所以回答也就更加模糊了。

"远着啊——"

排老大拉着腔调，像在讲故事："前边三四百里地，还有一条大河要跟舞阳河汇合，两河口就是洪江，湖南和贵州的木材到了那里，就统一换成洪江排。洪江排是大排。你们知道洪江排有多大吗？三丈六宽，十几层木头叠起来，比房屋还要高，人在排上，见排不见江。因为吃喝拉撒都在排上，很多人都在排尾上种菜，就是把河里的沙子捞到排尾上，再铺上一层河泥，点种上白菜，往往排到常德、汉口，点种的白菜就可以吃了，等到了上海，偌大的一块菜地的菜就都吃光了。"这份遥远可想而知。

前边三四百里地还有一条大河，立刻引起了周如玉与祖父的警惕。周如玉吃惊道："什么，前边三四百里地还有一条大河？"

祖父跟着问道："那条大河叫什么？"

排老大说："那条大河叫清水江，也是从贵州流下来的。"

祖父祖母彻底失望了。没想到辛辛苦苦绕了这么大一个圈子，跑到舞阳镇，还是没能绕过清水江。上海去不了了，祖父也懒得说什么了，按周如玉之前跟排老大说好的价钱给足了银两。

明明讲好要到湖南搭船去上海的，怎么刚到湖南地界就不走了？排老大很纳闷，提醒祖父说："到了洪江就有大船去上海。"

祖父说："有大船我们也不去了。"

排老大忙问："为什么？"

"不为什么。"怕祖父说漏嘴，周如玉抢着回答，"上海太远，妹妹我怕是受不了那份颠簸的罪哩。"

排老大似乎有些心疼。"这里前不着村，后不着店，可是片荒郊野地哩。"排老大提醒说，"要不再往前走五六里地，到晃州城里住……"

祖父说："我们哪也不去，就到这里了。"

周如玉跟着说："这里是块风水宝地呢，我们真的不走了。"

周如玉说的风水宝地，在排老大的眼里却是一片荒滩。排老大心想，这要真是块风水宝地，早就有人住了，也不会如此荒凉。见祖父祖母心意已决，排老大也就不好再说什么了。他说："从舞阳镇到这里也没几步路，几十竿就过来了，送客要送登头，送客没送登头，我排老大也就不收你们的钱了。"说着，他把银两放回祖父的手上。祖父一愣，想再把银两退回去，但对方死活不肯收了。

见双方争执不下，周如玉不得不在一旁圆场了。"既然这位哥哥执意要跟银子过不去，我们就不给银子得了。"回头又说，"想必这位哥哥放排走水也会经常路过这里，到时上来喝甜酒喝泡酒，我们也不收钱就是了。"

排老大连连点头："就是就是……"后来又觉得不对劲了，这地方哪来吃的，就怀疑说，"难道你们要在这里摆摊卖酒水不成？"

"是哩，我们是想在此搭棚卖些酒水讨生活，往后还望哥哥的熟人多关照才是。"周如玉冰雪聪明，顺便推销起生意来。

"要得，到时多关照就是了。"说着，排老大又想起什么来了，便试探着说道，"这么说来，你们现在是要买粮食了？"

祖父知道排老大的意思，想要推销排上的糯谷子，有点为难，他说："做甜酒泡酒是要粮食，但我们要的是糯米，而不是带着芒刺的糯谷子。"

"其实也不全是糯谷子，五口麻袋有四口麻袋是糯米，就……就一口麻袋是带着芒刺的糯谷子。"排老大摸着脑壳，讷讷地解释说。不解释还好，排老大这一解释，祖父就觉得眼前这个男子不是好人了。五口麻袋有四口麻袋是糯米，非要指着带着芒刺的那袋让他们坐，岂不是明摆着要使坏心眼，想扎周如玉的屁股。不过做生意也不分好人坏人，只要价钱比较合理，买卖双方又都接受，这生意也就做成了。

"糯米多少钱一袋？"没带量具，祖父只能论袋算了。

"老辈子，我排老大也不多要你的钱，就按洪江给的价吧，每石一千五百文钱，这一袋有两石糯米，就三吊钱，如何？"

三吊钱一袋？祖父心里默默地算了下，四袋也就十二吊钱，没比贵筑城贵多少。"那这一袋呢，怎么算？"祖父用脚踢了踢那袋糯谷子，问道。

"这个嘛——"

排老大想了想，说："谷种本来是要贵些的，但你们不是种田人，就当是卖糯米好了，算七成。"

"糯谷子哪里有七成喽。"

祖父咧嘴笑道："这糯谷子皮厚，毛得很哩，顶多打得起六成，六成顶天了。"

见祖父说话在理，排老大也不好再说什么了。

排老大说："好吧，六成就六成。"

祖父要排老大兄弟俩把那四麻袋糯米连同那一麻袋糯谷子一起搬到离泉水不远的空地上。兄弟俩搬糯米去了，周如玉悄声问祖父："相公，你买糯谷子做哪样？"祖父笑道："俗话说，好吃要留种，好吃不留种，一世穷哩。"见祖父真要留种，周如玉笑了："哪来那么多地方？"

"哪来那么多地方？"

祖父指着茫茫的滩头，充满豪情说："日后这些地方都是我张老酒家的了，子子孙孙都是。"

龙溪口地方不大，满打满算也就五六十亩滩头地，根本用不着一麻袋糯谷子。祖父自有他的打算，能用多少用多少，用不完，糯谷子也可以用来做糯米酒。

排老大兄弟俩把五口麻袋搬到指定的地方后，祖父给了排老大十四两银子。祖父对满头大汗的排老大说："搬东西很辛苦的，不用找钱了。"祖父的意思是，多的两百文钱算是辛苦费，不用找钱了。但是排老大也不是贪便宜的人，该收多少是多少，硬是把两百文钱找给了祖父。排老大笑道："搬这点东西哪要收钱喽，只是举手之劳罢了，我们放排走水的人没什么，但有的是力气。"

周如玉总觉得排老大有点坏坏的，便问了句："哥哥可是湘西人？"排老大没有说是，也没有说不是，而是用坏坏的眼神看着她。

"你说呢？"

"肯定是。"

周如玉深信排老大是湘西人了。小时候，她听父母说过，湘西男人有点坏，老是跑到贵筑城里拐姑娘，姑娘到手就跑，也不管父母了。自从认识排老大后，周如玉也觉得湘西男人有点坏坏的好。排老大人不坏，只是一袋糯谷子改变了祖父祖母对他的看法。排老大唱着野情歌走后，祖父开始在空旷的荒滩上搭建棚子。

祖父的棚子还没有搭好，天就黑了。

有月亮的夜晚也黑不到哪里去。

月是朗月了。

在天黑之前，八月十四的月亮老早就挂到对面岸边的树梢上了，圆溜溜的，金灿灿的，就像祖母年轻时梳妆打扮用的那面铜镜子，静静地挂在床头那枚长长的竹钉上。在祖母的记忆里，那夜的月亮是一生中最美的，满天的星星都暗淡无光了。在她的眼里只有月亮。月亮在祖父的额头上不停地晃动着，是那么的饱满，那么的充实，那么的愉悦，那么的充满激情，她想喊叫，却又羞于喊叫，只好拼命压着。但就要烧开了的鼎罐哪里压得住？即使压住了，鼎罐也会爆炸的。

眼看鼎罐就要爆炸了。

"娘子，想喊就喊吧。"

祖父像换了个人似的，坏坏地说着："喊吧，喊吧，我要你把月亮喊下去，把满天的星星都喊出来。"

周如玉真的喊了。

好端端的月亮就这样喊没了。

星星出来了。满天的星星在祖母年轻而愉悦的喊声里，闪烁着，晃动着，然后从祖父的额头上一颗颗撒落下来。就这样，星星成就了祖母的命运，也成就了龙溪口那些露水深重的夜晚。

四

龙溪口是块风水宝地。祖母一眼就看出来了，并非祖母知天文，懂风水，而是得缘于姚百万在清水江边的发家史。

姚百万本名叫姚系舟，祖籍江西赣州，早年举家迁到贵筑苗疆文斗河边，给文斗人摆渡并兼做小买卖。与本地杨姓女子成家后迁往上游谋生，扎棚于瑶光河口东岸。那里是乌下江与清水江的交汇处，可谓一渡两江上三岸。当时，清水江中下游林区木材贸易繁荣，乌下江和清水江上游山大林密，木材资源很丰富。清水江上游放下的木排到了那里均要停泊歇气，乌下江放下来的小排到了那里更要改扎成载量较大的清江排。瑶光河口东岸的一块小沙堆成了重要的木材码头。姚系舟夫妇开始在这块沙砾上经营甜酒、粑粑、豆腐之类的小吃，供应给在此停脚的上下木商和工人。夫妇好客诚信，凡在此歇脚者，无论商贾还是贫苦山民，他们都热情接待和提供帮助。时值汉人与苗人之间缺乏信任，互相歧视之际，加上语言不通，难以直接贸易，山客与水客之间必须有人牵线搭桥。姚系舟身为汉人，又因久居苗疆，且与苗疆女子成家，熟悉苗疆语言和风俗习惯，遂成当地贸易中介。姚系舟利用接触的人多、消息灵通的条件无偿向下游木商和本地山客提供方便，或向木商提供木材信息，或向山客指点木材销路。没多久，那里成了买卖双方汇聚之所，姚系舟则成了买卖双方不可或缺的中间联络人。下游木商远道至此，一时寻不到木材而又不习惯山里艰苦的生活，往往将银资交给姚系舟，让他代寻并收购木材。而山客砍伐并搬运到河边的木材因为短期内找不到木商收购又不愿费时看守，也把木材交给姚系舟，代找木商销售。凭借买卖双方的信任，姚系舟利用他们的资本从事木材生意。其贸易多在乌下江流域活动，下起瑶光河口，上至黎平。姚系舟沉着谨慎，贸易每每有成，家业由此日渐壮大。木材贸易发展，山林价值骤增，姚系舟大力购置山林。一旦生意有赚，即将所赚资本投入山中，收取山木两利。十几年下来，姚系舟的家业如日中天，拥资百万，成了名副其实的姚百万。

龙溪口地理位置与瑶光河口有点像。舞阳河源于瓮安尖坡，流经黄平、施秉、镇远、岑巩、玉屏等地，沿途山大林密，木材丰富，加上贵州盛产桐油与烟土，山高路远，得走水路销往洪江、常德、汉口、上海等闹市。从龙溪口往上，舞阳河的河道浅、礁石多，不能走大船大排，只能走小船小排。从舞阳河上游下来的小船小木排到了这里也要停泊歇气，或者改扎大木排，或者卸货重装。而源于贵州万山的龙溪河的两岸更是木材丰富，从龙溪河放下来的木材多是山客所伐，他们往往要在这里与木商讨价还价一番，然后咬牙把木材卖了。

从龙溪口到洪江走水路有三百六十多里地，放排过去，顺水得走五天时间，就是发大水也要走两天，回来得搭帆船，逆水行船要慢很多，得走十二三天时间。排老大把排放到洪江后，又带着他的弟弟到洪江城里逛窑子。洪江城里的窑子也分三五等，最好的窑子要数余家冲康乐门的绍兴班了，其间女子才貌俱佳，精通琴棋书画、床笫之功，专供豪商巨贾、达官贵人享乐，一掷千金。洪江城里四五十家窑子，他们一家一家地看过去，遇到满意的，要钱也不是很多，就进去鬼混了。放排走水的人都这样，因为平时赚的是要命的钱，也就懂得及时行乐了。从上排的那一刻起，他们就把自己的命运交给河流了。

排老大兄弟俩搭着帆船回到龙溪口的时候，二十几天过去了，祖父祖母的张家老酒馆已经开张十几天了。排老大远远就望见"张家老酒馆"米黄色的幌子在一根纤细的竹竿上暖暖地飘扬着。排老大就唱着那支坏坏的野情歌走进去，年轻的祖母便笑嘻嘻地迎过来。"我就知道，是两位哥哥回来了。请坐，请坐，快请坐。"边说，边拉凳子。

排老大兄弟俩也不客气,就大马金刀坐在那了。

排老大是个急性人,屁股刚挨着板凳便嚷嚷说:"本是口干,赶紧来两碗张老酒,我们兄弟俩喝了好赶路。"

两口大酒缸,一口装着泡酒,一口装着甜酒。祖母指着那两口大酒缸:"都是张老酒,哥哥想喝哪一口?"

排老大笑道:"口干得要命哩,哪样打口干哥哥要哪样。"

祖母说:"两样都打口干。"然后自作主张地笑笑,"我就知道,哥哥好的这口,既打口干,又能填饱肚子,赶起路来也有劲,走再远的路也不会脚趴腿软。"说着,就端起海碗,拿起长把柄竹瓢要去缸里舀甜酒。

"妹子——"

排老大连忙喊住她,歪着个脑壳问道:"你看哥哥是喝甜酒的人?"

祖母这才知道,排老大想喝的是泡酒。于是红了脸,把长把柄竹瓢扔回缸里,从旁边的一枚竹钉上取了只竹提子打了两海碗泡酒送过去。然后又到灶边弄了碟开心毛豆,送过去给排老大兄弟俩下酒。

没喝酒的时候,排老大急着要赶路,可是真喝起酒来,再忙的事情也都不忙了。其实爱酒的人都这副德行,喝起酒来,再忙的事儿也放到一边去了。

"你爹呢?"

酒至半酣,排老大又问了句:"妹子,怎么半天不见你爹?"

祖母知道他问的是祖父,也不解释。"他呀,到城里买东西去了,棚子刚搭起来,空荡荡的,什么东西都没有。"

"他什么时候回来?"

排老大盯着年轻的祖母,兴致勃勃地说:"张家老酒真好喝,我想跟他搞两碗。"

"应该快回来了吧。"

祖母见排老大盯着自己看,眼神有点坏坏的,她若有所思,又补了句:"他呀,一大早就出去了,应该要回来吃早饭。"

五六海碗泡酒进肚,祖父还没有回来,排老大又冲祖母坏坏地笑道:"你爹该不会是在城里有相好的,舍不得回来了吧?"

"你爹在城里才有相好的呢。"

祖母把脸一拉,远远地砸了句气话过去,不理他们了。排老大自知没趣,就跟老二猜拳行令,左一碗右一碗地拼起酒来。

兄弟俩从中午一直拼到黄昏,也不知道拼了多少碗泡酒。反正祖父从晃州城里回来时，兄弟俩早就趴在桌子上，醉得不省人事了。

五

第二个到龙溪口安家的，是个风情万种的女人。这个名叫匏瓠米粒的女人来自舞阳河上游一个苗人居住的繁华小镇，她的到来与一场大水有关。夏天的时候，舞阳河上游突然发大水，把龙溪口的沙滩都淹了，山客们堆放在沙滩上的木材也都打了水漂。大水就像疯狂的掠夺者，疯狂地掠夺着舞阳河两岸的田土、庄稼、树木和家园，大水所到之处，凡是能带走的东西都被带走了，片甲不留。祖父的张家老酒馆搭在龙溪口一处满是癞子岩的山崖上，虽说岌岌可危了，但地势比较高，加上山崖固若金汤，总算是有惊无险躲过了大水的浩劫。

舞阳河由西而来，与龙溪汇合后，没走多远，河道突然向北回旋，由于癞子岩的阻挡形成回流，成了一个天然的静水湾。湾头的地势相对要低洼一些。大水涌入湾头形成了巨大的廻水塘。从上游漂下来的东西，无论是死是活，到了这里大都会打转转，很多东西转着转着就转出去了，继续向下游漂去，转不出去的，大水一小，就留在湾头了。

那时候，龙溪口除了祖父祖母，再也没有别人了。大水来了，他们就跑去湾头捡东西。祖父拖着竹缆、举着扎钩守在岸边，凡是值钱有用的东西，统统捡上岸来。刚开始捡到的是些木材和家具，后来他们又捡到了活生生的猪和牛。

祖父说："发大财喽。"

祖母说："发大财喽。"

一头大母猪和一头大骚牯让祖父祖母欣喜若狂。

就在祖父祖母赶着那头大母猪牵着那头大骚牯，满心欢喜地往家里走时，上游又漂来一栋好大的木房子。

隐隐约约的，刚开始祖母以为是大船。

"相公，快看，大船！"

"大船，哪来的大船？"祖父定睛一看，是栋木房子，又欣喜若狂地喊起来，"木房子！好大的一栋木房子！"

"屋顶上好像还有个人呢。"

"是哩，而且是个女人哩。"

屋顶上的女人见到祖父祖母，挥舞着手臂大喊救命。

"救命啊——"

"救救我——"

祖父扔下猪牛,拿了扎钩拖着长长的竹缆转身就往湾头跑去,边跑边喊:"大妹子,莫要惊慌,我来救你。"

祖父奔跑的速度要比水中木房子的快一些。

祖父跑到湾头,那栋木房子还没有漂过来。

祖父就在岸边拖着竹缆举着扎钩,等着捡房子和女人。那栋木房子很快就漂下来了,但压根就没什么往湾头漂。祖父急了,想下水救人吧,心里又没底。这人要是救不上来,还白白地搭上了自己的性命,那就不划算了。

还好,岸边上有棵娑罗树。这棵娑罗树,没有千年,也有七八百年了。树干足足有半个房间那么大,根部有一个大洞,就像房间开着的一扇门。关于这个树洞,祖父在晃州城里听一位卖香的百岁老人提起过,说是一百多年前吴三桂举兵反叛朝廷,曾在晃州驻军多年,后来兵败逃往贵州时,路过娑罗树下,见军师陈海潮实在是跑不动了,吴三桂就用斧头在娑罗树上劈了一个大洞,让陈海潮暂时躲到树洞里。后来,吴三桂病死,陈海潮就在树洞里削发为僧了,法号五通。陈海潮圆寂后,树洞也就荒废了。现在,树洞成了过往行人躲雨,或者留宿的地方了。龙溪河上游的山客把木材放到龙溪口,有时候好几天都遇不到木商收购,树洞也就成了他们免费的客栈了,最多的时候,树洞里住着七八个人。要是遇到大冷天,他们就会在树洞里烧火御寒,树洞四周有火燎烟熏的痕迹。

娑罗树虽然老得空心了,但是枝叶仍然苍翠茂盛,离地一丈五六的地方开始有分枝,总共有三个分枝,两个相对粗壮的分枝扶摇直上,直指蓝天白云,另一个相对瘦小的分枝则向舞阳河斜斜地伸出去,最后在河面上抢得一片属于自己的天空。

祖父手中扎钩一挥,钩了一处小枝,试着扯两下,钩牢了,这才拖着竹缆飞身上树。到了分枝的地方,祖父把竹缆的一头捆在一个粗壮的分枝上,然后拖着竹缆飞快地爬上那个相对瘦小的分枝。刚到枝头,木房子就漂过来了,祖父脚下使劲一踩树干,借势跳到了屋顶上。

"大妹子,赶紧抓住竹缆爬过来。"祖父跳到屋顶上,把竹缆扔过去,要那女人抓住竹缆,顺着竹缆爬过来。可是那女人却抱着屋顶的梁木不放,哆嗦着说:"衣服,给我衣服。"

祖父这才注意到,屋顶上的女人衣不蔽体,满胸都是白花花的奶子。祖父只看了一眼，起码看到了四个奶子。祖父结过七次婚，见过七个女人，都是两个奶子，唯独屋顶上的这个女人长着两大两小四个奶子。这女人奶子多了也不是好事，怕被人看到了，误以为是妖怪。于是祖父脱了自己的衣服，扔过去给她。本来，祖父是想把女人捡上去的，后来见木房子高大，还比较完整漂亮，就把木房子连女人一起捡了。

其实捡房子也很简单，只要把竹缆捆住房子的一根中柱，房子就不再往下漂流了。这种竹缆是排工们用来拴住大木排的，非常结实，能拴住几十吨重的大木排。木房子在一根竹缆的牵引下，慢慢地往湾头转过来。

祖父悬着的心也就放下来了。

祖父开始关心屋顶上的女人。

女人已经穿好衣服，爬过来，与祖父并肩坐到屋顶上。这个女人回到祖父的衣服里，跟别的女人就没有两样了。双十年华，长发及腰，丰乳肥臀，唇红齿白，长着一双荷包眼，饱受惊吓之后，显得更加楚楚怜人了。

"哥哥，多谢搭救。"女人虽然裸着下身，但没有丝毫羞怯，"我叫鲍瓠米粒，来自鲍瓠镇，这是我的房子，日后我与房子都归哥哥了。"

木房子在湾头慢慢地转了半圈，然后有如大船靠岸一般，整栋房子猛地震动了一下，稳稳停在了娑罗树的对面。

木房子终于靠岸了。

那里是一大片荒滩。

祖母站在对面的娑罗树下大声招呼："姐姐，快些上岸去。"然后又对祖父说："相公，那里危险，带姐姐快些上岸去。"祖母是个绝顶聪明的女子，见祖父捡到一个漂亮的女人，还没上岸，就把自己女主人的身份亮给了那个女人。

临上岸前，鲍瓠米粒也不忘记悄声提醒祖父道："哥哥，刚才的事情莫跟嫂子提哩。"

祖父不解，低声说："什么事情？"

鲍瓠米粒抖抖衣服，祖父就明白了，说的是奶子。祖父点点头，算是答应了。这个漂亮的女人有四个奶子。祖父当然不会乱说，也不敢乱说。

半个月后，大水退去了。娑罗树对面的荒滩上自然也就多了一栋非常气派的吊脚楼。三层，七柱四骑的吊脚楼，内有四合天井大院。

这里就是鲍瓠米粒的家。

六

秋天的时候，祖父祖母捡回来的那头大母猪生产了。快要生产的头一天，大母猪不停地在圈里用嘴巴衔枯草，或者用鼻子拱枯叶，就是不肯过来吃猪潲。祖母以为大母猪生病了，跑去找鲍瓠米粒。鲍瓠米粒来自苗疆，懂得用草药。有一次，祖父到湾头开荒垦地，让五步蛇咬了一口，差点没命，鲍瓠米粒就地取材，扯了几根花花草草，用嘴巴嚼烂了嚼出水了，给祖父敷上，毒就解了。那以后，祖父祖母遇到伤病痛，就去找鲍瓠米粒，只要这个女人用手摸摸捏捏，再扯些花花草草，就能药到病除。

"姐姐，在家吗？"祖母站在娑罗树下喊。

"在哩。"

鲍瓠米粒正在院子里的葫芦架下拔草，听到喊声应声出来了。

鲍瓠米粒说："妹妹，我家葫芦结了，要不要摘两个回去给老酒哥哥下酒？"

刚来的时候，鲍瓠米粒在院子里种了一棵葫芦，是祖父帮忙搭的架子，现在架子上挂满了大大小小的葫芦。

"不用了，不用了。"

祖母连连说："姐姐，你快过去看看，我家那头大母猪今天不肯吃潲，是不是生病了？"

祖母说不用，但鲍瓠米粒出门时还是从架子上摘了两个嫩葫芦抱过去。祖父对葫芦情有独钟，喜欢用嫩葫芦下酒。祖母就换着花样用葫芦做菜，切成坨打汤，切成片，或者切成丝清炒，甚至切薄片晒干了，做成葫芦干菜。凡是与葫芦有关的菜，祖父都会赞不绝口。每次见鲍瓠米粒抱着嫩葫芦过来，祖父都会说："还是葫芦白嫩，好下酒。"

鲍瓠米粒就笑："哥哥，想吃就过去摘，莫让我下次再送上门来。"

祖父说好，过几天来摘。

几天过去了，十几天过去了，祖父还不过去摘葫芦，鲍瓠米粒以为祖父忙，忘记了，又会摘两个葫芦抱过来。其实，从张家老酒馆到鲍瓠米粒家，也就半袋烟的工夫，但祖父很少单独去串门。鲍瓠米粒是个姑娘家，祖父觉得一个有妻室的男人老往姑娘家跑，不太好。归根到底，还是怕祖母有想法。大水刚退去的那阵子，祖父天天过去帮鲍瓠米粒盖屋补漏，平整院子，有时候忙到半夜才回来。祖母偶尔也会有怨言："天都快亮了，还回来做哪样？"

裂缝

祖父就会解释半天,祖母就会笑,然后往祖父的怀里钻。"我跟鲍瓠米粒是好姐妹,即使你们有那事,我也不会责怪你们的。"祖母说得很轻巧,但祖父不是傻子,能听出其中的味儿来。

祖母对鲍瓠米粒是有想法的。

鲍瓠米粒把怀里的两个嫩葫芦交给祖父后,跟祖母跑到猪圈边一看,说大母猪没生病,连连恭喜起祖母来。

"恭喜妹妹!恭喜妹妹!"

"恭喜什么?"

"你家的大母猪要生了。"

"什么,你说它要生崽?"

"是的,今晚会生。"

"我家就一头母猪,还没有公猪踩过,怎么会有崽?"祖母不相信。祖父就在边上开了句玩笑:"就是有公猪踩也不一定就能生呢,有的母猪,就得反复踩……"哪想这句玩笑话却触到了祖母的痛处。祖母跟祖父到龙溪口生活整整一年时间了,男女之间的事情没少做,可是肚子就是不争气,鼓不起来。

祖母拉着两块脸,鲍瓠米粒就对祖父说:"哥哥,你就别开玩笑了,这老母猪都在做窠了,晚上肯定要生崽了,你得辛苦多担待点。"

"大妹子,你能确定今晚生?"祖父问。

"当然确定,今晚肯定生。"回头见祖母还在闷闷不乐,鲍瓠米粒又说,"妹妹,你家这头大母猪平日里都放在河滩上,也许是遇到野猪,暗地里踩的呢,肚子鼓起这么大,这次猪崽肯定不少呢。"说这话的时候,鲍瓠米粒还用手轻轻地摸了一下自己的肚子。这个动作尽管很轻,不露声色,但还是引起了祖母的警惕。这两个月,鲍瓠米粒人长胖了,肚子似乎也有点鼓起来了。

那天晚上,闪电雷鸣,下着瓢泼大雨,祖父戴着斗笠披着蓑衣守在猪圈边,守到半夜,母猪迟迟不生,就疲惫不堪地回屋睡觉了。第二天醒来,祖父隐隐约约听到了猪崽的叫唤,跑到猪圈一看。大母猪横躺在干净的窠里,一群白白胖胖的可爱至极的猪崽正在那里你夺我抢地拱着奶子。

祖父数了,不多不少,得了十二只猪崽。捡来的大母猪有十三个奶子。在贵筑的一些地方,十三个奶子的小母猪在市场上最抢手了。民间有个说法,十三个奶子的小母猪是富贵之猪,富家旺崽。

十三个奶子，十二只小猪。按理说，每只小猪都有一个奶子可喝，而且还剩下一个奶子没小猪喝。可是这些小家伙就是不安分，老是喝着嘴里的，盯着别人嘴里的，非要抢别人嘴里的奶子，好像别人嘴里的奶子更香甜些。有时候十二只小猪都去抢其中一个奶子，结果是你挤我压你抢我夺，弄得嗷嗷叫。有的小猪甚至为一个奶子大打出手，以嘴还嘴，以牙还牙，好端端的奶子让别的小猪喝去了。

没想到这些刚刚出生的小猪竟然如此贪婪。

看着这些争夺不休的小猪，祖父倚栏而笑。

其实，人类又何尝不是如此呢。很多时候，恩恩怨怨爱恨情仇，不是因为奶子不够多，也不是因为奶子不够好，而是因为人太贪婪。

"大清早的不睡觉，你到猪圈边笑什么笑？"听到祖父的笑声，祖母走过去，埋怨道。

"我在笑这些小猪。"

"小猪怎么了？"

"它们在抢奶。"

祖母跑到猪圈边一看，笑道："小猪在抢奶，关你什么事呀？"说到抢奶，祖母又有想法了。她直呼祖父名字说："张老酒，你是不是渴奶了，也想抢奶喝？"见祖母的脸色严肃极了，祖父就嘿嘿地笑道："没有哪个跟我抢吧，龙溪口就我张老酒一个男人。"这原本只是开玩笑的话，哪想祖母却当真了。

这女人一旦认真起来，就会没完没了，咄咄逼人。"张老酒，你的意思是龙溪口就你张老酒一个男人，想喝谁的奶子就喝谁的奶子，是不是？"

"不是，娘子误会了，我不是这个意思。"

"那你是什么意思？"

"我……"

祖父急了，慌不择言说："我的意思是，没有人跟我抢你的……"

"你现在有奶喝了，嫌弃我了，是不是？"

"哪来的奶？"

"哪来的奶？"见祖父故意装糊涂，祖母的怨气更大了，"那我问你，那个女人的肚子是不是你搞大的？"这回轮到祖父吃惊了。"什么，鲍瓠米粒的肚子让人搞大了？哪个野男人干的？"祖父拍着猪栏杆，跳了起来，冷不丁地，把圈里的大母猪吓得站起来，差点踩坏了猪崽。大母猪在圈里愤怒地拍着嘴巴,吼声连连。

"除了你,还会有哪个!"

祖母冷笑着,扔下一句气话就走开了。

祖父一个人愣在那里,只有摇头苦笑的份了。回头再看到匏瓠米粒时,祖父也惊奇地发现,这个苗疆女子的肚子真的被人搞大了。

七

匏瓠米粒的肚子显山露水地大起来了。祖母对祖父的怨恨也到了白热化的程度,无论祖父说什么话,做什么事情,只要稍有不对,祖母就会把匏瓠米粒的大肚子扯出来说,而且每一次都把话说得咬牙切齿。

"我就不信,这女人要是没有男人下种肚子还会自己大起来!"

刚开始,祖父也会拿自己家的大母猪来反驳。"我们家的大母猪没有公猪踩过,不是也生了一窝猪崽吗?"

可是后来觉得这个比方欠妥当。

怎么能拿大母猪来跟匏瓠米粒相提并论呢?这样未免太污辱这个女人了。

祖父也就懒得跟祖母再争论了。

每每祖母挑起这事儿,祖父要么不做声,要么就说:"人家在匏瓠镇早就有相好的了,说不定还是带过来的种呢。"后来祖母跟匏瓠米粒扯家常,这女人在匏瓠镇还真有相好的。

祖母胸中的怨气自然也就消了。

那是九月的某一天,客人走后,祖父打着赤膊在湾头挥汗如雨地整理菜园子,扯了萝卜点白菜。祖母与匏瓠米粒无事可做,就坐在娑罗树的树阴里扯家常,阳光透过枝叶的缝隙洒落下来,温暖得像一抹悠远的记忆。

匏瓠镇是个几千人的苗疆小镇。

那个小镇得名于匏瓠山,整座山就像一个倒置的葫芦搁在舞阳河畔。其实,匏瓠就是葫芦。生活在那里的人似乎跟葫芦有着千丝万缕的关系。相传远古年代天地相连,混混沌沌。人们都要弯着腰走路,要不然头就会碰着天。有人骂了句,该死的老天,你不能高一点吗?结果咒骂触怒了老天,老天下令给雷公水神,要他们施雷放水消灭无知的人类。雷公不忍心人类绝迹,见河滩上有两兄妹在嬉戏,便偷偷地送给兄妹俩两粒神奇的种子———粒葫芦种,一粒娑罗树种。葫芦种寅时下地,卯时生根发芽,辰时开花结葫芦,巳时葫芦就有一间谷仓那么大了。兄妹俩在葫芦顶部开了个盖子,然后爬到葫芦里。倾盆大雨下了九天九夜，世间一片汪洋。兄妹俩躲在大葫芦里，随着洪水漂流。洪水退落后，葫芦搁浅在泥滩上，兄妹俩便从葫芦里爬出来，见天地还是混沌一片，他们又按雷神的吩咐，把娑罗树种埋在泥滩上。这粒种子也是寅时下地，卯时生根发芽，迅速长成顶天立地的大树，把天顶离了地面。天地分开了，但是娑罗树还在拼命地生长，眼看老天就要被大树顶破了，这时一只猴子从娑罗树下经过，扯着家伙在树根上撒了一泡尿，娑罗树顿时矮了下来。欺软怕硬的老天被娑罗树顶伤后，再也不敢下来。世人都死光了。哥哥找妹妹商量，结婚繁衍后代。我们都是一母所生，结婚是违反天道的。妹妹不同意。哥哥说，若不结婚，人类将会绝种。妹妹很为难，只能看天意了。妹妹指着一副磨盘说，我拿磨心，你拿磨轴，我们把它从山上滚下去，如果磨心与磨轴合在一起，我们就能结婚，如果磨盘分开了，我们就不能结婚。兄妹俩把磨盘从山顶上滚下去，跑到山下一看，磨心和磨轴果然合拢在一起。见天意如此，妹妹也就无话可说了，与哥哥结为夫妻，繁衍后代。其实这种天合之作是哥哥做了手脚的，哥哥事先把同样的一副磨盘合在山脚了，为了繁衍后代，妹妹也就装聋作哑，没有追究了。

　　兄妹俩繁衍的后代如今遍布五湖四海，当年搁浅在舞阳河畔的那个大葫芦，业已化作了一座山。在鲍瓠镇上，天合之作的磨盘家家户户都有，葫芦成为了他们的图腾，更是随处可见。家家户户，屋前屋后都种有葫芦。葫芦已融入鲍瓠镇人的生活，成为他们生活中的一部分。他们用葫芦挖面舀水，用葫芦盛饭舀汤，用葫芦灌酒抽烟，用葫芦装药悬壶济世，甚至用葫芦做船普度众生。他们房屋的梁木上悬着一个葫芦，顶梁镇邪。他们的门楣上挂着一个葫芦，福禄聚财。

　　鲍瓠米粒的家就在葫芦口上。

　　其实在大水到来前，鲍瓠米粒就被父母锁在三楼上三天三夜了。后来，大水一直往葫芦口里灌，鲍瓠米粒的家，也就是那栋七柱四骑的吊脚楼就像船一样漂起来，吓得鲍瓠米粒爬到屋顶上大喊救命。

　　但是，鲍瓠镇没有人敢去救她。

　　鲍瓠米粒看到父亲站在岸边上，挥舞着手中的钩刀，疯了似的喊叫："这回苍天有眼，终于替我收走了这个不要脸的女人。"母亲则跪在岸边上，哭喊着求这个男人："老爷，求求你，救救米粒吧，救救我们的妹崽……"

　　"我们的妹崽？我鲍瓠长生没有这么个不要脸的妹崽。"

　　父亲一脚把母亲踢开，又挥舞着钩刀在岸边上诅咒起来："舞阳河边的恶人啊，你们要是没有见过女人，就把这个不要脸的女人捡去吧，谁捡到了，她就是谁的女人……"

就在父亲恶毒的诅咒声中，一个浪头过来，把房屋卷到了河心里。

鲍瓠米粒的父亲鲍瓠长生是鲍瓠镇上有名的水师。其实，鲍瓠长生原本是大户人家的纨绔子弟，不务正业，自幼迷恋巫傩之术，喜欢广交能人异士，到了结发之际，他就弃家离开鲍瓠镇，云游去了。

鲍瓠长生再次出现在鲍瓠镇上，已过不惑之年。

鲍瓠镇的人都惊奇地发现，鲍瓠长生去时两手空空，回来时手上就多了两样东西。他是左手拄着一截柳枝右手牵着一个年轻美貌的女子回来的。那截齐眉柳枝顶端有个丫杈，上面吊着一大一小两个葫芦，走起路来，两个葫芦相互碰撞着，空空地响。年轻美貌的女子则挺着个大肚子，就像刚从地里摘回来的鲜嫩无比的大葫芦。

鲍瓠长生拄着挂了两个葫芦的柳枝，牵着怀了七八个月身孕的女子往鲍瓠镇上一站，就又多了几分仙风道骨。

有人上前打趣道："长生，得道成仙了？"

是儿时玩伴狗屁。

鲍瓠狗屁比鲍瓠长生也就年长两三岁，但看起来老得不成样子了，一张老脸皱巴巴的，就像鲍瓠镇女人用来刷锅子多年的丝瓜瓤。鲍瓠长生笑道："原来是狗屁大哥，真是岁月催人老，都快不认得了。"然后又摇头晃脑叹息说："我这凡夫俗子，既得不了道也成不了仙，只能悬壶济世，治病救人了。"

"悬壶济世，治病救人？"

鲍瓠狗屁的眼睛一亮说："你是郎中，都治些什么病？"

鲍瓠长生空空地摇了两下柳枝上的葫芦："我这两个宝物呀，包治百病。"

"那你能接骨头不？"

"哪个的骨头断了？"

"你嫂子的。"

鲍瓠狗屁的女人十年前到鲍瓠山上砍竹子搭瓜架子，从一处悬崖上摔下去，双腿粉碎性骨折，鲍瓠狗屁找了个江湖郎中"赛华佗"来医治，哪想"赛华佗"是个骗子，那些碎骨还没有完全复位就用杉木板子夹起来了，还在伤口上敷了一把大蒜汁儿，说三五天就可以拆板子了。一个星期后，鲍瓠狗屁拆开板子一看，外面的伤口早就痊愈了，可是里边的骨头还是散的，人根本站不起来。回头想找"赛华佗"理论，但"赛华佗"拿了银子早就溜走了。十年来，鲍瓠狗屁四处求医问药，也没能治好自己女人的腿病。

鲍瓠长生跟着鲍瓠狗屁来到一个充满尿臊味的房间里。鲍瓠狗屁的女人仰躺在床上，嘴里哼哼叽叽的，比想象中的还要漂亮很多。鲍瓠长生把柳枝靠放在床边上，抽出手来在这个女人的双腿上摸捏了几下，脸色凝重起来。

"长生，你嫂子的腿还有得治吗？"鲍瓠狗屁在旁边不安地问道。鲍瓠长生不说能治，也不说不能治，而是吩咐鲍瓠狗屁："去河边砍两根拇指大的柳枝回来。"

柳枝砍回来了，鲍瓠长生又说："去把铁锤子拿过来。"

鲍瓠长生不解释，鲍瓠狗屁也不问。

铁锤子拿来了，鲍瓠长生拿起铁锤子在鲍瓠狗屁女人的双腿上狠狠地敲了两下，碎过的骨头又碎了，只听一声撕心裂肺的惨叫，女人就昏死过去了。

"长生，你这是干什么？"

"昏死的女人不怕痛，也不知道痛。"

鲍瓠长生以最快的速度把两处碎骨捏了一遍，然后把那个大葫芦从柳枝上取下来，拔去栓子，眼睛半闭着，嘴里念念有词，也不知道念叨些什么。然后含了一大口大葫芦里的东西，猛地向女人的伤腿喷去，"噗"的一声，房间里顿时弥漫着一股陈年老酒的醇香味。原来那口大葫芦里装的是酒水。

鲍瓠长生把柳枝断成六截，然后把伤腿夹起来，捆绑好了，这才笑呵呵地说道："狗屁大哥，嫂子没事了。三五天后，准能下地做活路了。"鲍瓠长生从头到尾都没有动过那个小葫芦，也不知道他小葫芦里到底卖的什么药。反正五天后，这个在床上躺了十年的女人又能下地做活路了。鲍瓠长生在鲍瓠镇名声大振，很快就赢得了"鲍瓠神医"的美称。

鲍瓠长生的医术都是鲍瓠米粒的外公益西葫芦传授的。鲍瓠长生在大西南云游的途中邂逅鲍瓠米粒的母亲益西姆娜，并与之相爱了。益西葫芦是滇国神医，怕女儿跟了鲍瓠长生会饿肚子，把祖传秘制药葫芦倾囊相授了。益西葫芦喜欢过那种闲云野鹤般的生活，他把女儿托付给鲍瓠长生后，自己云游四海去了。

鲍瓠长生则带着益西姆娜回到了鲍瓠镇。用鲍瓠长生的话说，就是益西姆娜的肚子大了，得把孩子生到家里。人生的幸福莫过于生在家里，死在路上。

再说鲍瓠长生老来得女，取名鲍瓠米粒。

用鲍瓠长生的话说，就是人生在世，吃穿二字，没有什么比米粒更珍贵的了。鲍瓠米粒满月的那天，鲍瓠长生的药铺"长生堂"在鲍瓠镇挂牌开张，乡邻纷纷前来道贺，镇远知府大人蒲朝满亲临现场揭牌剪彩，还赠以一副"鲍瓠神医，悬壶济世"的牌匾，悬于药铺中堂。

八

长生堂新来的伙计叫张大生，是鲍瓠长生从外面捡回来的。两年前鲍瓠长生到镇远给知府大人蒲朝满的三姨太看病回来，见张大生病倒在官道上，就把他捡到马车上，拉回来了。张大生原本是个卖狗皮膏药混饭吃的江湖人，善于察言观色，揣度人心，能说会道，很快就讨得鲍瓠长生的欢心，病好后便留在长生堂当伙计。

张大生年龄与鲍瓠米粒相仿，也是二十来岁，瘦高瘦高的，整天像根竹竿似的支在药铺里。鲍瓠米粒在药铺里进进出出，每次进门，他都要毕恭毕敬地打招呼："小姐，您来了。"每次出门，也都会毕恭毕敬地说一声："小姐，您走好。"声音很柔和，贴着心窝，说得鲍瓠米粒心里十分舒坦。

鲍瓠长生与益西姆娜叫他小生子，刚开始鲍瓠米粒也这样叫，可是后来觉得这样叫很别扭，因为鲍瓠镇的人"生"与"孙"从来不分，"小生子"也就成了"小孙子"，再这样叫下去会把自己叫老了，于是改口了。

鲍瓠米粒说："'小孙子'实在太难听了，我还是叫你'竹竿子'吧，你本来就像根竹竿子。"

张大生也不生气，满脸堆笑说："只要小姐喜欢，叫我什么都行。"

那以后，鲍瓠米粒进进出出都叫张大生竹竿子。

这外号叫得多了，人就亲切了。

要是药铺里没人，张大生也会开些无关痛痒的玩笑。有时候鲍瓠米粒生气了，也会冲着他劈头盖脸一顿乱骂："死竹竿子，烂竹竿子，没人要的竹竿子。"等她骂够了，张大生就会哈哈大笑，话里有话地说："竹竿子好着呢，竹竿子可以用来搭葫芦架子哩。米粒小姐，您这朵洁白无瑕的葫芦花呀，早晚都会爬到我这根死竹竿子上来，早晚会变成一个人见人爱的大葫芦。"

鲍瓠米粒听得舒坦了，那点气自然也就消了。

两个年轻人在院子里吵吵闹闹的，时间长了，就会像挂在院子里的那些葫芦种子，只要落地，就会生出满院子的藤藤蔓蔓来。两年下来，鲍瓠米粒就真的变成了葫芦。她把命运交给了竹竿子。

张大生是一个十分有趣的男人。

这个男人要是想摸女人的手了，就会对女人说："把手给我，给你看看手相。"相信命运渴望幸福的女人就会把自己的手伸过去，任他捏看。

鲍瓠米粒就是这样把手交给这个男人的。那是一个夏日午后，蝉虫聒噪，阳光静好，鲍瓠长生到舞阳镇给人治病去了，药铺里一个客人都没有。鲍瓠米粒与张大生隔着一张红榉木做的柜台面对面站着，也不说话。他们吵吵闹闹一上午，也许是吵闹累了，也许是满肚子的话倒完了，想静下来听蝉虫在一根葫芦藤上弹奏些什么，结果听到的却是彼此的心跳声。后来张大生说："小姐，把手给我，给您看看手相。"鲍瓠米粒想都没想，就把手递过去了，他捉住她的手，比划着看了半天却说："小姐，手给错了，男左女右，麻烦您把右手给我。"鲍瓠米粒就把左手从他的手心里抽回来，又把右手给他。这个有趣的男人只一句话，就把她的两只手都给摸了。

张大生用给客人抓药的手指在鲍瓠米粒的手心里顺着一条掌纹轻轻地划了一道弧线，慢悠悠地说道："小姐，您的婚姻线很长，很幸福，会有很多孩子。"

鲍瓠米粒问："孩子在哪？怎么看？"

张大生左手握拳说："您把右手握成拳头，就能看到您未来的孩子。对对对，就是这样子，把手心翻过来，就这样握着，看小手指下边的手掌，有多少道褶皱，就有多少个孩子。"

鲍瓠米粒便握着拳头细数起来："一、二、三、四、五、六、七、八、九！九道褶皱，是九道褶皱！将来我会有九个孩子！"数着数着，她就兴奋地叫了起来。"九个，这孩子会不会太多了？"兴奋之后，鲍瓠米粒又有点担心了。

张大生捋着无须的下巴，作先生状说："多乎哉，不多也。古人有云，九子十登科，个个都是状元郎。"

"竹竿子，把拳头给我。"鲍瓠米粒命令道。

张大生知道鲍瓠米粒想干什么，就把左手拳头握紧了，然后扬到半空中让她看。鲍瓠米粒伸着脖子仰着头，胸脯挺得老高，还是看不清上面有多少道褶皱，就想把他的手扳下来，哪想用劲过猛，拳头砸在了胸脯上。张大生想抽手，但鲍瓠米粒哪肯放过他，硬是在胸脯上把他的拳头翻过来，把上面的褶皱数清楚了。

·裂缝

太不可思议了。

张大生也有九道褶皱。

这，也许就是缘分吧。

想到缘分，鲍瓠米粒脸一红，赶紧松手，一句话不说就跑回家里去了。

两天后，鲍瓠长生从舞阳镇回来，到院子里的葫芦架下一看，发现架上的大葫芦少了一个，心中暗自高兴——十有八九是妹崽有了意中人。自从鲍瓠米粒十四岁那年来了花信后，做父母的就暗暗留意院子里的那些大葫芦了。

后来一问，还真是鲍瓠米粒摘来送给男人了。

鲍瓠镇的姑娘要是喜欢上哪个男人了，就会把自家院子里的葫芦摘去送给这个男人，表明自己愿意为他生很多孩子。就是拜堂成亲送入洞房后，夫妻双方还要喝合卺酒，也就是各以一系红绳之半瓢交杯对饮，然后合二半瓢为一体，用红绳系牢，再挂在床头上，表示日后婚姻生活和谐美满，幸福吉祥。

"妹崽，你把葫芦给谁了？"

刚开始，鲍瓠米粒不肯把那个男人说出来，后来母亲就摸到她的房间里去问，鲍瓠米粒还是不想说。母亲就说："妹崽，说出来，日后你爹也好给你办婚事呀。"鲍瓠米粒就说了。

"娘，女儿把那个葫芦送给竹竿子了。"

"糊涂，真是糊涂！你怎么可以把葫芦送给店里的伙计呢。"

得知鲍瓠米粒把葫芦送给了张大生，鲍瓠长生暴跳如雷。"就是鲍瓠镇的男人都死绝了，你也不能把葫芦送给一个下人。"这也难怪鲍瓠长生要生气，婚姻嫁娶讲的是门当户对，鲍瓠长生是鲍瓠镇的神医，而且还是镇远知府蒲朝满的座上客，如果把女儿许配给一个伙计，日后脸面何存？鲍瓠长生恶狠狠地对益西姆娜说："把妹崽看好了，要她待在家里哪也不许去，否则老子打断她的腿！"

人哪里看得住人？鲍瓠米粒趁母亲不注意，又偷偷地溜出去与张大生约会去了。几次下来他们就出事了。那是个闷热的下午，鲍瓠米粒与张大生第一次躲在鲍瓠山的山洞里做生孩子的事情，哪想被前来躲雨的父亲撞到了。鲍瓠长生在山上挖草药，突然下起了大雨，就跑到山洞里去躲雨。刚开始，鲍瓠长生还以为是遇到镇上的野鸳鸯了，怕打扰他们的好事，正想退出去，哪想那男人越干越起劲，最后还咬牙切齿地骂起人来了。"臭长生，死长生，看你不让我们两个好……"那男人每骂一句，就狠狠地捣一下，那女人就会

"啊"地喊叫起来,就像邻家的鸡进了菜地,心疼地喊叫着。

"原来是你们两个畜生!"

怒不可遏的鲍瓠长生一钩刀背砸过去,就砸断了张大生的一条左腿。鲍瓠长生想再一钩刀结果张大生的性命时,却被鲍瓠米粒扑过来一把抱住了。张大生趁机拖着断腿逃出山洞,滚下山崖去了。

鲍瓠米粒则被鲍瓠长生拖回家中,关在三楼的谷仓里,还抽了楼梯。

张大生从山崖上滚下去,摔死了。

晚上,母亲偷偷给鲍瓠米粒送饭,同时送来噩耗,张大生的尸体是在山崖下找到的,被鲍瓠长生扔到河里喂鱼去了。

鲍瓠米粒总觉得是自己跟张大生在山洞里做那事得罪了天地。那场大雨下了三天三夜,还没停,舞阳河就发大水了。

好端端的鲍瓠镇,就这样给大水淹了。

九

张大生的事情,明明是鲍瓠米粒亲口说的。

可是后来祖父问起这事时,鲍瓠米粒就笑,而且是笑得花枝乱颤:"什么张大生?哪来的张大生?我只是编了个寡门子骗你家娘子的,哪想她就真的相信了。"

祖父心里就犯糊涂了。

祖父问:"那你肚子里的孩子谁的?"

鲍瓠米粒说:"还能有谁的?"

说完,这个女人就咯咯地笑,祖父就更加犯糊涂了。

祖父说:"这孩子难道真是我的不成?"

鲍瓠米粒没有说是,也没有说不是,而是要他好生想想那天晚上的事情。

祖父就隐隐约约地想起来了。

那是鲍瓠米粒刚到龙溪口的时候,房子修补好了,院子也平整好了。鲍瓠米粒搬进去住的那个晚上,没有月亮,天很黑,伸手不见五指,娑罗树上时不时有猫头鹰阴森森的笑声跌落下来,让人毛骨悚然。

祖父要回家了,好几次点燃火把都让鲍瓠米粒抢了过去。"哥哥,再陪人家坐一会儿嘛。"鲍瓠米粒苦苦哀求说,"你走了,我一个人在这里会害怕的。"

"你怕什么?"

裂缝

"怕鬼。"

见鲍瓠米粒可怜兮兮的，祖父也不忍心离去了，就说："大妹子，那我就陪你坐一会儿，鸡叫了再走。"

刚到龙溪口的时候，祖父怕祖母寂寞，就到晃州城里买了六只小鸡回来让她喂养，这六只小鸡有五只是母的，就一只是公的。鲍瓠米粒被大水冲到龙溪口的那天晚上，那只小公鸡刚刚学会打鸣，小公鸡只要叫上三遍，龙溪口的天就亮了。

无论是神仙还是鬼怪，都见不得阳光，害怕鸡叫，只要公鸡一叫，他们就逃之夭夭了。

见祖父答应留下来了，鲍瓠米粒又说："离鸡叫还有两个时辰，我弄点下酒的东西，咱们边喝边聊吧。"然后炒了一碟开心毛豆，又从房间取来一壶泡酒，陪祖父慢慢地喝起来。

这壶泡酒是祖父送给鲍瓠米粒的。两天前，祖父给鲍瓠米粒平整堂屋的时候，见堂屋的板壁上挂着个光溜溜的酒葫芦，就用这个酒葫芦回家打了两斤泡酒送给鲍瓠米粒。

祖父说："我这泡酒养颜，女人喝了会更漂亮。"

鲍瓠米粒舍不得喝，就挂到自己的房间里，现在正好派上用场了。

说来也怪，祖父平日少说也有三五斤酒量，而且喝的是度数极高的烧酒，像这种泡酒，就是喝七八斤都不成问题，无非是多撒几泡尿。那天晚上祖父也就喝了半斤泡酒，就醉得不省人事了。醒来时一摸，竟然摸到了四个奶子，这才知道，怀中的女人不是祖母，自己光胴胴地睡在鲍瓠米粒的床上。

祖父黑灯瞎火地摸到衣服，慌慌张张地要出门，鲍瓠米粒也醒了。

鲍瓠米粒说："哥哥，你这是要去哪里？"

祖父说："还能去哪里，当然是要回家……"

鲍瓠米粒就笑："都什么时辰了，还回家，妹妹还不把你剐来吃了。"

"唉——"祖父叹了口气，说，"大妹子，这如何是好啊？"

鲍瓠米粒出主意说："你也别忙着回去了，就到树洞里睡一觉，妹妹要是问起来，你就说昨晚泡酒喝多了，醉在树洞里，回不去了。"

"这主意不错。"

祖父也不回家，果真钻到树洞里睡觉去了。

刚睡下，天就麻麻亮了。

祖母就急匆匆地找来了。

祖母先是站到娑罗树旁边喊："姐姐！姐姐！"喊了两声，没听见应，祖母又加大嗓门喊了句："姐姐，醒了没有？"屋里便有了应答。

"唉——是妹妹呀。"

鲍瓠米粒迷迷糊糊的声音："这么早，你喊我做哪样？"

"姐姐，我家相公昨天晚上没回家哩，他是不是在你这里过夜？"

"妹妹，你家相公怎么会在我这里过夜呢？"鲍瓠米粒似乎有点生气了，"我一个女人家，难道还把他藏到裤裆里不成？"

"不是，不是，他昨晚给姐姐送东西过来，到现在还没见人，急死人了。"

"他昨晚是来过。"鲍瓠米粒在屋里哈欠连连地解释说，"他到我这里喝了些酒就走了，我想留都留不住他呢。"接着又说，"你家相公酒有些喝多了，非要回去，他还说妹妹一个人在家会害怕，我也就不好留他了。"

"他怕是醉在姐姐屋头了吧。"

"我屋头真的没人，妹妹要是不放心，就自己过来看看。"

祖母不放心，还是过去看了。楼上楼下，里里外外，所有的房间祖母都看过了，甚至连当头的茅厕都没放过，还是没有找到祖父。

祖母像是自言自语，又像是在问鲍瓠米粒："他能去哪里呢？"

鲍瓠米粒笑道："我哪知道，他会不会是摸黑进城里找女人鬼混去了。"

祖母直摇头说："不会不会，我相公一向老实本分着呢。再说，我出来的时候，看见蓬蓬船还捆在岸边上。"

祖母满腹心事地往回走，经过娑罗树边时，突然听到鼾声，这才停在树洞边张望，见是祖父睡在树洞里，就骂了句："挨刀砍的，你怎么睡到树洞里去了呢？"那鼾声是祖父故意打给祖母听的。祖母连连叫了好几声，祖父才装模作样地醒过来，说："我怎么就睡到树洞里了呢？"然后就想起来了，拍着大腿说："昨晚我到大妹子家多喝了两杯，刚到这里酒气就上来了，见开着门，还以为是到家了呢，摸进来就躺下了。"

"既然是喝醉了，你怎么不住在姐姐家呢？"

"要是我住在那，娘子会放心吗？"

"怎么不放心？相公睡在树洞里，我才不放心呢。"

"好好好，下次要是喝醉了，我就睡大妹子那里。"

"你还敢喝酒呀？"

"不敢，不敢，再也不敢喝酒了。"

祖父祖母一路吵吵闹闹，回家了。

后来有好几次祖母还埋怨饱瓠米粒没有把祖父留在家里住。但每一次，饱瓠米粒都是满脸迷情地说："妹妹，这么好的男人，我也想留他住一晚哩，只是留不住。"

祖父总觉得这酒醉得有些蹊跷，他没少问饱瓠米粒。祖父说："大妹子，那天晚上你是不是在酒里动手脚了？"饱瓠米粒总是春风得意地笑笑："哥哥，我还没问你哩，你倒是装糊涂问起我来了，那天晚上可是你对我动的手脚……"

饱瓠米粒这么一说，祖父就不敢往下再问了，生怕再问会问出丢人现眼的事情来。那以后，祖父虽然也经常去饱瓠米粒家帮忙，但每一次都是忙完事情就走，再也不肯吃这个女人做的任何东西了。

饱瓠米粒的肚子一天比一天大。

有时候看着这个女人的大肚子，祖父也会想，这个奇怪的女人会不会一下子生出三四个孩子来。

十

饱瓠米粒的儿子张巨雷来到人世与一声巨雷有关。

龙溪口的迎春花已经开过了，夏天即将到来。那天阳光很明媚，整个上午祖父都在湾头犁地耙田，中午回家吃饭的时候，祖父看到火铺上的铁圈三脚架突然变黑了，就跟祖母说："娘子，铁圈三脚架这么黑，这回怕是要变天了。"祖父经常通过铁圈三脚架颜色的变化来观测天气的变化，铁圈三脚架的表面保持灰白色，说明未来几天的天气晴好，要是铁圈三脚架表面突然变黑了，意味着暴雨将至。

每年夏天舞阳河都要发一次大水。

祖父担心即将到来的大水会把饱瓠米粒的房屋冲走了，他扔了饭碗就拖着长长的竹缆提着大铁扒环与斧头叮叮当当地去了湾头。

祖父打算在娑罗树上钉一枚大铁扒环，把房屋系在扒环上。这种大铁扒环是排工们扎排用的，木头首尾都得钉一枚大铁扒环，然后用木条或者是竹缆，把那些木头一根根扎起来，木排就结实了。

祖父要在娑罗树上钉大铁扒环了。

饱瓠米粒站在对面的二楼上观望。

祖父找准位置，先是用斧头在大铁扒环上轻轻地敲了敲，稳妥了，再在大铁扒环上狠狠地敲了一斧头。说来也奇怪，祖父这一斧头敲下去，只听见"叮"的一声，鲍瓠米粒就在对面的二楼上喊起疼来："哥哥——疼死我了。"仿佛那枚大铁扒环不是嵌进娑罗树里，而是嵌进鲍瓠米粒的肚子里了。

鲍瓠米粒半搂着大肚子，想要进屋去。但门槛有点儿高，鲍瓠米粒半搂着大肚子就像是在拼命地搬一口笨重的水缸，好不容易才把水缸搬进屋里去。

祖父听到喊叫，也不马上跑过去，而是扔了斧头往家里跑。祖母正在火铺边收拾碗筷，祖父就大声喊祖母："娘子，大妹子怕是要生了，快去看看！"

祖母说："人家喊的是你哩，又不是我。"

祖母也听到鲍瓠米粒的喊叫声了。祖母是刀子嘴，豆腐心，嘴巴里虽然说得不情不愿的，但人已经跑着出门了。

祖母一口气跑到鲍瓠米粒家的楼脚，只停下来喘了半口气，又跑上楼进屋去了。很快又跑了出来，冲祖父喊道："相公，姐姐是要生了，要你快去烧壶开水。"大铁扒环已经嵌进娑罗树里了，祖父捡起斧头，正想再补几斧头的。听到祖母喊了，他就又扔了斧头跑去灶房头烧开水了。

水烧好了，但孩子迟迟不肯出来。

鲍瓠米粒撕心裂肺的喊叫声越来越大，整栋房子差不多都要被她的喊叫声抬起来了。

女人生孩子，男人也不能看。

祖父就在二楼的堂屋头来来回回地走动，不停地搓着手板心。

手板心搓红了，搓肿了，搓得都出汗了。

祖父就捏着一把汗，在心里默默地祈祷："老天爷保佑，母子平安，母子平安……"

鲍瓠米粒还在房间里铆足力气喊叫着："哥哥，出来啊，再不出来，我就死了。"听这叫声，女人好像不是在生孩子，倒像是在把祖父又生了一回似的。祖母听得着急了，就不停地打气说："姐姐，用力些，再出力些，再用力些他就出来了。"无论鲍瓠米粒再怎么用力，孩子就是不肯冒头。

孩子快冒头的时候，又给堵住了。

这一堵又是大半天，堵得鲍瓠米粒都快没气了。鲍瓠米粒的喊叫声越来越弱，越来越弱……后来祖父把耳朵贴到门板上都难听到声音了，他就在门外焦急地问祖母："娘子，娘子，大妹子现在怎么样了？"

祖母说："怕是不行了。"

· 裂缝

听说饱瓠米粒不行了,祖父就推门进去了。人命关天,什么产妇产房禁忌,祖父管不了这么多了。当着祖母的面,祖父也不避嫌了,他勾起脑壳往饱瓠米粒那里一看,那里黑乎乎的,是孩子的头发。

门太窄了,孩子出不来。

祖父宽慰饱瓠米粒:"大妹子,你忍着点,千万别急,等我去拿把剪刀过来。"就在祖父转身要去拿剪刀,准备剪开窄门放孩子出来时,突然一道闪电划过,轰隆一声巨响,就像有人把炸雷扔在窗子外面,突然炸开了。

晴天霹雳。

大地一震,屋顶颤动。

门窗簌簌发抖。

饱瓠米粒一惊,孩子便破门而出了。

"啪"的一声,孩子掉进了床脚的盆里。

祖父转身捞起来一看,是个男婴呢。祖父在男婴的屁股上轻轻地拍了一巴掌,龙溪口就有了孩子响亮的哭啼声。

孩子出生了,要用父亲的旧衣服包起来,但孩子没有父亲,也不知道父亲是谁。祖父就把自己的衣服脱下来,把孩子包裹好了,送到饱瓠米粒的身边。祖父笑嘻嘻地问饱瓠米粒:"还有孩子没有?"

饱瓠米粒则报以虚弱的笑笑:"哥哥,你以为我是你家那头大母猪哇。"

祖父这才注意到,饱瓠米粒的大肚子不见了,就像一只卸了货的小船,轻飘飘地,湿漉漉地停靠在一处风平浪静的港口码头上。

豆大的雨点就是在那一刻撒下来的。

豆大的雨点先是远远地撒在娑罗树的树叶上,然后撒在屋顶上,噼里啪啦地响。

祖父这才想起有件事情还没有做完,说了句:"好好歇着,我去去就来。"他转身出门,到楼脚的一口木箱子上摸了件蓑衣,披上,又顺手从柱子的竹钉上取了个斗笠,戴上,脑壳一低,顶着风钻进了漫天的大雨之中。

胞衣下来了。祖母把孩子的胞衣捡了,用一个小小的旧竹篮子装着挂到屋檐下面。凡是屋檐水滴到的地方,就是孩子的胞衣地了。

祖母站在三楼的走廊上张望,满世界都是风雨声。

那时候,天黑得有些吓人了。

伸手不见五指,祖父就蹲在娑罗树下摸斧头。摸了半天,斧头还是没有摸到。后来闪电又闪了一下,祖父就找到斧头了。闪电中,祖母看见祖父在婆罗树下挥动着斧头,狠狠地敲着那枚大铁扒环,直到大铁扒环的铁钉部分完全嵌入树干里。大铁扒环就这样挂在树干上,像是婆罗树的一枚耳环了。那夜,祖父是用一条差不多有祖母手臂大小的长长的竹缆把鲍瓠米粒家的房子的一根中柱捆牢了,拉扯着系在婆罗树的这枚耳环上。

祖父的这一举动是明智的。

这场大雨整整下了十天十夜,龙溪口的很多东西都随大水漂走了,祖父祖母苦心经营的张家老酒馆和鲍瓠米粒的房子还留在原地。鲍瓠米粒的房子泡在水中,也不散架。这栋七柱四骑的吊脚楼被一根竹缆系在婆罗树上了,就像岸边系着的一艘大船。

大水退却后,鲍瓠米粒的孩子就有了一个响亮的名字,叫张巨雷。后来,鲍瓠米粒又让张巨雷认祖父做干爹,认祖母做干娘。因为祖父也姓张,往来龙溪口的人听到张巨雷喊爹喊娘,就真以为张巨雷是祖父跟鲍瓠米粒的儿子了。

十一

民间有秋老虎的说法,立秋那天要是没有落雨,立秋后的二十四天里,天天都是秋老虎,也就是说日头厉害,能晒得死老虎。其实祖父与鲍瓠米粒再次扯上关系,也是因为秋老虎。那是立秋后的一个下午,骄阳似火,祖父在湾头的一丘大田里把牛犁田。祖父刚从大田中间破开半路口子,鲍瓠米粒就挎着一个细竹篮扭着两块肥屁股到大田老坎的地里刨苕棒,嘴里哼着歌:

> 妹妹湾头一丘田,
> 一荒又是三五年,
> 田头年年长细草,
> 年年盼哥来把牛,
> 盼了一秋又一秋。

> 妹妹湾头一丘田,
> 哥半边来妹半边,
> 哥的半边种甘蔗,
> 妹的半边种黄连,
> 一半苦来一半甜。

·裂缝·

　　祖父犁着田，偶尔也从歌声里听到了女人的幽怨，就没话找话地问了一句："大妹子，你在地里忙哪样？"

　　鲍瓠米粒也就停止了哼唱，笑嘻嘻地说："我呀，在刨苕棒哩。"

　　听说鲍瓠米粒在刨苕棒，祖父"娃——"地把牛停住了。"大妹子，这苕刚栽没几天，你就饿了想吃苕棒了。"祖父立在田心里哈哈大笑。

　　鲍瓠米粒说："看把你开心得，像个孩子似的。"

　　然后眯着眼睛解释："哥哥，不是我饿了想吃苕棒哩，是你儿子张巨雷饿了想吃苕棒。"

　　祖父"哦"了一声，奇怪说："那他自己又不过来刨？"

　　鲍瓠米粒说："他呀，又到他干娘那读书认字去了。"

　　听说张巨雷又到家里去了，祖父就吆喝着继续犁田。

　　张巨雷四五岁了，整天待在张家老酒馆里，只要祖母有空，就跟祖母学认字。这孩子聪明伶俐，好学，嘴巴又甜，祖母倒也乐意教他。

　　秋老虎实在是太毒了。祖父半边田还没有犁好，就被日头晒得口干舌燥，想喝水了，他对鲍瓠米粒说："大妹子，帮我看会儿牛，昨晚上排老大兄弟俩从洪江放排回来，硬是扯着我喝了半晚上酒，现在还口干得厉害，我回家喝口水，就回来。"

　　"娃——"

　　那牛也老实本分，祖父只"娃——"的一声，它就立在田里，一动不动了。

　　苕棒还没有壮起来，鲍瓠米粒刨了两蔸，只得一红两白三颗拇指般大的苕棒，也懒得再刨了，就蹲在地里看祖父犁田。

　　湾头的田土肥厚，犁头装得很深，看着黑乎乎的田土大坯大坯地翻滚起来，这个女人的脸色就渐渐地红润了，也不知道她心里在想什么。

　　这丘大田种的是高秆糯谷，刚打完谷没几天。稻草干了，按理说要堆到树上去，张家老酒馆的事情多，祖父一个人忙不过来，就把稻草码着堆在田埂边上了。鲍瓠米粒见祖父突然上田埂要回家喝水了，她就从苕地里站起身来了。"哥哥，几好的稻草哩，你能不能帮我带一捆稻草回去？"

　　"你要稻草做哪样？屋头又不养得有牲口……"

　　"不是哩，是我家床上的稻草铺得有些年头了，都结板了，不暖和了，想换床新稻草，冬天一个人睡，也暖和些哩。"

　　"要得，要得，我跟你弄捆回去就是，顺便到你屋头舀瓢凉水喝。"

"哥哥,我屋头有甜酒,昨天晚上刚开锅,水嫩水嫩的,沁甜的,就放到我房间进门床头边的那口坛子里,想吃了,你自己舀就是了。"

"要得,我自己进去取。"

回头祖父又说:"你帮我看看牛。"

祖父连连扯了几把稻草,打着结,然后扎实捆了一捆稻草回去。祖父把稻草放在楼梯口,到屋边的水塘里洗田泥,想把腿上的田泥洗干净了再进门取甜酒,哪想鲍瓠米粒也挎着细竹篮屁颠屁颠地赶回来了。

"哪用得着这么干净喽。"

鲍瓠米粒说:"又不是上金銮殿,直接进去得了。"

祖父说:"把田泥带到屋里不好,我洗干净了,再进去也不迟。"

回头又说:"大妹子,你回来做哪样?要是牛把你家的苔吃了,如何是好?"

鲍瓠米粒说:"没事,那头牛跟你一样老实本分,不会乱吃东西的,再说也就几十蔸苔,还是你栽的,吃了就吃了,不碍事的。对了,我回来是忘了交代你,把床上的旧稻草搂走,再把新稻草铺上。"

"这个我知道的,不用你交代,我又不是傻子。"

"我看你呀,就是傻子。"

祖父不想再开玩笑了,想进屋去把旧稻草搂出来。鲍瓠米粒就笑了。"还说自己不是傻子,又要干傻事了吧。先喝甜酒,再搬旧稻草也不迟。"说完,端着个海碗进房间装甜酒去了。鲍瓠米粒知道祖父爱喝甜酒,新出锅的嫩甜酒,她扎实装了一海碗。

"嫩甜酒,哪吃得这么多喽。"

祖父心里甜滋滋地说:"大妹子,拿碗过来,我们分着喝。"

然后分了小半碗给鲍瓠米粒,自己吃了大半碗。吃饱喝足了,祖父开始动手收拾床上的东西,他边收拾东西,边说话:"大妹子,这稻草都被你们娘俩碾得崭平的了。"

"是啊,这床稻草还是你跟妹妹帮忙铺的呢,我们张巨雷有多大,就睡多久了。"

"是哩,之前的稻草被大水泡了,还是我到牛栏上扯来的干稻草呢,看看,现在稻草都有股霉味了。"

"哥哥,那就搂到地里烧了吧。"

"不行,搂到地里可以,扔到牛圈猪圈也行,但绝对不能烧。"

"为什么?"

"这是规矩,床上的稻草不能烧。其实床上的稻草也不是不能烧,床上的人要是死了,稻草也得烧掉了。"

"要是夫妻俩就死一个呢?"

"那就烧半床稻草,死的那半床烧掉,活的那半床还得留着。"

"那等下你搂回去,扔牛圈猪圈得了。"

"不行不行,等会儿我还是搂到田里得了,当肥料。"

"你是担心……"

"是啊,要是我家娘子看到,问起来,那还得了。"

"不说这个了。"

祖父把旧稻草搂到楼脚放着,又把新稻草抱上来了。

鲍瓠米粒顺势换了个话题:"哥哥,你跟妹妹到龙溪口也有些年头了吧?"

祖父掰着手指头算了算说:"七个年头了,整整七个年头了。我是五十岁那年秋天到的龙溪口,如今我都五十七岁了。"

"都七年了,哥哥也不想要个自己的孩子?"

"我也想要。"

谈到孩子,祖父的神色就有些黯然了。他摇了摇头,黯然道:"大妹子,这孩子又不是地里的瓜,不是想要就能要得到的……"

鲍瓠米粒说:"妹妹这么年轻,地也这么肥,应该没什么问题,只要想要肯定要得到,怕只怕——"鲍瓠米粒望着祖父,突然住口不说了。

祖父忙问:"只怕什么?"

鲍瓠米粒说:"好地也要有好种子,怕只怕哥哥的种子不够好……"同样的话,祖母周如玉也跟祖父说过。祖父泄气说:"如果真是这样的话,那么我老张家就真的完了。"

"不过,是地的问题,也说不准哩。"

见祖父一副垂头丧气的样子,鲍瓠米粒露出了狡黠的笑。"哥哥,难道你就没有想过,再找块好地试一试?"

祖父苦笑道:"荒郊野外的,哪来的好地喽。"

鲍瓠米粒轻唤了声:"哥哥——"

然后又问:"你看我这块地,如何?"

"地是好地,可是……"

"可是什么?"

匏瓠米粒一脸春色,两眼迷情:"要是哥哥不嫌弃的话,我们倒是可以再试一试?"

祖父说:"我们五年前试过一次了,没有问题……"

"地是没问题,可种子有没有问题就很难说了。"

匏瓠米粒说:"上一次,我刚和死鬼张大生好过,也不知道是不是他下的种子呢。"说着匏瓠米粒想投怀送抱,祖父躲开了,忙说:"这……不太好吧。"

"有什么不太好,我又不是你抢来的。"

匏瓠米粒说:"我是你捡大水捡来的,我爹也说了,哪个捡到我,我就是哪个的女人了。"

一个女人把话说到这份上,祖父也就没什么好犹豫了。整个下午祖父都在一丘撒满了阳光和稻草的大水田里把牛犁田。这应该是一丘荒废了五六年的大水田,田很肥,土很深,祖父的犁头装得也很深,犁头上偶尔还会挂着几根软茸茸的稻草,田土大坯大坯地翻滚着。

匏瓠米粒说,那个下午祖父张老酒就是一头牛。这头牛在人前很老实的,人后就不老实了,它拖着个犁头,把田老坎的几十蔸苕偷吃得干干净净。还有就是,那个下午祖父把自己的种子撒在别人的田头了。而那头牛,把屎尿屙在匏瓠米粒的苕地里。匏瓠米粒躺在田埂的稻草垛上说这话的时候,阳光热烈,泥土飘香。很多年后,祖父都在一把干净的稻草里,闻到了阳光与泥土的味道,还有女人淡淡的乳香。

十二

匏瓠米粒的肚子再次鼓起来的时候,她已经是龙溪客栈的老板娘了。那时候,龙溪口已经是熙熙攘攘人头攒动了。木商、油商、盐商、伐木工、排工、散客,还有倒腾山货的小贩和走云贵、进川藏的马帮,大都会在龙溪口落脚歇息,如果天色已晚,他们往往会在张家老酒馆吃饱喝足了,再找个地方搭铺住下,比如树洞、木材堆里,甚至是沙滩上、稻草堆里,随便垫些东西就可以睡觉了。要是遇到雨雪天气,张家老酒馆的屋檐下、猪圈边、牛圈边就会人满为患。要是遇上女客,或者是讲体面的客商,出手阔绰,祖父祖母也会把自己的房间腾出来给他们,自己则到匏瓠米粒家住去了。后来祖父觉得这里面有商机,就跟匏瓠米粒商量,把房子改为客栈。"大妹子,能否把你家的房子改为客栈?"祖父说。

鲍瓠米粒说:"房子是你捡大水捡来的,就是你的了,想怎么改造都可以。"

祖父征得鲍瓠米粒同意后,当即从晃州城里找来一名木匠,动手改造房子。

快要入冬的时候,鲍瓠米粒的那栋吊脚楼经那木匠改头换面修葺一新后,成了龙溪客栈。龙溪客栈也是龙溪口的第一家客栈。平时客栈里的客人也不多,因为到龙溪口的多是跑买卖讨生活的,大都舍不得花这份冤枉钱,还像以前那样,随便找个地方睡觉,到客栈住的大都是比较讲究身份的客商和女客。当然,碰上雨雪天气,外面不能住人了,龙溪客栈也就会人满为患了。

鲍瓠米粒刚当老板娘没多久,肚子又显山露水地鼓起来了。客栈里客人虽然不多,但还是有些客人,自然也就没有人怀疑是祖父干的了。祖父因此暗自高兴,甚至有些得意。祖母哪天晚上要是提起孩子的事情了,他就显得十分自信,不再怀疑自己的种子了。祖父自信满满地说:"不是娘子的地有问题,就是龙溪口的风水有问题。"

祖母奇怪说:"你怎么就不怀疑自己的种子了呢?"

祖父笑道:"我身子骨这么硬朗,这种子还能差到哪里去喽,肯定没问题。"

祖母说:"你就这么自信?"

祖父说:"我就这么自信。"

人可以自信,但不能太自信,要是自信过头了,就会引起猜疑。祖父就是太自信了,立刻引起祖母的怀疑。祖母"啧啧"两声,奋力推开他的搂抱,盯着他说:"我算是明白了。"

祖父奇怪道:"娘子,明白什么了?"

祖母说:"明白什么?米粒姐姐的肚子大了,你就又充满自信了。"

祖父一听不对劲了,故意把脸一拉,说:"娘子,话不能这么说,她的肚子大了,跟我有什么关系。"

祖母说:"没有关系?那你的自信从哪里来的?"

"那还用说吗?"祖父一脸坏笑说,"我的自信当然是从你的这儿来的。"坏笑着,伸手就要去摸祖母下边的东西,手还没摸到,就被祖母狠狠地推开了。祖母说:"张老酒,今晚要是不把话说清楚,你就别想再碰我!"

然后扭转屁股,面对板壁,留给祖父一个冰凉的脊背。

祖父受冷落了，就在背后数落起祖母来："娘子你呀，什么都好，就是爱猜神疑鬼的。"

见祖母不搭理，又说："当年你怀疑我，还说得过去，那时候龙溪口就我张老酒一个男人，可现在呢，龙溪口到处都是男人，你还要怀疑我，那我就冤死了。"

祖母就笑："哪个叫你刚才把话说得那么绝对呢。"然后翻过身来，面对着祖父说："那你说说，到底是哪个做的？"

祖父苦笑："我哪晓得喽。"但急于给自己开脱，祖父想了想，又说："到过龙溪口的男人都有可能，依我看哪，就只有一个人的嫌疑最大。"

"哪个？"

"李木匠。"

"李木匠？你是说那个给米粒姐姐修葺房子的小老头？"

"就是他，李万年。"

"不太可能吧，李木匠六七十岁了，个子又那么瘦小，年纪比你还大。"

"其实李木匠也就比我大十来岁，人虽矮小了些，但短小精悍，你不也看见了，李木匠一把斧头一根锉子，做起事情来有板有眼的，精准得很哩，就是雕龙刻凤，也是栩栩如生。"

"这跟米粒姐姐的肚子有关系吗？"

"怎么没有关系？李木匠在大妹子那一做就是四十天，孤男寡女的，同在一个屋檐下，四十天吃住都在一起，还不生出些藤藤蔓蔓来？俗话说得好哩，发情的老母猪还架不住三泡卵呢，何况大妹子还是个二十八九岁的小寡妇。"

祖父这么一说，祖母对此也就深信不疑了。

殊不知，当初祖父挑选李木匠也是藏有私心的。晃州城里的木匠很多，年轻的木匠虽然没几个，但是三四十岁的木匠那是一抓一大把。那么多的好木匠祖父不挑，偏偏挑了又瘦又矮的老木匠李万年，就是怕鲍瓠米粒日久生情，会喜欢上别的男人，并且生出别的事端来。鲍瓠米粒虽然没有跟自己住在一起，也不可能跟自己住在一起，但祖父还是从心里认定这个女人了。特别是有了那一下午的欢娱后，祖父对这个女人的占有欲就更加强烈了。祖父甚至认为，这个女人是他冒着生命危险从大水中捡回来的，就是他的女人了。祖父把李木匠领回来的时候介绍说："大妹子，我给你找了个老师傅，手艺好，名字也好，叫李万年，他做的东西，用得万年。"

鲍瓠米粒也说:"老师傅好,老师傅的东西扎实,不毛糙,肯定能用一辈子。"

李万年说:"老夫的东西呀,别说是用一辈子,就是下下辈子,东西还管用。"

第二年夏天,鲍瓠米粒生下一个女孩,取名张晚霞,还认祖父做干爹。张晚霞不是李木匠的女儿吗?祖母总觉得有些怪怪的,就问祖父:

"张晚霞怎么不姓李呢,又姓张?"

祖父说:"她爹见不得光哩,妹妹就跟他哥哥的姓,只能姓张了。"

祖母想想也是,只能羡慕了。

祖母说:"有些人的运气真好,又捡得个妹崽。"

祖父叹了口气,说:"是啊,捡得一个是一个,反正我们想生也生不了。"

十三

祖父祖母到龙溪口的第十个冬天,龙溪口来了一个满脸疤痕的神算子。这个神算子是日落黄昏时搭着帆船来到龙溪口的。帆船上的人也不多,只有十几个,神算子是最后一个上的岸。他的腿脚不大灵便,跛着一条右腿,走起路来也就一瘸一跛的。还好手里捏着根挂幌子的竹棍子,能当拐杖用。幌子上的字有点大,老远就能看出是"神算子"来。

那时候,沅州码头已经建起来了。

神算子往沅州码头上一站,就把"神算子"的幌子抖开了。张巨雷兄妹俩正在张家老酒馆的门口玩耍,见幌子上写得有大字,而且都认得,张巨雷就大声地念起来:"神算子。"

张晚霞说:"巨雷哥哥,边上还有几个小字呢。"

张巨雷又大声念起来:"天知地知我知你不知。"

神算子在沅州码头上张望了很久,好像是在看风景,又好像不是在看风景。同船的人都进了张家老酒馆,只有他站在那里张望。天快要黑下来了,神算子才拄着那面幌子朝张家老酒馆一瘸一跛地走了上来。

其实也就十年光景,张家老酒馆已经由当初一间茅屋小店变成了两层十六间的大酒馆了。祖父还在张家老酒馆的斜对面十几丈远的地方修了一栋相当气派的张家大院。院内为窨子屋结构,高墙、高窗、窄门、天井、亭台、楼榭、后花园,应有尽有。张家大院修起来有一年多时间了,也没有添新丁,祖母周如玉就在院子里教孩子读书认字，刚开始就张巨雷一个，后来又有了张晚霞。教一个是教，教两个也是教。有时候客商和船工也把自己的孩子带来龙溪口，祖母也不嫌麻烦，就一并教他们了。张家大院就成了龙溪学堂。再后来，龙溪学堂扩建成了龙溪书院。不过，这是五十年以后的事情了。

神算子来了，祖母迎上去，笑盈盈地问道："老先生，想要点什么？"他也不理会祖母，而是一跛一跛地走向柜台，老熟人似的跟祖父搭起讪来。

"张掌柜，生意还不错嘛。"

"还行吧，托客官们的福。"

"你姓张，叫张老酒。"

神算子直呼其名，祖父一愣，说："我们以前认识吗？"

神算子摇摇头："不认得，不认得，我们从未谋面过。"

祖父觉得奇怪："那先生怎么知道我叫张老酒？"

神算子晃晃手上的幌子，哈哈大笑道："在下张天牛，人称'神算子'，自然是袖里一课算出来的。看到了吧，'天知地知我知你不知'，凡是天地知道的东西就没有我神算子不知道的，就是天地不知道的，我神算子也能算出个一二来。"

哪有这么吹的？祖父心想，十有八九是个靠卖嘴巴子混日子的江湖骗子。神算子似乎也知道祖父在想什么。"不信吧，张掌柜可以随便问些私事儿，要是我神算子算准了，还望张掌柜赏些酒水喝。"

祖母在酒馆门口跟张巨雷兄妹俩讲人熊故事。祖父随手指了指祖母，说："那你算算看，我娘子她姓甚名谁，哪里人？"

哪想神算子果真把双手藏匿于袖中，半闭着眼睛算起来。"你家娘子姓周，名如玉，本是贵筑知县周云樵府上的千金，自幼与清水江一姚姓人家指腹为婚，十七岁那年与张掌柜私奔到此，是也不是？"

这种事情也能算出来，而且分毫不差。祖父心里暗自一惊，但不露声色，说："那你再算算看，我跟娘子有几个娃？"

神算子又掐着手指头，半闭着眼睛算起来。"张掌柜，你与娘子在龙溪口生活近十载，目前并无子女。"

"将来呢？"

"将来很难说。"

"此话怎么讲？"

"因为有问题。"

"你是说，我跟娘子有问题？"

"你没有问题，你娘子也没有问题。"

"那问题在哪？"

"龙溪口的风水有问题。"

"那先生可有破解之法？"

神算子没有说有，也没有说没有，而是咂了咂嘴巴，说："口水都讲干了，能不能来坛好酒再说。"

祖父就冲祖母喊："娘子，快给这位先生来坛最好的泡酒。"祖母跟两个孩子在老酒馆门口讲故事，听到喊声，便丢下孩子，独自到地窖里取泡酒去了。张家老酒馆最好的泡酒，都用坛子存放在地窖里。

祖母刚到地窖里，鲍瓠米粒就过来接孩子了。

见酒馆里还有客人在喝酒，鲍瓠米粒就冲祖父打招呼，笑道："哥哥，这孩子我接回去，客人吃饱喝足了，就要他们到客栈里来住。"

张巨雷冲祖父挥动手臂说："爹，我跟娘回去了。"

张晚霞也跟着挥动手臂说："爹，明天我跟巨雷哥哥一起过来玩。"

祖父连连说："好哩好哩，乖崽慢走，明天过来。"

然后目送鲍瓠米粒抱着张晚霞，牵着张巨雷离去。

鲍瓠米粒与两个孩子消失在月色中了。祖父这才把目光收回来，见神算子正在满脸狐疑地望着自己，就摆摆脑壳解释道："其实不说你也知道，鲍瓠米粒是龙溪客栈的老板娘，两个孩子都是她的，我只是两个孩子的干爹……"

"是吗？那我算算看。"

神算子把双手藏匿于袖中，又半闭着眼睛算起来。"鲍瓠米粒来自鲍瓠镇，是神医鲍瓠长生的女儿，这女人在鲍瓠镇有个相好的男人，那男人八年前被他父亲打死了，扔到河里，她也被大水冲走了，是你从大水中把她捡起来的，后来你们就好上了，还有——"

祖母抱着酒坛子进来了。

神算子的眼睛一亮，便住口不说了。

祖母把酒坛子往神算子的面前一放，说："十年前的泡酒，就剩得这一坛了。"

神算子说："这么好的酒，我神算子可没带那么多银两哩。"

祖父连连说："不要钱，不要钱，先生只管喝就是了。"

神算子也不客气，点了两个小菜，又要了碟开心毛豆，然后打开酒坛自斟自饮起来，并时不时举杯邀月，朗声吟哦《将进酒》：

君不见，黄河之水天上来，奔流到海不复回。君不见，高堂明镜悲白发，朝如青丝暮成雪。人生得意须尽欢，莫使金樽空对月。天生我材必有用，千金散尽还复来。烹羊宰牛且为乐，会须一饮三百杯。岑夫子，丹丘生，将进酒，君莫停。与君歌一曲，请君为我侧耳听。钟鼓馔玉不足贵，但愿长醉不复醒。古来圣贤皆寂寞，惟有饮者留其名。陈王昔时宴平乐，斗酒十千恣欢谑。主人何为言少钱，径须沽取对君酌。五花马，千金裘，呼儿将出换美酒，与尔同销万古愁。

神算子若癫若狂，情到深处，杯酒未干，人就泪流满面了。好几次祖父问及龙溪口风水有何破解妙法，神算子总是挥挥袖子摆摆手，说："莫急莫急，会须一饮三百杯，待我明朝细细课算，再作定夺不迟。"

神算子喝完那坛泡酒踉踉跄跄地离开张家老酒馆时，月正冷，星正寒，龙溪口的薄雾早已幻化成一地冰冷的银霜。

要是以往这个时候，张家老酒馆的屋边檐下总蜷曲着衣服单薄的客人，他们在寒风中瑟瑟发抖，也不愿意花钱去住龙溪客栈。

现在，外面一个客人都没有了。

自从夏天匏瓠米粒在龙溪客栈门口的廻水塘里捡到蝶纷飞，在外面风餐露宿的男人就越来越少了。蝶纷飞特别懂男人，用这个女人的话说，就是男人喜欢快活，他们舍不得花钱买地方睡觉，但是舍得花钱跟女人睡觉。

十四

到过舞阳镇的男人都知道，离舞阳镇码头不远的河面上常年停泊着十几只挂红灯笼的蓬蓬船。这些挂红灯笼的蓬蓬船又叫小红船。因为每只船上就住着一名略施粉黛、衣着艳丽、笑声频频的女子。船是系着的，没有船工，也不需要船工。经常有男人到船上喝酒、抽烟、寻欢作乐。小红船上有没有男人，只要看看船头的踏板就知道了。船上没有男人，踏板就搭在岸边上，等男人上去。要是有男人了，女人就会把踏板收起来。

蝶纷飞原本是舞阳镇小红船上的风尘女子，自幼在小红船上长大，她是五岁那年随老鸨的小红船到的舞阳镇。那时候舞阳镇的民风相当固化，老镇

· 裂缝

长觉得这种皮肉营生有伤风化,不同意她们上岸,所以老鸨只能把小红船湾在岸边,做水上的生意了。

蝶纷飞还小的时候在船上给客人烧烟泡子,船上的女人都喜欢她。只是后来,蝶纷飞自己接客了,却抢了她们的生意。蝶纷飞的烟泡子烧得好,而且非常懂得侍候男人,深受男人喜欢。即便是生意淡季,蝶纷飞的船上也从来不少男人。冬天的时候,其他小红船大都没客人了,蝶纷飞照样是客人不断。有时候,客人实在太多了,蝶纷飞忙不过来,那些客人就是站在冰天雪地里排着队苦等也不愿到别的小红船上去,其他姐妹的心里就有了嫉恨和怨言,说什么平日里客人这么多,折腾得这么厉害,小红船早晚会散架。有的姐妹甚至私下里诅咒起蝶纷飞来,说她这是往死里赚,早晚会被大水带走。

夏天的时候,蝶纷飞真的被大水带走了。

遇到舞阳河发大水,小红船上的姐妹都收起踏板不做生意了。蝶纷飞也一样,收起踏板早早睡觉了。那天夜里,姐妹们的话真应验了,其他的小红船都没事,偏偏就蝶纷飞的那只船没能系住。失去束缚的小红船立刻被卷入到滚滚的洪流中,蝶纷飞从睡梦中惊醒时,船早已离开舞阳镇了。

小红船上除了一张床,再也没有别的东西了。

蝶纷飞索性把身上的旗袍撕成布条,把自己拦腰捆在床板上,双手死死地抓住床枋。这个一直生活在床上的女人,关键时刻只能与床共存亡了。后来,小红船在剧烈的撞击中散架了,蝶纷飞也在撞击中昏死过去。醒来时,人已经躺在龙溪客栈的床上了。

蝶纷飞是祖父看到的。

当时祖父赤裸着上身,手举扎钩守在龙溪客栈的门口,正准备打捞大水中的东西。先是从上游漂来几块船板,然后是一张精致的雕花床。祖父正想下扎钩把雕花床钩上岸来,却看见床上趴着个赤身裸体的女人,就硬生生地把扎钩停住了。

鲍瓠米粒说:"这么好看的雕花床你不要,我要。"然后用长竹竿把雕花床捞上岸来。这么好的雕花床,祖父也想要,只是床上趴着个女人就不敢要了。女人很麻烦,祖父怕捡到麻烦。当年捡一个鲍瓠米粒就够麻烦了。

鲍瓠米粒伸手探了探女人的鼻息,喊道:"哥哥,这女人还有气哩。"然后把女人腰间捆着的布条解开,女人的手死死地抓住床枋不放,指甲都掐到床枋里去了。鲍瓠米粒费了好大的劲才把女人的手指掰开了,把她的身子扳正过来。女人的皮肤本来就白皙,经过大水长时间的浸泡与漂洗更加白皙了。

女人饱满的胸脯，平坦的小腹，令人销魂的耻骨微隆着，却也波涛汹涌，一蓬肥美的水草紧贴着女人的私处，有大水流动过的痕迹。让人叫绝的是，这个女人的腿根处有一小块蓝色的胎记，极像一只振翅欲飞的蓝蝴蝶。蝴蝶太逼真了，栩栩如生。像祖父这么淡定的男人，目光一落到那只蓝色的蝴蝶上，也会滋生出男人的念想来，竟然伸手想要抓住那只蓝蝴蝶。要不是鲍瓠米粒眼疾手快，一把抓住祖父的那只手，祖父肯定会抓到那只蓝蝴蝶了。

鲍瓠米粒说："哥哥，你这是要干什么？"

祖父老脸微微一红，语无伦次道："蝴……蝴蝶，好生漂亮的蓝蝴蝶，会飞的蓝蝴蝶。"

鲍瓠米粒给祖父逗乐了，就咯咯地笑了。"什么蝴蝶，哪来的蓝蝴蝶？哥哥，人家那是胎记。"鲍瓠米粒咯咯咯地笑了好一会儿，这才止住笑，提醒祖父说："愣着干什么，还不快点帮我把这姑娘抱到屋里去。"

祖父一弯腰就把女人从雕花床上抱起来了，急匆匆地进了龙溪客栈，边走边问道："大妹子，人放哪里？"

鲍瓠米粒就跟在屁股后面笑，说："这么漂亮的姑娘，当然是要抱到床上去。"

"我哪晓得你家床在哪里喽。"祖父抱着那个女人，微微侧过身子，让出半条路来，"大妹子，你走前头。"

鲍瓠米粒就紧贴着祖父脊背走到前面去了。只是擦身而过时，鲍瓠米粒的胸脯在祖父的脊背上蹭了几下，隔着一层衣服祖父也能感觉到，鲍瓠米粒的四个奶子是竖着的，感觉有点硬硬的，像是给人撩拨过一般。低头再看怀中的女人，感觉两袋奶子又比之前圆润了许多。

祖父抱着女人跟着鲍瓠米粒七拐八弯来到三楼走廊尽头。鲍瓠米粒这才记起来，钥匙还在二楼的房间里。鲍瓠米粒说："你在这里等一下，我去二楼拿钥匙上来。"

然后跑到二楼取钥匙去了。

祖父抱着女人站在门边上，已是满头大汗。后来，感觉有一滴汗水滑过鼻尖了，祖父一低头，那滴汗水正好晶莹地砸在女人的乳头上，溅起了无限的遐想。

鲍瓠米粒去而复返，手上的那串铜钥匙碎碎地响。

钥匙插进锁孔，鲍瓠米粒用力一顶，锁就顶开了。

等鲍瓠米粒把门推开了，祖父抱着女人闯了进去。祖父把女人往床上一扔,颓然坐到床边上,连连说道:"累死我了,累死我了。"

鲍瓠米粒笑道:"抱着个漂亮的姑娘,还嫌累呀。"

祖父扫了鲍瓠米粒一眼,跟着笑道:"大妹子,你又不是不晓得,这女人长得越是漂亮,这男人就越是累得老火——"说到这里,祖父想起了那只蓝蝴蝶,回头再看时,女人已经睡到被窝里了。趁祖父说话的时候,鲍瓠米粒已经扯过一床红被子替那女人劈头盖上了,只留得半个脑袋露在被子外面。

祖父离开房间时,女人还没有醒来。

后来祖父跑到龙溪客栈门口捡大水,却发现,大水退去了。

祖父再次见到这个女人时,是第二天傍晚了。

这个女人穿着件绿色旗袍拿着个酒葫芦站到张家老酒馆的门口时,祖父还以为龙溪口来了官家大小姐呢。不过,祖父认得这个女人身上那件绿色旗袍。这是祖母周如玉当年跟祖父私奔时带过来的,因为龙溪口还是块荒郊野地,也没有什么人,就放在箱子里没有穿。中午的时候,祖母听说鲍瓠米粒捡大水捡到个女人,就去龙溪客栈看热闹,见女人知书达理,说话投缘,三个女人就认了姐妹。鲍瓠米粒年龄最大,是大姐,祖母周如玉比鲍瓠米粒小两岁,是二姐,蝶纷飞比祖母周如玉小八岁,是三妹。祖母说:"三妹身材这么好,要是穿上旗袍就更迷人了。"然后回家把绿色旗袍翻出来,送给这个女人了。

"是蝶纷飞小姐吧。"祖父笑眯眯地说。

"哥哥,你认识我?"蝶纷飞看着祖父,奇怪道。其实蝶纷飞这个名字是祖母在被窝里说的,祖父听了就来劲。祖父又想到那只蓝色的蝴蝶了,祖父就笑:"认得,认得,怎么会不认得呢,蓝色的蝴蝶,振翅欲飞……"见祖父说到蓝蝴蝶,一脸兴奋,一脸迷醉,就从心里认定祖父是个寻花问柳的男人了。凡是到小红船上与她有过鱼水之欢的男人,没有一个不迷恋那只蓝蝴蝶的。

蝶纷飞说:"哥哥,你家娘子要我过来装一壶泡酒过去。"

祖父忙说:"装就是了,装就是了。"

祖父接过酒葫芦,用提子装泡酒时,总是不太利索。

等酒葫芦装满了,泡酒却流了一地。

接过酒葫芦,蝶纷飞笑靥如花地说:"哥哥,我是你的三妹哩,住在龙溪客栈三楼,最里头的那个房间。"说完,蝴蝶般飘走了。

蝶纷飞重操旧业,很快就成了龙溪客栈响当当的招牌。

花钱住店的男人大都是冲着蝶纷飞去的。这些男人都像祖父那样,只要见到蝴蝶了,就会想起蝶纷飞,就会想起那只振翅欲飞的蓝蝴蝶,就想抓住那只蝴蝶。秋天的时候,蝶纷飞又到晃州城里精挑细选了十几个姑娘,龙溪客栈的生意就更加兴隆了。

十五

神算子离开张家老酒馆后,祖父就再也睡不着觉了。祖父在床上翻来覆去,满脑子都是龙溪口的风水问题。好不容易等到东方破晓,窗外放光,祖父立刻从被窝里爬起来,脸也不洗就往龙溪客栈跑。祖父大清早跑到龙溪客栈找神算子,哪想鲍瓠米粒从龙溪客栈急匆匆地跑出来上茅厕,在龙溪客栈门口与祖父撞了个正着。

鲍瓠米粒见祖父冒冒失失的样子,大清早跑到龙溪客栈门口站着,就捂着肚子满脸痛苦地问道:"哥哥,这么早,是来找三妹的吧?"

祖父先是一愣,随即摇头反问道:"我找她做哪样?"

"你们男人找她,还能做哪样?"

鲍瓠米粒盯着祖父,楚楚一笑:"不就是想看看蝶纷飞吗?"

祖父注意到鲍瓠米粒的黑眼圈了,问道:"大妹子,你昨夜没睡好啊?"

鲍瓠米粒摇头苦笑道:"哥哥,不是昨夜没睡好,人家是夜夜睡不着。"

鲍瓠米粒说的心里话。

自从蝶纷飞到晃州城里弄了十几个姑娘回来,鲍瓠米粒就再也睡不好觉了。龙溪客栈的生意越来越火爆,也不管白天黑夜,到处都是姑娘叽叽歪歪的叫声。其实修客栈的时候,祖父也想到这事了,还要工匠给鲍瓠米粒弄了两个相对独立的大房间,与客房隔着两堵高墙。鲍瓠米粒在大房间里虽然听不到男欢女爱的声音,但是同在院子里,男人进进出出的,知道隔壁是怎么回事。鲍瓠米粒也是两个孩子的母亲了,孤寂难耐的时候难免会想象。有时候,人的想象比耳闻目睹更可怕。正是这些想象,鲍瓠米粒更是孤枕难眠,长夜难明。偶尔也有那么一两个男人把她当寡妇,三更半夜去敲她的门。昨晚有人敲门,问了是谁,也不见回答,鲍瓠米粒就把门顶死了。鲍瓠米粒在被窝里担惊受怕了一个晚上,夜里胀尿了,也不敢出来屙,一泡尿夹到了天亮。

"三妹在三楼,老地方。"

鲍瓠米粒皱着眉头扔下这话,就急匆匆地往当头那边跑,上茅厕去了。

·裂缝

半袋烟的光景，鲍瓠米粒从茅厕里钻出来了，脸上痛苦的表情没有了，见祖父还在龙溪客栈门口张望，就笑嘻嘻地问道：

"哥哥，怎么还不上楼去呢？"

"我又不是来找她的，上去做哪样？"

"那你是……"

"我是来找人的。"

"找哪个？"

"神算子。"

"男的，还是女的？"

"男的。"

"那肯定在三楼，蝶纷飞，是男人都喜欢往三妹的房间里跑。"

神算子从张家老酒馆出来，并没有像别的男人那样往龙溪客栈跑，而是睡在龙溪客栈对面的那个树洞里。祖父跟鲍瓠米粒的这番对话，神算子听得清清楚楚。神算子从树洞里钻出来，哈哈大笑道："哈哈，谁说我神算子张天牛在蝶纷飞的房间里？"他在娑罗树下伸了个懒腰，又嘀咕了句："我神算子张天牛才不喜欢什么蝶纷飞呢。"

然后把幌子狠狠地抖开了。

太阳从晃州城头的屋顶上爬上来，地上的银霜顿时化作一团白雾，在河面上弥漫开来。后来河风轻轻一吹，白雾就往湾头灌，没一会儿就把湾头灌得满满的了。祖父就带着神算子踩着白雾在湾头四下里转悠，走走停停。白雾散尽时，祖父与神算子回到张家老酒馆，祖母已经把饭菜都弄好了。吃饭时，祖父问：

"先生可曾看出端倪？"

"龙溪口的端倪已现，日落前我神算子设坛施法，酿海藏屋，只是酿海藏屋需要件东西作法器……"

"什么东西？"

"酒葫芦。"

神算子四下里瞧了瞧，问道："张掌柜家里可有酒葫芦？"

祖父摇了摇头，说："家里的坛坛罐罐倒是不少，可就是没有酒葫芦。"

神算子面有难色说："要是没有酒葫芦，这就不好办了。"

祖父忙问："这如何是好？"

"相公，米粒姐姐家不是有酒葫芦吗？"

祖母想起来了，提醒祖父说："你去问她讨一个，肯定会给的。"

祖父说："这样要得不？"

祖母说："怎么要不得，鲍瓠米粒家的房子是你捡来的，就是你的了，她人是你的，房子也是你的，酒葫芦还不是你张老酒裤裆头的东西，想怎么拿，就怎么拿……"

祖父说："说什么说喽，我又不是问你，我是问神算子先生，这样要得不？"

神算子连连说："要得要得，只要肯给，东西就是你的。"

正如祖母所料，祖父跑到湾头一问，鲍瓠米粒也不说二话，她就笑嘻嘻地说了句："哥哥想要，拿去就是。"把挂在房间立柱上的酒葫芦取下来，递给祖父了。

日落时分，神算子张天牛在张家大院门口摆了一张八仙桌，设坛施法，酿海藏屋。桌子中央摆了个系红飘带的酒葫芦，左右各放海碗一个，上面压着双竹筷子。神算子先是闭目养神，双手在袖中捏准时辰。夕阳落在娑罗树树梢上了，神算子双眼突然睁开，拿起桌上的酒葫芦，拧开塞子，往两个海碗里倒糯米酒，边倒酒边唱《酿海设塘》：

金壶打酒银壶装，
拿碗取筷酿海塘。
东方酿个青龙海，
青龙炼宝赠张郎。
南方酿个赤龙海，
赤龙涌水护张郎。
西方酿个白龙海，
白龙治水润田庄。
北方酿个黑龙海，
黑龙恩赐好儿郎。
中央酿个黄龙海，
黄龙育子成栋梁。
四方中间都酿了，
酿个乌龙镇海塘。
酿成海塘深万丈，

·裂缝

张家富贵万年长。

酿罢海塘,神算子开始作法藏屋了。神算子说,把张家大院藏到海塘里,那些妖魔鬼怪就不敢到家里来兴风作浪、惹是生非了。神算子要祖父把左边的海碗端起来,跟在他的后面绕着张家大院转一圈。神算子走在前边,不时转身用右手中指在海碗里蘸了些酒水,弹到墙上去,每弹一次酒水,就念叨一句:"看房不是房,房里住的是龙王。"院子四周都弹遍了,神算子要祖父把那半海碗糯米酒用红布扎了碗口,放到堂屋神龛上。随后,又要祖母周如玉把右边的那碗酒端到房间里,神算子用左手中指在海碗里蘸了些酒水弹到床铺上,每弹一次酒水,就念叨一句:"看床不是床,床上睡的是鸳鸯。"末了,要祖母把那半海碗糯米酒用红布扎了碗口,放到床底下去。

酿海藏屋后,神算子这才回头跟祖父说:"龙溪口最大的破败还在湾头,煞气太重了。"

祖父忙问:"如何才能弥补龙溪口的风水不足消除破败?"

神算子说:"你可以在廻水塘边栽些风水树,阻挡煞气。"

祖父又问:"什么树木好些?"

神算子说:"用树木挡煞气,首选竹子。其他树木,带刺的,虽能挡煞,但不利于吉气进入,不带刺的树木,因形状各异,排列不齐,疏密难调,亦不好编排布置。唯有竹子,清秀挺拔,富贵高雅,清香宜人,大同小异,排列一致,疏密得体,挡通适宜。这种既挡又通的特性,让凶煞止步,让吉气进入。而竹子当中,又首推桂竹。桂竹又叫贵竹、斑竹,取富贵吉祥之意。"

"要栽几蔸桂竹?"

"这个嘛——"

神算子掐着手指头默念了一会儿,这才朗声说:"就栽三蔸!老子说了,'道生一,一生二,二生三,三生万物',我想用不了几年,这廻水塘边就是一片桂竹林了。到那时候,青青桂竹绕水旁,张家远看如华堂,大出将相小出贵,儿孙个个美名扬。"说罢,神算子把酒葫芦挂到幌子的棍子上,回树洞里睡觉去了。

腊月三十那天早上,祖父按神算子的吩咐在湾头栽了三蔸桂竹。春天的时候,祖母周如玉果真怀上了我的父亲。

我的父亲张重阳是重阳节那天午后出生的,祖父祖母也就懒得费心思想名字了,给父亲取名张重阳。父亲张重阳就是龙溪口赫赫有名的张驼子。在龙溪口，张驼子的酒提子无人不知无人不晓。

十六

父亲十二岁的时候，龙溪口已经是一个非常热闹的码头小镇了。到龙溪口来做生意的人特别多，五湖四海都有。江西、贵州、四川、湖南、湖北等地的生意人更是蜂拥而至，其中又以江西的生意人最多。我们老张家祖籍也是江西。于是后来祖父牵头，集资在张家大院隔壁修建了江西同乡会馆万寿宫。

万寿宫是一座三进、两廊，中间有过道的宫殿式的砖木结构建筑。万寿宫正殿是用四十根合抱的珍贵的柏木做殿柱，安稳地竖在经过细致加工的鼓形石磴上。穿枋、柱、瓜，密密麻麻，环环榫接，十分坚固。正殿大门正中照面枋上悬挂着一块巨大的横匾，匾上题有"我乡仙吏"四颗镀金大字，每颗大字三尺见方，金光闪闪。穿过正殿，再前行两三丈，是一个较大的四合天井，周围用条形青石砌成纵横有序、布局严谨的围垣。天井中间耸立着七八尺高的铁铸六角鼎形化钱炉一座，奇态玲珑，紫烟缭绕，蔚为奇观。第一幢中堂里，第一块和第二块的照面枋上各悬挂一块金匾。第一块上书"佛心道衍"，第二块上书"江西福主"。两块金匾上的大字凌云垂露，苍劲有力。主柱上挂着江西籍道员、举人、进士、拔贡等文人所书写，巧匠所雕凿的楷、篆、草各种字体的朱漆楹联。其中有联云："洪湖想当年，幸怪锁洪湖，十万户饭美鱼香，如依夏屋；清时思俭德，祝神来清浦，千百载永勤沐泽，共乐春台。"中堂正中的板壁上，精工雕刻着青狮、白象，配以花卉、人物，色彩鲜明，形态各异，栩栩如生。龛前柏木香案上，陈设着香炉、蜡台。正中供奉"许仙真君"牌位。牌位前方左右陈设金龟、神蛇二像，两边壁上挂着鲜艳夺目的湘绣围帐。正殿乃清净之所，为禁止闲杂人入内，添设一道栏杆，并设门禁，每天有人守护，须诚心祭祀者方让入内。殿内终日香烟缭绕，灯烛通明。殿前两边是耳房，左耳房为守护人员宿舍，右耳房为会馆人员会客室。两侧有大型钟、鼓。早晨祭祀叩钟，晚上祭祀击鼓。晨钟暮鼓，音韵飘逸，数十里之外，亦能听到。正殿的背后有较大的会客厅。厅中上端，悬一块长方形大匾，上书"惠风和畅"四颗大字。两旁各有小小客室，供游客休息之用。会客厅对面的傍墙处为四方天井，天井中央及靠墙处，用雕花青石板砌成长方形太平缸，缸内常年蓄水，养有金鱼、鲤鱼、金龟、甲鱼等，内置钟乳石堆砌的假山。假山上植满了虎茸草和凤尾草。太平缸周围放置着

·裂缝·

各色各样的奇花盆景,把天井的环境映衬得清新秀雅,优美大方。

万寿宫正殿大门两侧各有一间大殿,左边大殿供着赵公元帅,右边供着肖、晏二公。三尊木塑贴金神像,高达七尺,神态威严,让人心生敬畏。甬道迴廊,连通后院,后院是一处荒草坪。挨坎处建有一座圆拱石桥,名为镇龙桥,跨度约一丈五六,中间插有一把斩龙铜剑。镇龙桥下有一扇巨大的石门,上刻有"镇龙宫"三颗阴文,并涂以朱砂,鲜红夺目。石门紧闭,终日挂着一把特制的黄铜大锁。这里是龙门所在,里面锁着九条龙。上面刻有斩龙诀:"不怕锁来不怕撬,就怕黄铜斩断腰。"龙溪口背后的那座山就是盘龙山,山后有个洞,叫盘龙洞,只要把煮沸的黄铜灌进盘龙洞,就可以斩杀洞中的这些龙,但是祖父于心不忍,就让辰州道士把九条龙锁在里面了。怕锁不住,还修了座镇龙桥,在龙门外修了座万寿宫。

小时候,父亲张重阳与张巨雷兄妹爱到镇龙桥下玩耍嬉戏,听大人说镇龙宫里锁着九条龙,他们就把耳朵附在门缝里偷听,有风从门缝里出来,冷飕飕的,偶尔也能听到奇怪的声音。每每这时,张巨雷就会大叫一声:"龙来啦!"然后撒腿就往桥上跑。

张巨雷兄妹俩年纪大些,跑得快,父亲年纪小,跑不快,自然是吓得屁滚尿流,哇哇大哭。张晚霞倒也懂事,跑着跑着总会停下来等父亲。张晚霞差不多比父亲大三岁,她是真把父亲当弟弟,处处护着父亲,骂她哥哥张巨雷是骗子。然后牵着父亲的手循着石级而上,到桥上玩去了。

镇龙桥上建有一座六角形阁楼,上小下大,状如宝塔。阁楼共有三层,高三丈有九,木结构,阁中攀龙附凤,飞檐翘角,顶置葫芦,气势非凡,楼上楼下,均能容人。拱桥边缘及高坎处,砌有坚实的栏杆,站在阁楼上,龙溪口两岸风光尽收眼底。

这里值得一提的是,舞阳河年年夏天泛滥成灾,此阁楼后来被首士张重阳移至龙溪口东头舞阳河边的一处癞子岩上,也就是现在的镇江阁。从镇龙桥头再登上走廊边九级石梯,就是万寿宫的后门了。后门的门楣上端搭有遮阳屋檐,遮阳屋檐下砌有长方形青石匾额,上面刻有"曲径通幽"四字。从后门有花街路直达坳上。

万寿宫的正殿,面临大街,街对面建有数丈高的圆拱门牌楼一座。牌楼上堆花绘画,鲜艳夺目,走兽飞禽,势如腾空。拱门上方,"万寿宫"三字笔飞墨舞,遒劲有力,泥工用江西景德镇的兰花磁片精心镶饰,更显得五光十色,熠熠生辉。字两旁,塑有晃州八景之龙市晚归图。圆拱门两侧小门上端，各自砌有凹形长方形匾额一块，左匾上书"鱼跃"，右匾上书"鸢飞"。中侧门的门栏，均用巨型青石料岩建造，不但光滑，而且十分坚固。踏入牌楼大门，是宽阔大院，四周筑有坚固的院墙，其中三面院墙上端绘有龙凤呈祥、长坂坡、灞陵桥、樊江关、乌泥河救主、穆柯寨招亲等历史人文典故。靠大门处是一条长廊，靠右边院墙处修有一楼一底的看台。

牌楼大门正面靠东边院墙处，用四根合抱大的古柏木做立柱，修建了一座四面倒水且覆盖琉璃竹筒瓦的大戏台。戏台的脊顶中央耸立着用多级陶瓷由大到小叠成的葫芦形宝塔顶一个。屋脊四面，四个翘角伸延着，弯曲朝天。翘角下端，各有一头精工雕刻的座狮，座狮分公母，公狮脚踏珠宝，母狮脚踩幼狮头，威镇东南西北。戏台帷脚精雕细刻着各类动物和八仙过海等人物形象。戏台的上端，四周嵌有各种各样的镂空花板。戏台的正中悬挂"道无古今"的匾额一块。两边的一副对联是："都想要拜相封侯，却也不难，这里有现成榜样；最好是忠臣孝子，看来容易，问他做几许工夫。"两边的另一对联是："老天别换一番人，还恐一换再换；冷眼且看千万变，权且左看右看。"戏台后的两侧，建有宽敞的耳房，专供戏子化装、更衣、休息之用。台前的平地，用青石板铺得一齐二整，纵横交错，图纹优美。整个地面，面向戏台略有坡度，可容纳五六百名看众。

万寿宫的牌楼旁边有条巷子，叫万寿巷。万寿巷直通万寿宫水码头。江西人捐资修建的万寿宫水码头在沅州码头旁边，是个货运码头，装船卸货，吞吐量极大。万寿宫所在的那条街就叫万寿街。万寿街的一端与福寿街相连，通往龙溪三拱桥、凤和井，另一端则与桂竹湾相通。十几年下来，祖父在湾头栽的那三兜桂竹早就竹生笋笋生竹连成一片了。湾头也因为这郁郁葱葱的桂竹林而得名，成了名副其实的桂竹湾了。

其实也就下了几场春雨，桂竹就沿着廻水塘往湾头长笋子，很快就绕过龙溪客栈，一直延伸到娑罗树脚。偌大的龙溪客栈就这样掩映在苍翠的竹林里，只露出些飞檐翘角来，就像竹林里展翅欲飞的鸟儿，若隐若现。

龙溪口的人都喜欢往竹林里跑。宁可吃无肉，不可居无竹。喜欢竹子的人把家搬到竹林里。后来，有好几个贵州来的生意人干脆把店子开到了竹林里。

十七

张驼子是父亲张重阳的绰号。

裂缝

父亲小时候长得眉清目秀的，人又聪明，脑瓜子也好使，是出了名的孩子王，龙溪口的孩子整天都喜欢跟着他的屁股转，走到哪里，都是前呼后拥，一拨一拨的，很少有落单的时候。他们一起到龙溪学堂跟祖母周如玉念书，不念书的时候，就在龙溪口的大街小巷里捉迷藏。有时候玩疯了，他们也会跑到桂竹林里，把刚长出来的笋子掰倒在地，不掰倒的笋子也让他们剥了几层皮，没办法再活了。父亲因此没少挨祖父的竹鞭子，每次屁股都抽得皮开肉绽，但过后依然如此。

春暖花开的傍晚，龙溪客栈对面的娑罗树上落满了白鹭，就像娑罗树上开满了白色的花朵。父亲就带着一群孩子围攻树上的白鹭。他们先是在树下大喊大叫，刚开始还能喊跑些白鹭，可是喊得多了，白鹭也就不怕了，他们就是喊破喉咙也没有用。树上的白鹭忍不住屎尿了，就把尾巴一翘，屎尿就落下来了。不偏不倚，砸了父亲一脸。刚开始父亲还以为是下雨了，可是伸手一抹，乳白乳白的，像女人的奶水。父亲让白鹭屙了一脸的屎尿，心里窝火得很，却也不说，而是大声喊："奶水哩，哪来的奶水？"他迅速把一根干净的手指头放到嘴巴里吮吸不止，末了，还咂着嘴巴赞叹道："白鹭的奶水真甜！"

有小伙伴问："白鹭的奶水到底有多甜？"

父亲想了想，说："反正嘛，比阿妈的奶水还要甜一些。"

这些小伙伴都断奶好几年了，哪里还记得起母亲的奶水？其实也没有人会记得母乳的味道。母乳的味道是香是甜已经不重要了。重要的是，大家喝着母亲的奶水长大了。哪想父亲随口这么一说，小伙伴就真以为白鹭的奶水很甜了。声音自然也就无比高亢起来。"啊——欧，啊——欧！"孩子们的喊叫声，足以把整棵娑罗树都抬起来。好几次，神算子都爬到树洞边，要孩子们别喊了。可是没有孩子会听他的，喊叫声更大了。直到父母喊吃晚饭了，孩子才散去。为了吃到白鹭甜甜的奶水，小伙伴一到傍晚就跟着父亲往娑罗树下冲。后来小小的喉咙喊哑了，喊不出声了，他们就抓起石头、田土、木棍往树上乱扔。因为都是些几岁十几岁的孩子，也没有什么力气，小小的东西也扔不到树梢上去，结果全砸在树洞里了。

半个夏天折腾下来，那些白鹭还在树梢上单腿站着，神算子却没法待在树洞里给人看相算命了。他气急败坏地冲父亲骂了句："张重阳，你这遭天谴的孽障，早晚会滚断腰杆！"然后瘸着腿挂着"神算子"的幌子离开了树洞。神算子离开树洞后，先是到万寿巷的口子上摆摊设点，悬壶济世治病救人，后来又在临街的地方买地盖了一栋房屋做铺面。

父亲带着小伙伴到婆罗树下吵闹，只是想吃一封云片糕。父亲特别喜欢吃鲍瓠米粒做的云片糕。这种糕点是用扯扯糯与白糖猪油做成的，通体雪白透亮，香甜可口。先把扯扯糯舂烂磨碎，细研成粉，晒干，存放在葫芦里，可以存放多年，以陈年老粉最好。制糕用料时先将白糖放入锅内用温火慢慢熔解，每斤陈年老粉配合白糖一斤半，猪油八钱，搅拌均匀放进四方铝盒里按紧刮平，再把铝盒放到大锅里，用热水慢慢蒸焖一炷香的时间，端出铝盒，用刀切成糕片。每次到桂竹林里玩累了，父亲都要跑到龙溪客栈跟鲍瓠米粒讨云片糕。父亲见了鲍瓠米粒，总是大妈大妈的叫得亲甜。每一次，都能吃到一两片云片糕。后来鲍瓠米粒说："小重阳，你想不想吃更多的云片糕？"

父亲点点头，说："当然想，越多越好哩。"

鲍瓠米粒说："这样吧，只要你把树洞里的那个怪人撵跑了，大妈就给你一封云片糕。"

一封云片糕净重一斤半，一片片撕开来，总共有一百八十片。

一百八十片云片糕，那得吃上一两个月。

父亲毫不犹豫就答应了。

神算子帮祖父破解龙溪口的风水问题后，就一直住在树洞里，给过往的行人看相算命。鲍瓠米粒总觉得这个神算子有点怪怪的，眼睛老是往竹林里望，照面的时候，眼睛却躲躲闪闪的，也不跟自己打招呼。更让鲍瓠米粒觉得可恶的是，这个丑陋的家伙竟然把自己的那个酒葫芦挂在幌子上了。有好几次从树洞边经过鲍瓠米粒想要把酒葫芦要回来，但又不好意思开口，东西毕竟是送给张老酒了。张老酒把酒葫芦送人了，那是张老酒的事，跟自己没有关系了。尽管如此，鲍瓠米粒还是有点后悔把酒葫芦送给张老酒。

自从神算子住进树洞里，鲍瓠米粒就觉得有点不自在了，老是觉得背后有双眼睛在盯着自己看，弄得晚上出门，或者睡觉都提心吊胆的。为此，鲍瓠米粒还找过祖父好几次，要他把神算子从树洞里撵走。可祖父总是说，莫要怕，神算子虽不是什么好人，但也不是什么坏人。鲍瓠米粒说："哥哥，你也不看看，那家伙满脸疤痕，而且还是刀疤，一看就不像是好人。"见鲍瓠米粒生气了，祖父也就很难为情了。"人家在树洞里住得好好的，我怎么好撵人家呢？再说树洞是天生的，又不是我张老酒家的。"

"难道你就不会动脑子，想想办法？"

"能有什么办法，人家在树洞里看相算命，又不乱来，我总不能把人家的摊子掀了，或者是把娑罗树砍了吧。"

想想也是，匏瓠米粒也就懒得再说什么了。祖父是个好人，自从被推选为江西同乡会馆万寿宫的首士，做事情更是处处讲道理。这种掀摊子撵人的事情，只有恶人才做得出来。龙溪口没有恶人。父亲人小，但鬼点子多，正好派上用场了。其实对付神算子，父亲也是先礼后兵。父亲先是找神算子商量，要神算子搬到别的地方去。神算子把眼皮子一翻，说自己哪也不会去，就住在树洞里。

父亲就懒得跟神算子理论了。

傍晚的时候，父亲就带着小伙伴来撵树上的白鹭了。父亲跟树上的白鹭也没有仇，只是到树底下闹闹而已，把神算子闹走便算了。哪想树上的白鹭不知死活，竟然把一叭热乎乎的屎尿屙到脸上了，父亲就真的仇恨上白鹭了。父亲把神算子撵走之后，又和小伙伴在树下继续折腾了一阵子。他们砍来几根桂竹，做成一把把弹弓，还是没能把树梢上的白鹭射下来，这才悻悻地离去。

十八

三拱桥是龙溪口通往贵州的一座桥梁。三拱桥分上下两层，上层为木质结构风雨桥，下层结构为巨石砌成的四礅三拱，横跨龙溪，两桥头各砌了七级石阶，寓意"金山""银齐"。这座桥是贵州到龙溪口做生意的商人捐资修建的。贵州玉屏、大龙、长岭等方向的客商赴龙溪口经商必经三拱桥。意思是贵州生意人只要踏上此桥，到了龙溪口就会"金山""银齐"。三拱桥刚开始也不叫三拱桥，叫龙溪桥。龙溪桥有三个拱，当地人就管它叫三拱桥了。就像父亲张重阳后来驼背了，人们就叫他张驼子了。

后来，从湖南宝庆来的生意人李河生在三拱桥的下端设坝修渠开碾坊，水漫起来，桥下就有很深的水塘了。大河边的人，要懂得水性。这口深水塘自然就成了父亲和小伙伴操练水性的地方。

一到夏天，父亲就带着小伙伴光着屁股大呼小叫地往三拱桥跑，从万寿街到福寿街，那些小伙伴纷纷从小巷里钻出来，越钻越多，等跑到桥头时，已是一支二三十人的队伍了。队伍在桥头一分为二，胆子大的直接跟父亲冲上桥去，胆子小的则从桥头左手边的一条小路跑下河去了，只有胆子要大不大要小不小的还站在桥头犹豫，为自己的道路选择伤透脑筋。桥上的人要比桥下的人快得多了，上桥只有七级石阶，一蹿就上去了。桥下的人要下二十几个石阶,往往还没跑到河边,父亲他们就从两丈多高的桥上"扑通""扑通"地往下跳了,溅起丈多高的水花。父亲的水性好,有时候一个猛子扎下去,也不会溅起水花来,有如苍龙入海,等钻出水面时,已到三拱桥下端二三十丈远的地方了。要不是李河生在那设坝修渠挡了去路,父亲兴许还能扎得更远呢。父亲因此而迁怒于李河生,有时也会捉弄这个宝庆佬。

李河生的水碾坊设在坝堤下端三四丈远的河边上,靠水渠把坝里的水引过去碾米。坝堤边有个水闸。碾米的时候,把水闸打开,渠水就哗哗地流进碾坊,然后一头栽下去,水流冲击着下面巨大的伞轮。伞轮便转动起来,带动上面的碾盘,骨碌碌地碾起米来。米碾好了,再把水闸放下。

有时候碾着碾着,碾盘就停下来了。李河生见水渠断水了,就光着胳膊跑到坝堤边看,见水闸关上了,坝堤边也没人,孩子都在桥底下洗澡,戏水。李河生还以为是水闸松了,水闸自己掉下去了。就重新打开水闸,可人刚回到碾坊,水闸又关上了。反复跑了好几次,这米就没法碾了。"老子食你妈的皮!"这个宝庆佬在坝堤边气得直骂娘,差点几斧头就把水闸的挡板给劈了。

刚开始李河生也不知道是父亲在捣鬼,后来就知道了。有时候没人碾米,碾盘也会骨碌碌地转动起来。李河生就知道有人在捣鬼。没人碾米,水闸是关着的,肯定是有人把水闸打开了。李河生就站到坝堤上大声问父亲:"张重阳,是不是你倒动我的水闸了?"父亲就会在桥底下冒出头来,气喘吁吁地说:"李叔叔,不是我哩,我在这里打迷子。"

李河生说:"那水闸是谁打开的?"

父亲说:"我哪晓得喽。"

回头又说:"怕是自己打开的哩。"

小伙伴们也跟着说:"怕是自己打开的哩。"

李河生不信,就在坝堤上自个儿操起娘火来:"老子操他娘的皮!有娘生,没娘养!生个小畜生,也不封手……""不封手",是句骂人的话。在湘西,孩子生下来的那个月,不能让手露在外面,要把衣服袖口封起来,叫封手。要是父母不给孩子封手,将来孩子就会手脚不干净,到处偷鸡摸狗,不讨人喜欢。父亲听了就笑:"李叔叔,什么叫做有娘生没娘养啊,你家妹崽李春儿不是没娘也生了吗?"

小伙伴们就嘻嘻哈哈地笑开了。

李河生三十来岁,是个脸胡子,前两年带着个女儿随船到龙溪口讨生活,见龙溪河水流湍急,就在离河口不远的地方开碾坊。李河生的女儿叫李春儿,年纪跟父亲张重阳差不多大,也是八九岁。刚开始他们也一起玩,而且玩得很好,可是后来李河生不让他们一起玩了,说父亲名堂多,会把李春儿给带坏。

父亲不承认自己开闸放水,李河生也拿他没办法。父亲私下里还提醒过小伙伴,不能当叛徒,谁要是当叛徒出卖他,就别想再跟他玩了。父亲是龙溪口的孩子王,不跟他玩,就没人玩了。父亲无论做什么坏事,只要他自己不说出去,就没有人会说出去。所以李河生把孩子问遍了,也是白问,没结果。再有人来碾米,李河生只好把李春儿叫到坝堤边守着。李春儿就顶着大太阳站在坝堤上远远地看父亲和小伙伴们在河里尽情地游泳、嬉戏。父亲玩疯了,也会一个猛子扎到坝堤边来,跟李春儿说话。李河生就知道那些坏事是父亲干的了。

李河生把状告到祖父那里去了。

祖父用竹鞭子把父亲狠狠地抽打了一顿,然后把他扔到存放泡酒的地窖里关了一个晚上。祖父怕父亲再到三拱桥那边惹是生非,第二天进城办事时就把父亲带去了。哪想在晃州渡口坐渡船时,父亲又发现了白鹭的秘密。离渡口大概百丈远的舞阳河中央有一片绿草地,地方不大,也就一两分地吧,狭长狭长的,远远看去,像河心里漂动着的一根水草。城里人管这块绿草地叫白鹭洲。

一到热天,白鹭洲就热闹了,有上千只白鹭在上面落脚。

好啊,我说娑罗树上的白鹭早出晚归,都到哪去了呢,敢情是到河心里觅食来了。父亲看到了就高兴,白鹭洲的对面有座风雨桥,城里的孩子在桥下洗澡,规矩着呢。心说,等下回去就把杨铁锤、蔡老狗、胡大脑壳几个叫来,只要一个猛子扎过去,准能抓十几只白鹭回去给爹娘下酒,最好是把那只在自己脸上屙屎屙尿的白鹭抓住了,活生生地剥光它的羽毛,方解心头之恨。

十九

中午回到龙溪口,父亲也不回家,径直跑到三拱桥头杨铁匠家找杨铁锤,然后跟杨铁锤一起到粉馆和包子铺找蔡老狗和胡大脑壳。父亲开门见山地说,"有个洗澡的好地方,你们去还是不去?"蔡老狗问,"是什么地方,远不远?"胡大脑壳闷声问,"那里人多不多?"杨铁锤是个闷葫芦,平时话语不多，问都懒得问了。只要父亲张重阳想去的地方，肯定很好玩。父亲也懒得一一回答，等他们都问完了，只一句话就回答了。

父亲说："不远，城里的小孩子都在那里洗澡。"

回头又笑道："城里的孩子也太胆小了，两丈高的桥也不敢跳，就待在浅水滩边玩，小鸡鸡都淹不到呢。"

"太窝囊了。"

"走，我们这就去。"

"好，让他们见识见识我们哥几个的本领。"

杨铁锤、蔡老狗、胡大脑壳几个想在城里的孩子面前露露脸，就跟父亲张重阳去了。

晃州渡口设有两只渡船，四名渡工。渡工见就四个小孩上船，也没有大人带，哪里肯渡他们过去。蔡老狗是蔡家牛肉粉馆蔡胡子的独子，年纪稍稍大些，知道渡工的底细，于是责问渡工："你们拿的是公家的钱，吃的是公家的饭，怎么就不渡我们呢？"

蔡老狗说得没错，渡工除了有专门的渡田，每年官府还补助一定数额的银两。他们在舞阳河上摆渡，只负责把这边的客人渡过去，又把那边的客人渡过来，因为渡口是公家的，也不得收客人的钱。年老的渡工赶紧解释说："这位小爷，不是我们不渡，而是不能渡。你们一个大人都没有，要是进城走丢了，你们父母问起来，追究责任，我们哪担当得起呀。"

胡大脑壳狠声说："你们不渡也得渡！"胡大脑壳是狗肉包子铺胡天狗的独子，长得跟他爹一样，是个大脑壳，说起话来像打鼓，震天响。而杨铁锤也不说话，早就把两个拳头捏得像铁锤，只等父亲张重阳发话他就动手。

父亲认得那老渡工，清早上渡船时，祖父跟老渡工打招呼，叫他蒲师傅，知道他们熟，父亲就亲甜地说："蒲大爷，我是张家老酒馆张老酒的崽张重阳，早上我跟我爹刚坐过你的船哩。"老渡工先是愣了一下，随即认出他来了，就问父亲："张重阳，你们几个这是要去城头做哪样？"

父亲撒谎道："我爹早上到城头办事，买了把蒲扇子忘记在西南客栈的柜台上了，这么热的天，晚上不能没有蒲扇子，我爹没空，就要我回去取，我怕城头的小孩会欺负我，就叫他们三个陪我去。"

听父亲这么一说，老渡工就把他们渡过河去了。临上岸时还交代说："你们到了城头别乱跑，拿了蒲扇子就赶紧回来。我在河边等你们哩，回来了就喊我一声，到时送你们过去。"

·裂缝·

父亲几个说了声："晓得哩。"

他们跳上岸，拔腿就往风雨桥那边跑去。

他们在望得见风雨桥的地方就手忙脚乱地脱衣服裤子了，边脱边跑。杨铁锤裤子没脱下来，给绊了一跤，头上摔出个大红疱，也不喊痛，顺势坐在地上把裤子扯脱了，爬起来就跑，生怕自己跑慢了会丢同伴的脸。

跑到桥上一看，河水离桥底起码有三丈高，比三拱桥高多了。杨铁锤、蔡老狗、胡大脑壳胆怯了，不敢跳。父亲跺脚骂了声："都是没背卵的货。"然后头下脚上，一个猛子扎进了舞阳河中。

父亲露头时，已是在二三十丈开外的白鹭洲边了，索性爬上岸去抓白鹭。这些白鹭看似悠闲，却也十分警惕，见到有人来了也不急着飞，而是分别往两个洲头跑，要是父亲往上头追，下头的白鹭跑着跑着也会停下来，上头的白鹭被追得无路可跑了，就会展翅飞起来，像洁白的云朵从水面上掠过，落到对面的山林里。父亲折身再往下头追去，下头的白鹭也飞走了。当父亲两手空空地回到桥下，抬头再看时，洲头上又落满了白鹭，想回去抓，也是心有余而力不足，只能是干瞪眼睛了。

杨铁锤、蔡老狗、胡大脑壳见父亲在桥下冲他们拼命招手，也不知有何事情。三人索性把眼睛一闭，纵身跳入水中。再说，城里的孩子见他们几个从桥上跳下来都没事，也都光着腚跑到桥上，照样子跳下来，风雨桥下就热闹了。

杨铁锤、蔡老狗、胡大脑壳跟城里的孩子打起了水仗，父亲便像鱼一样潜入水中，一个个地揪他们的小鸡鸡，只揪得城里的孩子尖叫连连。一大群孩子在一起嬉戏，时间过得飞快，不知不觉又是黄昏了。有个女人抱着衣服在岸边喊：

"何家少爷！"

"何家少爷……"

连连喊了七八声，也没听到有人应答。"我家少爷不见了，如何是好啊？呜呜——"那女人就抱着衣服在岸边上哭起来。

后来一问才知道，那女人是晃州直隶厅新上任的何把总家的佣人，下午带何把总家的小少爷来风雨桥上玩。小少爷见孩子们在桥上跳水，玩疯了，就脱了衣服从风雨桥上跳了下去，哪想现在小少爷人不见了。

有人嘀咕说："怕是被大水给冲走了吧。"

听说官家的小少爷被大水冲走了，孩子都一窝蜂上岸了。父亲和杨铁锤、蔡老狗、胡大脑壳几个更是衣服也顾不上穿，到风雨桥上抱起衣服就跑了。

跑出很远了，父亲回头看了一眼，河边的孩子都跑光了，就那女人抱着衣服站在河边，呼天抢地的哭声随风阵阵飘来。

父亲和杨铁锤、蔡老狗、胡大脑壳抱着衣服回到渡口时，也没有人过河了，就老渡工一个人守在渡船边，嘴里吧嗒着半袋旱烟，像是在等他们。父亲冲老渡工亲甜地喊了句："蒲大爷，我们回来啦。"

听到喊声，老渡工连忙站起来，笑眯眯地说："回来就好，回来就好，你们回来，我老人家就放心了。"

回头又说："天快黑了，赶紧上船吧。"等父亲几个跳上渡船了，老渡工也不抽烟了，他在岸边的一块巨石上磕掉烟锅里的烟屎，把烟杆斜斜地插到腰带里，然后解缆上渡船。老渡工见他们几个人搂着衣服，都没拿蒲扇子，以为又是跑丢了，便问父亲："张重阳，你爹的蒲扇子呢？"

父亲连忙撒谎说："我们几个赶到西南客栈时，蒲扇子不见了，也不晓得是哪个贪便宜给拿走了。"蔡老狗与胡大脑壳也跟着附和："是哩，我们问掌柜了，掌柜也说没见过扇子，死不认账。"老渡工就知道他们几个撒谎了。这晃州刚设直隶厅，治安特别好，客人把东西落店里了，没有人会拿，只要客人找来了，掌柜哪有死不认账的理，何况还是把不值几文钱的蒲扇子。老渡工也不与他们计较，桡片一拨，扯开喉咙唱起歌来——

  日头落坡天发黄，
  阿妹出来晾衣裳，
  衣裳搭在手腕上，
  手把竹竿哭一场。
  问你阿妹哭哪样？
  别人有郎妹无郎，
  只因去年涨大水，
  卷走桡片淹死郎。

老渡工唱歌的时候，天已经暗下来了，成群结队的白鹭从头顶上飘过，像一片片素洁的纸鸢。父亲想，如果这白鹭是纸鸢就好了，只要线捏在手上，不管飞到哪里，都能把它们扯下来。他们几个就要上岸回家了，白鹭也要回到娑罗树上了。后来父亲又想，要是纸鸢飞到树上了，就扯不下来了，自己

·裂缝

得爬到树上去,把它们取下来。正想着,渡船靠岸了。老渡工对父亲几个说:"孩子,你们赶紧回家吧,莫要在路上玩了。"

父亲点头答应说:"我们不玩了,我们这就回家吃饭去。"

老渡工松了口气,自言自语说:"时间不早了,我也该收工了,回城头找个地方喝酒去。"

然后又摇着渡船,唱着歌回去了。"昨夜做梦做得凶,梦见与妹在船中,醒来一摸是场梦,脚蹬船舷手摸胸……"

父亲上岸后,也不急着回家。

而是带着杨铁锤、蔡老狗、胡大脑壳三人直奔桂竹湾去了。

父亲跑到娑罗树底下,也不跑了。

父亲说:"好了,我们上树捉白鹭。"

上树捉白鹭?

杨铁锤、蔡老狗、胡大脑壳三人吓了一跳。

蔡老狗抬头看了树上一眼,说:"树这么高,没有梯子我们怎么上去?"

蔡老狗是个急性子,所有问题都是他先问。父亲说:"看样子也就一丈五六吧,我们四个搭起人梯,就到树桠上了。"父亲在渡船上算过了,四个人中就他自己最矮,也有四尺一二,四个人身高加起来,没有两丈,也有一丈七八。再加上手臂举起来了,就是两丈高的地方都上得去。

胡大脑壳说:"上去了又怎么样,天都黑了。"

父亲说:"今天是七月十三哩,月亮大着呢。"父亲说这话的时候,月亮出来了。月亮挂在娑罗树伸向舞阳河的枝头上,就像娑罗树挑出来的一盏明灯。

杨铁锤看了一眼树梢上的月亮,闷着不做声。父亲知道他也有想法,就说:"铁锤,有什么问题吗?"

杨铁锤见父亲点名问了,就说:"我看还是算了吧,还有两天就是七月半了,我爹经常说,七月半,鬼乱窜,小孩莫乱跑……"说到鬼,四人的头皮就发麻,起鸡皮疙瘩了。只是父亲不信这个邪,笑道:"怕个卵呀,我这就上去抓几只白鹭下来摆老太。"然后安排人梯的搭法。蔡老狗身子单薄,在最上边,胡大脑壳个子最大,在最下面。

父亲双脚分别踩在蔡老狗双肩上,蔡老狗的双脚踩在杨铁锤的双肩上,杨铁锤再踩在胡大脑壳的双肩上,这人梯就搭起来了。

千算万算,父亲还是失算了。

因为脚是踩在肩膀上,而不是脑壳上,除去四个脑壳,人梯也就只有一丈四五高了,父亲伸长了手臂,刚刚摸到娑罗树分岔的地方。父亲在上边喊:"能不能再高一点?"胡大脑壳在下边吼道:"老子脚尖都跷起来了。"

父亲说:"就差一个脑壳这么高。"

胡大脑壳说:"铁锤,踩到老子的脑壳顶上去。"

杨铁锤当真提起右脚,颤颤巍巍地踩到胡大脑壳头顶上,然后大吼一声:"起去!"听到吼声,父亲也想脚下发力,借势蹿到树桠上去。哪想关键时刻,搭的人梯出了问题,父亲脚底下一软,用不上劲,没能踩到蔡老狗的肩膀,结果身子一歪,径直栽到龙溪客栈门口的荒地上。

娑罗树下是道一丈多高的坎,坎脚本来是片荒滩,鲍瓠米粒来了之后,在荒滩上刨了块地种葫芦,种了好几年,葫芦都不成气候,就又荒了。父亲从两丈多高的地方摔下去,肩背撞到地上,失去了知觉。

父亲醒来时,发现自己躺在大生堂的竹床上,祖父、祖母和鲍瓠米粒都在竹床边看着。祖父坐在竹床边的一把竹椅上,铁青着脸。祖母周如玉靠在竹床边上暗自垂泪,鲍瓠米粒则坐在竹床的另一头,半边屁股挂在床边上。

见父亲张重阳眼睛睁开了,他们都围了过来。鲍瓠米粒跟祖母周如玉齐声说道:"谢天谢地!终于活过来了。"听她们这话,好像自己死过似的。祖父也说:"我还以为你死了呢,到处闯祸,死了才好。"

要是死了就好了。但父亲没有死,之后差不多二三十年光阴,父亲都是活在痛苦之中,生不如死。这是后话。父亲在竹床上躺了两天三夜,第三天早上才醒过来。父亲是鲍瓠米粒叫人弄到大生堂来的。当时杨铁锤、蔡老狗、胡大脑壳三人吓坏了,在树底下大喊救命,就把龙溪客栈的老板娘鲍瓠米粒喊出来了。杨铁锤和胡大脑壳二人都没事,就蔡老狗的额头被树枝划了道口子,鲜血淋漓。孩子怕被骂,鲍瓠米粒一出来他们就都跑了。鲍瓠米粒见父亲不省人事,就叫张巨雷把他背到大生堂来了。

二十

大生堂是神算子张天牛在新街上开的大药房。福寿街与万寿街是老街,老街没地方盖房子了,但生意人不断涌来,后来人们开始在河滩边搭棚建房子,就是新街。大生堂的牌子挂起来后,鲍瓠米粒去抓药,才知道神算子张天牛就是长生堂的伙计张大生。当时鲍瓠米粒觉得奇怪,问张天牛:"店铺为什么要叫大生堂?"

神算子就咧嘴笑道:"我神算子张天牛这是一刀切断牛尾巴哩。"

鲍瓠米粒不解:"什么意思?"

神算子解释说:"你想想看,一刀切断牛尾巴,再往天上一扔,大生不就成了天牛。"

鲍瓠米粒笑了:"这么说来,现在你是尾巴从天上掉到牛屁股上,天牛就是大生了。"

笑罢,鲍瓠米粒就明白了。

神算子张天牛就是张大生。鲍瓠米粒叫了一声:"死竹竿子。"便扑进张大生的怀里,泣不成声了。鲍瓠米粒还像当年那样,叫张大生竹竿子。

"竹竿子,我还以为你死了呢。"

"米粒小姐,大生没有死,只是尾巴断了。"

原来,张大生拖着断腿掉下山崖后,并没有死,只是晕过去了。醒来时,发现自己挂在河边的一片荆棘上,脸也被荆棘挂烂了。只是后来爬到河边捧水喝,张大生看到自己破烂不堪的脸就不想活了,一头栽进舞阳河里。

张大生再次醒过来时,已经躺在洪江悦来客栈的床上了。后来张大生听悦来客栈的掌柜王悦说,自己是被一个叫姚五木的年轻老板送过来的,走的时候,还留了些银两在客栈里。这位年轻的老板还留下话,要他珍惜生命,好好养伤,这些银两不够用,一年后再来补上。只要死过一次的人,就不想再死了。张大生四处找来草药,给自己疗伤,给自己接骨,只是接的时候,腿骨没有接好,后来就成瘸子了。

伤好后,张大生并没有离开悦来客栈。而是在悦来客栈等那位年轻老板。一年过去了,姚五木还没有来,张大生就重操旧业,在悦来客栈的门口摆摊给人看相算命。没多久,"神算子"张天牛的幌子就这样支起来了。

想见救命恩人一面,张大生在悦来客栈一等就是八年。快要入冬的时候,姚五木终于出现了。姚五木是来找"神算子"的,他听说悦来客栈门口有个"神算子",就找过来了。

而当年救人的事情,姚五木早就忘了。好在悦来客栈的掌柜王悦还惦记着这事,见他推门进客栈了,就"哟唷"一声说:"这不是姚五木姚老板吗?稀客呀稀客。"姚五木径直走到柜台边,说:"王掌柜,我跟你打听个人?"

"哪个?"

"听说这里有个神算子,他在哪里?"

"他呀,就是你当年救的那个人哩。"

"什么，我救过那个人？"

"是呀，八年前你扛了个断脚杆，脸也烂得不成样子的人，扔到悦来客栈里，我还不敢收留呢。"

"我想起来了，是有这么一个人，当时我在清江排上查看木材，哪想从舞阳河那边漂来一块门板，门板上躺着个血肉模糊的人，捞起来一看，人还有口气在，没有死，我就把他送过来了。有八年多了，他还活着？"

"活着哩，还活得好好的。"

"那他人呢？"

"他不是在门口摆摊给人看相算命吗？"

王悦跑到门口看了看，也不见神算子，折身回来说："估计是到山里采药去了。"

"什么，他还会治病救人？"

"是哩，他给人看相算命，也会给人治病，样样来得。"

"他一直住在悦来客栈？"

"是啊，他一直住在当年你给他开的房间里，说是要等你回来了，谢过你再离开……"

王悦这么一说，姚五木又想起什么事情来了，便说："王掌柜，你算一下，看这些年他都欠你多少房钱，我这里一并补上。"

"不欠不欠，分文不欠。"

王悦摇着头："房钱他每年都给了，从不拖欠。"

过了晌午，神算子还没有回客栈，姚五木又说："王掌柜，麻烦给我要间上等好房，今晚我住下了。"

王悦说："姚老板，随我来。"

姚五木就跟着王悦上楼去了。

那天神算子是去嵩云山采药，很晚才回到洪江镇上。

回来的时候，悦来客栈的灯笼都亮起来了。神算子一进门，掌柜王悦就说："神算子就是神算子，你等的那个人来了。"

神算子说："他真的来了？"

王悦点头："你没有白等，他真的来了。"

见王悦一副高兴样，神算子心里就有把握了，准是自己的救命恩人姚五木来过了。"姚老板人在哪里？"

王悦一把抓过他的药篓子，说："你跟我来。"

· 裂缝

然后提着药篓子上楼去了。

姚五木住在神算子隔壁的大房间里。神算子一进门就跪倒在楼板上,要给恩人磕头。姚五木也不让他磕头,说:"神算子,我姚五木今天来悦来客栈找你,是有事情哩,又不是让你给我磕头……"

"是么,不知恩公有何事情?"

神算子挣扎着想从楼板上站起来,可是连连挣扎了好几下,还是没能站起来。见状,姚五木伸手拉了他一把,这才站起来了。

神算子说:"恩公有事请直说,只要我神算子张天牛办得到的,就是赴汤蹈火,断了性命也在所不惜。"

姚五木也不说什么事情,而是对站在门边的王悦说:"王掌柜,快去弄桌最好的酒菜上来,今晚我要与神算子一醉方休。"

王悦就说了声:"好哩。"

然后把门带上,下楼盼咐厨房给他们准备酒菜去了。

姚五木开始跟神算子扯家常。姚五木自称是贵州人,是清水江上做木材生意的小商贩。伙计把上好的酒菜送到房间里了,他们就边吃边聊,然后称兄道弟起来。姚五木比神算子小些。姚五木说:"当年天牛兄有什么想不开,要投水自尽呢?"

神算子摇头说:"恩公,不是我张天牛想要寻短见哩,我是上山采药,不小心从山崖上摔下来,掉到河里。"逢人只说三分话,不可全抛一片心。神算子给人看相算命,靠的是察言观色,说的是三分话。神算子把酒杯满上,端起酒杯朗声说:"感谢恩公相救,并赠以银两,我张天牛才得以苟活下来。今天我张天牛在这里借花献佛,用恩公的酒敬恩公一杯。"

姚五木客气说:"不言谢,缘分罢了。"

然后一饮而尽。

喝罢杯中酒,神算子问道:"刚才恩公说找我有事情,不知何事情?"

姚五木吞吞吐吐说:"其实也没什么事情,就是找天牛兄看相算命……"

"恩公是大富大贵之人,哪还用看相算命喽。"神算子笑了,哈哈大笑,只笑得满脸疤痕,抖动不已。

姚五木说:"其实,也不是要你给我看相算命。"

神算子止住笑:"那你要我给谁算?"

姚五木说:"不是算人,是算地方。"

"什么地方?"

"龙溪口，离这里三百多里地，在舞阳河边，我要你帮我算算这个地方未来的命运。"

神算子面有难色说："恩公，我对龙溪口一无所知，也不知从哪算起……"

姚五木哈哈大笑说："你不是神算子吗？'天知地知，我知你不知。'"

神算子说："实话跟恩公说了吧，那只不过是行走江湖混饭吃的幌子，我跟江湖郎中行医多年了，懂得些医理，悬壶济世治病救人倒是真的。"

姚五木说："其实我要的就是你神算子的这面幌子。"

"此话怎讲？"

"是这样的……"

姚五木跟神算子耳语了一番。

神算子不停地点头，最后狂笑起来："这种事情，我神算子张天牛最理手了，明天我就去龙溪口。"

故事说到这里，张大生就住口不说了。他摇摇头，喃喃自语，"天意，天意，真是天意。"

鲍瓠米粒好奇地问道："竹竿子，这个姚五木都跟你嘀咕些什么呀？"

张大生摇摇头："其实也没说什么，恩公只是跟我说了一些张家老酒馆的事情，还有龙溪口的大概情况。"

"那他有没有说到我？"

"没有，恩公只说湾头有家客栈，要我到了龙溪口，就住在客栈里。我是到了龙溪口，才知道你也在这。"

"那你怎么不到龙溪客栈与我相认，反而住到树洞里去了？"

"我是想与你相识，可是看到你……你是两个孩子的娘了，即便是相认了，那又能怎么样？太晚了，于事无补了。"

"你是怪我……"

"我没怪你，我只是祝福你们。"

"死竹竿子，你知道吗？我还以为你是坏人呢，你住在树洞里的这些年，我没睡过一天好觉。"

"我的确不是好人，我天天在树洞里盯着你看，也不跟你说话。夜里想你了，我倒敲过你的门呢。"

"原来是竹竿子你呀，我还以为是寻花问柳的男人呢，每次问了，也不作声，要知道是你敲门，我早就开门了。"

"还好，你不开门，要是你开门了，我这辈子就不会与你相认了。"

"为什么?"

"那样,我会误会你。其实我敲门,也不全是想你,我只是想试探一下,你是不是跟客栈里的那些女人一样,唉——"张大生长长地叹了口气,又说,"米粒小姐,你真不该把客栈开成那样的。"

"那不是我的意思。"

"我知道,那是蝶纷飞的意思。不过现在好了,蝶纷飞这个婊子把窑子开到张家老酒馆的隔壁去了,也算得是酒色一家了。"

"你怎么这么说呢?老酒哥是好人,为人老实本分,当年要不是他冒着生命危险把我从大水中抢上来,我恐怕早就没命了。"

"他张老酒是好人,那天底下就没有坏人了。你想想看,他都一大把年纪了,还把别人的未婚妻抢到鸟不屙屎的龙溪口来?周如玉是贵筑知县周云樵的千金,人家在清水江那边可是有婚配的。"

"竹竿子,幸福美满的婚姻是抢不来的,我是女人我知道,他们是真心相爱的,没有人能够拆散他们。就像当年,爹不让我跟你好,我还不是死心塌地地跟了你。要不是你被爹打断腿掉下悬崖,我们也不会分开的,永远都不会,你说是不是?"

"是倒是的,可是我还是觉得他张老酒不厚道。"

张大生看了看鲍瓠米粒,心酸道:"他张老酒要是老实本分,就不会捡到一块地,就急着留种号地方了。"

鲍瓠米粒知道张大生说的是什么,宽慰道:"竹竿子,有些事情你得看开点,也不要往心里去,地是你的地,你不在了,荒着也是荒着,人家种了就种了。现在你回来了,想种什么都可以,也没人跟你抢……"

张大生说:"这么肥的地,就是有人想要,我神算子也不给,种的萝卜白菜,日后也都归我神算子了。"说完这番话,张大生就开始张罗婚事。

半个月后,大生堂的老板与龙溪客栈的老板娘喜结良缘。龙溪口的生意人都来祝贺,酒席摆了半条街。

二十一

张巨雷把父亲张重阳背到大生堂,小心翼翼地放到竹床上。张大生正在柜台前的一盏桐油灯下噼里啪啦地打着算盘核对账目。鲍瓠米粒冲他喊道:"竹竿子,别打算盘了,快点过来看看孩子。"张大生打着算盘,头也不抬地问道:"孩子怎么了?"鲍瓠米粒说:"孩子从树上摔下来了,你快点过来看看。"听说孩子从树上摔下来了,张大生扔了算盘,挂着拐杖跑到里屋一看,见竹床上躺的是父亲张重阳,就来气了。他冲鲍瓠米粒母子吼道:"你们怎么把个死人扛到屋里来了?"

张巨雷说:"爹,张重阳他还没死呢。"

鲍瓠米粒说:"竹竿子,你看都没看,怎么就说是死人了呢。"说着就来气了,"郎中哪有你这种当法,以为把我爹的葫芦挂到幌子上,动动嘴巴子,就是悬壶济世了?"张大生自知理屈,就伸手探了探父亲的鼻息,摇头叹息说:"这孩子没救了,就剩半口气了,你们快点把他抬回去。"

鲍瓠米粒说:"不行,不能抬回去,路上一折腾,半口气就没了,竹竿子,你得赶紧给我想办法救孩子。"

回头又吩咐张巨雷,说:"宝崽,赶紧到张家老酒馆把张重阳的爹妈喊过来。"

张巨雷拔腿就往外跑,去万寿街喊祖父祖母去了。

张大生不想惹鲍瓠米粒生气,就对她说:"你到柜上把你爹的那个葫芦拿来。"葫芦拿来了,张大生要她把葫芦盖子拔了,用手捏了父亲张重阳的鼻子,把酒灌进嘴里。"就半口气了,捏住鼻子还不断气了。"鲍瓠米粒哪敢捏父亲的鼻子。张大生说:"你要是不捏住他的鼻子,这药酒味呛到鼻孔里,他就真的没气了。"

鲍瓠米粒就捏住父亲的鼻子,灌了两口药酒。

张大生说,够了,就两口。

鲍瓠米粒这才收了葫芦,松了手。

鲍瓠米粒正想问葫芦里装的什么药酒,祖父祖母就急匆匆地跑进来了。祖母周如玉见儿子躺在竹床上一动不动,喊了两声张重阳,也不见应答,眼泪就掉下来了。祖母的眼窝浅,动不动就哭。祖父忙问张大生:"神算子,孩子还有得救吗?"张大生未置可否,只是说:"我们已经给他灌续魂酒了。"张大生摇了摇手上的葫芦说:"这是用你们老张家最好的米酒泡的续命草,能不能活过来,就看他的造化了。"

第二天清早,祖父刚从大生堂回到张家老酒馆,县衙门就来人了。何把总带着两个兵冲进张家老酒馆,劈头盖脸地问道:"哪位是张老酒?"

"我就是,不知三位军爷找我有何事?"

"你儿子张重阳在哪?快把他交出来!"

"张重阳犯了什么事?"

·裂缝·

一个兵说:"这是晃州直隶厅刚到任的何把总,何把总家的小少爷昨天下午在风雨桥下洗澡时遇害,据我们调查,龙溪口有四个孩子去了,你儿子张重阳有重大嫌疑。"

"何把总,怎么会呢,昨天我儿子张重阳是进城了,可是一直跟在我身边,寸步不离,而且我们是中午就回来了。"祖父跟何把总解释说。

何把总说:"他中午是回来了,可是下午他又带着三个孩子过去了。"

祖父问:"谁说的?"

另一个兵说:"晃州渡口的老渡工蒲远航说的,他认得你们父子俩,你可认得他?"

祖父点头说:"这个蒲师傅我认得,如此说来,我那孽子昨天下午真的又进城了。"

那个兵又说:"那还不赶快把你的儿子交出来!"

祖父为难说:"军爷,我那孽子不在家。"

何把总把手一挥说:"肯定是藏起来了,给老子仔细搜!"

祖父说:"军爷,不用搜了,我这就带你们去抓他,他在大生堂躺着,反正也活不过来了。"然后就把何把总三人带到大生堂去了。

父亲躺在竹床上不省人事,何把总上前用手探了下鼻息,感觉也就半口气了。何把总回过头恶狠狠地对祖父祖母说:"活不过来最好,要是活过来了,我何奈天这辈子跟他没完!"撂下狠话,带着两个兵走了。

剩下祖父祖母四目相觑。

祖父说:"娘子,不救了吧,孩子我们抱回去。"

祖母:"不行,抱回去孩子肯定没命。"

祖父说:"没命了就扔到河里去,反正这辈子是指望不上了。"

祖母心酸垂泪道:"相公,难道你就这么狠心?"

祖父摇头苦笑说:"不是我狠心,刚才何奈天的话想必你也听到了,张重阳就是活过来了,何奈天也不会放过他的。"

张大生拄着拐杖从外面进来,一跛一瘸地说道:"这孩子八成是活不过来了,即便是活过来了,也是个废人,还不如扔掉算了,周大妹子还这么年轻,张老酒张老哥的身板也还算是结实,与其留着个废人养着,还不如趁早埋头苦干多生几个,免得老了后悔……"

鲍瓠米粒跟在屁股后面,听得有些刺耳了,便冲张大生吼道:"张大生,你是怎么说话的呢?什么废人不废人,你不也是断了腿,照样活得好好的吗？"

张大生就不敢再吱声了。

两天后，父亲醒过来了。

鲍瓠米粒跑到柜上喊张大生，要他过去看看，张大生说："看了也没用，表面看着没有伤，可是脊梁骨与胸椎都损坏了，我看是回天无力了。"

鲍瓠米粒说："难道就没有人能医治了吗？"

张大生想了想，说："也许你爹能医治，他是神医。"

鲍瓠米粒说："对哩，我怎么就没想到他老人家呢。"

回头又说："竹竿子，鲍瓠镇离龙溪口也不是很远，我们回去求他老人家吧，求他过来医治张重阳？"

张大生说："要去你去，我的腿脚不方便，再说，他老人家要是不讲起理来，把我另一条腿也打断了，那我这辈子就只能爬着走路了。"

"你不敢去，那我就只有跟张重阳他爹去了。"

鲍瓠米粒说："好端端的一个孩子，我不能眼睁睁地看着他就这样残废了。"

张大生心里不高兴了，就把脸别到街上去了。

鲍瓠米粒回到里屋把自己的想法跟祖父祖母说了，祖父刚开始有些犹豫，不知道跟不跟鲍瓠米粒一起去，可祖母说："有什么好犹豫，你陪姐姐去一趟鲍瓠镇就是了。"祖父也就没有什么好犹豫了，当即叫店里的伙计把父亲连同那张竹床抬回张家老酒馆了。

然后跟鲍瓠米粒动身前往鲍瓠镇。

二十二

两个月后，祖父和鲍瓠米粒两手空空回来了。

鲍瓠米粒没有回大生堂，也没有回龙溪客栈，而是随祖父去了张家老酒馆。出去这么久了，鲍瓠米粒的心思跟祖父一样，回到龙溪口的第一件事情就是想看看父亲张重阳的情况。张重阳不在酒馆里，只有祖母跟几个伙计在酒馆里张罗生意。见他们两手空空地回来了，祖母就问祖父："相公，鲍瓠神医呢，他怎么没有跟你们一起回来？"

祖父哪有心思回答祖母的问题，张口就问："张重阳呢？"

祖母说："重阳啊，一大早就跟胡大脑壳他们出去玩了。"

祖父跟鲍瓠米粒感到很意外，几乎是异口同声地说道："什么，张重阳的伤这么快就好了？"

祖母笑道："是呀，你们走后没几天，他就找小伙伴们玩去了，这一个多月来，他都是活蹦乱跳的，也看不出哪里有问题……"

"你们是看不出来，可我神算子看得出来，张重阳的问题大着呢。"张大生拄着拐杖一瘸一瘸地从门口进来了。张大生听人说，看到鲍瓠米粒跟张老酒回来了，半天没见到人，就急匆匆地找来了。张大生说："张重阳看似没问题，其实骨头都松动了，而且是走样了，一两年内看不出来，两年后，你们就晓得了。"

祖母刚刚放松的心情，又紧张起来了。她又问鲍瓠米粒："姐姐，你爹呢，他怎么没有跟你们一起回来？"

鲍瓠米粒摇了摇头说："我们这次到鲍瓠镇，也没有见着他老人家。"

祖母说："他老人家怎么了？"

鲍瓠米粒说："我也不知道，听镇上的人说，当年我被大水冲走后，我爹就带着我娘离开了鲍瓠镇，云游去了，也没有人知道他在哪里，长生堂也关门了。"

祖父说："长生堂也改头换面，成了山货店了。"

张大生摇头叹息道："唉——看来张重阳是命中该有此劫啊，你们找不到师父，就没有人救得了他了。"刚叹息罢，张大生又满腹狐疑地问鲍瓠米粒："婆娘，龙溪口到鲍瓠镇也就百多里路，这一去一回，三五天也就足够了，你们怎么两个月才回来？"

不问还好，张大生这一问，鲍瓠米粒眼圈就红了，落泪说："竹竿子，还说呢，这次我跟老酒哥哥去鲍瓠镇，差点就回不来了。"

祖母忙问："到底是怎么回事？"

鲍瓠米粒说："我们回来的路上遇到强盗了。"

祖父看了鲍瓠米粒一眼，说："是这样的，我跟大妹子到鲍瓠镇没有找到鲍瓠神医，就一刻不停地赶回来了，家里躺着个快要死的人，也没有闲情看风景，哪想刚回到添子山脚，就让强盗剪径关羊抓到山上去了。"

祖母和张大生齐刷刷地问道："那后来呢？"

祖父说："那强盗头子看到大妹子长得漂亮，就想要她在山上当压寨夫人，我是个老头子，留在山上也没用，说是糟蹋粮食，就被拉出去砍了，眼看就要人头落地了，我身上的味道却救了我。"

张大生说："什么味道？"

祖母说:"那还用说,当然是男人的味道。"

哪有男人喜欢男人的道理?张大生不信,张口便问:"张老酒,这强盗头子难道还喜欢没用的男人?"

祖父看了祖母一眼,又看了鲍瓠米粒一眼,摇头苦笑道:"这强盗头子的确是喜欢我身上的味道哩,我张老酒别的味道没有,就一身酒气,在酒里泡了一辈子了,酒气已经渗透到骨头里去了,只要一激动,酒气就会从毛孔里散发出来,平日里我的汗水呀,女人闻了会发癫,男人闻了会发狂。嘿嘿,这男人没有不喜欢喝酒的,特别是强盗,他们上山当强盗,还不是为了大碗喝酒,大块吃肉?你们说怎么着,这些强盗把我的衣服剥了,要在日头底下砍我的脑袋,这日头一晒,我一身酒气都出来了。这强盗头子一闻到酒气,就说,停,哪来这么香的酒气?然后翕动着狗一样的鼻子,闻过来,一直闻到我的身上,然后又闻到裤裆上去了。强盗头子问我是不是把酒壶藏到裤裆头了,我说,裤裆藏的是鸡巴,不是酒壶。然后又说,我在贵州做了一辈子泡酒,能不沾点酒气吗?强盗头子听说我是做泡酒的,也不砍我的脑袋了。强盗头子说先把人关到山洞里去,要是做不出泡酒来,还要砍脑袋的。后来强盗到山下抢来糯米,而且还都是上好的扯扯糯,要我给他们做泡酒。"说到这里,祖父就停了下来,回头向张大生道歉道:"神算子,也许你早就算出来了,我还真做了件对不起你的事儿。"

张大生瞟了鲍瓠米粒一眼,见鲍瓠米粒脸红红的,隐隐约约猜到了几分,就顿着拐杖问道:"张老酒,你还是不是人?你儿子出事了,我们两口子跑上跑下的,到处帮你……你……"张大生气极语塞。

祖父一脸无奈地说:"神算子,我张老酒这也不是没办法嘛。"

鲍瓠米粒说:"就是哩,那也是没有办法的办法了,我——"

张大生瞪了鲍瓠米粒一眼,说:"别插嘴,让他说下去。"

祖父接着说:"强盗把糯米抢上山来了,我就跟强盗头子说,这泡酒,我得跟我婆娘一起做,为了救大妹子,我就把大妹子说是我婆娘了。强盗头子刚开始还不肯呢,非要大妹子做他的压寨夫人,后来我就吼了句,婆娘不来搭手,这泡酒我张老酒没法做了。哪想那强盗头子也姓张,叫张老虎。张老虎听说我叫张老酒,就说我们五百年前是一家哩,然后把大妹子送回来了,一起关在山洞里做泡酒。直到昨天,张老虎要去铜仁做笔大买卖,强盗倾巢出动了,就留着两好色的小强盗守山洞,大妹子一提裤子就把他们制服了。然后,我们躲到山里,天亮就逃回来了。"

张大生问:"你们一起关了多久?"

祖父掰着手指头算了算,说:"去鲍瓠镇走了两天半,回到添子山又走了两天,张老虎他们是第二天下午才抢到糯米,添子山到这里三十几里地,走了半天,除去这七天时间,我跟大妹子都在山洞里。"

张大生说:"关了个把月?"

祖父说:"五十二三天吧。"

这五十二三天里,祖父跟鲍瓠米粒在山洞里到底做了什么,也没有人知道。山洞里就他们两个人,只要他们不说,就没有人会知道。祖母私下里问过祖父几次,可是祖父说什么也没干,每天除了做泡酒,就是睡觉。祖母也追问过,睡觉都干了些什么?祖父说,睡觉还能干什么?祖母不信,和一个漂亮妇人在一起,肯定会干点什么,否则日子会难过。说得多了,祖父也就懒得争论了,说,要是不信,你去问大妹子好了。这样一来,祖父就把问题推得干干净净了。

祖母哪好意思去问鲍瓠米粒,就是去问,只怕也问不出结果来。张大生倒是问过鲍瓠米粒了,然后跟祖母说,答案都差不多,就像真是说的那样了。张大生也就不再问祖父张老酒了,而是直接问起强盗张老虎。

张大生问鲍瓠米粒:"刚到山上的那个晚上,你不在山洞里,那强盗有没有把你怎么样吧?"

鲍瓠米粒心有余悸说:"你是说那张老虎啊,这家伙虎背熊腰,三十几岁,活脱脱的,就是只山上的大老虎。"

张大生又试探说:"没伤着你吧?"

鲍瓠米粒知道男人想问什么,便嘻嘻哈哈地笑道:"你就放心吧,三十如狼,四十如虎,这男人再厉害,也伤不到女人的,你婆娘我是谁呀,是巨雷与晚霞的娘哩。"听鲍瓠米粒这么一说,张大生再也放心不下了。

张大生说:"这次虎口脱身,肯定是伤着哪里了。"

鲍瓠米粒也懒得再争论了,就在被窝里轻轻地叹了口气,柔声说道:"竹竿子,其实女人最容易受伤的地方就是肚子,伤不伤着,人家现在哪晓得,日后慢慢就晓得了。"没过多久,鲍瓠米粒的肚子又显山露水大起来了。

鲍瓠米粒平日里也没事干,就整天挺着个大肚子在龙溪口的大街小巷里转悠,每天也会到张家老酒馆两三次,跟祖父祖母说说话,聊聊天。有时候,祖母到龙溪学堂教孩子念书写字去了,不在酒馆里,祖父跟鲍瓠米粒也会开玩笑,打情骂俏一番。

"大妹子,还是你家神算子会算哩,又把你的肚子算得这么大了。"

"哥哥,龙溪口的男人怕就你最没用哩,讨了个嫩婆娘,十几年都没见动静,要不要我家的神算子帮你算一算?"

"是哩,我家那点油麻地是瘦了点,没有你湾头的地肥,你湾头的那块地呀,摆在那里像棺祖坟哩,这回呀,神算子家的祖坟要冒青烟了。"

"冒烟就冒烟吧,反正哥哥也见过,这烟子要是真的进眼睛了,有人会掉眼泪水的。"

"大妹子,肚子这么大,说正经的,到时会不会钻出好几个来?"

鲍瓠米粒就抚着大肚子咯咯地笑道:"哥哥,你以为女人是母猪哇。"

祖父很认真地说:"我张老酒打娘胎里出来,还从没见过这么大的肚子哩,再说嘛,你跟别的女人也不一样。"

"相公,姐姐哪里不一样?"

祖母从龙溪学堂回来了,老远接过话头问道。玩笑开得太入迷了,祖母从龙溪学堂那边拐过来也没看见。祖父说:"娘子回来了。"又指着鲍瓠米粒的大肚子说:"娘子看看,大妹子的肚子跟别的女人是不是不一样?"

祖母认真看了,说:"姐姐还真不一样哩,我怀张重阳的时候,快要生了肚子还没有姐姐的一半大哩。"

"就是嘛。"

祖父哈哈大笑道:"大妹子,你跟别的女人真的不一样,这一回,肯定能生三四个。"

鲍瓠米粒知道祖父说的是什么,也就笑笑,用手轻轻地捶了捶腰杆,说是腰杆酸痛得很哩,借故离开了。

春天快要过去的时候,鲍瓠米粒一胎生下了五个孩子,四男一女,孩子生下来的时候,个子不大,但都活了下来。张大生给儿子分别取名叫做张巨龙、张巨虎、张巨豹、张巨熊,女的取名张晓燕。一时间,龙溪口的三街六巷都在议论张大生的儿子。

祖父突然又想起前两年老死的那头老母猪来。老母猪有十三个奶子,最多的一次也只生了十二个猪崽,还剩下一个奶子。鲍瓠米粒倒好,四个奶子生了五个孩子,还少了一个奶子呢。张大生又是个瘸子,也帮不上忙。想到这里,祖父就对祖母说道:"大妹子一下生了五个孩子,肯定忙不过来,这段时间你也不要跑学堂了,去大生堂帮忙带带孩子。"

祖母去了趟大生堂,很快又回来了。

祖父说:"还没有一个屁的时间,你就回来了?"

祖母说:"张大生这么能干,哪用得着我去帮忙。"

祖父不信,跑到大生堂一看,也在心里暗暗佩服起张大生来。神算子就是神算子,他的腿脚虽然不方便,但是脑瓜子好使得很,名堂也挺多。可不是吗?张大生算准鲍瓠米粒一个人忙不过来,就叫张巨雷到桂竹湾砍来十几根大桂竹,破成细篾,编织成五个篮子样的小摇篮,从二楼的檩子上面一字排开地挂下来。

五个摇篮挂得不高不低,恰到好处,鲍瓠米粒只要把奶子掏出来,稍稍弯腰就可以奶到孩子了。鲍瓠米粒一个一个地奶过去,奶完了,换一个奶子再奶。祖父在大生堂的门外看了好一会儿,鲍瓠米粒始终是有条不紊,没有丝毫慌乱,祖父也就放心地回张家老酒馆去了,再也不用为张大生夫妇的五个孩子操心了。

二十三

父亲是十四岁那年变成驼子的。

其实早两年,父亲的骨骼就有所变化了,只是变化不大,不留意也看不出来。十四岁正是男孩子长身体的时候,骨骼迅速增粗增长,这种变化很快就显现出来了。半年不到,父亲的腰背就驼了,像是背了一口不大的锅子,胸脯也长成公鸡胸,人也变得猥琐起来了。那以后,龙溪口很少有人再叫父亲张重阳了,而是叫他张驼子,张驼子也就成了父亲在龙溪口最响亮的名字了。

龙溪口除了杨铁锤和张晚霞,其他的孩子都不愿意跟父亲一块玩耍,就是胡大脑壳、蔡老狗也觉得跟一个驼子在一起玩耍会丢自己的脸,也都远远地躲着父亲。父亲因此陷入了前所未有的孤独,想死的心都有了。

夏天的时候,龙溪口的孩子都在胡大脑壳与蔡老狗的带领下,光着屁股从三拱桥上跳进深潭里游泳嬉戏。父亲只能躲得远远的,看他们玩。好几次杨铁锤跑过来邀父亲去游泳,但父亲都推脱了。父亲不敢在人前脱衣服,怕别人看到他的罗锅背与公鸡胸。有一次,父亲等桥下的人都走光了,就一个人跑到三拱桥上,衣服也不脱就一个猛子扎到深潭里。父亲想,死在深潭里算了。可是身子却要不断地浮起来,父亲就死死抱住潭底的一块大石头,不让自己的身子浮起来。如果不是杨铁锤一个猛子扎到潭底把父亲扯上来,父亲十五岁那年夏天已经死在深潭里了。

杨铁锤把父亲拖到坝堤上，双手拼命地摁父亲的公鸡胸，把一肚子的河水摁出来了，父亲这才活了过来。"铁锤，你怎么就不让我死呢？"父亲仰躺在坝堤上，苦笑说，"我活着，只会给父母丢脸。"

"给父母丢脸？你死了才给父母丢脸呢！张重阳，亏你脑瓜子这么灵便，你也不想想，你父亲张老酒五十多岁才有你这么个儿子，你就这么死了，你的父母怎么办？你想让他们白发人送黑发人吗？"一向不太爱开口说话的杨铁锤突然冲父亲吼了起来，"你就这么死了，你对得起生你养你的父母吗？你对得起你的朋友吗？"

父亲惨然说："朋友？我张驼子在龙溪口还有朋友吗？这一年多以来，每次回头张望时，我只看到张驼子的影子。"

杨铁锤吼道："不！重阳哥，你在龙溪口至少还有我杨铁锤和张晚霞。"

一语惊醒梦中人，父亲一骨碌从坝堤上爬起来，捧着有些歪斜的嘴巴对着龙溪口对着舞阳河对着晃州城喊道："我叫张驼子！我在龙溪口有爹娘和大妈，还有好朋友杨铁锤和晚霞姐！我再也不想死了！从此往后，我张驼子要活出个人样来！"夕阳下，龙溪口就像个大喇叭，把父亲的这番话送到舞阳河，然后又送到晃州城里去了。

那以后，父亲开始跟祖父学酿酒，钻研各种酒艺。祖父是自己七十大寿的时候，当着所有客人的面把张家老酒馆交给父亲的。当时父亲刚刚满十八岁。张家老酒馆到了父亲手上，就不仅仅是吃饭喝酒的地方了，而是龙溪口最闪亮的一块老字号招牌。通过三年的精心研制，父亲不但懂得酿制米酒和泡酒，还懂得如何把高粱、苞谷、麦子、苕棒、葡萄，甚至山上的野果酿制成美酒，比如长在土里不见天日的茯苓，结在树上日晒雨淋的刺梨，都能酿制成美酒。父亲在龙溪口还有了自己的酒作坊。父亲还跟张大生学了一阵子中草药，并且引经据典地把一些名贵的药材用在了研制药酒上，然后用坛子装了，专门高价卖给城里的达官贵人。只几年下来，张家老酒馆的坛子酒就享誉湘黔川，甚至装船远销汉口、上海。

再后来，父亲也会到三街六巷里转转，见到他的人，不是恭恭敬敬地叫他张老板，就是恭恭敬敬地叫他张掌柜，很少有人当面叫他张驼子了。每每这时父亲也会提醒叫他的人："都是卵蛋边的两个人，你还是叫我张驼子吧，人如其名嘛，听起来也习惯些，这老板与掌柜，把人都叫得生分了。"话是这么说，但父亲走起路来，腰杆不知不觉就挺起来了。父亲是罗锅背，长的又是公鸡胸，也直不到哪里去，看起来反而更像只骄傲的公鸡。就会听到有人远远地议论着：

"看，龙溪口的那只大公鸡又来了。"

"他呀，要是大公鸡就好了，只可惜，连只大公鸡都不如。"

"讲卵话，人家是大老板大掌柜，怎么就不如大公鸡了呢？"

"哪只大公鸡的屁股边没跟着几只母鸡呀，你看看，他也快三十的人了，还打单身呢，连个女人都没有……"

"有钱还怕没女人？"

"钱多有卵用，人也就那个卵样子，哪家闺女肯嫁给他呀，晚上睡觉还背着口烂锅子，人家闺女还怕做噩梦呢。"

"说得也是，爹娘替他张罗了几门亲事，好像都没有讲成。"

"再有钱，也只能压鸡婆了。"

"他隔壁就是鸡婆店，他这只大公鸡呀，压鸡婆也蛮方便。"

说着说着，又说到大公鸡了。

父亲也觉得自己不如大公鸡，腰杆就再也直不起来了。

所议论的鸡婆店，就是开在张家老酒馆隔壁的"蝶纷飞"，是三妈蝶纷飞开的，店名就叫蝶纷飞。龙溪口的人把蝶纷飞的姑娘叫作鸡婆，也是有些道理的。鸡婆发情的时候，只要见到公鸡过来，就主动蹲下，等公鸡压。有时候来的不是公鸡，是人，只要你一伸手，鸡婆也会蹲在那，任凭你捉拿，也不管不顾。

蝶纷飞的姑娘也一样，整天在楼上等男人压。

那是一栋三层的木楼，临街全是半开的推窗，每扇窗口里都半倚着个年轻漂亮的姑娘，打扮得花枝招展的，手里捏着张绣了戏水鸳鸯和艺名的蝶状手绢。蝶纷飞里营生的姑娘也都叫什么蝶，如蓝蝶、紫蝶、金蝶、银蝶、水蝶、冰蝶……五颜六色，红肥绿瘦，应有皆有。只要有男子从楼脚经过，也不管男子身边有没有女人，姑娘都会挥舞着花手绢在各自的窗口里娇滴滴地打招呼，引男子抬头张望。

姑娘的窗口都编得有数字号码，男子要是看上哪个姑娘了，就会大声喊姑娘的号码，姑娘就会把蝶状手绢放飞下来，飘飘扬扬，像只翻飞的蝴蝶，向男人的头顶飞落下去。男子也不等手绢落地，跳起来把手绢抓住了，然后上楼找那姑娘鬼混。蝶状手绢相当于入场券，得拿着它对号入房找姑娘。

有时候，两个，甚至是多个男子看上同一姑娘了，姑娘也会把手绢放飞下去，男子就会为那张手绢大打出手，这也是蝶纷飞最热闹的时候了。姑娘与路人都会为他们呐喊助威,把男人骨子里的那点勇气都喊出来了。抢到手绢的男人自然是欢天喜地地上楼鬼混,抢不到手绢的则只能在楼下等候下一轮了。

这时楼上的姑娘也会跟他打招呼,要是他看上别的姑娘,也会另外喊个号码。不过,这种情形多半不会发生,因为在花街柳巷为女人大打出手的男子都有强烈的占有欲,即使没有抢到手绢,他也会等,然后再在这个女人的身上把男人的尊严统统找回来。蝶纷飞的姑娘跟男人也都是逢场作戏,到了床上都会夸男人几句。她会对先上来的男人说,还是你厉害。但她同样会对后面的男人说,你比他厉害多了。不管是先上来,还是后上来,男人都会觉得自己是最厉害的。

喊号扔手绢的,都是些过路客人。

蝶纷飞的姑娘也都有自己的熟客。一回生,二回熟。第一回喊号扔手绢上来的,姑娘都是要收钱了,再上床鬼混,等混熟了,就不用喊号了,只要见姑娘在窗口倚着,打声招呼,甚至招呼都不用打,就直接上楼去了。人熟了,姑娘也就有情有义了,见了面也不提钱的事了。时间一长,钱就变得可有可无了。蝶纷飞的很多姑娘就是这样让熟客花钱赎回去了。

自从药酒研制成功后,张家老酒馆的生意更红火了。

有些男人大老远从贵州玉屏,甚至是从镇远跑过来,也就为了到张家老酒馆喝碗寡酒。所谓喝寡酒,就是指没有吃菜,光喝酒。这些看似精瘦的贵州男人到了酒铺前,也不进去坐,而是两手空空地站在铺子外面喊了句:"老板,来半斤枸杞酒。"铺里的伙计也会故意跟他们打招呼,到里面坐坐?他们准会推辞说,不坐了,路程远,喝了还要赶路。张家老酒馆的酒铺里挂有三种酒提子,这些提子都是用竹筒做成的,分一两、三两和半斤的。伙计就会用半斤的那个酒提子从装了枸杞的坛子里打满满一提子枸杞酒,倒到大海碗里,正好是满满一海碗枸杞酒。男人往往是一口喝干了,付了酒钱,就到街边喊号要手绢去了。

那些真正要赶远路的人大都是肩挑手提两手不空的。

他们到了酒铺前也不放担子,就肩挑着或者手提着,喘着粗气喊一句:"老板,来二两米酒。"或者是:"老板,来半斤泡酒。"伙计知道他们急着赶路,也不邀他们进去坐了,而是说:"好嘞!"然后用提子打好酒,倒在海碗里递到他们手上,他们一口喝干了,扔下钱就走了。要是遇到两手不空的,或者是手上有脏东西,无法端碗的,伙计就直接端酒碗把酒喂到他的嘴里去,对方喝干了，就会努努嘴，说钱在上衣差口里，帮忙拿一下。伙计就会伸手到对方的上衣口袋里把钱掏出来，就拿酒钱，遇到票面大的，伙计就找好零，再把钱放回对方的口袋里，也不多拿分文。这些人，大多是住在晃州乡下，离龙溪口有二三十里地，甚至更远一些。城里人要是有事去乡下，到了他们所在的寨子，他们依然是那么淳朴，对人毫无戒备。要是城里人口干了，问水喝，他们会马上端出甜酒，要是他们正在忙活路，放不开手，他们就会把水缸的位置，甚至是放甜酒的位置告诉对方。

"我家的水缸放在厨房进门的地方，自己去喝。"

"刚出锅的嫩甜酒就放在堂屋右手边的房间里，推门进去的第一个坛子装的就是甜酒，自己去取。"

寨子里的门也不上锁，总是敞开，或者虚掩着，只要按他们所指的位置去了，城里人总能找到水缸，或者是甜酒。

二十四

跟父亲差不多大的人都娶妻生子了，就是比父亲小七八岁的人也都娶妻生子了。但父亲还是单身。祖父祖母急得跟热锅上的蚂蚁似的，生怕老张家的香火到他那里就断了，到处托人给父亲做媒。刚开始，祖父祖母都想讲个门当户对的，这媒都做到贵州那边去了，每次说得好好的，但是见了面，姑娘跟父亲就是走不到一起去。

其实父亲的心里也挂着两个姑娘。

一个是匏瓠米粒的大女儿张晚霞，另一个就是李河生的独生女李春儿。

张晚霞比父亲大三岁，自幼就把父亲当弟弟带，说话做事处处护着父亲，为了父亲，好几次都跟自己的哥哥张巨雷闹翻了脸。即使后来父亲变驼子了，她对父亲也是不离不弃。父亲十八岁那年当了张家老酒馆的掌柜，说要娶张晚霞为妻，祖母也觉得张晚霞这姑娘不错，知书达理，是个好媳妇。张晚霞还幸福得流泪了。张大生虽然不太喜欢父亲，但也不明确反对。可是祖父和匏瓠米粒坚决不答应。祖父刚开始反对的理由是：张晚霞比父亲张重阳大三岁。祖父说："俗话说得好哩，'宁可男大一十，不可女大一春'，这男人比女人大十岁都是好的，这女人要是比男人大上一岁就不好了，张晚霞比他大三岁，那还得了。"

祖母说："民间也有说法，'女大三，抱金砖'，我们重阳要是娶了晚霞，就能抱金砖哩。"

祖父坚决反对说:"鲍瓠米粒是重阳的大妈,大妈的女儿就是不能娶?"

祖母说:"大妈又不是妈,怎么就不能娶呢?"

祖父说:"我说不能娶,就是不能娶。"这是祖父第一次,也是唯一一次对祖母吹胡子瞪眼睛说重话,祖母是个聪明的女人,也就不再坚持了。后来祖母试探着问鲍瓠米粒,鲍瓠米粒不但不同意,而且说话很伤人。鲍瓠米粒说:"天底下的男人就是死光了,我也不会把晚霞嫁给重阳。"

祖母问:"为什么?"

鲍瓠米粒冷笑道:"这还用问,你家重阳长得尖嘴猴腮的,还背着口烂罗锅,腰杆都挺不起来,哪点像男人?"

就这样,张晚霞嫁给了牛高马大的胡大脑壳。鲍瓠米粒还把龙溪客栈当嫁妆送给张晚霞了。胡大脑壳把狗不吃包子店开到了龙溪客栈。狗不吃包子店做的是狗肉包子,狗不啃狗骨头,狗肉做的包子,狗自然不吃了。但龙溪口的人都爱吃狗肉包子,特别是乡下的孩子,大老远来龙溪口赶场,能吃上一两个胡大脑壳做的狗不吃包子,那是多么幸福的事情。

张晚霞嫁给胡大脑壳后,父亲跟李家水碾坊李河生的女儿李春儿也好上了。当然,他们只是暗暗地好过一回。

张家老酒馆做的酒生意,每天需要要大量的大米,桂竹湾的那几丘田根本供应不上来,大米都是从外面收购上来的。因为大米放久了,会生虫子,容易变质。后来祖父就开始大量收购谷子了。只要谷仓干燥,经常通风换气,谷子能放上好几年。张家老酒馆做酒用的谷子都是从贵州水运下来的。刚开始是排老大兄弟俩每个月放排顺便运一次,后来生意做大了,谷子要得多了,排老大的弟弟排老二也就不放排走水了,专门在舞阳镇的码头旁边开了家米行店收购谷子,每天都让排帮的兄弟把谷子运到龙溪口。每个月排老大都会唱着那支坏坏的野情歌到张家老酒馆吃两回酒,结一次账。只要听到那歌声,祖母就知道是排老大来了,就会准备好酒菜,排老大吃过酒,就唱着坏坏的野情歌把排放到洪江去了。回来时,又唱着坏坏的野情歌进来,吃过酒,把酒钱和谷子的账都结了,又唱着坏坏的野情歌离开。

父亲张重阳就是听着排老大的歌声长大的。父亲小时候也不明白这歌的意思,只是觉得好玩就跟着唱了。父亲小时候也没少问过祖父祖母,祖父总是板着脸说,这是坏人唱的,莫要学。可祖母呢,总是笑嘻嘻地说,这歌女人喜欢听,好好学,长大了就唱给自己喜欢的女人听。后来,排老大又唱着坏坏的野情歌到张家老酒馆喝酒,父亲张重阳就悄悄地问:"黑叔叔,你在龙溪口是不是有喜欢的女人？"排老大放排走水，风里来，雨里去，日晒雨淋，皮肤黑黝黝的，也不知道名字，父亲就叫他黑叔叔了。排老大只愣了一下，随即问道："你听哪个讲的？"

父亲大声说："还能有哪个，当然是我娘讲的。"

排老大听了，就从裤子差口里摸了根月亮糖塞给父亲，小声问道："你娘怎么讲的？"

父亲就咬着排老大的耳朵慢慢告诉他："我娘说了，黑叔叔唱的那支歌女人喜欢听，我娘还要我好好学呢，等长大了，唱给自己喜欢的女人听。"

排老大就笑："我在龙溪口还真的有喜欢的女人哩。"

父亲就问："喜欢哪个？"

排老大也没说喜欢哪个，只是看了看正在忙碌的祖母一眼，又把目光投到隔壁的蝶纷飞去了。蝶纷飞的女人好多，有十几个，是男人都喜欢往那里跑。因此父亲就认定，排老大喜欢的女人在隔壁了。

父亲又问排老大："那歌唱的是什么？"

排老大也没有说唱的是什么，只是笑呵呵地说："你要是喜欢哪个姑娘，就唱给她听，姑娘就会喜欢上你了。"

后来，父亲就把学会的歌唱给张晚霞与李春儿听。那时候，张晚霞与李春儿也还小，哪里知道歌里的意思，唱了也是白唱。有一次，父亲唱着这歌去李家水碾坊里找李春儿玩，李河生听见了，就说父亲是坏孩子，不让李春儿跟父亲一块儿玩了。父亲就对张晚霞一个人唱，张晚霞比父亲大，也比父亲懂事早，后来隐隐知道歌里唱的是什么，父亲再唱时，觉得羞人不好意思了，就说："别唱了，再唱姐就生气了。"父亲又故意唱了两次，张晚霞就生气了，不理父亲了。后来父亲发现张晚霞的胸脯鼓起来了，就问怎么回事，张晚霞就说："都是让你给气的哩。"回头再看，张晚霞还真气鼓鼓的，父亲就再也不敢唱那歌了。再后来，父亲明白意思了，也就不好意思再唱了。

张晚霞嫁人后，父亲这才又想起李春儿来。

龙溪口就巴掌大一块地，按理说见一个人也很容易，但李春儿整天都待在水碾坊里，要是不去碾米，也难见上一面。父亲掰着手指头算了一下，已经快八年没见到李春儿了。自从自己驼背后，没敢下河洗澡，就再也没有见过李春儿了。

张家老酒馆用的大米都是店里的伙计孙猴子去碾的。

其实孙猴子不姓孙，姓姚，是杨家桥姚家垅人。前几年想在镇上谋份活儿做，父亲见他人挺机灵，就留在店里当伙计了。他个子瘦小，又长着一副猴样，上蹦下跳的，大伙就叫他孙猴子了。

孙猴子又要去碾米了，父亲便问道："孙猴子，这水碾坊的李河生的闺女李春儿长成什么样了？"孙猴子说："李河生的闺女美着哩，两瓣屁股大得像碾盘，能碾得死男人，两个荷包眼一闪一闪的，能扯得死男人，两袋肥奶高得像盘龙山，能把龙溪口的男人埋了。"孙猴子的年龄与父亲相仿，说起李春儿来也很随便，想说什么就说什么，毫无顾忌。孙猴子打比方这么一说，父亲就又心动了，就用板板车拉着两麻袋谷子去了李家水碾坊。

那天李河生不在碾坊里，到城里办事情去了。就李春儿一个人在碾坊里忙这忙那的，忙得一身汗水。父亲只喊了声："春儿妹子。"就进去了。只一看，眼睛就呆了。李春儿哪还是八年前的李春儿，分明就是七仙女下凡。李春儿正在翘着屁股扫碾槽里的米糠，那里勒得紧紧的，父亲想到的不是大碾盘，而是橘子，刚剥了皮的大橘子，就那么两大两小四瓣，隐隐约约地摆在那里。父亲吞了吞口水，有点响，都听得见自己吞咽口水的声音了。于是轻咳了一声，又说："春儿妹子，忙着呀。"李春儿这才直起腰杆，转过身来。见是父亲，不好意思说："重阳哥哥，原来是你呀。"

父亲笑道："还以为是谁？"

李春儿说："我还以为是你们家的伙计孙猴子呢。"

孙猴子经常过来碾米，跟李春儿很熟，刚才以为身后站的是孙猴子，也就没搭理，现在见是父亲张重阳，就有些不好意思了，脸也羞红了。就说："难怪大清早起来，有喜鹊在屋边的白果树上叫，敢情是把哥哥叫过来了。"

父亲摆脑壳："喜鹊叫的是贵客，肯定不是叫我。"

李春儿说："你就是贵客哩，重阳哥哥，好像我们家长得有刺，你难得来一次哩。"

父亲说："不是长得有刺，是长得有花，你爹怕我把花摘了，不让我来哩。对了，怎么不见你爹呢？"

李春儿说："我爹呀，起来就去城里了，说是要晚上才回来。"听说李河生不在家，要到晚上才回来，父亲也就落心了。后来开闸放水碾米时，父亲看到李春儿两袋奶子胀鼓鼓的，自然而然就想起了排老大经常唱的那支歌，忍不住就唱了起来：

　　十八姐儿笑眯眯，

·裂缝

两袋汁儿胀破衣；
一朝落在郎的手，
汁儿摸成苦瓜皮。

这歌，父亲以前也对李春儿唱过，只是那时候他们都还小，还不知道其中的意思。而现在，他们二十一二岁了，知道意思了。父亲这一唱，就把李春儿的心唱乱了。地上打落的谷子，总是扫不到碾槽里。就是扫进碾槽里了，谷子也是成堆成堆的，好几次李春儿想把碾槽里的谷堆扫均匀点，都差点被碾架子撞倒，幸亏父亲眼疾手快，从背后一把抱开去了，否则，后果不堪设想。有时候情急之下，父亲抱的也不是地方，李春儿的心就更乱了。后来李春儿红着脸苦笑说："重阳哥哥，还是等我爹回来吧，这米我是没办法碾了。"

父亲倒也爽快，说："那就明天再碾吧，反正我们张家老酒馆也不急着等这两麻袋米下锅。"时间还早，李河生一时三刻也回不来。父亲试探着说："春儿妹子，这米碾不了了，我们也不能这么干望着吧，能不能找点别的活路做做？"

李春儿说："重阳哥哥，你的腰杆都废了，还能做什么喽？"

父亲说："腰杆是废了，但别的地方不废，总能做点什么。"

李春儿不信，就说："我们水碾坊的活儿，靠的都是腰杆……"

父亲说："那我们就到楼上唱歌吧，只要动动嘴巴就可以了。"

李春儿信了，就真的到楼上的小房间里唱歌去了。哪想到了小房间里，父亲唱去唱来就那么几句，也不会唱别的，李春儿也喜欢听。唱着唱着，父亲就说到歌里去了。父亲先是远远地说："我唱这歌的时候，你还没有汁儿。"李春儿点头说："嗯，那时候你也没有罗锅。"

"你的汁儿是我唱出来的。"

"是你唱出来的又怎么样？"

"我想摸一摸。"

"你也敢？"

李春儿没有说不准摸，而是说了声"你也敢"，那话语充满了一个女人对男人的挑逗，父亲也就没有什么不敢的了。那个秋蝉齐鸣的午后，父亲感觉自己就像水碾坊里开闸放水后的大碾盘，骨碌碌地转动着，李春儿就像碾槽里的两麻袋谷子，慢慢脱壳了，变成一粒粒洁白而饱满的米粒，簸糠去谷后，是煮是蒸，全凭自己了。要么把它做成芳香可口的米饭，要么把它酿成芳香四溢的美酒。不管做成什么，它都是填饱肚子安度岁月，催人奋进勇往直前的食粮。直到天色慢慢暗下来了，激情退却，李春儿这才想起，碾坊的水闸板还没有放下来呢。

她拉着父亲的手，跑到碾坊里一看，大碾盘还在那里骨碌碌地转动着，好端端的两麻袋谷子早已碾成粉末了。

就在这时，李河生从晃州城里回来了，远远听到了他的咳嗽声。

父亲把挂在脖子上的金锁一把扯下来，塞给李春儿，匆匆说道："这米不能用了，我明天还来碾米，给你唱情歌，这把金锁是我们老张家的传家宝，你拿好了。"说完，拉着板板车逃也似的离开了水碾坊。

值得一提的是，这把金锁还真是我们老张家的传家宝，上面刻着"天藏地酒"四个字。父亲把这么重要的信物交到李春儿的手里，就是想要娶李春儿为妻。龙溪口的女人都嫌弃父亲的罗锅背，只有李春儿没有嫌弃。这个女人不但不嫌弃，反而对父亲的罗锅背呵护备至，整个午后时光都在轻抚它，让父亲充满了男人的激情。

就在父亲对这个女人充满着幻想的夜里，李家水碾坊突然失火了。一把大火把父亲所有的幻想烧得干干净净。火势很猛，当龙溪口的人见到火光冲天赶去救火时，水碾坊已经完全坍塌了。李河生父女亦不知所终。

接下来差不多半年的时光里，龙溪口的人都看到父亲黑着张脸弓着个背，在废墟里寻找什么。有人问他找什么，他也没有说找什么，只是说在找一样东西。半年后，父亲又找人在李家水碾坊的废墟上修建了一座一模一样的水碾坊。

水碾坊是父亲给李春儿修的。

龙溪口的人都说李春儿死了。可是父亲不相信。父亲说，李春儿没有死，总有一天，李春儿还会回来。

龙溪口的人都以为父亲张重阳疯掉了。

六年时光，父亲总是待在新修建的水碾坊里，没日没夜地唱歌，而且来来去去都是那几句。听那歌声，龙溪口的成年男女无不摇头叹息：

"张驼子想女人想疯了。"

"张驼子得的是想女人的病，得这种病的人，茶饭不思，以至形销骨立，郁郁而终。"

"想女人的病，还得找女人来医治。"

听众人这么一说，祖父祖母更是心急如焚，到处托人说媒，也没有说成。为此，祖父祖母还找蝶纷飞商量过。"这事好办，不就是想女人吗？蝶纷飞有的是姑娘。"刚开始，蝶纷飞自信满满的，还带着姑娘去水碾坊找父亲。当时父亲就在楼上的小房间里唱那歌，蝶纷飞带着两个姑娘"哎哟"一声就进去了。蝶纷飞说："重阳，是想女人了吧。这是蝶纷飞刚来的两个雏儿，要是看上了，就拿去，三妈我不收你银两就是了。"哪想父亲看也不看就把姑娘赶出去了，还生气说："三妈，我想的是李春儿哩，你尽弄些鸡婆过来做哪样？我不想压鸡婆，谁想压，你就给谁压去。"好心当成驴肝肺了，蝶纷飞也就懒得再操心了。

二十五

我的母亲叫李春儿。

我的母亲并非李河生的闺女李春儿。我的母亲是父亲张重阳从粥摊边捡回来的。我的母亲不会说话，是个哑巴。那时候，龙溪口已经非常热闹了，到了四、九赶场天，满大街都是南来北往的人。常常有老弱病残沿街乞讨。有钱的人家都会在店门口摆米缸、茶桶、粥摊，施舍救助他们。米缸里放着个二三两的竹筒，沿街乞讨的，或者是家里无米下锅的人都可以自己到米缸里舀一竹筒大米回去。茶桶都是药店老板摆的，炎炎夏日，龙溪口人多，街道拥挤，时常有人中暑，药店老板就会叫伙计把金银花、薄荷、野菊花、甘草、淡竹叶等煮成避暑凉茶，倒在店门口的大木桶里，并摆上一把竹瓢，三五个小瓷碗，供赶场的百姓饮用。粥摊也是有钱人提供给穷人和乞讨者的，饿了的人都可以舀上一碗粥，临时解决饥饿。每到赶场天，张家老酒馆的门口都会摆粥锅，三口大粥锅整整齐齐地摆在一把特制的木板架上。那是在春天的尾巴上，夏天即将来临的时候，张家老酒馆的粥锅前来了个衣衫褴褛的姑娘。因为是下午，三口大锅里的粥都让人舀光了。这姑娘便搂着肚子对着三口空空的大锅发呆，正好让父亲张重阳看到了。

父亲便心疼道："姑娘，是不是饿了？"

姑娘点了点头，也不说话，而是眼巴巴地望着父亲。

父亲想了想，又问："你会不会做饭？"

姑娘也不说话，只是点点头，表示自己会做饭。

父亲说："会做饭就好，那你跟我来。"

姑娘便跟着父亲去了。

父亲没有把她带回家,而是带到水碾坊去了。父亲指着厨房说:"厨房里柴米油盐酱醋都有,你自己做饭吃,吃饱了,自己回家。"说完,父亲便到楼上的小房间里唱歌去了。

姑娘到了厨房里倒也利索,生火煮饭的时候,还顺便烧了一大鼎罐水,洗脸、梳头、擦澡,收拾干净了才动手炒菜,饭菜弄好了,跑到楼上,倚着门笑盈盈地看着父亲唱歌,也不说话。父亲也就不再唱歌了,奇怪说:"你不吃饭上来干什么?"

姑娘比划着,下楼吃饭。

父亲这才明白,姑娘是个哑巴。

可是怎么看都不像哑巴,姑娘梳洗干净了,人也漂亮。

父亲问:"你不会说话?"

姑娘笑着点头,然后比划着,我不会说话,可我会做事。

父亲再看她时,就有点像李春儿了,只是衣服破旧了些。小房间里有女人的衣服,因为没有找到那块金锁,父亲一直相信李春儿还活着,李家水碾坊烧了,碾盘碾槽都还在,如果李春儿真被烧成灰,那么金锁肯定还在,不会找不着。常言道,真金不怕火来炼。一般情况下火是烧不掉金锁的,除非金锁是假的。为此,父亲还拐着弯问过祖父,金锁"天藏地酒"是不是金子做的?答案是肯定的,祖父说,祖上的宝贝假不了,肯定是金子。父亲也因此肯定,李春儿没有死,金锁是被李春儿带走了。只要还活着,她就会回来。父亲担心李春儿回来没有漂亮的衣服换,还找裁缝铺的钱剪子做了几套衣服,都是按李春儿的尺寸做的。

父亲指着衣服说:"进来试试衣服。"

姑娘摇头,比划着,别人的新衣服,不能试。

父亲说:"这个房间里的女人走了很多年,也没有人穿,你要是不要,我就把它扔掉。"

听父亲说要把衣服扔掉,姑娘有些舍不得,但又不敢进去试衣服,就在门口比划着要父亲到外面去。父亲说:"我出去,你试衣服?"姑娘点头,微笑。父亲就到门外去了。姑娘把门拴死了。换了衣服,再把门打开,让父亲看。姑娘挑了套绿色的裙裾,清新如夏日里的碧荷,在黄昏里透露着一缕宁静的暗香,袅袅婷婷。

父亲说:"不错哩,这衣服就像是给你量身定做的一样。"

姑娘想把裙裾脱下来,父亲阻止说:"不用脱了,这些衣服都是你的,等你吃饱了，就把它们全部带走。"

然后跟姑娘下楼吃饭。

姑娘做了两个人的饭菜，而且饭菜做得十分可口，这也是父亲吃到的最好吃的饭菜。"好吃，真好吃。"见父亲对饭菜赞不绝口，姑娘就不停地往父亲的碗里夹菜。吃完饭，尽管天色已晚，但是姑娘也不急着走，而是把碗筷都收拾干净了，这才向父亲深深地鞠躬，准备离去。父亲突然问那姑娘："你家在哪里？"

姑娘摇头，表示不知道。

父亲又问："那你要去哪里？"

姑娘还是摇头。

父亲笑道："连去哪里都不知道，那你还要走？"

回头又说："姑娘，你也别走了，就留在这吧，这里就是你的家。"

姑娘就不走了。

姑娘是哑巴，也不认识字，就是有名字也说不出来。人总得有个名字，后来父亲就说："你就叫李春儿吧。"

就这样，我的母亲就有了自己的名字。

龙溪口有辈分的人都叫她李春儿，张家老酒馆的下人都叫她老板娘。不过，那是一年以后的事情了。

而现在，我的母亲只是住在水碾坊里。

每天都换着花样给父亲做可口的饭菜。

二十六

我的母亲刚到龙溪口的那年夏天，龙溪口发生了一件怪事。桂竹湾里的千年娑罗树莫名其妙就干枯了，离枝的树叶纷纷飘落，把廻水塘铺得一片金黄，远远看上去，酷似一个新修的黄金大码头。

没过多久，狗不吃包子铺的老板胡大脑壳出事了。

胡大脑壳被人砍了手脚和脑壳扔到廻水塘里，手脚和脑壳也不知道漂到哪去了。那时候胡大脑壳的儿子胡毛狗快十岁了，清早起来到水塘边玩耍，忽然看到有个白胖胖的东西在水塘里漂来荡去，以为是头大肥猪，就满心欢喜地跑回龙溪客栈喊娘老子。娘老子还没有起床，房门关着，胡毛狗就敲着房门喊：

"爹，外头的水塘头漂着好大一头死肥猪哩。"

连连喊了几声,也没听到他爹胡大脑壳应答,倒是听到母亲张晚霞哈欠连连地说道:

"你爹这个砍脑壳死的,八成是死在外头了,一个晚上都不回来睡觉。"

"那他去哪了?"

"他还能去哪,不是去蝶纷飞了,就是去湾头跟那几个贵州佬玩点子红去了。"

胡大脑壳原本是个老实本分的人,苦心经营狗不吃包子铺,后来娶了张晚霞,从丈母娘那里得了一份大嫁妆,就把包子生意做到龙溪客栈去了。只是后来张晚霞有了儿子胡毛狗,胡大脑壳受了冷落,就不那么顾家了。再后来,跟几个贵州生意人混到一起,老实本分的胡大脑壳也就变成了吃喝嫖赌的恶棍了。一天到晚看不到人,张晚霞说过几次,可是胡大脑壳的心思根本不在张晚霞那,说了也没用。张晚霞对胡大脑壳也就不闻不问了。听说阿爹不在家,胡毛狗问张晚霞:"娘,那水塘头的死肥猪要不要捡?"

张晚霞说:"捡,老天爷送到屋门口的肉,当然要捡。"

张晚霞跑到廻水塘边,用根长竹竿把那白胖胖的东西捞到岸边一看,竟然是段尸体,光胴胴的,手脚和脑壳都被人砍掉了,就一段身子,被水一泡,胀鼓鼓的,极像刮毛去脑壳的大肥猪,吓得胡毛狗躲在母亲的怀里大喊大叫:

"死人啦!死人啦!"

龙溪口的人听说桂竹湾死人了,就潮水一般涌来,围着那段尸体看热闹。胆子大的,凑到近旁看,胆子小的则站在远处望,大伙儿七嘴八舌,议论纷纷:

"这也太残忍了吧,就剁得只剩下一截身子。"

"死者会是谁呢?"

"身子这么肥,肯定是个大胖子。"

那几个贵州生意人也在人群里面,其中有个矮子挤进去一看,惊叫道:

"这不是狗不吃包子铺的胡大脑壳吗?"

张晚霞回头一看,见是桂竹湾两杆老枪烟馆的老板胡老枪。胡老枪是贵州来的生意人,在桂竹湾开了家烟馆,烟馆名就叫两杆老枪。胡老枪也不长个儿,都三十几的人了,还长得跟八九岁的孩子似的,三尺不到。但人很精明,吃喝嫖赌样样都精通。

龙溪口的人都叫他胡三寸。最早叫他胡三寸的是蝶纷飞的姑娘。蝶纷飞的姑娘都怕他,说什么不怕长,不怕短,就怕三寸包皮卵。于是姑娘管他叫

· 裂缝

胡三寸。

胡大脑壳就是跟他学坏的。

张晚霞连忙说:"胡三寸,你这个挨千刀的可别吓嫂子哩,昨天晚上我家男人不是跟你在一块儿玩一点红吗?"

胡三寸摇头说:"嫂子,没有哩,昨晚胡大脑壳到我那抽了一泡子烟,就走了,还说是回家找嫂子快活哩。"

听胡三寸这么一说,张晚霞真慌了。

胡大脑壳的肚脐眼上长有颗黑痣,羊屎粒那么大,上边长了根粗壮的金色毛发,扎得人胸口又疼又痒,好几次张晚霞想把它拔掉,但是胡大脑壳不让拔,说那是富贵金毛。张晚霞翻过那截尸体一看,富贵金毛还在那里,便呼天抢地地哭起来:

"哎哟——!还真是你这砍脑壳死的呀。哎哟——!你的脑壳怎么就给人家砍了呀,叫我跟毛狗怎么活呀。"

然后哭哭啼啼地到晃州直隶厅报案。

通判有事不在衙门里,把总何奈天剿乱有功,刚升为千总。张晚霞哭哭啼啼地说:"何千总,你要替民妇做主啊,我家男人胡大脑壳昨天晚上让强盗砍了脑壳,还断了手脚。"

何千总问:"案发地点在哪?"

张晚霞说:"在桂竹湾,我家男人的尸体就扔在龙溪客栈门口的水塘里。"

何千总问:"你可知道凶手是谁?"

张晚霞摇头:"不知道,我家男人平日就跟桂竹湾的几个贵州生意人在一起。"

何千总又问了些具体的情况,得知桂竹湾住的多是贵州生意人,案情很复杂,很难有个结果。于是何奈天推脱道:"你还是赶快到玉屏报案吧。这桂竹湾就是贵州湾,是贵州玉屏的地盘,不归我们湖南管。"

张晚霞只好到贵州玉屏报案。

玉屏衙门接到报案后,立即派人到桂竹湾调查这桩命案。我的父亲张重阳说,桂竹湾明明是湖南的地盘,何奈天是怕承担人命关天的责任,才把桂竹湾拱手让给了贵州。玉屏衙门的人来了,也没有查出什么结果。相反,他们还查出了胡大脑壳经常用死猪肉代替狗肉做包子的罪证。龙溪口的人这才恍然大悟,难怪胡大脑壳狗不吃包子做得比别人的大,肉馅也比别人的多,咬一口满嘴跑油，原来这家伙是昧了良心从廻水塘里捞那些死猪做馅。

龙溪客栈被官封了，并归玉屏衙门所有。就这样，贵州玉屏接管了这片地盘，桂竹湾成了贵州湾，通往贵州湾的这条新街，也就成了贵州街。后来，贵州巡抚刘源灏与提督田兴恕在贵州街设厘金局，曾经的龙溪客栈成了厘金局的办公场所。

二十七

我的母亲非常勤快，心灵手巧，特别能做事儿。

李春儿能做的事儿，她都能做，就是李春儿不能做的事儿，她也都做了。譬如水碾坊的背后有好大一块砂石地，因为砂石多，平日里也长不出东西来，就是偶尔长些花花草草，也是这里一簇，那里一簇，就像癞子的脑壳，偶尔有几根头发也长不到一块儿去，特别难看。有很长一段时间，父亲都看见母亲在砂石地里刨石头，把石头一块块地搬开去，母亲搬的都是小块石头。遇到较大的石头，母亲搬不动了，也会跑去找父亲帮忙。母亲不会说话，她就把父亲拉到石头边上，比划着，父亲就知道她要搬那块石头了。

好几次，父亲问她："李春儿，搬这石头做哪样？"

母亲都只是笑笑，父亲也就懒得再问了。

母亲喊搬就搬，要是石头太大，实在搬不动了，父亲就把店里的伙计孙猴子叫过来一起搬。父亲问孙猴子："这李春儿到底想要干什么？"孙猴子就嘿嘿地笑道："还能干什么？八成是整地弄菜园子。"

父亲问母亲："是不是整地弄菜园子？"母亲还真点头笑了。母亲笑得真好看，就像花儿开在春风里，微微晃动着腰肢，暖暖的，一点都不像哑巴。父亲只是想了一下将来，偌大的菜园子里种满了蔬菜，挂满了豆角瓜果，再想到满桌子可口的饭菜，父亲搬起石头来就有使不完的劲儿，再大的石头也能搬开去。

父亲还把搬到远处的石头砌起来，绕着园子整整齐齐地砌了一道六七尺高的石头墙，半包围着园子，把舞阳河的风景与世俗的目光都挡在了外面。

其实也不是所有的石头都搬得动，园子中央有个光滑无比的石头蛋子，父亲把张家老酒馆的十几名伙计都喊来了，也无济于事，根本动不了分毫。最后只能叫伙计们把这枚巨大的石头蛋子埋在园子中央了。平整菜园子的时候，石头蛋子还是微微露出了一个半个房间大的壳来。这个石头蛋子，后来差点就成了我的名字。

·裂缝

石头蛋子的壳子光滑、干净，母亲平日到菜园子里忙碌，要是累了，就会坐到石头蛋子上小憩。闲着没事的时候，也会一个人到石头蛋子上晒太阳，想心事。我的母亲虽然不会说话，但是也有自己的心事。春夏之交的时候，龙溪口的母猫都发情了，它们就会到水碾坊里乱窜，没日没夜地叫唤着。偶尔遇到公猫了，交媾时会发出欢快而又凄切的叫唤声。年轻的母亲也就有了自己的心事。

那是一个暖风吹拂得让人有些慵懒的季春下午，父亲吃过午饭到张家老酒馆忙生意去了。就母亲一个人待在水碾坊里，后来孙猴子用板板车拖了两麻袋糯谷子过来碾。开闸放水碾米的时候，也不知道从哪里蹿来两只野猫，你追我赶的，母猫很胖，公猫很瘦，母猫跑着跑着就不跑了，停下来了，公猫也不敢贸然扑上去。

两只野猫是要交媾了。

孙猴子静静地看它们。

那只公猫很会做，而且异常勇猛。母猫似乎对交媾心存恐惧，面对公猫的纠缠与挑逗，它反抗，不时伸出利爪加以还击，甚至抓破公猫的脸，公猫也很大度，打不还手，只是一味地纠缠、挑逗，步步紧逼着。母猫一不留神，它就跳到母猫的身上了，准确无误地咬住母猫的头皮不放，母猫在下边挣扎了好几下，但是甩不掉，很快就放弃了挣扎。公猫站在母猫的背上，并没有急攻猛进，而是用两条后腿在母猫两边的腰腿上，一左一右地踩着，踩了十几二十下，母猫舒服了，就彻底瘫软了，它把尾巴竖起来，轻轻地拍打公猫的屁股。在凄厉的叫声中，公猫得逞了，准确无误地进入了母猫的身体，其实也就是一个屁的时间，公猫便迅速逃离水碾坊，逃进菜园子里，只有母猫在地上痛苦地翻滚着，尖叫。大约持续了两三口烟的时间，母猫从地上爬起来，朝菜园子追去，很快，菜园子里响起了更痛苦的叫声。

回头见母亲还站在水碾坊里发呆，孙猴子就嘿嘿地笑。母亲从这个男人的笑声里听出了邪恶，哪还敢留在水碾坊里，就一个人低着头，到菜园子的石头蛋子上晒太阳想心事去了。

虽说是季春，但午后的阳光还是有些热烈了。菜园子里栽得有辣椒、茄子、韭菜，还点种了南瓜和豇豆。南瓜已经牵藤一两尺了，茎毛茸茸的，宽大的叶子也毛茸茸的，晒得有些蔫蔫的，露着白底儿。豇豆刚点种没几天，也已经破土而出了，胖胖的芽白儿举着个红豆壳儿，像是举着把小小的红纸伞，遮挡着午后阳光。

母亲栽种的黄瓜已经爬到竹竿上去了。竹竿是父亲半个月前到贵州湾砍来的桂竹，上面留得有些竹枝丫，只是把竹叶剥光了，黄瓜像调皮的孩子，爬得竹竿上到处都是，绿叶中偶尔也有点点黄花了。黄瓜的叶子也有些蔫蔫的，卷着边儿，没精打采的。绿叶丛中有只蝉儿抱着黄瓜藤儿鸣叫，声声叫唤着，仿佛是对孟夏的呼唤，显得格外热烈。

　　那两只野猫也不知道跑哪去了。

　　菜园子里飘荡着泥土的芳香，让人有些迷醉。年轻的母亲端坐在石头蛋子上，也不知道她在想什么，竟然入迷了。以至于孙猴子碾好米，关了水闸，溜到菜园子里，缩头缩脑偷看好一阵子了，她都丝毫没有发觉。直到这个家伙猛地蹿过去，把她扑倒在石头蛋子上了，她才回过神来。

　　孙猴子是想做公猫想做的事情了。

　　母亲就像母猫那样，伸手抓破了孙猴子的脸。孙猴子毕竟不是公猫，自然也就没有公猫那么大度了。母亲一抓，他就还手了。"哎哟哟——！"孙猴子叫着，"好你个哑巴婆，竟然不知抬举，敢抓老子的脸，老子今天就生剥了你！"一个巴掌扇过去，就把母亲打懵了。然后动手扯母亲的裤子。还好，母亲的裤带子是用红布条做的，很扎实。慌乱中，还把活结扯成了死结。结果孙猴子扯了半天也没有得逞。

　　要是得逞了，这个不会说话的女人就不会是我的母亲了。关键时刻，我的父亲出现了。父亲是回来喝凉茶的。张家老酒馆也不缺茶水，父亲回水碾坊喝凉茶，只是想看看母亲，半天不见母亲了，心里惦记着，就找借口回来了。

　　孙猴子在石头蛋子上欺负母亲，眼看就要得逞了，父亲大喝一声："畜生！"冲上去，一脚把孙猴子踢开了。

　　孙猴子光着个屁股像一截刚剥了皮的杉木，一骨碌从石头蛋子上滚下去，一直滚到了辣椒地里，压倒了十几蔸辣椒。这些辣椒是母亲早上刚从墙边那块秧苗地里移栽过来的，还淋了粪便，孙猴子滚到辣椒地里，弄了一脸粪便。孙猴子也顾不得抹脸上的粪便了，跪在辣椒地里拼命地磕头求饶："少爷饶命！少爷饶命！"

　　父亲把母亲扶起来，见好端端的裤子也给孙猴子撕烂了，父亲气得脸色铁青。"孙猴子，我的女人你也敢欺负，看我怎么收拾你。"听说这哑巴是父亲的女人，孙猴子也不求饶了，从地上爬起来，一脸无辜说："少爷，不是我要欺负她，是她勾引我。"

父亲一听,肺都要气炸了,吼道:"她会勾引你一个下人!"

孙猴子说:"不信你问她。"

这家伙还说得理直气壮的。母亲是哑巴,就是给人欺负了,也是有口不能辩,有话说不出来。孙猴子就是冲着母亲不会说话,才如此胆大妄为,肆无忌惮。

母亲虽然不会说话,但知道孙猴子在说什么。见孙猴子在诬陷她,她就冲着父亲拼命摇头,眼泪直流。

"李春儿勾引你,还会把你的脸抓烂?"

"我的脸不是她抓烂的。"

"那是谁抓烂的?"

"是……是野猫抓烂的,刚才碾米的时候,有两只野猫跑到水碾坊里做那种事,我一伸手就把那只发情的母猫逮住了,见我破坏了它们的好事,那只公猫恼羞成怒,冲上来就把我的脸抓破了。"孙猴子狡辩说,"不信你问她,刚才是不是有两只野猫在水碾坊里做猫生猫的事情?"

父亲回头看着母亲,问她:"是不是?"

母亲想到那两只野猫,脸红了,也不会说谎,她点了点头,然后又拼命地摇头。她点头是承认那两只野猫在做那事,拼命摇头是指孙猴子说谎,脸上的伤不是野猫抓的。父亲哪里领会得到这些,也就迷糊了。

"崭新的裤子都撕烂了,难道她还撕烂裤子勾引你?"

"那倒不是,她是用手比划,说要跟我好。"孙猴子还用手比划着,两个大拇指对着勾了几下,"她就是这么勾引我的,我也快三十的人了,还从没干过那种事,遇到这种美事了,心里急,哪想忙中出错,把裤带的结扎死了,我就把她的裤子扯烂了。"孙猴子说起谎来,一套一套的,天衣无缝。

裤子被孙猴子撕烂了,母亲一直用手捂着羞处,根本抽不出手来比划,只能眼泪汪汪地望着父亲,拼命地摇头。后来为了证明自己的清白,母亲也就不管不顾了。她把腿夹紧了,抽出手来,如实比划着,父亲就明白了。

"好你个孙猴子,看我张驼子今天不一锄头挖了你的脑壳,刨了你的根……"

母亲早上到地里忙活,锄头还扔在石头蛋子上,父亲抓起锄头就跑下去挖孙猴子,只是脚底打滑摔倒了,罗锅背重重地撞在了石头蛋子上,只痛得父亲龇牙咧嘴半天都爬不起来,孙猴子趁机逃走了。后来,父亲提着锄头找遍了龙溪口,也没有找到孙猴子。显然,孙猴子是逃回姚家垸去了。

二十八

孙猴子这么一折腾,母亲的心事更重了。有事没事,母亲都会到石头蛋子上去坐,而且一坐就是半天。日头越来越猛,父亲担心越来越猛的日头会伤到母亲,就叫人到贵州湾砍来十几根大桂竹,在石头蛋子上搭了一个漂亮的竹棚子,母亲就整天待在竹棚里想心事。后来父亲喝醉酒了,就钻到竹棚里把母亲睡了。

那是仲夏的一天下午,舞阳河一年一度的大水刚刚退去。龙溪口的生意人嫌沅州码头和万寿宫水码头太拥挤了,想在廻水塘边修建一个黄金大码头。廻水塘水深一到两丈,河面开阔,近百丈宽,长一百五十余丈,要是建成大码头,每天可供数十只大小船只停泊。祖父当年也想在这里修建万寿宫水码头,只是河底淤泥和砂石很厚,想在一两丈深的水里施工打桩不容易,就把万寿宫水码头修到沅州码头下端的一处浅水滩边了。现在龙溪口的生意人集资要建大码头了,又来找祖父商量。父亲张重阳的脑瓜子比祖父张老酒好使。父亲说:"要建就建在廻水塘边,没有比这更宽阔的地方了。"

祖父为难说:"这地方好是好,只是水这么深,如何下水打基脚?"

父亲就笑:"哪个讲要下水打基脚喽。湾头的那蔸娑罗树不是干枯了吗?干脆砍来做桩得了,半个房间大的娑罗树,难道还不如几块破石头?"祖父也觉得张重阳的这个主意不错。屋前屋后忌枯树,娑罗树死了将近一年,还不砍,也有损龙溪口的风水。只是光一根娑罗树做桩,也不够,父亲说:"还得到盘龙山上把那几蔸古松树放倒,到水里打梅花桩,古松树下水,千年不腐,万年不烂。"

打桩的办法解决了,龙溪口的人就把娑罗树和古松树砍了,搬到廻水塘边。然后找神算子张大生择良辰吉日,打桩下基脚。

大码头打桩下基脚的那天,龙溪口的人都到贵州湾打牙祭,男女老幼都去了。只有母亲一个人不去。那天父亲喝了很多酒,因为主意是他出的,龙溪口的生意人都向他敬酒。父亲平日很少喝酒,但是那天特别高兴,可以说是来者不拒。父亲语无伦次地说着:"我张驼子的腰杆摔坏了,不能做事了,但是能喝酒……"后来龙溪口成年男子都到湾头打桩下基脚,父亲就唱着排老大那支坏坏的野情歌摇摇晃晃地回水碾坊去了。

父亲是唱着那支歌回到楼上的,见母亲不在小房间里,他又唱到菜园子里去了。见母亲在石头蛋子上的竹棚里捧着脸发呆,父亲就对着母亲不停地唱那支歌，唱去唱来就那几句，后来母亲就笑了。母亲这一笑，就真的成我的母亲了。

父亲说："李春儿，你笑了。"

母亲就笑嘻嘻地点头，继续笑。父亲又说："李春儿，你笑得真好看，脸红红的，就像快要下蛋的小母鸡哩。"母亲的脸蛋就真的红扑扑的了。

这时，湾头传来了整齐的喊声：

"一、二、三！"

"一、二、三！"

……

那是龙溪口成年男子撬动大木头的口号声。

他们用整齐的口号撬动着那截半个房间大的娑罗树，同时也撬动着父亲内心深处的情感。父亲喃喃自语："我张驼子的腰杆摔坏了，不能做事了，别说没有劲儿，就是有劲儿也用不上了。"父亲落泪了。父亲的眼泪有如珍珠般大颗大颗地往石头蛋子上掉，"吧嗒吧嗒"的，摔得粉碎。母亲想安慰父亲，却又口不能言，想安慰也安慰不了。她只能用自己纤细的手指替父亲轻轻拭去那些脸庞上挂着的还不曾摔碎的泪珠，然后把父亲无言地抱在怀里。

后来，酒气涌上来，父亲以为是李春儿回来了，只一句酒话："李春儿，这些年你到哪里去了呢？我等你等得好苦——"就把母亲睡了。即便是若干年后，父亲跟我说起这事时，他那明显歪斜的嘴角还挂着几分男人的得意与自豪。

龙溪口的成年男子都在湾头打桩修建大码头。父亲感觉自己也是其中一员了，光着身子在廻水塘边挥汗如雨地撬着那截剥了皮的大木头。大木头慢慢地滑进了桂竹掩映着的水塘里。水塘里沉有很深的河泥，软趴趴的河泥，滑溜溜的河泥，大木头猛地滑进去，只一下就触底了。河泥的深处是一些相对坚硬的砂石，大木头撞到砂石上，河泥立刻滑了出来，只要轻轻一拉，大木头就竖在那里了。其实在一两丈深的水里打桩，就是把一两丈长的娑罗树和古松树从淤泥里一次次地抽出来，又一次次地捣进去，把河泥抽出来，把砂石捣烂了，最后遇到大石头了，捣不动了，这桩也就打成了。龙溪口的成年男子在湾头打桩下基脚，父亲也在水碾坊旁边的菜园子中央的石头蛋子上打桩下基脚。

他们把松树打成梅花桩，然后从深山老林里砍来抱大的白楠木、黄檀木和红榉木，扎成撬排铺放在梅花桩上，然后修建梯形石级，严严实实地铺在撬排上，一直铺到岸边上，最后在龙溪客栈门口用麻石铺成二三十丈宽的平台，便于上下船堆放货物。

　　第二年春天，龙溪口大码头建成了。龙溪口的人都在新建的大码头上杀猪宰牛打牙祭，母亲则一个人在菜园子里十分艰难地生下了我。那天正午，我的到来没有丝毫征兆，父亲是个喜欢凑热闹的人，哪里有热闹他就往哪里凑。他大清早起来就到大码头上看热闹去了，我看到母亲挺着肚子孤孤单单地到菜园子里点种黄瓜。

　　母亲收留黄瓜种子也十分有趣。秋天的时候，留来做种的那个黄瓜老得发黄变红了，母亲就会把它摘回家，用菜刀剖开来，把黄瓜种子刨到一张棕片上，摊平了，摊均匀了，然后把粘了黄瓜种子的棕片挂到柱子上，整个冬天，棕片都在一枚竹钉上像旗帜般猎猎飘扬，等要播种了，她就把风干的黄瓜种子从棕片上刨下来。同样留在棕片上的种子还有西红柿。而茄子的种子，则是在茄子柄下端一两寸的地方顺着茄子对切两刀，成四瓣，母亲在中间夹两根小木棍，让四瓣茄子尽可能地张开来，用麻线捆住茄子的把柄，同样把它挂在柱子上。其他种子，也是各有各的留法，反正冬天的时候，水碾坊的柱子上挂满了瓜果蔬菜的种子。

　　母亲点种黄瓜的时候，我一高兴，就在里面踢她的肚子。母亲抚着被我踢痛的肚子点种完黄瓜，然后又带着我到菜园子的一个角落里割了两把韭菜。父亲最爱吃韭菜炒鸡蛋了，而且是吃了韭菜炒鸡蛋就会放半天响屁，想到父亲要放半天响屁，我就笑得在母亲的肚子里打滚，翻跟斗。记得母亲当时还捂着肚子骂了我两句呢，说再闹，就打我的小屁股。我就不敢再闹了。这韭菜割下来了，要择好了，再到河边洗。母亲就想象以前那样坐到石头蛋子上择韭菜，哪想摔了一跤，把我摔痛了，我就不想再待在她的肚子里面了。按理说十月怀胎，我还要在母亲的肚子里呆上两三个月的，但是我提前两三个月就出来了。我来到人世间的第一眼，看到的竟然是母亲倒在血泊里。

　　母亲把我生在她那件沾满了泥土的天蓝色的便衣上，这件衣服是父亲当年买给李河生的女儿李春儿的，那个李春儿没有回来，所有的衣服都是我母亲李春儿在穿，用父亲的话说，就是"李春儿，她不回来了，所有的衣服都是你的"。

　　我看到母亲浑身都是血，哇的一声就哭开了。我的哭声虽然不是那么响亮，但是龙溪口还是有人听到了。杨铁锤到大码头上帮人杀猪宰牛打牙祭去了，家里一颗下锅的米都没有了，他的婆娘钱美丽就挺着肚子拿了口布袋子来找我母亲借米下锅，钱美丽是裁缝铺钱剪子的独生女儿，十二年前嫁给了铁匠杨铁锤。我的哭声把这个女人吓坏了，她赶紧跑过来，其实是走过来的，样子很急，就有点像跑了。见到我，这个也要做母亲的女人竟然对我说了句莫名其妙的话："怎么就出来了呢？你娘什么都还没有准备好呢。"这女人不是也要做母亲，其实她已经是两个儿子的母亲了。说她也要做母亲，是因为她现在又有了跟母亲差不多大的肚子。这是什么话，好像要等母亲什么都准备好了，我才能出来。

钱美丽伸手想来抱我，可是手指刚碰到我就缩回去了。我出来太早，皮肤太嫩，嫩得手指轻轻一碰，皮肤就破了。母亲没有死，见到钱美丽她就活过来了，她挣扎着从血泊里坐起身来，用手比划着，要钱美丽去大码头上喊父亲回来。我很奇怪，母亲平时也跟我说话，怎么一见到人就变成哑巴，不会说话了呢？钱美丽喊父亲去了，我就躺在衣服里眼睁睁地看着母亲，后来我看见母亲抓起割韭菜的那把镰刀，我就不敢再看母亲了。就在我闭上眼睛的刹那，母亲用手中的镰刀割断了我的脐带。母亲给齐膝的脐带打了个结，父亲就跑回来了。父亲手里拿着一张窗户纸，半趴在石头蛋子上，缩头缩脑地逗着我，像只老乌龟，样子要多丑陋，就有多丑陋。他说："笑一个，笑一个。"我非但没笑，反而哭了。

父亲手上的那张窗户纸是拿来给我糊皮肤的，钱美丽说我的皮肤太嫩，碰不得，也穿不了衣服，得用窗户纸糊。路过张家老酒馆的时候，父亲就把酒作坊的窗户纸揭来了。再说那张窗户纸在张家老酒馆的窗户上糊了一个冬天，跟泡在酒坛里差不多，现在糊到我的身上，弄得我也是一身酒气了。我伸手乱抓，后来还真抓到那么一丁点儿窗户纸，我把它放到嘴巴里，张家老酒馆的酒还真香甜。别的孩子来到人世间，吃的第一口是母亲的奶水，而我吃的却是满是酒气的窗户纸。接下来的那些日子，我吃奶，同时也吃窗户纸。父亲总是骂我蠢，窗户纸也吃。我就在心里暗暗骂这只老乌龟，你才蠢呢，我吃的是酒味，不是窗户纸。

半个月下来，凡是小手能抓得到的窗户纸，都让我抓来吃了。父母亲这才发现，我的皮肤不再那么娇嫩易破了，他们就把糊在我身上的窗户纸揭走了，还给我做了两件漂亮的小衣裳，把我的小手封在长长的袖子里，什么都抓不到了。我因此没日没夜地哭闹过一阵，刚开始父亲还没日没夜地哄着我，做狗爬，学狗叫，后来哄得有点不耐烦了，他就板起脸孔歪着嘴巴吼我："再哭，再哭我就把你扔到塘头去。"父亲本来就长得丑陋，脸孔板起来就更丑陋了，我哪里还敢再哭闹。饿了，我就只能乖乖地吃奶了。

没多久，我就在母亲的奶子上吃到酒的味道了。父亲这只老乌龟总是在我睡觉的时候偷奶吃，每次偷吃后，都会把酒气留在母亲的奶子上。这让我很开心，所以每天晚上吃奶的时候，我都不会把奶水吃光了，总要留那么一两口让那只老乌龟来偷吃，因为这样，我醒来的时候就能吃到带有酒水味道的奶水了。

其实这也是跟母亲学的，母亲吃饭的时候，盘子里总是剩那么一点汤汤水水，父亲心疼油水了，每一次都会伸长舌头，像狗一样把盘子舔干净了。

二十九

民间有种说法，七活八不活。

说的是怀胎七个月生下来的孩子能活，而且会活得很好，八个月生下来的孩子肯定活不了，必死无疑。我提前两三个月就出来了，父亲怕我活不了，他天天喝酒，借酒浇愁。他掰着手指头算来算去算过很多次了，都是八个月。父亲越算越心寒，从大码头打桩下基脚的那天起，到我出生这天，足足八个月了。于是给我取名张石蛋，希望我的命能够有菜园子中央的石头蛋子那么坚硬。

我的名字在他的嘴里是张石蛋，可是到别人的嘴里就不是张石蛋了。别人都叫我张蛋蛋，弄得我都成了男人的裆中之物了。这也难怪，在龙溪口，"石"也叫"蛋"，譬如说你家有多少石田，收了多少石谷子，说的都是"蛋"。还好，祖父给我取了个小名，叫张百年。其实张百年有好几层意思。我出生时，祖父就要满一百岁了，我想祖父张老酒是想抱孙崽，他才厚着脸皮活了一百年。

他叫我张百年，也是希望我能长命百岁。

我提前出世了，祖父别提有多开心，每天他都要到水碾坊转悠好几回。母亲在楼上的小房间里坐月子。女人坐月子的时候有很多禁忌，除了自家男人外，其他的男人都不得进入产房。所以祖父只能到楼下转悠，根本见不到我，他每天到水碾坊转悠好几回，也是想听听我的哭声，要是听到我哭了，他就开心，因为知道我还活着。有时候祖父来了，我也不哭，我只是竖着耳朵听他那沉重的脚步声来了，又走了，带着几许叹息。有时候来过几次了，要是我还没有哭，祖父也会在楼下紧张地问：

"春儿，百年还好吧？"

· 裂缝

祖父的意思是：春儿，我的孙崽还没死吧？

我的母亲李春儿知道公公的意思，只是口不能言，自己又不能出产房，把孩子抱给公公看。不过我的母亲倒也聪明，每每这个时候她就用手狠狠地拧我的小屁股，我就会"哇"地哭起来，祖父就会放心离开。

只是次数多了，我的小屁股就青一块紫一块，没有一处皮肤是好的了。

我的哭声越来越响亮了。

祖父逢人便说，百年是提前来给他祝寿的。

我满月的那天，正逢祖父的百年大寿。"山中自有千年树，世上难逢百岁人。"祖父的百年大寿自然是热闹非凡。那天，龙溪口的人都来了，城里也来人了，附近的村寨，甚至是贵州也都来人了。长长的宴席从张家老酒馆的门口一直往湾头摆，到了贵州街，宴席又拐着弯摆到大码头上，就像入河的长龙。我正好满月，因此也沾了祖父的光。客人来给祖父祝寿，顺便给我道喜。一个月下来，我居然还活着，自然也就打破了"七活八不活"的说法。不过客人还是认为，十有八九是我父亲张驼子记错了。他们埋怨说："张驼子真是的，这种事情也记错了。"

父亲自然也就改口装糊涂了。他说：

"这男人嘛，要是真舒服了，就不记事了。"

这样一来，我在母亲的肚子里也就只有七个月了，如果真是这样的话，那么我就是七星儿了，将来准会干出一番惊天动地的大事情。客人在酒宴上交头接耳，议论纷纷的时候，我果真就在院子里干出惊天动地的事儿来了。

龙溪口的生意人喝酒时讲究三杯通大道，祖父张老酒三杯寿酒进肚后，就跟父亲张驼子带我到院子里去撵麻雀，想要锻炼我的胆量。祖父抱着我在院子里摇摇晃晃地走来走去，时不时把我举过头顶去，哈哈大笑。父亲也不知道从哪里弄来两把萝卜菜种。对了，这两把萝卜种应该是从水碾坊的竹竿上弄来的。母亲收割萝卜种的时候，用棕树叶子把萝卜种捆了，一把把骑放在二楼屋檐下的竹竿上，冬天的时候，成群的麻雀就像商量好了似的到屋檐底下吃萝卜种子。

麻雀喜欢吃萝卜种子，父亲把萝卜种扔在院子的麻石板上，引诱麻雀下来吃。殊不知，龙溪口烧了一上午的鞭炮，哪里还有麻雀？那些平日里叽叽喳喳的麻雀，早就吓得躲到卵背冲去了。等了半天，也见不到麻雀的影子。萝卜种在阳光下响起了细细的爆裂声。父亲懒得撵麻雀了，就到院子的角落里拖来一把连杖，开始拍打萝卜种。

祖父把我高高举过头顶的时候，父亲也在一边高高轮起连杖拍打萝卜种，连杖重重拍打在麻石板上的那两把萝卜种上，只"嘭"的一声就把我吓尿了。祖父还在举着我哈哈大笑，结果我一泡尿就把祖父呛倒了。

祖父是把我当成老张家的宝贝了，就是倒地的时候，他的双手还是高高举着的，生怕把我摔坏了。当父亲扔下连杖跑过来时，却发现我的祖父已经含笑九泉了。

祖父死了。

是被我的一泡尿呛死的。

龙溪口的人对我的这泡尿就有了新的说法。他们都说，七星儿的尿，是龙尿。龙溪口的水全部加起来，也就是龙尿一滴，我这一泡龙尿进去，张老酒不死才怪。说的人多了，我就真以为自己尿的是龙尿，以至于日后有人找茬，或者惹我生气时，我总是瞪着一对牛卵大的眼睛凶他们说："信不信，老子尿死你！"祖父的喜事，转眼间就变成了丧事，龙溪口也就变得更加热闹了。

祖父的葬礼没有丝毫的悲哀。

相反，还充满了喜庆的色彩。

神算子张大生给祖父张老酒净身的时候，见祖父裤裆里屙了一坨屎，便大声说道："张老酒，你死得好啊，你就是死了还屙金屙银，护佑子孙，发富发贵。"然后喊父亲张重阳："张驼子，这是坨金屎，你找点纸钱和窗户纸过来，把它包好了放到谷仓里。"

父亲就像捡到了金元宝似的，用纸钱和窗户纸把那坨屎包好了，放到谷仓里去了。

祖父张老酒是百岁老人，死亡也是喜悦的，人的生命就像一枚果子，到了瓜熟蒂落的时候，自然也就脱落了。

祖父死后，父亲要做的第一件事就是到井里买水给祖父洗澡。也就是到凤和井旁焚香化纸，将枚铜钱投于井中，并低声向龙王请求："尊敬的龙王，今天家父死了，惊动你，向你买点水给他洗澡。"买水回家，父亲将煮饭用的铁三脚架翻过来把水烧开，由张大生给祖父洗澡净身。

做完七天道场后，张大生要父亲张重阳到路口放路烛。人是从井里来的，人的魂魄在井里。路烛得从化财的地方放起，每隔三五步的距离燃放一根蜡烛，一直把蜡烛燃放到凤和井边的青石板上。放好了，张大生回头对父亲说："张驼子，你父亲的魂魄将随着这些烛光一路登上极乐世界。"

·裂缝·

祖父张老酒生前所用之物都堆放在路口了，衣物、被子、鞋袜、酒葫芦，还有属于他的半床稻草。对于龙溪口的人来说，人的一生都是睡在稻草上，不管贫穷，还是富贵，死了之后，也就半床稻草是他的。年近七十的祖母周如玉吃力地把祖父的半床稻草抱到路口时，却发现已经有人把半床稻草堆放在那里了。

祖母隐隐知道是怎么回事，也不嚷嚷，她把怀里的半床稻草堆放到那半床稻草上边，笑眯眯地说道："相公，别人化财时只有半床稻草，而你却有一床稻草，厚实得很哩，到了那边，你也就能够舒舒服服地睡上安稳觉了。"

三十

另外那半床稻草的确是鲍瓠米粒抱来的。

祖母到大生堂一问，鲍瓠米粒也不否认，都是七十岁的老太婆了，也没有什么好隐瞒的了。只是提到这事儿时，鲍瓠米粒皱巴巴的脸上仍现出了红晕，像十八岁的姑娘那样羞涩无比。鲍瓠米粒羞答答地说：

"那半床稻草他睡过。"

"你们睡过几次？"

鲍瓠米粒摇摇头，也不说睡过几次，而是满脸的皱纹里溢满了幸福，她眯缝着眼睛说："时间太久了，都不记得了，反正他到湾头犁地的时候睡过，插秧的时候睡过，打谷子的时候睡过，割草的时候，也睡过……"

祖母周如玉听了，也不吃醋生气，而是若有所悟地摇头笑道："刚开始那几年，我说他这头牛怎么这么勤快，也不管是刮风下雨、下雪，还是出大太阳，天天都往湾头跑，敢情是找姐姐做那美事去了。"

说起祖父张老酒，鲍瓠米粒就来劲了。她说："哥哥他还真是一头牛哩！妹子那点地，哪里够他犁？那些年，张大生也不知死活，他的这点地荒着也是荒着……"

只说得祖母也叹息连连：

"唉，现在……牛死了。"

"可惜了，这么好的牛……"

"姐姐，我们都还好好的……"

"只有累死的牛，哪有犁坏的地，我们当然好好的。"

"你家的牛还在，我家的这头牛……"

祖母说到张大生，鲍瓠米粒就摇头："我家哪来的牛喽，身子早就废了。"皱纹里洋溢着的不再是幸福与喜悦，而是满满的苦楚与辛酸。见状，祖母心里一惊，忙问道："你是说大生的身子早就废掉了？"

鲍瓠米粒点点头，算是承认了。

"这么说来，你的那几个娃……"

"巨雷是大生的种，那时候，大生好好的，还没有废。"

"那怎么就废了呢？"

"也许是吓坏的吧，当时我们在山洞里做那事，结果阿爹冲进去，大生就吓坏了，阿爹打断他的腿，他跌下山崖，就成废人了。"

"一直没好过？"

"一直没好过。"

"身子坏掉了，那你为什么还要跟他成亲呢？"

"刚开始还以为他只是断了一条腿，不碍事，后来才知道他整个人都废了。"

"那你还跟他过？"

"妹子，你也晓得，一个女人带着两个孩子，要是没有男人，哪说得过去？再说，巨雷是他的儿子，照顾他，也是应该的……再再说，我们曾经相爱过。"

"难怪当初重阳要娶晚霞，你跟老酒推三推四，死活不同意……"

"是啊，他们是姐弟，不能结婚。"

"那重阳跟巨龙巨虎他们几个也是亲兄弟？"

鲍瓠米粒先是一愣，随即摇头说："不是的，不是的，他们五个是贵州强盗张老虎的种。"

尽管鲍瓠米粒摇头否认了，但祖母周如玉还是心知肚明，当年去鲍瓠镇的路上，他们两个是好过了。祖母没有见过强盗张老虎，不知道强盗张老虎长什么样，张巨龙张巨虎五兄妹整天在祖母的跟前晃来晃去，总觉得他们有点像张重阳。他们长得不是鼻子有点像就是嘴巴有点像，不是眼睛有点像就是耳朵有点像。父亲张重阳是祖父张老酒的种，张巨龙张巨虎几个也像是祖父张老酒的种。

"是也好，不是也罢。"

祖母周如玉说："姐姐，重阳路烛点起来了，我们这就去路口给那头死牛化财去。"

"妹子，还是你去吧，我去化财，算什么喽。"

·裂缝

鲍瓠米粒不好意思去。

祖母又说:"姐姐,我们也都是七老八十的人了,只能到路口送他最后一程了。"

只要化财了,跟着就要出殡了。

鲍瓠米粒也就不再推辞了,跟祖母周如玉相互搀扶着,去了路口。

在路口,她们点燃了稻草。

两朵烟云在贵州湾的竹林里稍作纠结,然后合二为一,扶摇直上。

就要出殡了。

父亲张重阳在棺盖中央放了一碗清水,张大生手执魂幡一瘸一跛地绕着棺材作法,念分魂词,棺材两边各站四名壮汉,合称八大金刚。张大生做完法举起柴刀,高喊:

"八大金刚齐听令,把这棺木抬出门!"

张大生正要用柴刀背击打水碗,忽然有人远远地喊道:

"慢着!"

路口的火光中,人影一晃,又一晃,龙溪口来了一老一少一黑一白两位不速之客。黑衣老者朗声道:"张老酒驾鹤西去,容我们父子俩上炷香再发丧也不迟。"他们直奔灵堂而来。

黑衣老者看样子也就七十来岁。祖母周如玉和鲍瓠米粒心里都很纳闷,张老酒什么时候交了这样一位朋友,平日里也不见走动?

张大生倒是认出来人了,他"哟嗬"一声说:"这不是姚五木姚老板吗?"黑衣老者回头看了张大生一眼,冷冷地说道:"神算子张天牛也在呀。"

客人要给祖父张老酒上香。父亲张重阳恭恭敬敬地把一炷香递给姚五木,感恩说:"姚老板,谢谢你。"

"你就是张重阳张驼子吧?"

姚五木从父亲张重阳手上接过那炷香,提醒说:"张驼子,按辈分你得叫我一声叔叔,日后可别叫老板了,免得把人都叫生疏了。"

父亲则像做了错事的孩子,连连点头说:"是是是,姚叔叔教训得是。"

上香时,姚五木眼角垂泪,嘴里念叨着:"张老酒啊张老酒,我姚五木还没有来,你怎么就死了呢?"姚五木把一炷香颤巍巍地插到灵柩前的白玉香钵里,插稳了,用衣袖抹干了眼泪,这才回头对那白衣少年说:"九木,过来给张伯父磕头上香。"

那个叫姚九木的白衣少年走到父亲张重阳的面前,要了一炷香,然后给祖父张老酒的灵柩磕头上香。

"老的叫五木，小的叫九木……"

祖母周如玉在心里默念了一下，这名字分明就是一堆木头嘛。

"难道是他？"祖母心里一惊。

姚五木一张老脸皱巴巴的，显得相当陌生，祖母又看了看跪在灵柩前的白衣少年，还真有些姚林森当年的样子。"姚林森，姚五木，姚林森……林森不就是五木吗？"

没想到时隔五十多年，姚林森父子还是找上门来了。

祖母周如玉心想，张老酒刚死，千万别生出事端来。

姚林森见祖母周如玉神情有些恍惚，便走上前来柔声安慰道：

"如玉妹妹，人死不能复生，你要节哀顺变。"

姚林森还像五十年前那样，叫祖母如玉妹妹。这个男人即便是心里有恨，但他的声音还是那么软绵绵的，听不出一丁点恨意来。

祖母周如玉压低声音说："木脑壳，我家男人张老酒不在了，你可别趁机上门捣乱，欺负我们孤儿寡母。"祖母的声音压得恰到好处，低低的，也就姚林森一个人听得到。

姚林森同样压低声音说："如玉妹妹，人到七十古来稀，我姚五木也是古稀之人了，如今已是朽木一堆，就是想捣乱恐怕也乱不起来了。"说到最后，姚林森放大声音，显然是说给大伙儿听的，他说："怎么会呢？你们张家老酒馆开门做生意，我姚五木庆元丰也是开门做生意，老少无欺哩。"

祖母周如玉这才知道，蝶纷飞隔壁的庆元丰油号是姚林森开的，而且开了很多年了。

上完香，姚林森父子也不打招呼便到庆元丰油号查看生意去了。

张大生再次举起柴刀，高喊："八大金刚齐听令，把这棺木抬出门！"随之大吼一声，用刀背猛击棺材盖上的水碗，将魂幡丢出门去，棺木亦被杨铁锤、蔡老狗等八名壮汉用手抬到门外的木板凳上，随即用竹缆和草缆把老杠、抬杠和棺木捆好。三声铁炮响过，八名壮汉抬着棺木，在引魂幡的指引下去了盘龙山。

送葬队伍，浩浩荡荡。

匏瓠米粒随着送葬队伍去了盘龙山。

祖母只能在家门口望着这个比自己还要大两岁的女人，顶着一头银发在队伍里很艰难地移动着脚步，双手时不时撑一下膝盖，慢慢地往山上走。送

· 裂缝

葬的队伍绕着山梁，宛如游龙绕梁一般呼啸而上，很快就把鲍瓠米粒抛得远远的了。但她并未放弃，仍在山梁上彳亍前行着。显然，这个女人是想送祖父最后一程，想看祖父最后一眼。

这样的情景，祖母只能想象了。

盘龙山上有口井，新挖的井八尺见方，足以把两副棺木放进去。现在只有一副棺木，只能靠左边放，右边空着的位置，应该是自己的。八尺见方的井多是占地葬龙凤棺，夫妻合葬。棺木抬来后放在井边，孝子脱鞋或者用孝帕垫着，待法师念咒、烧纸钱向地脉龙神买地，并把引路幡烧掉以暖棺。八大金刚用竹缆将棺木吊入坑内放稳，在把竹缆扯出之前，必须开棺让亲朋好友见最后一面。亡者不能见天日，开棺前扯床单于井上以遮挡天日，见面时，亲朋好友纷纷往床单里扔些碎银，祝贺主家开棺发财。然后，盖上棺材，收走床单，抽了竹缆，填土，并垒成坟茔，插上引魂幡和坟标纸。

鲍瓠米粒在祖母的眼里越爬越慢了。这个女人想要看祖父最后一眼，她必须在开棺之时赶到井边，否则的话，她见到的就只能是祖父的坟茔了。

猎愿

一

"呜噜噜——"

"呜噜噜——"

旧历十月初一傍晚时分,月亮山上的牛角号子顺着山涧穿过沉沉的暮霭和蓝色的炊烟,低昂而粗犷地传遍了月亮湾。霎时,月亮湾就沸腾了,娃崽们蹦跳着下楼,冲出柴门,光脚片子在低头弄的麻石板上甩得啪啪直响。"喔嗬——喔嗬,又有胞汤吃喽!"娃崽们高喊着,欢呼着,一个个跑到月亮湖边迎接苗一铳和姚本奋他们,弄得姚家寨与苗家寨鸡飞狗叫,尘土飞扬。"娃崽,让开!"一声呵斥伴随着纷纭杂沓的脚步,一彪人马大步走了过来。走在前面的壮汉正是苗一铳。

苗一铳浓眉黑髯,虎背熊腰,身上背着杆乌黑发亮的鸟铳,枪管里插着一根漂亮的金鸡翎。身后,几名壮汉抬着一头黑野猪,手臂大的竹杠子吱吱呀呀地响着,血淌了一路。为了猎获这野猪,苗一铳和姚本奋他们已经在月亮山上放狗撵了三天三夜了。姚家寨的寨主姚本奋则身背弓箭手提牛角走在队伍后面。

一干人马直奔露天禾场而去。

壮汉们将黑野猪"嘭"地摔在露天禾场上,苗家寨立刻有婆娘从吊脚楼上屁股颠颠地端来庆功的牛角红米酒。壮汉们一个个从婆娘的手中接过弯弯的牛角,一仰脖子,斤把重的红米酒,顿时喝得精光。

这时有人大声问:"苗一铳,这猪是公的,还是母的?"

苗一铳哈哈大笑:"跟你婆娘一样,麻皮肥得流油哩。"

众人跟着哈哈大笑。

野猪是月亮山上的大肉,按月亮湾的规矩,猎回来的大肉,月亮湾的男

·裂缝

女老少都有份。

姚一刀是月亮湾里出了名的屠夫,猎到大肉了,也不用喊,自己扛着挺杖提着牛角弯刀就赶过来了。宰割之前,一位银须飘飘精神矍铄声若洪钟的麻衣老者分开众人走上前来,边走边高声唱道:"男人卵子一片红,女人麻皮一片灰。"这是月亮湾博取众人彩头的一句唱词。唱罢,麻衣老者又大声问道:"大伙说是不是?"只听到露天禾场上的男女老少用快活而整齐的声音回答:"是啊,'男人卵子一片红,女人麻皮一片灰'。"

然后,哄然大笑。

博取众人彩头的麻衣老者是苗家寨的军师苗里奇,也是月亮湾德高望重的师公,今年九十八岁了,身子骨仍然十分硬朗,仍然能够化符驱鬼,治病救人。在众人的笑声里,只见苗里奇操起一根拇指大小的黑竹棍子,猛插野猪的阴部,边插边说粗话,就像年轻人睡婆娘时说的那种。苗里奇狠狠地捅了九九八十一下之后,这才把那根拇指大小的黑竹棍子停在野猪的阴部上,朗声说道:"其实,这人麻皮跟猪麻皮一样,也是用来捅的。"

露天禾场上还是一个快活而整齐的声音:"是啊,这人麻皮跟猪麻皮一样,也是用来捅的。"

然后,苗里奇开始念郎经了。

所谓念郎经,就是讲男人与女人之间的那点事,多是些不堪入耳却又直奔主题的粗话,男人如何做郎崽,如何睡女人,如何生儿育女儿孙满堂。

苗里奇念罢郎经退场之后,姚一刀开始宰割那头野猪。

只见姚一刀把辫子猛地往脑后一甩,长长的辫子便蛇一样缠绕在他的脖子上了。他口衔一把牛角弯刀,鼓着腮帮闷闷地吼了句:"嘿,起来!"他一个人便将那头三四百斤重的黑野猪摺到了杀猪的架子上,然后刀光一闪,黑野猪的右后脚的脚背上便飞快地旋开了一道腥白的小口子。

这时,有娃崽赶紧递上挺杖。

挺杖是一根四尺八寸长、小手指头般大小的铁棍子,头子上有一个铁环把手,挺杖上套着一把黑乎乎的刨毛刀。姚一刀把牛角弯刀轻轻地弯在杀猪的架子上,然后握着铁环把手轻轻地一抽,挺杖就到了他的手上,只有那把黑乎乎的刨毛刀还留在娃崽的手里。

姚一刀把挺杖从猪脚上的小口子那捅进去。只见他双手握着铁环抵在小腹上,低吼一声:"进去!"四尺八寸长的挺杖一下子全部挺进了野猪的身子里,只剩下一个铁环把手还露在外面。"苗一铳,看透顶了没有?"姚一刀粗声说道。

"透顶了,透顶了。"苗一铳捏了捏野猪的耳根,连连说道,"姚一刀,还是你黄花崽的家伙硬扎,一顶就透了。"

姚一刀也懒得说话。他把挺杖抽出大半,换了个位置,然后猛地一挺身子,挺杖像长了眼睛似的,从肚皮底下"嗞溜溜"地蹿过去,直抵野猪的另一只耳根。

"好好好,要得,要得。"苗一铳连连说,"家伙硬扎,又透顶了。"

听苗一铳说透顶了,姚一刀便把溜嗞嗞的挺杖抽出来,头也不回,看也不看,就往娃崽的手里一送,那挺杖就像长了眼睛似的,带着油腻一下子回到了刮毛刀的套子里。

这猪要吹胀了才好刨毛。

只见姚一刀掀开猪脚上的小口子,俯下身子把嘴巴贴上去,鼓着腮帮子呼呼地往里边吹气,野猪肚子就像气球一样鼓了起来。见状,苗一铳就地拣了一根尺把长的木棒棒,"嘭嘭嘭"地击打着野猪的腿根处和耳根处,野猪身上的每一道皱褶都充分地肿胀起来了。看着野猪滚圆的肚皮,苗一铳忍不住又开玩笑道:"姚一刀,真能弄啊,你一下子就把野猪的肚子给弄大了。"

这时,一直窝在边上默不作声的牛寡妇突然接过话头,嘻嘻哈哈地笑道:"他呀,像一头牛似的,一天到晚就知道弄猪肚子,算哪门子的能耐喽。"牛寡妇是月亮湾唯一一个敢说姚一刀像头牛、没有能耐的女人。要知道,姚一刀是姚家寨出了名的狠角色,十四五岁就开始跟他父亲姚大腿学杀猪了。姚大腿老了,月亮湾的猪都是姚一刀杀的,经常是白刀子进去,红刀子出来,往往是一刀子进去,三四百斤的肥猪哼哼几声,准没命。

姚一刀三十七八岁了,还没有讨婆娘。

他不是不想讨婆娘,而是讨不到婆娘。

月亮湾的姑娘,不是嫌他身上有猪粪臭,就是嫌他狠,没有哪个姑娘愿意跟他过日子。用姑娘们的话说,要是哪天有个磕磕碰碰的,那还不成挨宰的猪了。

牛寡妇并不这样认为。

牛寡妇甚至觉得,月亮湾的男人就应该有股猪粪味,就应该狠。

想到狠,牛寡妇就会想到自家的那个死鬼来。牛寡妇的男人叫姚本金,是姚家寨姚银匠的儿子,本以为嫁给他自己这辈子会穿金戴银,哪想姚本金是个地理先生,在月亮山上理了半辈子金脉,结果金脉还没理到,自己却得了一种怪病，弄得男人不像男人了，三年前还得了马上风，软软地死在自己怀里。

自从男人死后，牛寡妇有事没事就喜欢看姚一刀杀猪。

姚一刀这一搂一抱一挺一吹，牛寡妇都感觉到，这力气不是用在死猪上，而是用在自己的身上了，非常受用。每每这时，只要有人开玩笑，她都要插上几句。她这一插话，所有的人都会哈哈大笑，只有姚一刀没有笑。

姚一刀不是不想笑，而是不能笑。这不，姚一刀刚要笑，就"咕嘟咕嘟"地漏气了，跟男人吃多茗棒放响屁一样没完没了。野猪的肚子很快瘪下来了。要想重新把它吹鼓起来，那是一件非常费劲的事情。姚一刀用手捏紧猪脚的小口子，费了九牛二虎之力，总算把漏气的猪肚子重新吹鼓起来了。

娃崽们见状，赶紧跑到稻草堆边扯来几根干稻草。姚一刀接过稻草，三下两下把猪脚的小口子捆扎实了，这才抽出嘴巴来跟周围的人开玩笑，放肆地调侃起来。回头见牛寡妇还在边上，姚一刀便"嘿嘿"地干笑两声，冲牛寡妇怪笑道："牛寡妇，我姚一刀不仅能弄大猪肚子，还能弄大人肚子哩，要不你今晚上过来，我给你弄一弄？"说罢，哈哈大笑。所有的人跟着大笑，粗犷的笑声，响遍了整个月亮湾。

有人笑道："姚一刀，这女人是白虎，克男人哩，难道你就不怕？"

姚一刀很快活地笑道："寡妇晚上睡觉上头没人，老子怕同卵呀！"

有人跟着起哄："牛寡妇，姚一刀是青龙，他不怕你哩。"

牛寡妇听了，就咯咯咯地笑："他呀，就知道嘴皮子快活，有同卵用……"

姚一刀哈哈大笑道："我没卵用，我哪有卵用喽，就你牛寡妇有卵用。"

有人继续起哄："牛寡妇，姚一刀是同醒卵，懒得用哩！"

周围的人就笑得更快活了。

月亮湾的婆娘们在露天禾场上架起一口大锅，烧起大火，哔哔剥剥的，直烤得婆娘们脸蛋上流油淌汗，红扑扑的。后来有婆娘大声喊道："水开了。"姚一刀这才止住笑，忙着叫人提开水，烫猪，刨毛。

只一袋烟的工夫，野猪身上的黑毛就被刨得干干净净。

黑色的野猪，也就变成白色的野猪了。

姚一刀也不着急，坐下来抽了一袋烟，这才动手把野猪脑壳割下来，递给苗一铳。

野猪是苗一铳打死的，这猪脑壳归苗一铳。

苗一铳把猪脑壳挂到自家楼脚的竹钉上了，又跑回来。

姚一刀拉起尾巴看了一眼，说："好肥的麻皮哩。"

然后他在野猪的屁眼上狠狠地弯了一刀子。

看到这，牛寡妇便悄然退场了。

姚一刀又在开有小口子的猪后腿的腿弯里扎了个洞，然后往肉洞里塞了根五寸长的木棍，用箩索套住木棍两头。五寸木棍挂千斤，姚一刀喊了一句："来几个人，把猪挂起来！"立刻有六名壮汉跑过来帮忙把那野猪倒挂在李子树上。露天禾场边上的那棵李子树上有一个碗口大的枝丫，离地有五六尺高，正好用来挂大野猪。挂好之后，姚一刀开始给野猪开膛破肚。这时，早有娃崽从苗水田家捧来了铜盘。苗一铳从娃崽的手里接过铜盘，跪倒在露天禾场上。

苗一铳把祖上的铜盘高高地举过头顶。

只见姚一刀手中的牛角弯刀轻轻一剜，就把野猪的阴部连根剜出来了，放进铜盘里，又把猪肚子里的那朵花摘下来，放进铜盘里。

月亮湾的男人与女人，管胎盘叫作花。

苗一铳把装满猪花的铜盘顶在脑壳上，大步流星地往家里走去。

二

每年旧历十月初一，是苗家寨猎愿的日子。

愿，是主宰人类繁衍的神。

猎愿是苗家寨人对生殖器的一种崇拜。因为众多野生动物中，野猪凶悍，而且生殖能力超强。野猪的生殖器也就成了苗家寨人猎愿时的祭祀供品。

愿坛，设在苗水田的家里。

四楼的堂屋，是愿坛。

苗一铳顶着铜盘走进去的时候，他爹苗水田和师爷苗里奇已经在愿坛前等候多时了。所谓愿坛，就是一个用一根从尾部剖开来的细竹子编织成的小笼子，里面放一个染了红色草药的鸡蛋，也就是"鸡生蛋，蛋生鸡"的意思。

愿坛设在神龛里，用麻线吊着。

苗里奇戴着红脸傩面具，手里拿着一根黑竹棍子，静静地站在神龛前。苗一铳进去了，苗里奇也不开口说话，他只是把手中的黑竹棍子往神龛上指了指，苗水田便从苗一铳的手中接过铜盘，小心翼翼地将铜盘摆在神龛上。

·裂缝·

神龛上，椭圆形的白汉玉的香炉钵里，青烟袅袅。

"呜噜噜——"

"呜噜噜——"

苗里奇在四楼的走廊上吹响了牛角号子。

还愿开始了。

苗家寨的男男女女，纷纷跪倒在露天禾场上，齐刷刷地磕了三个响头，顶礼膜拜。"嘿吓，挪挪老领，挪挪老少，脚买拜昂。"苗里奇大声念叨着祭祖的咒语，把五个酒碗一一满上，然后掐着手指头，嘴里念念有词，"嘿吓，又是十月初一了，多好的日子呀，多吉祥的日子呀。猪麻皮朝你，猪花献给你，多好的麻皮呀，多好的花呀！用水煮，用山药棒子炖，煮好了，炖烂了，大伙儿就分着吃，这猪多能生啊，这苗家寨的女人多能生啊，人人添子，子添孙，嘿吓。"

"嘿吓，挪挪老领，挪挪老少，脚买拜昂。"

苗里奇大声念叨着，把酒泼在楼板上，从左到右，慢慢地泼，边泼边念叨祭祖的咒语。泼完酒，这才从裤头上吊着的羊皮小口袋里摸出两瓣对开的牛角，开始占卦。

"要死卵朝天，不死做神仙！"苗里奇嘴里念念有词，把分开的两瓣牛角重新合上，眼睛一闭，心里默念着什么，猛地喊了一声："嘿吓！"

然后一抖手，将两瓣对开的牛角抛到空中。

只听"啪"的一声响，两瓣牛角齐刷刷地掉在楼板上。卦象分三种，即阴卦、阳卦和阴阳卦。卦面全朝下为阴卦，卦面全朝上为阳卦，卦面一上一下为阴阳卦。

还愿要的是阴卦，但出的是阳卦。

苗里奇摆摆脑壳，吼道："不对，要死卵朝天，不死做神仙，嘿吓！"

露天禾场上的男男女女也跟着吼："要死卵朝天，不死做神仙！"

苗里奇连连占了三次，要的卦象终于出来了。两瓣对开的牛角，齐刷刷地趴在楼板上，是阴卦。也就是说，还愿成功了，愿神和先人们接受了他们的供品。

露天禾场上的男男女女跳起来，齐声欢呼——

"嘿吓，嘿吓……"

"喔嗬，喔嗬……"

还过愿，接下来姚一刀开始分野猪肉。

按照规矩，猪脑壳属于打死野猪的人，猪脚属于理脚印的，下水是猎狗们的美食。猎手们每人就分一刀肉，也不过秤称，姚一刀一刀下去，得多少是多少，没有哪个会计较。剩下的野猪肉，连同铜盘里的生殖器，全都用来打牙祭，月亮湾的男女老少都有份。

野猪肉分完了，月亮湾的天就黑断了。

露天禾场上，娃崽们高举着火把，火把都是些红得流油的枞膏，火光闪闪，松香扑鼻。十几个手脚麻利的婆娘系着印花围兜，站在案板前"唰唰唰"地切着粗长肥硕的山药棒子。

每户扛一捆柴火，堆在禾场上，比男人还要高。

野猪肉合着山药棒子，在大锅里甜蜜地熬煮着。

　　踏着歌声耶，
　　你就会来到露天禾场；
　　循着花香耶，
　　你就会找到苗家姑娘。
　　摘片树叶耶，
　　撩人的歌声爬满山冈；
　　月亮山上耶，
　　站着等人的情郎……

露天禾场上，月亮湾的小伙子与姑娘们手拉手，围着篝火载歌载舞。娃崽们则把大锅子团团围定，喷香的野猪肉，馋得他们一个劲地吸溜着小小的鼻头，直到掌勺的姚一刀吆喝着，给每家每户都舀上一海碗拌了山药棒子的野猪肉。大伙儿这才各自捧着海碗打着"喔唷"踏着细碎的星光回家去了。

这一夜，家家户户的窗口都飘荡着酒肉的芳香，就连懒狗懒猫们，也摇着尾巴，把骨头啃得"咯吱咯吱"地响。最热闹的要数苗一铳的家里了。二楼的长廊里，桌子连着桌子，摆起了两三丈长的合拢宴。

六十多名壮汉在拼酒，他们是月亮湾清一色的猎手。

枞膏做的火把高悬着。桌子上的大肚酒坛闪着釉光，壮汉们的嘴巴油腻腻的。只见苗一铳猫着腰杆，光着脚板蹲在板凳上，跟年近九十的父亲苗水田摆打猎的经过，满嘴狂喷口水："娘卖骶的，这头野猪真的好凶，大表哥守的第一道关口，一箭射穿了它的眉眼骨，它甩甩脑壳嚎叫着，朝老子冲了过来。老子一铳打中了它的嘴巴，它还是不倒哩，它把个嘴巴拍得山响，冲老子发飙。说时迟，那时快，老子一下子闪到樟树后头，朝它血糊糊的嘴巴又搂了一火，这才倒柴一样垮下来……"

苗一铳说的大表哥，就是姚本奋。

姚本奋年近七十了，仍然能上山打猎，一箭射穿野猪的眉眼骨。

苗水田眯缝着眼睛，手捋银须，时不时点一下脑壳，满脸堆笑，嘴里"吧唧"着那杆两三尺长的旱烟管，猴子脑壳样的烟锅搭在桌子旁边的一枚鹅卵石上。

那烟火，在烟锅里，忽明忽暗。

三

月亮湾有句老话，叫作"扑地的岩鹰，有鸡叼鸡，无鸡叼草"。也就是说，岩鹰扑到地上猎取食物，绝对不会空手而归。苗家寨的男人天生喜欢打猎。选好日子之后，他们就会到对面的姚家寨偷一只鸡来祭山神，然后焚香化纸，念山神咒："山神，山神，十日是好日子，百日是好日子，我们上山打猎，请你放猎物出来！我们放狗进山，我们扛刀枪进山，请撵猎物下沟，请撵猎物下坡，请让我们打得着；山神，山神，大的狂吠在前，老的狂吠在前，我们要转三道沟，我们要转九重山，请你放猎物出来，请撵大野羊大野猪下沟，请撵老野羊老野猪下沟，让我们看得到，让我们打得着！不管什么野兽，打着脚的跑不了，打着头的也逃不脱。我们砍来木杠子把野兽抬回月亮湾，拿它们的头拿它们的肉敬你，让你吃得舒舒服服痛痛快快。山神，山神，请保佑我们，让我们满载而归吧！"姚家寨的人发现自家的鸡被偷了，就会到街头巷尾呼天抢地破口大骂。往往主家骂得越泼辣，越难听，苗家寨的人就越高兴，这意味着上山打猎会有收获。他们打卦问路之后，带着刀枪、弓箭、毒弩、炊具、粮食，还有猎狗，按照所问的路线上山。每次上山打猎，苗家寨的男人全部出动，弄得跟打仗似的。放狗撵山时，他们还要烧香念咒，做三件事情。

起水。

放狗符。

安坛。

为了防止在打猎过程中发生意外，放狗撵山之前必须起水。由猎头焚香烧纸，念起水咒："此路通，路路通，天地阴阳在手中。十万江河无境地，神仙到此永无踪。苗家弟子到此放狗撵山，东起五里，西起五里，南起五里，北起五里，五五二十五里，东起三煞，南起三煞，西起三煞，北起三煞，中起三煞，起了五方五路凶神恶煞。天无禁忌，地无禁忌，年月日时无禁忌，神仙到此，百无禁忌，打猎圆满，各归各位。"起水之后，猎头用手轻轻抚摸猎狗们的脑壳念放狗符："此狗不是非凡狗，此狗化为麒麟，麒麟敢应，白虎敢对，白虎永无踪，一个赶狗岩山上，二个赶狗去把坡头藏，三个赶狗守住岩板路，一棒打死野猪，野羊。"猎头安坛，排兵布阵，反掰着手指头，念安坛咒："安排五路将军，五路兵马，一切人马，一切盛众。"

猎头做完三件事之后，放狗的人就扯起喉咙高喊："守喽！快来喽！"直到狗闻到猎物的气味狂吠后，才停止叫喊。这时各路把守人员按照猎狗追赶的方向去把守，有时候撵野羊却打到了野猪，有时打野猪又猎到了野羊。野羊和野猪被撵得满山跑，最后，不是被狗活活咬死了，就是被人活活打死了。撵到猎物后，首先要割下猎物的一只耳朵，用一块石头把耳朵压在猎物倒下的地方。山神是管山林和野兽的，猎物是山神送来的，要用石头跟它买。山神看到那只耳朵就知道猎手买走了什么猎物。据说这样山神就会高兴，下次还会送他们猎物。否则，山神会不高兴，下次就不会送猎物给他们了，说不定还会找他们的晦气，在打猎过程中发生意外。猎取的兽头要奖给打死猎物的人，其余的部分人各一份，如果姚家寨的人在附近看见，或者听说赶过来了，也能分到一份，因为"山上打猎，见者有份"。

当然，丢鸡的人家往往也能分到一份。

猎手喜欢把兽头骨挂在房屋的木板上，挂的兽头骨越多，就越能显示猎手的勇敢能干。

忙时，他们耕田种地。

闲时，他们上山打猎。

苗家寨的人打猎一般选在秋冬季节进行，因为春夏季节，山上草木生长，野兽有吃的，活动较少，不易寻找，加之天气炎热，毒蛇、毒虫、毒蜂很多，一不小心，就会伤人命。

苗家寨的人打猎分为狩猎、追猎和围猎。

秋天的时候，月亮湾的稻谷、苞谷、小米、红薯等都要成熟了，野兽四处寻找食物。为了保护庄稼不受到侵害，苗家寨的人带着粮食、炊具、刀具，自发组织到田间地头狩猎。白天，他们割草喂牛砍柴，看管田地。晚上，便到田地周围看守，一旦发现野兽出来觅食，糟蹋庄稼，就会迎头痛击。

冬季农闲，特别是大雪封山时节，便是猎手上山追猎的最佳时期。这时，苗家寨的人带着粮食、炊具、刀具，牵着猎狗，到猎物经常出没的地方，凭着丰富的经验，查看猎物的蛛丝马迹。他们凭着猎物留下的爪印或粪便，就能分辨出猎物的种类和出现的时间，然后放狗撵猎物。猎狗利用那灵敏的嗅觉，漫山遍野寻找猎物，苗家寨的人往往跟着狗叫声走。没有追上猎物时，狗的叫声很零碎。遇到猎物后，所有的狗都会沿着猎物奔跑的方向狂吠猛追。每每这时，苗家寨的人就会分头包抄过去，或者悄悄穿插到猎物必经路口，等候猎物出现。他们发现猎物，或者猎物出现时，就弯弓搭箭，或者投掷标枪，把猎物射死，然后用绳索把猎物的前后两双脚分别捆住，用木棒抬回家去。

围猎就是发现猎物在某处，苗家寨的人全体出动，去围剿猎物。围猎有两种情况，一种是猎物被铁铗子夹住脚，挣断铁铗子负伤逃跑；另一种是猎物出来觅食，被人发现。这时，猎手相互邀约，商量对策，迅速出动，放猎狗追撵，或者分别在猎物可能出现的山坳、溪边等地潜伏。精明能干的猎手听到猎狗的叫声，有的跟踪追击，有的继续潜伏，等待猎狗把猎物追撵过来，山中人喊声狗叫声不断。

围猎非常危险，但也很刺激，跟打仗差不多，特别是黑熊、野猪等较大的动物受伤后，兽性大发，时刻要攻击猎手或者猎狗。因此猎手必须团结协作，互相配合，灵机应变，才能战胜困难，捕到猎物。猎狗是打猎重要的工具。如果猎狗老死，或者被猎物咬死了，苗家寨的猎手都要举行隆重的葬礼，让猎狗入土为安。

四

还愿用的这头黑野猪就是出来觅食时被姚本奋发现的。姚本奋在月亮山上有一块巴掌大的苕棒地。三天前，姚本奋去挖苕棒，发现那片苕棒地被拱得稀巴烂了。根据地里的脚印和粪便判断，应该是头野猪。野猪没有走多远，姚本奋甚至闻到了野猪身上的那股臊味，这是一头发情的母野猪。发情中的母野猪很凶悍，加上自己一大把年纪了，姚本奋不敢独自去追赶。"来人哪，快来人哪，山上有头大野猪！"姚本奋扎实喊了一嗓子，苗一铳便带着月亮湾的猎手们赶过去了。

姚本奋是姚家寨第一个上山打猎的人，也是姚家寨有名的猎手。

之前，姚家寨的人从不上山打猎。

猎愿

他们祖祖辈辈都是砍火焰，习惯过刀耕火种的平稳生活。姚本奋小时候跟苗家寨的人到月亮山上撵过几次野猪和野羊，分过几次肉就喜欢上打猎了。

姚本奋第一次得到兽头是十四岁的时候。当时，姚本奋跟苗家寨的人在月亮山上跑了半年多时间，已经有经验了。有一次到月亮山上撵野羊时，姚本奋主动请求把守第一道关口。第一道关口，也就是猎物出现后，必然第一时间经过的地方。

按理说，这种重要的位置都是由经验丰富功夫了得而且箭法极准的老猎手把守。之前，第一道关口都是由苗水田把守的。现在姚本奋自己提出来了。苗水田也想考验一下他的胆量与经验，就答应了。因为上山时他们理的是野羊的脚印。野羊性格比较温顺，算不上猛兽。姚本奋打不倒野羊，顶多就是让它跑了，没有什么危险。再说，苗水田退到第二道关口上，野羊就算过了第一道关口，也是多跑一会儿，照样逃不掉。

姚本奋在一棵大樟树的背后隐好身，把毒弩拿到手上，放狗的人就扯着喉咙喊起来了。

"守喽！快来喽！"

"汪汪汪……"

随着震荡山谷的叫喊声与猎狗的狂吠声从山脚下传来，树林里"哗哗哗"的响声由远及近，猎物就要冒头了，姚本奋把毒弩对准了有响声的地方。

从猎物奔跑的速度与方向来判断，树林里的猎物不是野羊，极有可能是野猪！姚本奋本能地把手指搭在毒弩的扳机上，屏住了呼吸，眼睛一眨不眨地盯住前方。不一会儿，一头两三百斤的大野猪蹿过来，如一道黑色的闪电。

姚本奋连忙扣动扳机，毒弩"嗖"的一声射出去。

与此同时，姚本奋以最快的速度爬到了大樟树上。

姚本奋听苗家寨的人说，受伤的野猪，比老虎还要凶猛。

果然不出所料，姚本奋刚爬到树桠上，那黑色的野猪就拍着嘴巴咆哮着扑过来了。

"嘭"的一声巨响，野猪撞到了大樟树上。

水桶大的樟树，竟然被野猪给震动了，树上的枯枝败叶簌簌地往下掉。

姚本奋勾起脑壳一看，黑色的野猪却像人一样站在树脚，像是要抱着大樟树往上爬哩，吓得他连忙爬到树顶上，大喊大叫："快过来！快过来！我打中野猪了！我打中野猪了！好大的野猪！"

·裂缝

苗家寨的人闻讯赶来时，那头野猪已经死了。

苗家寨的人，第一次向姚本奋竖起了大拇指。

那次打野猪，每人分得两斤多肉，姚本奋打中野猪，另外得到了一个带颈圈的野猪头，足足有二十八斤。姚本奋像苗家寨的猎手那样，把肉剔出来吃了，把白惨惨的野猪头骨挂在院子里的柱子上。

苗水田见姚本奋是块打猎的料，便教他如何理脚印，如何根据粪便与脚印分辨动物的数量、类别、形体乃至性别，以及每一种动物独特的生活习性和行走路线。冬天的时候，大雪封山了，苗家寨的人又到月亮山上撵野猪。根据理脚印的初步判断，是头母野猪。母野猪生性凶悍，考虑到安全的问题，苗水田安排姚本奋把守第二道关口，自己把守第一道关口。

姚本奋对苗寨主在前边很放心，认为母野猪再凶悍也过不了苗寨主那一关，就把弓弩箭袋挂在旁边的一棵小樟树上，用大弯刀垫着屁股坐在雪地里，准备抽一袋旱烟，等苗寨主在前面打倒野猪后再过去帮忙。

哪想烟装好了，还没抽上两口，就听到苗水田在前面大喊："本奋，好大的一头母野猪朝你那边跑过来了！我只射中了它的屁股，你要留神了，受伤的野猪凶得很哩，你得用毒箭射它的眼睛，如果不行的话，就赶紧爬到树上去，千万别逞能！"话音刚落，那头受伤的母野猪就蹿过来了。

姚本奋想起身拿弓箭，已经来不及了，受伤的母野猪已经朝他扑过来了。他就地一滚，顺手操起雪地上的大弯刀，勉强躲开去了。只听"咔嚓"一声响，碗口大的一棵樟树竟然被那母野猪撞断了。

没有撞到人，那母野猪被激怒了，拍着嘴巴吼叫着，再次腾空扑过来的时候，姚本奋也不躲闪，而是轮起大弯刀狠狠地劈向它的鼻子。

慌乱中，大弯刀拿反了，刀背重重地砸在它的鼻孔上。

那头母野猪闷哼了一声，跌倒在地。

樟树断了，挂在樟树上的弓也断了，箭袋掉在雪地上。姚本奋从箭袋里抓起三枝毒箭，扯起母野猪的尾巴，把毒箭插到母野猪的那里。那头母野猪在雪地上只划了几下船，后腿猛地一蹬，就没命了。姚本奋擦了一把冷汗，这才大声喊道："来人哪！来人哪！野猪被我放倒了，大伙儿快点过来抬野猪！"

苗家寨的人跑过来看，见三支毒箭全射进母野猪的屁股里了，更是赞不绝口。当然，也有人觉得奇怪，就问姚本奋道："这猪屁股上压着根尾巴，你这箭是怎么射到那里面去的？"

"你不晓得哩,这头母野猪跑得飞快,尾巴都直起来了。"姚本奋指着樟树旁边的一棵松树说,"当时我就躲在那棵松树的后面,它跑到前面去了,我一急,就连连射了三箭,哪想到全都中红心了。"说着说着,姚本奋就当真了。"我刚想要射第四箭的时候,哪想它调转脑壳扑了过来,我用弓背挡了它一下,就折断了。"姚本奋拍了拍胸口说,"吓死人,这棵樟树都被它撞得齐断,它再向我扑过来的时候,我用刀背在它的鼻子上狠狠地砸了下,它才倒柴一样,垮了下来。"

姚本奋摆摆脑壳,说:"还好,母野猪的皮子虽然很硬,但是鼻子还真不经得打。"

姚本奋不露声色这么一吹,大伙儿还真的就相信了,对他更是佩服得五体投地了。

其实,苗水田只是想锻炼一下他的胆量,故意让那头母野猪从自己的手上逃脱的,等那头母野猪跑过去了,他才在屁股边放了一箭,而且用的还是普通的箭镞,没有毒。如果用的是毒箭,母野猪早就没命了。他以为,姚本奋要是害怕,就会爬到树上,不会有危险。哪想这娃崽还真跟这头母野猪拼命干上了。

姚本奋把母野猪放倒了,是事实。

但苗水田知道他在说的时候虚构情节夸大其词了。要知道,这母野猪要是真的挨了三箭,哪怕就是挨一箭,也会立时毙命的,哪还能在树林里扑来扑去,折腾大半天,还把樟树给撞断了。

苗水田也不说破,他甚至还当着众人的面夸了姚本奋几句。"真不简单哪!"苗水田说,"自古英雄出少年,三支毒箭都射到母猪的那里了,就是换了我,也做不到哩。"

姚本奋院子里的柱子上又多了一个野猪的头骨,同时也让姚本奋多了一份自信。打猎很惊险,也很刺激,姚本奋打猎打上了瘾,还把姚家寨的小伙子拉到了打猎的队伍里。几十年下来,姚本奋院子里的柱子上挂满了各种野兽的头骨。

五

苗水田正在二楼的走廊上捋着银须听苗一铳摆打野猪的事儿,一个身穿百褶大摆裙的姑娘端着一盆洗脸水从堂屋里走出来,边走边笑道:"公,又在听我爹吹牛呀!"姑娘十五六岁,长得极标致,有两个浅浅的酒窝,她这

·裂缝

一笑，两个酒窝就浅浅地露出来了，非常迷人。

苗一铳回头一看，见是妹崽苗九妹端洗脸水来了。

苗一铳先是眼睛一瞪，随即笑道："九妹，你爹我什么时候跟你公吹过牛喽？"

苗九妹是苗一铳与姚田田的妹崽。

姚田田比苗一铳大八岁，是姚月亮跟苗胖胖的妹崽。苗一铳的生辰八字大，刚生下来就把自己的母亲姚秋香克死了。苗里奇说："苗一铳这辈子得娶一个生辰八字比他大的女人，或者是年纪比他大的女人。"

月亮湾没有哪个姑娘的生辰八字比苗一铳的还大。

苗一铳只能娶年纪比自己大的姑娘。

月亮湾有句老话，叫作"女大三，抱金砖；女大八，抱银娃"。

月亮湾没有比苗一铳大三岁的姑娘。

苗水田说："没有金砖抱，抱个银娃也不错。"

就这样，苗一铳十六岁那年娶了姚田田。

因为熊崽从中作梗，处处为难，苗水田迎娶姚秋香的时候，姚秋香已经三十多岁了。姚秋香生苗一铳的时候，血水就像月亮河一样流淌着，堵都堵不住，流完最后一滴鲜血的姚秋香白得就像一张毛边纸，软软地死在苗水田的怀里。

姚秋香死后，虽然月亮湾有很多姑娘想嫁给苗水田，想做苗一铳的娘，但苗水田无心再娶。苗水田把苗一铳拉扯大了，教他学文习武、打猎、耕田种地。

苗一铳的妹崽叫苗九妹，并非苗一铳有九个崽女，苗一铳只有一个妹崽。这个名字是苗水田取的。苗一铳是根独苗，苗水田想早点抱上孙子，就给孙女取名苗九妹。

月亮湾的人认为，这娃崽是观音菩萨送的，所以观音菩萨又叫送子观音。

观音菩萨给苗一铳送了一个妹崽，也许还会送第二个第三个……甚至更多。所以，苗水田干脆把这个妹崽叫作苗九妹。当时苗水田是这么想的，月亮湾的人都九妹九妹的喊，观音菩萨就以为已经送过九个妹崽了，下次再往他们家送娃崽时，就会送男娃。十五六年过去了，观音菩萨还没有把男娃送过来，就连妹崽也不送了。月亮湾家家户户送了男娃，又送妹崽，或者是送了妹崽，又送男娃，可是苗一铳家送了一个妹崽，就什么娃都不送了。

"观音菩萨也太偏心眼了吧。"

"难道观音菩萨知道真相了，要责罚自己？"

没事的时候，苗水田总是这么想，如果真是这样的话，那么苗王就绝后了。

现在，苗九妹把热腾腾的洗脸水往苗水田面前一放，笑嘻嘻地说了句："公，洗脸吧。"

看到苗九妹那迷人的笑脸，苗水田心头的不愉快就全忘光了。"莫急，莫急，等公把这两口烟抽完了，再洗。"苗水田抽着烟，眯缝着眼睛，笑呵呵地说道，"要不，你爹先洗吧。"

苗一铳伸手想洗，却被苗九妹给拦住了。

"不嘛，公先洗。"

苗九妹坚持说道："爹，等公洗完脸，我回头再给你倒一盆热水。"

苗一铳没有办法，只能摆脑壳，苦笑。

苗水田抽完烟，把烟袋脑壳在神仙蛋上轻轻地磕了磕，烟灰磕出来了，这才把长烟袋靠放在走廊的板壁上。苗水田正要动手自己洗脸，苗九妹却不让他自己洗。"公，你坐着莫动。"苗九妹把脸帕抢到手上，笑嘻嘻地说道，"我来帮你洗。"

然后捋起苗水田长长的银须，小心翼翼地擦洗起来，还让她爹把脸盆端起来，把长长的银须放到脸盆里，洗干净了，然后擦干银须上的水珠儿。

那股体贴入微的劲头，看得苗一铳心里都起醋意了，他摆了摆脑壳，苦笑道："九妹，什么时候你也给爹这样洗回脸喽？"

"好哩，好哩，爹你等着，九妹这就去给你倒盆洗脸水来。"

苗九妹把水从二楼泼下去，拿着脸盆进屋去了，只一会儿，就把洗脸水端出来。

苗一铳以为苗九妹会帮自己洗脸，就蹲在板凳上没有动，哪想苗九妹把洗脸水往板凳上一放，笑道："爹，自己洗吧。"

"九妹，你不是说要帮爹洗脸的吗，怎么又变卦了？"苗一铳虎着脸问道。

"爹，我是说过要帮你洗脸，但不是现在哩。"苗九妹看着苗一铳，正儿八经地说道。

"噢，那你要到什么时候才帮爹洗？"

"这个嘛……"

苗九妹看了看苗一铳，又看了看苗水田，这才眨巴着大眼睛笑道："等爹的胡子长得公这么长了,我再帮你洗。"

苗一铳摸了摸下巴的胡茬儿,不过也就寸把长,再看他爹那胡须,没有两尺长,起码也有一尺八九了,那得要等多少年?苗一铳摆摆脑壳,苦笑道:"生个妹崽也这么偏心眼,看来,爹是真的命苦啊。"然后勾起脑壳自己洗脸去了。

"九妹,你娘呢?"人散去蛮久了,还不见姚田田出来收拾碗筷,苗水田问道。

"我娘她不舒服,到床上歇着去了。"苗九妹说,"等爹洗完脸,我再收拾碗筷。"

"什么,你娘她不舒服?"苗一铳停下来,脸帕停在嘴巴和鼻梁上,抬眼看着苗九妹,"十几年了,我都没见你娘她不舒服过。"

"我哪晓得,刚才招呼客人吃完饭,我跟娘才吃的饭,娘就吃了一块山药棒子煮的野猪肉,结果倒胃口,到背后吐得奈何不得哩,黄胆水都吐出来了。"

"那你怎么不早点说呢?"苗一铳埋怨道。

"娘不让我跟你们讲哩。"

苗九妹一脸委屈道:"她说躺一会儿就没事了,要我帮她收拾碗筷。"

"宝崽,还在这里埋怨哪个喽?"见苗一铳还在埋怨苗九妹,苗水田在边上提醒,"还不赶紧到屋头看看去。"

苗一铳把脸帕往脸盆里一扔,进屋去了。

苗九妹把脸帕捞起来拧干,把洗脸水倒了,正准备去收拾碗筷。"九妹,这碗筷等下再收拾。"苗水田突然吩咐说,"你赶快去把大公喊过来,就说你娘病了。"

苗九妹的大公就是苗里奇,住在隔壁那栋吊脚楼里。

见苗九妹到隔壁喊人去了,苗水田捋着银须微笑着,心想,九妹她娘估计是怀上了。

"啊——烟瘾上来了。"

苗水田打着哈欠,从荷包里摸出半皮烟叶子,折叠好,撕成几截,装了满满一锅,然后把烟锅对着火把点了火,悠悠地抽着。

没一会儿,苗里奇随着苗九妹匆匆地赶来了。

苗里奇跟苗水田打了声招呼后,径直到姚田田的房间里去了。

果然不出苗水田所料,姚田田又怀上了。

苗里奇捋着胡须给姚田田认认真真地号完脉，从堂屋里出来，就双手抱拳向苗水田祝贺道："恭喜寨主！贺喜寨主！你家媳妇有喜脉了。"

"真是太好了，老子还等着抱孙崽呢。"苗水田匆匆抽完最后一口烟，从板凳上站了起来，笑眯眯地问道，"军师，是男娃，还是女娃？"

"这……这个老夫还没有号出来。"苗里奇一怔，然后马上解释道，"刚上身不久，你家媳妇的喜脉还很弱，暂时还号不出男女来。"

脉象表明，姚田田怀的极有可能是女娃，但苗里奇不好明说。见苗水田有些失望了，苗里奇又安慰道："寨主别担心，我们苗家寨刚还完愿，观音菩萨就把娃崽送过来了，肯定送的男娃……"

"最好是男娃。"

苗水田点点脑壳，突然压低声音说道："如果不是男娃，我们苗王家的香火就断了。"

"担心做哪样喽，现在少寨主壮得跟头骚牯似的，什么样的地犁不了喽？"苗里奇哈哈大笑道，"大不了，寨主再给他娶个婆娘就是了。"

"我是想给他再娶，可是……"苗水田摆了摆脑壳，面有难色道，"他的八字大，这月亮湾又没有适合的姑娘。"

"寨主，娶媳妇哪能老盯着月亮湾呢？"苗里奇突然正色道，"这月亮湾没有适合的姑娘，寨主就得到牛家寨，或者苗王寨去看看。"

"看来也只能这样了。"苗水田点点脑壳，"不过这事急不得，还得跟娃崽说说……"

苗一铳从堂屋里出来，见父亲和苗里奇正在走廊上小声说话，便笑呵呵地接过话头："爹，这么晚了，还要说什么喽？"

"宝崽，爹还真有事情要跟你商量哩。"苗水田说，"刚才爹跟你大伯在说你的事情哩，我们想让你再娶一个媳妇。"

"爹，你有完没完啊。"听说又要给自己张罗媳妇，苗一铳摆摆脑壳，苦笑道，"以前，田田没怀上，你整天唠叨，现在田田怀上了，你还唠叨。"

苗里奇说道："老寨主唠叨，也是为你好哩。"

苗里奇这么一说，苗一铳似乎听出味道来了。

苗一铳问道："大伯，难道田田怀的……又是女娃？"

"现在还说不准，不过你再娶个媳妇，又不是什么坏事情。"苗里奇笑道，"你看历史上的那些英雄好汉，哪个不是三妻四妾的喽？"

苗一铳笑道："我是个粗人，哪能跟那些英雄比喽？"

"你不是粗人。"

苗里奇提醒道:"你是苗王的后人,你跟你爹一样,身上流淌着的,是苗王的血液。"

"宝崽,你大伯说的没错,我们是苗王的后人。"苗水田说,"不孝有三,无后为大,我们可不能做苗王的不肖子孙哪。"

苗一铳奇怪道:"那你怎么自己不娶?"

"我还能娶吗?"

苗水田捋着银须,苦笑道:"我要是还能娶,就不用找你商量了。"

"商量?你什么时候跟我商量过了?"

说到商量,苗一铳就来气,月亮湾人娶媳妇,哪个不是自己说了算?偏偏他苗一铳不能自己做主。"爹,不就是想给我娶个嫩婆娘传宗接代吗?你随便挑个生辰八字大的,屁股也大的姑娘就是了。"苗一铳气极笑道,"你娃崽现在身强力壮,像头大骚牯,什么样的地犁不动?别说大骚牯,就是牛寡妇家的那头猪郎公,这家赶过来,那家赶过去,月亮湾的那些母猪,还不都下崽了。"

苗水田晓得娃崽心里很委屈,是在抱怨自己,也就笑骂了一句"你这同报应崽",就不再说什么了。

苗里奇摆了摆脑壳,拿着火把下楼去了。

那火把在低头弄里,一闪一闪的,就像黑夜里晃动着的心事。

六

其实,苗一铳也有自己喜欢的姑娘。

那姑娘就是姚家寨姚大锤与姚晓媚的妹崽姚满妹。他们俩本来是同时临盆的,只是姚满妹堵得厉害,晚下来了两天,苗一铳就比她大了两天。

姚大锤与姚晓媚之前有过一个妹崽了,叫姚喊男,原本是想喊一个男娃过来做伴的,哪想又是一个妹崽,所以他们就给小妹崽取名叫姚满妹,意思是妹崽满了,不要再送妹崽了。

姚满妹出生没几天,姚大锤就出事了。

那是傍晚时分,姚大锤忙完铁匠铺里的活路,便带着徒弟姚疤子到月亮山上砍板栗树烧明炭,哪想从板栗树上掉下来一条手棒大的五步蛇,一口啄在姚大锤的脑门心上,姚大锤只说了两句话,就死了。

"师傅,我去帮你找药!"当时姚疤子把五步蛇打死了,想去找蛇药,但姚大锤抓住了他的衣袖。"疤……疤子，别……别找了，没……没用。"姚大锤气若游丝地说道，"妹崽……跟她们娘，就……就托付给你了，你……你帮……师父……"话没说完，姚大锤就死了。

就这样，姚晓媚做了寡妇。

姚疤子想要照顾她们母女，但是姚晓媚不想要这个男人照顾。姚晓媚说："男人刚死，我姚晓媚呀，还没有这么饿卵。"

姚晓媚还是苗一铳的奶娘，苗一铳是喝奶娘的奶长大的。

苗一铳刚生下来姚秋香就死了，娘的奶半口都没有喝到。

刚开始，苗水田给苗一铳灌些米汤，但是，米汤不经饿，苗一铳整天饿得哇哇直哭。有天早上，苗水田背着娃崽去井塘边挑水，娃崽在背上哇哇地哭，挑水的女人见了都心疼，想哄娃崽，但是哄不住，便在井塘边七嘴八舌地说开了。

"这娃崽是饿了吧？"有女人说。

"怎么会呢？"苗水田说，"我刚给他喝了米汤的。"

"这米汤不经饿，你得给他喝奶。"有女人提醒说，"这娃崽呀，就得喝奶。"

"娘都给这同报应崽克死了，我一个大老爷们，哪来的奶喝喽？"苗水田抖了抖背上的娃崽，骂道，"哭哭哭，饿死算卵。"

"苗寨主，娃崽哭得都快岔气了，你还骂他呀？"有女人埋怨说，"你这猪脑壳，就不晓得跟别个讨两口奶喝呀？"

"我跟哪个去讨喽？"苗水田苦笑道。

"跟哪个讨，姚大锤的婆娘不是刚生了个妹崽吗？"有女人提醒苗水田说，"你就过去跟她讨口奶喝呗。"

"对哩，姚晓媚的那两袋奶子比母牛的还大，一个小妹崽也喝不完。"说到姚晓媚的奶子，有女人就故意开玩笑，"苗寨主，不是女人你不晓得哩，这女人的奶水要是喝不完，胀在那里也难受哩，你赶紧把娃崽抱过去，跟她讨口奶，她肯定给。"

有女人开玩笑说："是哩，这女人一高兴，说不定，还会奶你两口哩。"

有女人跟着起哄："你们一个是鳏夫，一个是寡妇，干脆搭伙过日子得了。"

女人的玩笑越开越大，苗水田都听不下去了。

娃崽在背上哭得实在让人心慌。

·裂缝

苗水田当即挑着满满的两桶水，径直去了姚晓媚家。

姚晓媚家在寨子头头上，没走几脚就到家了。

姚晓媚家的门楣上贴着一副红对联。姚家寨的人把姚大锤送上山后，回来就把白纸对联撕了，换上了红纸对联。但用米汤贴在门楣上的白纸没能全部清除干净，偶尔也有些地方露白了。

院子里冷冷清清的，苗水田把那担水放在院子里。

苗水田没有到过姚晓媚家，不知道姚晓媚房间在哪里，正要开口喊，西厢房里却传来了女人"噢噢噢"的声音。

苗水田走到窗子边仔细一听，姚晓媚正在房间里哄娃崽。苗水田就在窗子外面喊了句："姚家妹子，在屋不？"

"在哩，我在房里哄娃崽哩。"姚晓媚在房里应道，"是苗寨主啊，找我有事吗？"

"姚家妹子，我家娃崽命苦哩，他娘不在了。"苗水田说，"我……我想过来跟你讨口奶喝。"话刚出口，又觉得不对劲，怕姚晓媚误会，忙解释说："不是我，是我家娃崽。"

听到解释，姚晓媚就在房里咯咯地笑。

"砍脑壳死的，你在外头解释做哪样。"姚晓媚笑道，"哪个不晓得是你娃崽要喝奶，可是我就两袋奶，我家妹崽也要喝哩，哪里还有你家娃崽喝的？"

"姚家妹子，你就给我家娃崽奶一口。"听姚晓媚推脱，不肯给奶喝，苗水田急了，这一急，就把井塘边女人的话说出来了，"你两袋奶子那么大，你家妹崽才多大点，哪里喝得完喽？再说，剩得多了，胀在那里也难受。"

苗水田的这番话还真说到姚晓媚的心坎里去了。姚满妹刚满月没几天，喝不了几口奶，两袋奶子胀鼓鼓的，还真不好受哩。刚开始那几天，姚大锤还在，胀得实在太厉害了，还可以让他帮忙喝两口，后来姚大锤不在了，就只能整天胀在那里了。

挤掉吧，姚晓媚又有点舍不得。

月亮湾的老人都说，一滴奶水，十滴血。

这奶水是女人的血酿造而成的，十滴血才能酿造出一滴奶水。

刚开始，姚晓媚也不相信，生姚喊男的时候她就把屋边的一根楠竹砍了个口子，然后挤了一小碗奶水在竹筒里，用黄泥巴密封起来，两年后把那根楠竹砍了剖开竹筒一看，白花花的奶水还真变成了鲜红的血水了。

130

这奶水就是女人的另一种血，胀得再难受也不能轻易挤掉，挤掉了可惜。你想，天底下又有哪个愿意让自己的血白白地流掉呢？姚满妹正在用肉乎乎的小手捧着左边的奶子小口小口地吮吸着，每喝一小口，姚晓媚都有一种说不出的舒服。

这种事情不说还好，现在苗水田口无遮拦一说，姚晓媚就感觉到右边的奶子胀得特别难受。姚晓媚伸手揉了揉，白花花的奶水就溢了出来。她赶紧把左边的奶子从姚满妹的嘴巴里拔出来，然后拧起右边那袋胀鼓鼓的奶子塞到姚满妹的嘴巴里。

姚满妹给喷射而出的奶水呛得哇哇直哭，结果姚满妹吐奶了，白花花的奶水顺着肚皮流进了姚晓媚的裤裆里。"苗寨主，大清早的你在外头喊什么冤喽，害得我家妹崽又吐奶了。"姚晓媚抓起一块尿布，边擦裤裆里的奶水边大声埋怨道。

"吐了多可惜呀。"苗水田在外边心疼说。

"你心疼什么？吐的又不是你的奶。"姚晓媚奇怪说。

"能不心疼吗？我家娃崽饿得都要断气了。"苗水田说，"要不这样吧，我给你挑一担水放在院子头，就给娃崽换一口奶喝，你看行啵？"

"不行，一担水就想换一口奶。"姚晓媚说，"就是十担水，也不行。"

见姚晓媚态度十分坚决，苗水田也不想讨了，再讨也没用。临走的时候，苗水田又问了句："姚家妹子，水缸在哪？"

"你还真要挑水换奶呀？"姚晓媚笑道。

"不是，不是，是来的时候，我顺路给你挑了担水来，现在就放在院子里。"苗水田连忙解释说。

"那你挑走吧，我不缺水。"姚晓媚说。

"水都挑到你家院子里了，就是你家的水了。"苗水田生气说，"哪有挑回去的道理？"

"那你就把水泼到院子里吧。"姚晓媚说，"苗寨主，你的好意我心领了，但我真的不缺水。不信哪，你自己进去看一看，水缸就在厨房里，堂屋进去的左手边那间。"

苗水田到厨房里一看，水缸还真拍满的。

就是水缸旁边的那些桶，也装得拍满的。

苗水田很失落。

姚晓媚在房间里同样很失落。

苗水田还真把水挑来了，看来是真心实意来给娃崽讨奶喝的，但家里的水缸和水桶都被姚疤子挑得拍满的。现在，姚晓媚倒是希望家里的水缸和水桶都空着。这样，苗水田就会因为一口奶，把这些空荡荡的东西都填满。这样一想，姚晓媚突然觉得，自己的身体，也是空荡荡的了。

"这回你信了吧？"

姚晓媚在房间里空荡荡地说道："我是真的不缺水……"

姚晓媚口口声声说自己不缺水，苗水田就随口问了一句："那你缺什么？"

"唉——"

姚晓媚在房里长叹了口气，幽幽地说道："我是什么都不缺，只是大锤不在了，我家妹崽缺个爹……"

姚晓媚没有说自己缺男人，而是说姚满妹缺爹。苗水田当然知道姚晓媚的意思，但是这爹他是当不了了。苗水田正要回到院子里把水倒掉，娃崽在背上又"哇"的一声哭了起来，显然又被饿醒了。

"噢噢噢，讨不到奶，爹有什么办法喽。"

苗水田抖了抖娃崽说："别哭，别哭，爹回去给你弄米汤水喝去。"

其实，姚晓媚迟迟不答应给娃崽喂奶，只是作为女人的矜持罢了。只有男人苦苦哀求了，方显得自己的奶水很珍贵，但姚晓媚的这种矜持很快就被娃崽的哭声打碎了。

"你不心疼娃崽，我还心疼娃崽呢。"见苗水田真的要走了，姚晓媚急了，大声说，"苗寨主，娃崽哭得这么厉害，你把他抱进来吧，让我奶两口再走。"

听姚晓媚这么说，苗水田也不去倒水了，他背着娃崽就往堂屋里冲，但刚跑到姚晓媚的房门口时，又站住了。

苗水田在月亮湾生活了十几年，知道姚家寨除了自家男人，其他男人不得进入妇人的产房，否则就是犯忌了。"姚家妹子，还是你出来帮我奶两口吧，我就不进来了。"苗水田站在门口说道。

姚晓媚说："怕哪样喽，我们的娃崽都满月了。"

姚晓媚的意思是自己已经满月，可以进去了。

但苗水田哪里敢进去。

见苗水田迟迟没有推门进去，娃崽又在门外哭得让人心慌，姚晓媚就抱着妹崽从房间里出来了，她边走边吩咐道："你把娃崽放下来，抱到院子头去，那里亮敞一点。"

七

姚晓媚坐在院子里的一枚神仙蛋上给妹崽喂奶。

姚满妹微闭着眼睛，像是要睡着了，但她还是咬着右边的奶子不放。姚晓媚想要拔掉奶子，尽管动作很轻很轻，但是刚把奶子拔出来，姚满妹就醒了，想要哭，姚晓媚只好把刚拔出来的奶子又塞到妹崽的嘴巴里。

"苗寨主，把你的娃崽给我。"姚晓媚轻声说道。

苗水田赶紧把苗一铳小心翼翼地递过去，姚晓媚接住了，又吩咐苗水田说："苗寨主，你帮我扶一下妹崽，双手扶稳了。"

刚满月的娃崽身子骨还很柔软，就像面团一样，不好扶。

苗水田只好半跪在姚晓媚的面前，双手把姚满妹托起来。

姚晓媚这才腾出手来给娃崽喂奶。

也许是左边的奶子胀得厉害，她隔着麻布衣服用手揉了揉，奶水立马溢出来了，麻布衣服濡湿了一片，她这才撩开麻布衣服，把左边的那袋胀得圆滚滚的奶子搂出来，往娃崽的嘴巴里轻轻一塞……苗一铳本来还在哭得死去活来的，但是嘴巴一碰到奶子，含住了，哭声也就戛然而止了。

"这女人的奶子，就是用来哄娃崽的。"苗水田盯着姚晓媚的奶子笑道。

"那你婆娘还没生娃崽的时候，这两坨用来哄哪个的喽？"姚晓媚随口笑道。

娃崽在拼命地吃奶，姚晓媚开始细细地打量起苗水田来。

苗水田一脸胡茬儿，胡子一根根地竖在那里，样子很坚硬。要是姚大锤有这样的胡子就好了。想到刚刚死去不久的姚大锤，姚晓媚像是跟苗水田说话，又像是喃喃自语："其实这男人又何尝不是娃崽呢？"

苗水田半跪在那里，左脚跪累了，又换了右脚。见状，姚晓媚笑道："都说乌鸦反哺，羊崽跪乳，你还真跪呀！苗寨主，快点起来，蹲着就好了。"

"应该跪哩，应该跪哩，如果不跪，那么我就连畜生都不如了。"苗水田说，"你替我奶娃崽，就是救了我娃崽，我替娃崽跪谢你了。"见苗水田不肯起来，姚晓媚也就懒得说什么了，勾起脑壳看苗一铳吃奶。

这是姚晓媚第一次给别人家的娃崽喂奶，总感觉到有点怪怪的。这种感觉，姚晓媚自己也说不清楚，反正跟喂自己的娃崽不一样。苗一铳饿极了，捧着奶子拼命地喝。这时,胀痛的感觉已经消失了,取而代之的是另外一种说不清道不明的舒服感。

看着苗一铳涨红的脸,姚晓媚突然想到了二十岁的苗一铳,甚至是四十岁的苗一铳。现在姚晓媚在想,那个时候的苗一铳,会不会长着满脸的胡茬儿。这样一想,姚晓媚就感觉到自己的奶子让坚硬的胡须扎了一下。

姚晓媚差点就要叫起来了。

那应该是苗水田的胡茬儿。

姚晓媚慌乱地抬起脑壳,看到苗水田还半跪在面前,正在眼巴巴地望着自己。她甚至看到这个满脸胡茬儿的男人的喉结蠕动了一下,显然是在偷偷地吞咽口水。

月亮湾的女人奶娃崽,虽然从不避男人,也不怕被男人看见,但是,距离太近了,姚晓媚还是觉得有些不好意思,浑身有些不自在。

姚晓媚回头看见那两桶水还摆在院子里,没有被倒掉,就说:"苗寨主,妹崽我自己来抱,麻烦你把这担水倒进水缸里去。"

苗水田半跪在那里,难受得要命,这种难受不是因为半跪着,而是因为内心有股火苗在燃烧,快把自己烧干了。

苗水田偷偷吞咽了好几次口水,但是都没能把那火苗浇灭掉。姚晓媚伸手搂住姚满妹,苗水田就把手腾出来了。

手板心里湿漉漉的,全是汗水。

苗水田在麻布裤子上胡乱地擦了擦汗水,实在是忍不住了,又偷偷地吞了一口口水,这才提醒姚晓媚说:"你家的水缸已经满了。"说这话的时候,苗水田甚至听到了自己的喉结因为吞口水而发出"咕"的声响。

"那水缸好久没有换水了。"

姚晓媚轻描淡写地笑了笑,说:"我想换一缸干净的水。"

苗水田就给水缸换水去了。

其实,水缸姚疤子早上刚洗过,挺干净的。苗水田挑着两只空水桶从厨房出来的时候,苗一铳已经含着姚晓媚的奶子睡着了。苗水田从姚晓媚的怀里抱过娃崽的时候,姚晓媚说:"苗寨主,娃崽要是饿了,你就抱过来吧,我给你奶。"

苗水田说:"那就麻烦姚家妹子了,晚些时候,我再来一趟。"

苗水田把娃崽背到背上,挑着水桶正要离开姚晓媚家的院子时,只见姚疤子扛着一蔸很大的松树脑壳从外面风风火火地闯进来了。姚疤子把松树脑壳"嘭"地往院子里一扔,说了声:"总算到屋了。"

"几好的松树脑壳,哪弄来的?"苗水田问。

"老子到月亮山上弄来的,盘了几个早晨哩。"姚疤子抬起脑壳,见苗水田背着娃崽挑着担空水桶往院子外面走,好生奇怪道,"苗寨主,你挑着担水桶来这里做哪样?"

苗水田说:"我家娃崽哭奶哩,没办法,我就挑担水过来跟你师娘讨口奶喝。"说完,苗水田便到吊井边挑水去了。月亮湾的人出来挑水,是不能空着水桶回去的,否则会不吉利。

姚疤子回头见姚晓媚坐在神仙蛋上,望着院子门口发呆。

姚晓媚刚奶过孩子,右腋下的那两粒布扣子还没有系上,麻布衣服半敞开着,一阵风从院门外吹进来,掀动麻布衣服,隐隐看得到右边的那袋奶子。

不知道是姚疤子的目光太热烈,还是早晨的风有些微凉,姚晓媚似乎意识到了,腋下的扣子还没有系。

姚满妹在怀里睡熟了。

姚晓媚看也不看,伸手过去便把腋下的那两粒扣子系得严严实实的。

姚疤子说:"师……师娘,那……那个男人真的过来跟你讨奶喝?"

因为紧张,姚疤子说话有些结巴。

"嗯。"

姚晓媚胡乱地"嗯"了一声,觉得不对,又板起脸说道:"姚疤子,你是怎么说话的呢?是那男人给娃崽讨奶喝。"

"那还不是一回事。"姚疤子嘀咕道,"娃崽是他跟别人生的,又不是跟你生的,他的娃崽喝跟他喝有什么区别?"

苗一铳喝奶的时候,姚晓媚心里也是这么想的,但是,她的嘴巴却不能这么说。"娃崽就是娃崽,他就是他,区别大着呢。"姚晓媚板着脸,凶巴巴地说道。

姚疤子心里憋屈得很哩。自己活路没少做,水没少挑,别说是喝口奶了,就是好脸色都没见到过。而这个男人用一担水就换到奶喝了。

姚疤子说:"他,他就挑了一担水?"

姚晓媚知道姚疤子心里在想什么,直截了当地说道:"这娃崽命苦,生下来就没有娘了,你不晓得,娃崽刚才哭得让人多心慌,他就是一担水都不挑,我也会帮他奶的,何况他还挑了两担水。"

"两担水?水在哪?"姚疤子不相信,那水缸他早上挑得拍满的了。

"水缸里。"姚晓媚淡然道,"我让他给水缸换水了。"

"什么,你让他把我挑的水倒掉了?"姚疤子的声音不大,但是语气很重,眼睛瞪得牛卵样大,"那可是我早上才挑的水哩。"

姚晓媚知道,如果不是自己抱着妹崽,姚疤子怕吓着妹崽,肯定跳起来了。

"我知道,那是你的一片心意,可是……"姚晓媚想说什么,也许想说的话太伤人了,她不想让姚疤子伤心难过,就改口撒谎说,"是这样的,刚才我起来喝水,看到水缸里漂着只大蚂蟥,觉得恶心,就让苗寨主倒掉了。"

"原来是这样啊,我还以为师娘你是偏心眼,看上那男人了,就把我的一片好意全倒进沟里去了。"姚疤子长长地舒了一口气,摆摆脑壳说道,"幸亏师娘看见了,要是没看见,喝到肚子里去就麻烦了。"

见姚晓媚坐在那里不吭声,姚疤子又解释说:"师娘,我不是故意的,今天我起得太早了,想着要去扛这个松树脑壳,三担水挑回来了,天还没亮……"

"这个,我也不怪你。"姚晓媚柔声说道,"姚疤子,今后这水,你就不用替我挑了,反正苗寨主要过来给娃崽讨奶喝,总不能让他的娃崽白喝了吧?"

姚疤子想想也是,就点点脑壳说:"这水,他来挑,其他的事情嘛,我来做。比如师娘湾头的姑娘田,得我来犁。"

"姑娘田?"

姚晓媚微微一怔,旋即笑道:"想犁就犁吧,只要你姚疤子不喊累。"

八

姚晓媚在月亮湾有丘姑娘田,是姚晓媚嫁给姚大锤的时候,姚银匠送给妹崽的陪嫁田。姚家寨人嫁女,都要送丘大田给妹崽,由妹崽继承,叫姑娘田。要是妹崽还生妹崽,将来就用来继续陪嫁,要是没有生妹崽,本人死后,姑娘田将退还给舅舅家。

姚晓媚的那丘姑娘田有一亩三分,像条男人的大裤衩似的扔在月亮湾里,没有经验的人是很难犁干净的。姚大锤头次犁那丘姑娘田,就是因为没有经验,折腾了三天三夜,也没能把当头的那点地犁干净,最后只能把牛放了,用锄头挖。有牛不会用,姚大锤因此而闹了笑话。不知道是哪个缺德鬼竟然在背地里教娃崽们唱什么"姚大锤,像棒槌,有牛不会用,有田不会犁……"

"这是什么破田嘛。"

只气得姚大锤大白天扔了犁耙跑回家,把男人的那点气都撒在姚晓媚的身上了。当时,姚晓媚正在院子里拿着竹筒撒米喂鸡,姚大锤一进去就把院门顶上了。只见他到堂屋的八仙桌边拖来二人坐的高脚条凳,往院子中央一摆,冲姚晓媚大声喊道:"婆娘,快,快点过来。"

姚晓媚不晓得姚大锤喊自己过去做哪样,拿着竹筒就过去了,那些鸡见了,也跟着姚晓媚的屁股追过去。姚大锤一把夺过竹筒,往院子里一扔,白花花的米,撒了一地,那些鸡就抢着啄米粒去了。

姚大锤低声说道:"把裤子脱了。"

姚晓媚这才知道,男人要跟自己在板凳上干那事。

对于刚成亲没多久的人来说,已经尝过那份甜头,难免有些饥饿难耐了。

姚晓媚说:"看你像个饿痨鬼!"

姚晓媚嘴巴虽然这么说,但已经动手火烧火燎地扯裤带了,比男人更饿痨。裤带原本是打着活结的,哪想忙里出错,把活结扯成了死结,姚晓媚勾着脑壳解了半天也解不开。姚大锤等不及了,就说:"别瞎扯了,牛还在坡上呢,你赶紧躺到板凳上去,老子帮你弄。"

姚晓媚刚躺到板凳上面,姚大锤一伸手就把她的裤带给扯断了,连同裤子一起扔到了神仙蛋上。姚大锤倒也很实惠,自己的裤头只拉到大腿边上,然后招呼说:"过来一点!再过来一点!"

姚晓媚身子的重心已经落在板凳头子上了,她情不自禁地把腿抬起来,使板凳保持着平衡的姿势,听到他打招呼,屁股又往板凳头子上挪了两下,二人坐的高脚条凳失去重心了,突然翘了起来。姚大锤这才不慌不忙地迎上来。

"啊——"

一声空旷无比的惊叫声中,姚晓媚只觉得身子一紧,女人的空旷,顿时被姚大锤填得满满的。刚翘起来的板凳被姚大锤狠狠地压下去了……那根板凳又翘起来了,压下去了,又翘起来……姚晓媚感觉,姚大锤正在院子里帮自己舂米哩。

这个男人深一脚,浅一脚,拼命地踩着石碓。

在月亮湾,舂米是一件很累人的活路,但也是一件很有趣的活路。

只要有米舂,没有人会喊累。

石碓是由臼、杵和支架组成。臼是用大青石凿成的,臼的身子埋在地下,臼口稍稍高出地面，臼的内壁凿有均匀的螺纹。臼的上面架着一截六七尺长的圆木做成的碓身，碓头悬着一根下端浑圆上端方正的粗壮的石笋。粗壮的石笋被更粗壮的圆木紧紧夹住。圆木中间装有一根木轴，轴的两端分别搭在一个树桠里，树桠的杆子往往留得有半个大人高，舂米的时候用来扶手。尾部是尺多长五六寸宽的踏板，能同时容下两只大人的脚板，踏板下方挖有一道浅浅的坑。石碓头重脚轻，要想让石笋昂起头来，就必须使劲把踏板往坑底踩，然后把脚一抬，石笋便撞击石臼，反复击打着石臼里的稻谷，稻壳便会脱落，露出白花花的米粒来。

在月亮湾，刚结婚的媳妇，第二天一大早就得起来舂糯米了。

结婚的那天晚上，做婆婆的就特地为新媳妇准备了一大箩筐用焙笼烘得焦干的糯米，鸡叫头遍就得起来舂了。一大箩筐糯米，得分四五次舂。每一次把金黄的稻谷放在石臼里，舂得脱壳成糠了，就舀起来，重新往石臼里装稻谷，直到把那一大箩筐糯米舂完舂好为止。往往是，新媳妇舂完那一大箩筐糯米，月亮湾的天就麻麻亮了。

姚晓媚嫁给姚大锤的时候刚满十六岁，身子骨还很娇嫩、单薄。姚晓媚是嫁过来的第三天早上才舂的糯米。因为姚大锤怕背红，脚踩两只船，在牛家寨也讲了个相好的姑娘，成亲那天，牛岚儿到姚大锤家大吵大闹，两口子误了良辰，没法圆房，糯米也就懒得舂了。第二天傍晚，牛家寨的人牵走了姚大锤家的大骚牯，他们才入了洞房。在洞房里，姚大锤笨手笨脚的，就像一个偷石臼的贼，月亮湾的鸡快叫头遍了，他还在那里瞎折腾，不知所措，要不是后来姚晓媚暗中帮了他一把，他就白忙活了。

姚晓媚暗中帮的这把忙，却把自己拉伤弄痛了。那是一种被撕裂的疼痛，以至于鸡叫头遍，姚晓媚点着火把去院子外面舂糯米时，还瘸着腿。

糯米倒进石臼里了，腿脚却用不上劲。

石碓迟迟没有响起，婆婆摸到石碓边，见姚晓媚瘸着腿，便心疼道："妹崽，你的腿怎么了？"

姚晓媚说："刚……刚才出门不小心，扭到脚了。"

姚晓媚红着脸这么一解释，做婆婆的知道是怎么回事了。于是婆婆笑道："这年轻人做事情就是莽撞，不知轻重……"

然后走上前去，帮姚晓媚舂起糯米来。

"妹崽，新媳妇舂糯米得使劲踩哩，碓声越响亮，说明新媳妇越有劲，越能干。"婆婆舂米的时候，跟姚晓媚咬着耳朵说悄悄话。

"这人光有力气没用,踩不了几脚的,还得靠巧劲。"婆婆说,"凡事都有自己的节奏,要懂得逢迎之道,该迎的时候,我们要迎,该送的时候,我们要送……"说到兴奋之处,婆婆就会跑跳起来。

婆婆边跑跳边笑道:"这就是巧力,不费劲,人也快活。"

跑跳累了,婆婆放慢了速度,只见婆婆双手扶在树桠上,翘着屁股,一脚一脚地踩着踏板,劲道十足。"两只手要用劲,死死地抵着扶手,屁股要绷紧,腿要伸直,劲道足了,这米就烂得快当。"那天清早,婆婆说了很多关于舂米的事情,也说了很多做妇人的道理。

说着说着,天就亮了,那一大箩筐糯米也就舂完了。

婆婆是个心地善良的人,舂了一辈子米,经验丰富。

姚晓媚喜欢跟婆婆一起舂米,喜欢听婆婆唠叨舂米的那些事儿,她偶尔也会把婆婆的那些理论搬到被窝里。没多久,婆婆就得了一种怪病,身子一天天地干瘪下去,最后只剩下一个骨架子,被姚家寨的人抬到了坟山上。

"夫妻舂米要同脚,要是不同脚,这米就没法舂了。"婆婆死后,姚大锤起来帮姚晓媚舂米,姚晓媚又像婆婆那样唠叨开了。

现在,姚晓媚就躺在板凳上,感受着舂米所带来的那份欢愉。

姚大锤像是在舂米,但更像是在犁田,而且是丘怎么犁都犁不干净的姑娘田,他的嘴里不停地低吼着:"姚大锤,像棒槌,有牛不会用,有田不会犁……"每低吼一句,姚大锤都有使不完的劲。

姚晓媚就是闭着眼睛也能感觉得到,石臼里的那些稻谷在不断的撞击中渐渐脱去金黄色的外衣,裸露出白花花的米粒。

姚大锤突然跑跳起来,加快了舂米的速度,米就要舂好了,舂米的老手都会像姚大锤这样,跑跳起来,最后狠狠地踩上十几脚。

姚晓媚能感觉得到,有白花花的米粒正从石臼里飞溅出去,院子里的那些鸡都围拢过来了,抢着啄食那些米粒。姚晓媚心疼地喊道:"快,快,快……"

姚大锤停下来的时候,米也就舂好了。

姚大锤继续到湾头拿牛犁田,姚晓媚则提着裤子回屋上楼去了。

十个月后,姚晓媚生了大女儿姚喊男。

九

十五年后。

姚喊男偷了姚本奋的韭菜，做了姚本奋的婆娘。姚喊男出嫁的时候，姚晓媚要妹崽把姑娘田带过去，但姚喊男不肯带，姚本奋是姚家寨寨主，在月亮湾有好几丘大田，根本忙不过来。姚本奋也说，自己不缺田，只缺人。

姚本奋说的是实话，自从太太公姚长江来到月亮湾后，他们姚家已经是四代单传，弄不好香火就断了。姚喊男嫁过去，还真的给姚本奋生了一个胖小子，取名叫做姚有地。如今，姚有地四五岁了，能到处跑了。

姚晓媚抱着姚满妹坐在神仙蛋上想心事，姚有地突然从院子外面跑了进来，他边跑边大声喊道："嘎婆，嘎婆！"

"有地，你来做哪样喽？"

姚晓媚故意逗姚有地玩："看你跑得满头大汗的，是不是你爹又打到野鸡野鸭野兔了，叫你来喊嘎婆过去吃肉肉啊？"

姚有地摆摆脑壳，说："不是，不是，我是来看小阿姑的。"

"小阿姑睡着了。"姚晓媚说。

"小阿姑睡着了？"

姚有地凑到姚晓媚的怀里看了看，突然笑道："是睡着了，小阿姑还抱着奶钵钵哩。"

"是啊，有地要不要喝两口？"姚晓媚把奶子从姚满妹的嘴巴里轻轻地拔出来，抖了两下，故意逗姚有地。

"不喝，不喝。"姚有地摆摆脑壳，很认真地说，"有地现在是小大人了，小大人不吃奶钵钵的，要吃饭饭，将来还要讨婆娘哩。"

姚晓媚被姚有地的认真样逗乐了。

姚晓媚笑道："哪个讲的？"

姚有地说："我娘说的。"

姚晓媚说："有地，那小阿姑给你做婆娘好不好？"

"我也想，可是……"姚有地有点难为情地说，"可是我娘不让我讨小阿姑做婆娘，我娘说了，小阿姑是有地的长辈，不能做有地的婆娘。"

姚晓媚问："那你想讨哪个做婆娘？"

姚有地很认真地想了想，说："那我就讨田田姐做婆娘好了。"

姚晓媚说："田田比你大，你不怕？"

"怕同卵，田田姐只比我大三岁。"姚有地悄声说，"嘎婆，我娘说了，'女大三，抱金砖'，金砖可值钱哩，等有地长大了，就能抱好多钱睡觉了。"

正说着，姚疤子扛着把斧头从外面进来，见姚有地跟姚晓媚正在院子里笑得合不拢嘴，就开玩笑说："有地，嘎公回来喽。"听说嘎公回来了，只吓得姚有地赶紧躲到嘎婆的身后去了。

"有地，喊'嘎公'。"

姚疤子笑眯眯地说道："嘎公的差口里有好东西哩。"听姚疤子说有好东西，姚有地又从嘎婆的身后探出半边脑壳，仍不做声。

姚疤子故意把手放在口袋里，不拿出来。

"喊'嘎公'，好东西就归你了。"姚疤子说。

"嘎婆，他的差口里真的有好东西吗？"姚有地悄声问道。

"没有，他是骗你玩的，千万别上当。"姚晓媚说。

"嘎婆说了，你的差口里没有好东西。"姚有地大声说道，"我才不会上当呢。"

姚疤子说："肯定有，你喊我就拿出来。"

姚有地说："你拿出来看看，有我就喊。"

"有地，他不是你嘎公。"

姚晓媚怕姚有地经不起诱惑，就轻声提醒姚有地道："你嘎公早死了，他是疤子舅，你喊他疤子舅。"

姚疤子见姚有地不轻易上当受骗，只好把那只手从口袋里拿出来了。姚疤子的口袋里的确有好东西。当他把手掌慢慢地摊开来时，姚有地就欢呼雀跃地跑过去了。姚有地眼睛尖，一下子就认出来了。

姚有地说："哪来的松树虫子？快点给我。"

见姚有地想要松树虫子，姚疤子又把手重新捏起，放进口袋里，笑眯眯地说道："喊'嘎公'，喊'嘎公'我就把松树虫子给你。"

月亮湾的人喜欢吃虫子，如松树虫、茶油虫、桐油虫、葛藤虫、蝗虫、打屁虫等，抓到了，就烧火烤来吃，喷香的。其中打屁虫是有婆娘的男人吃的，没婆娘的男人不敢吃，用月亮湾人的话说，就是"一只臭，两只香，三只四只撑裤裆"。没婆娘的男人要是吃了打屁虫，裤裆就撑着，不好看，也难受。

娃崽们最爱吃的就是松树虫子了。

松树放干了，雨一淋就会生虫子。大人劈开干枯的松树，娃崽就在旁边捡虫子，有些白白胖胖的松树虫子藏在松树里，藏头露尾，娃崽就用尖细的小木屑把它们从树洞里慢慢地赶出来，碗口大的一截干枯松树劈开来，往往有半碗松树虫子。回到家，娃崽就把鼎罐盖子翻过来，放到火上，慢慢地焙松树虫子，一直焙到那些松树虫子个个冒油流油了，有了一层黄壳子，又脆又焦，外酥内嫩，芳香扑鼻，这才把鼎罐盖子从火上拿开，一只一只捡着往嘴巴里送，轻轻一嚼，香香的，脆脆的，味道好极了。

想到松树虫子的味道，小姚有地就流口水了。

"你喊，还是不喊？"姚疤子问道。

"我喊，我喊。"姚有地吞了吞口水，连连说道。

姚疤子以为姚有地禁不住诱惑，要喊嘎公，乐得眼睛都眯上了。

姚疤子就想听姚有地当着他嘎婆姚晓媚的面，喊自己一声嘎公。哪想姚有地并没有直接喊他嘎公，而是拍着小手唱道："嘎公嘎婆，骑马过河，滚死嘎公，气死嘎婆。"

见姚疤子虎着块马脸，姚有地笑嘻嘻地问道："疤子舅，有地唱得好不好？"姚疤子拿姚有地实在没办法了，苦笑道："唱得好，唱得好，但我不是你的疤子舅。"

"那有地就叫你疤子表哥吧。"

姚有地摊开手板喊道："疤子表哥，松树虫子给我吧。"

姚疤子说："好好好，再叫下去啊，你都快成我的祖宗了。"

姚疤子想占点便宜，哪想便宜没占到，自己反倒成姚晓媚的孙子了。不过童言无忌，姚有地这娃崽挺机灵的，嘴巴甜，讨人喜欢。

姚疤子把口袋里的两只松树虫子都翻出来了，往姚有地的手板心里一放，笑道："小祖宗，松树虫子都给你了。"

"疤子表哥，怎么才两只呀？"姚有地问道。

"还想要啊，等会儿我把那松树脑壳劈了，还有蛮多哩。"听姚有地左一声疤子舅，右一声疤子表哥，姚疤子心里很不是滋味，就提醒他，"别疤子疤子的乱喊，你要么就喊表哥，要么就喊舅，知道不？"

"好吧，那我还是喊你舅吧。"姚有地点点脑壳，一副很乖很懂事的样子。

"真乖！"姚疤子伸手摸了摸姚有地的脑壳，冲姚晓媚感叹道，"师娘，要是我姚疤子也有这么一个懂事的娃崽，该多好！"

"唉——"

姚晓媚知道姚疤子想说什么，就长叹了口气，幽幽地说道："男人三十一枝花，女人三十豆腐渣！姚疤子，你年轻力壮，又有手艺，月亮湾的黄花闺女那么多，你就挑一个喜欢自己的姑娘过日子吧，你师娘是老得快要掉渣了，中看不中用了。"

姚晓媚嫁给姚大锤二十年，衣食无忧，日子过得滋润，虽说三十多岁了，但徐娘半老，风韵犹存，看哪，哪都还饱满。姚疤子说："我觉得师娘一点都不老，比月亮湾的黄花闺女好看多了。"

这句话要是换成别的男人来说，姚晓媚会觉得很舒服，很受用，因为女人都喜欢男人说自己漂亮，姚晓媚也一样。可是，好端端的一句话从姚疤子的嘴巴里说出来，怎么就变味了呢？姚晓媚总觉得这话有点轻薄，甚至有点恶心。姚疤子对自己是有所企图的。姚晓媚对这个男人的每一句话每一个动作都心存芥蒂。

姚晓媚把脸一拉，正声说道："姚疤子，又乱讲话了。"

姚疤子见师娘变脸了，就嘀咕了句："我没乱讲。"

然后勾起脑壳，拉着姚有地的小手说道："有地，走，跟舅抓松树虫子去。"

姚疤子在院子的角落里劈那个松树脑壳。

姚晓媚知道，姚疤子心里有怨气，这个男人把心里的怨气都发泄到松树脑壳上了。很显然，姚疤子是把自己当作松树脑壳了。

那是一个人形的松树脑壳。

姚疤子一斧头劈下去，不偏不倚，正好劈在松树脑壳的腿根处，偌大的松树脑壳应声裂开一道狭长的缝隙，一股好闻的松香味立刻从狭长的裂缝里飘出来，弥漫在院子里。只见姚疤子往裂缝里塞了一个粗壮的木楔子，动作很粗鲁，姚晓媚坐在神仙蛋上，总觉得那粗壮的木楔子不是塞在松树脑壳的裂缝里，而是塞在自己的身体里了，感觉凉飕飕的。

只见姚疤子把斧子从裂缝里拔出来，试探着，轻轻地敲了敲木楔子。木楔子夹紧了夹牢了，姚疤子抡起斧头，只听见"嘭"的一声巨响，斧头狠狠地敲在木楔子上。姚晓媚的身子忍不住战栗了一下。姚疤子的劲道实在太足了，粗壮的木楔子应声钻进松树脑壳里，进去很深很深，五六寸长的木楔子，完全陷进去了。松树脑壳的裂缝很大，但没有完全裂开来，能看得见裂缝里面暗红色的枞膏，亮晶晶的。姚疤子的斧头再次从裂缝里劈进去，松树脑壳就完全裂开了。

看到这，姚晓媚抱着妹崽回房间里去了。

院子里，时不时传来姚有地稚嫩而兴奋的喊叫声："松树虫子！好大好肥的松树虫子！"

每每听到喊叫声,姚晓媚就觉得心里痒痒的,甚至怀疑自己的身体里也长了虫子,她总想伸手进去,把那些虫子抓出来,可总是抓不到。女人身体里的虫子,藏得很深很深,女人用手指是没有办法抓到的,这些虫子,只有男人才能抓得到。女人之所以离不开男人,就是因为女人的身体里有太多的虫子要抓。

姚疤子把松树脑壳一次次地劈开来,姚有地把松树虫子一只只抓到竹碗里,偌大的松树脑壳被劈成了一小块一小块的枞膏,然后整整齐齐码放在院子旁边的柴棚里。在接下来差不多两年的时光里,姚晓媚的夜晚,都被这些暗红色的亮晶晶的枞膏点亮了。

十

苗一铳是三岁那年断的奶,姚满妹也是,他们俩是同一天断的奶。月亮湾的女人要是想给娃崽断奶了,就在自己的奶子上涂些锅灰烟什么的,然后骗娃崽说是奶钵钵掉到地上弄脏了,不能喝了。娃崽看到奶钵钵黑不溜秋的,信以为真,就改口吃饭去了。

姚晓媚爱干净。

锅灰烟太脏了,姚晓媚担心会弄脏衣服,就到肉铺边跟姚大腿讨了几滴苦胆,把苦胆涂抹在自己的奶子上。

那天下午,苗一铳在月亮湖边玩耍,觉得饿了,就自己跑去找奶娘讨奶喝。哪想他刚跑到院子门口,就被姚满妹拦住了。

"小阿哥,我娘的奶钵钵不能吃了,好苦哩。"姚满妹苦着脸说道。

苗一铳不信,说自己不怕苦。

然后跑到院子里找奶娘去了。

姚晓媚坐在神仙蛋上给姚满妹补衣服,苗一铳跑过去就往姚晓媚的怀里钻,还伸手摸了摸她的奶子。姚晓媚知道他想喝奶,就问:"你爹呢?他怎么不带你来?"

"我爹上山打野羊去了。"苗一铳眼巴巴地望着姚晓媚说道,"奶娘,要是我爹打到野羊了,我就要他给你扛肉过来。"

姚晓媚问:"为什么要扛肉过来?"

苗一铳说:"我跟满妹每天都在扯奶娘的奶,我爹说了,他要是打到野羊,就扛过来给奶娘补身子。"

"是吗?"

姚晓媚心里一热,眼睛就湿润了。

姚晓媚的眼睛能不湿润吗?

苗水田有半年时间没有来过这里了。这半年时间里,苗一铳饿了就自己跑进来讨奶喝。苗水田偶尔送些瓜果野味什么的,也是挂在院门外面的那枚竹钉上。有好几次,姚晓媚听到这个男人的咳嗽声,就跑出去看,但是人都已经走远了,只有一大堆东西挂在那里,晃晃悠悠的。

姚晓媚知道,这个男人是让自己吓破胆了。

半年前,苗家寨的人去山上打猎,苗水田背着个娃崽不方便,就把苗一铳放到姚晓媚的院子里,要她帮忙照看。当时苗一铳和姚满妹都会自己走路了,两个娃崽满院子跑,不用怎么照看,饿了就喂口奶。

苗水田说好是太阳下山就回来抱孩子的,可是太阳下山了,天都黑了,还没有看到他的人影。后来,两个娃崽玩累了,就抱着奶子睡着了。

苗水田还没有回来。

姚晓媚只好把两个娃崽抱到床上,又在昏暗的桐油灯下纳千层鞋底。

千层鞋底纳完了,还不见人。

估计苗水田不会来了。

"啊——"

姚晓媚打了个哈欠,到厨房烧水洗澡去了。

水烧好了,姚晓媚懒得把水提到房间里去,就把木盆提到火铺上。哪想苗水田早不来,晚不来,偏偏在姚晓媚脱光衣服蹲在木盆里洗澡的时候,推门进来了。

苗水田是过来抱娃崽回家的。他看到厨房里亮着灯,又听到水响,以为姚晓媚要洗脚睡觉了,就推门进来了。

见姚晓媚在洗澡,苗水田正想退出去,但被姚晓媚喊住了。"砍脑壳的,身子都让你看到了,你还跑哪样喽?"姚晓媚笑道,"还不上来帮人家搓搓背?"

姚晓媚这么一说,苗水田是进也不是,退也不是,不知所措地站在门边上。

黄豆大的油灯下,姚晓媚的身子白得有些刺眼睛。

苗水田说:"灯太亮了。"

苗水田衣袖一挥,油灯应声灭了。"你以为灭掉灯就什么都看不见了吗?"姚晓媚笑道,"有些东西在昏暗中,你会看得更加清楚。"

还真让姚晓媚说中了。

在那盏豆大的油灯下,苗水田看到的,只是一片白色。现在油灯熄灭了,在炉火的映照下,火铺上显得特别昏暗,苗水田不但看到了白色,还看到了黑色,一切都是隐隐约约的,若隐若现。那些似曾相识的东西,开始在他的脑海里变得清晰起来。即使后来,姚晓媚回到衣服里了,黑白分明的身体还在他的脑海里清晰地呈现着。

苗水田问:"娃崽呢?"

姚晓媚说:"睡了。"

苗水田问:"睡在哪?"

姚晓媚说:"我的房间里。"

苗水田说:"麻烦你把他抱出来,我要回去了。"

姚晓媚说:"深更半夜的,你要抱娃崽走?"

苗水田说:"是的。"

姚晓媚说:"不行,细娃崽晚上不能出门。"

苗水田说:"哪个讲的?"

姚晓媚说:"老人讲的,细娃崽的眼睛尖,要是看到不干净的东西了,会被吓着的。"

苗水田说:"那我把他的眼睛蒙上,总可以了吧?"

姚晓媚说:"不可以,要回去你自己回去,娃崽留我这,你明天早上再来抱。"

苗水田摆摆脑壳,说:"不行,那样我会睡不安稳的。"

姚晓媚笑道:"想要睡得安稳也可以啊,我们一起睡。"

苗水田说:"不行……"

"怎么不行?"姚晓媚剜了苗水田一眼,说,"你是鳏夫,我是寡妇,为了娃崽,我们可以搭伙过日子,不是挺好的吗?"

"是挺好的,但是……"苗水田欲言又止,"姚家妹子,我要回去了,麻烦你帮我把娃崽抱出来。"

见苗水田执意要抱娃崽回去,姚晓媚就点着桐油灯进房间去了。

苗水田以为姚晓媚是去抱娃崽,哪想等了半天,也不见姚晓媚把娃崽抱出来。苗水田急了,就在火铺上低声喊道:"姚家妹子,麻烦你帮我把娃崽抱出来一下嘛,我要回去了。"

"啊——"姚晓媚在床上哈欠连连地说,"要抱你自己进来抱,我可要脱衣服睡觉了。"

苗水田没办法，硬着头皮进去抱娃崽时，哪想让姚晓媚一把搂住了脖子。

姚晓媚说："睡到床上去。"

然后咬着苗水田的耳朵低声说道："你要是敢跑，我就喊人。"

姚晓媚这么做，只是不想让苗水田把娃崽带出去。

月亮湾带崽的女人都知道，不满三岁的娃崽，晚上不能出门。

不能出门，指的是不能走出屋檐，如果出了屋檐，娃崽会看到天上那些不干净的东西，据说三岁不到的娃崽眼睛尖，跟狗一样，能够看到鬼。

哪想苗水田误会她了。

"姚家妹子，你是想男人想疯了吧。"苗水田咬牙切齿地说道。

"嗯，我是想男人想疯了。"

姚晓媚不露声色地反驳道："你不也一样吗？三更半夜跑来看我洗澡，现在还爬到我的床上来了。"

苗水田说："你想怎么样？"

姚晓媚说："我想怎么样，你不知道？"

姚晓媚稍稍加重了声音，苗水田就知道这个女人想怎么样了。三更半夜的，要是这女人扯起喉咙喊一声，自己的一世英名就完了。苗水田是苗家寨寨主，德高望重，平时把声誉看得比性命还重要，哪想到头来却栽在一个寡妇的身上。

姚晓媚知道苗水田心里有气。

其实，姚晓媚也不想这么做，可是这个男人一开始就把气撒在她的身上了，她不想这么做都难了。就在她难以把持自己的时候，苗水田的手指在她的耳朵后面点了一下，她就昏昏沉沉地睡过去了。

第二天醒来时，苗水田已经抱着娃崽离开了。

从那以后，苗水田没有进过姚晓媚家的院子。

直到苗一铳摸着奶子喊了声："奶娘。"

姚晓媚一惊，这才从记忆中回过神来。姚晓媚解开腋下的那两粒扣子，把胀鼓鼓的奶子掏出来，苗一铳显然饿极了，扑上去就喝。

"呸呸呸……"苗一铳吐吐舌头说道，"奶钵钵好苦啊！"

苗一铳换了只奶钵钵喝，还是又苦又臭。

"奶娘，今天的奶钵钵怎么又苦又臭啊？"苗一铳苦着脸问道。

"又苦又臭？"

姚晓媚一怔,怎么会又苦又臭呢?为了让娃崽断奶,她在奶子上涂了苦胆,苦是肯定的了,怎么会臭呢?

姚晓媚问道:"臭什么?"

苗一铳摆摆脑壳,说道:"不晓得,像臭烟屎。"

"像臭烟屎?"

姚晓媚托起奶子闻了闻,还真有股旱烟的味道哩。于是开玩笑道:"奶钵钵昨夜还真的给你爹弄脏了。"

然后托着奶子笑嘻嘻地问苗一铳:"奶钵钵给你爹弄脏了,你还要喝不?"

苗一铳盯着那两袋苦得要命的奶钵钵看了一眼,摆摆脑壳说:"不喝了。"

然后气鼓鼓地跑开了。

十一

姚疤子背着一捆嫩油油的青草急匆匆地往姚晓媚家里走,突然见苗一铳气鼓鼓地从院子里跑出来,知道他是没有吃到奶,生气了,便明知故问地笑道:"苗一铳,是不是奶娘不给你奶喝呀?"

"疤子舅,不是哩。"苗一铳撇撇嘴巴,说道。

"那你为什么生气?"姚疤子奇怪道。

"我能不生气吗?"苗一铳气鼓鼓地说道,"奶娘的奶钵钵昨夜被我爹弄脏了,臭死了,没法吃了。"

姚疤子问:"臭什么?"

苗一铳说:"烟屎味。"

"怎么会有烟屎味?"姚疤子不相信。

"我爹天天抽烟哩,臭死了。"见姚疤子不相信,苗一铳跺了跺脚,说,"不相信你自己进去喝两口,就晓得了。"

说完,苗一铳气鼓鼓地走了。

姚疤子听了,真是哭笑不得。

姚疤子背着一捆青草愣愣地站在那里,望着苗一铳远去,心说这奶要是这么容易喝,老子早就喝了,哪还轮得到苗水田这个老畜生喝。

想到苗水田,姚疤子就窝火。

其实追根溯源论起来,姚疤子还是熊崽的远房表弟。姚疤子的母亲牛得美是大嗓门的堂妹。苗水田跟熊崽抢姚秋香的时候姚疤子还小，不懂事。熊崽逃离月亮湾之后，苗水田娶了姚秋香，哪想这个女人刚生下苗一铳，就死了。

娃崽还小，讨口奶喝没什么，要是大人也跟着喝，那就是跟自己过不去了。

姚疤子把青草往牛圈里一扔，然后回到院子里。

姚晓媚还在神仙蛋上补衣服。

因为刚断奶，娃崽不喝，奶水就溢出来了，胸前的衣服湿了两小块，姚疤子闻到了奶牛的香味，还有股旱烟的味道。

姚疤子问道："师娘，你的奶让他给喝了？"

"他就喝了一口。"姚晓媚脑壳也不抬地说道。

"还真喝了一口。"姚疤子受不了了，怒不可遏地吼道，"我说哪来的一股旱烟味呢，你还真让他给喝了一口。"

姚晓媚一听不对，两人说的不是一回事，连忙解释道："砍脑壳的，我是说苗一铳就喝了一口。"

"那他喝了几口？"姚疤子厉声问道。

姚晓媚给姚疤子问得糊涂了："姚疤子，你在瞎说什么呢？"

姚疤子眼睛一瞪，说："我瞎说？那你告诉我，哪来的旱烟味？"

姚晓媚慌了，讷讷地说："我……我没有旱烟味。"

姚疤子冷笑道："还说没有，娃崽都说了，是他爹弄的。"

姚晓媚说："不是这样，娃崽要断奶，我随口说的，你也信啊？"

姚疤子问："你用旱烟给娃崽断的奶？"

姚晓媚忙说："不是，不是，我找姚大腿要的苦胆水。"

"苦胆里会有旱烟味？"姚疤子冷笑道，"嘿嘿，那猪该不会是抽旱烟长大的吧？"

"姚疤子，是这样的……"姚晓媚想解释什么，但又怕到时说不清楚，就住口不说了。

"嘿——"姚疤子盯着姚晓媚，阴阳怪气地笑道，"师娘，你不说我姚疤子也晓得，那头公猪抽旱烟。"

"是又怎么样？"

姚晓媚发火了，冲姚疤子吼道："这是我自己的事，轮不到你姚疤子来管！"

· 裂缝

"好好好，老子不管了！"姚疤子的火气更大，"要是我姚疤子再管你家这摊烂事，就不是人，是狗娘养的！"

姚疤子怒气冲冲地走了。

姚晓媚瘫坐在神仙蛋上。

如果不是姚疤子口口声声称苗水田是猪，姚晓媚也不会冲姚疤子发火。自从男人死了之后，家里的重活粗活，姚疤子都抢着帮忙干，比自己的男人还像男人一些。

苗水田不会来了。

姚晓媚知道，姚疤子也不会来了。

想到这两个男人都不会再来了，姚晓媚的心，就隐隐作痛。因为这两个男人都误会自己了，而且误会得很深。

自己只是开玩笑，逗苗一铳玩的。

三岁的娃崽哪里懂得这些，月亮湾的人一问，他就直说了。月亮湾只有巴掌大的一块地方，只半袋烟的工夫就传遍了。月亮湾的人都知道姚晓媚的奶子上有股旱烟味道，而且是苗家寨寨主苗水田昨晚留下的。再说苗一铳回到家里，一直哭着，吵着，要他爹赔他的奶钵钵，弄得苗水田亦是哭笑不得。

苗水田自己也很郁闷，百思不得其解，很长一段时间，他都在想，那股旱烟味到底是哪个男人留下的。月亮湾的男人除了姚疤子，都抽烟。也就是说，除了自己和姚疤子，其他男人都有可能，还有可能是牛家寨，或者是苗王寨的男人干的呢。

姚晓媚为什么要栽赃陷害自己呢？苗水田想找姚晓媚理论，可是好几次到了姚晓媚的院子外面，又犹豫了。

苗水田在心里暗暗发誓，他这辈子绝不再踏进姚晓媚家院子半步。

直到有天中午，苗水田顶着日头去挑水，在井塘边碰到了姚晓媚。

苗水田有半年多时间没有去姚晓媚家了。姚晓媚家的水都是姚疤子帮挑的。现在，姚晓媚怎么自己来挑水了呢？苗水田觉得好奇怪。

"姚疤子呢？"苗水田问。

"我哪晓得，有好些天没见到他人影了。"姚晓媚摆摆脑壳，苦笑道，"跟你一样，他也生气了，你们男人就像细娃崽，动不动就爱乱生气。"

"生气？我能不生气吗？姚家妹子，你平白无故冤枉我做哪样喽，说我……"苗水田指了指姚晓媚的胸脯，欲言又止。

"苗寨主，你是说那股烟味吧。"姚晓媚笑道，"那还真是你的哩，我没有平白无故冤枉你哩。"

"我什么时候吃过了？"苗水田生气说，"就是那天晚上，我也没到过你的地里头碰过你的东西哩，我点了你的睡穴，鸡叫头遍我就抱着娃崽走了。"

"我什么时候说你吃过了？"姚晓媚说。

"那你怎么说烟味是我的？"苗水田说。

"当然是你的。"姚晓媚说，"那天夜里你走得急，忘了一样东西在我那，不是吗？"

"难道是烟袋忘在你那了？"苗水田想了想，说："我说烟袋怎么找不到呢，原来是忘在你那里了。"

"你的烟袋掉在我的床上了。"姚晓媚悠悠地说道，"我以为你会回来拿的，可是半年过去了，你都没进过我家院子。苗寨主，我就这么讨嫌？"

"不是，姚家妹子，你并不讨嫌。"苗水田解释道，"因为我是鳏夫，你是寡妇，经常往你的家里跑，我怕月亮湾的人说闲话。"

"唉，是非终日有，不听自然无。"

姚晓媚摆摆脑壳，苦笑道："你怕别人说闲话，这闲话还不是照样找上门来了。"

苗水田问姚晓媚："这到底是怎么回事？"

"这个……"

姚晓媚话还没有说，脸就通红了。

因为两个娃崽拉奶，姚晓媚担心会把奶袋子拉没了，那天晚上便起了断奶的念头。想到要给娃崽断奶了，姚晓媚躺在床上怎么也睡不着，后来便把苗水田掉在床上的烟袋从厚厚的稻草里翻出来了。

月亮湾的床铺都铺着厚厚的稻草，每年换一次稻草，人睡在稻草上，即便是寒冷的冬天也觉得十分暖和。换下来的稻草只能用来垫猪垫牛，不能用火烧，只有睡在床上的人死了，才会把稻草烧掉。

还有一种情况，月亮湾的人也会烧稻草，就是娃崽夜间撞到邪，突然发病了，他们就会把娃崽扶到堂屋的板凳上，然后从娃崽睡觉的地方抽出一小把稻草，点燃了，火把在娃崽的脑壳顶上从左到右绕三圈，再从右到左绕三圈，再把燃烧着的稻草从堂屋里扔出去，据说这样可以驱邪，娃崽睡一觉，病就好了。

稻草铺的床睡觉很舒适，只是睡久了，床上会有跳蚤，月亮湾的人往往会在稻草里放一两皮烟叶子，跳蚤闻到烟味，就全跑光了。姚晓媚家没有烟叶子，苗水田掉在床上的烟袋正好派上用场，被姚晓媚用来熏跳蚤了。

这是一杆竹铜烟袋，用黑竹脑壳做成的，有一尺二长，烟袋脑壳贴着铜皮，嘴上套有铜箍，因为用的时间长了，烟袋变得油光发亮。其实，这根烟袋是苗水田随身携带的兵器，只是到了月亮湾后，没有仗打了，兵器也就用不上了，竹铜烟袋就成了简单的烟袋了，一天到晚挂在裤腰带上。

姚满妹已经睡着了。

姚晓媚就在床上把玩烟袋，想那天晚上的事情。

姚晓媚觉得很奇怪，为什么在关键的时候自己突然睡着了？苗水田把烟袋留在自己的床上，是什么意思？显然不是故意留下的，要是故意留下的他就不会躲着自己。烟袋极有可能是慌乱中掉落的。姚晓媚又想到了那天晚上苗水田慌乱的样子。

这个男人肯定是被自己的饿相吓跑了，抱着娃崽落荒而逃。

想着想着，又胀奶了，很难受，姚晓媚就用手轻轻地揉起奶子来……直到月亮湾的鸡叫了，姚晓媚才抱着烟袋沉沉地睡去。

"都是你的烟袋害的。"姚晓媚勾着脑壳埋怨道，"那天苗一铳问我怎么有烟臭味，我就开玩笑，说是被你弄脏了，哪想这娃崽当真了，到处乱讲，弄得姚疤子都生我的气了。"

"唉——"

苗水田叹了口气，苦笑道："姚家妹子，你怎么能跟娃崽开这种玩笑呢！"

然后，挑水走了。

姚晓媚冲苗水田的背影喊道："苗寨主，你什么时候过来拿烟袋？"

"现在我有烟袋了，那杆烟袋不要了，你就扔掉吧。"苗水田头也不回地说道。

姚晓媚这才注意到，苗水田的裤腰带上挂着一杆歪歪扭扭的竹鞭烟袋，也是烟袋脑壳贴着铜皮，嘴上套有铜箍，歪歪扭扭的烟杆上吊着火镰，走起路来磕磕碰碰，叮当作响。姚晓媚站在正午的太阳底下，神情恍惚，有如着魔一般。

半个月后，姚晓媚跟姚疤子结婚了。

那天中午，苗一铳和姚满妹在院子里戏耍。姚晓媚正坐在神仙蛋上想心事，姚疤子挑着一担柴火汗水爬纱地闯了进来。姚晓媚问姚疤子："你来做哪样？"姚疤子把柴火挑到柴棚里放着，用衣袖抹了一把汗水，这才走过去，打着笑脸说:"铺子里的活路忙完了,就到山上给你捡了挑柴火回来。"

"捡柴火来做哪样?"姚晓媚说,"那天你不是撂下狠话,说再也不管我们娘俩了吗?"

"怎么会呢?"姚疤子说,"那都是气话,师傅要我好好照顾你们娘俩的,我还要帮师傅拿牛犁田哩,师傅的那点地,不能就这么荒了。"

见姚晓媚不说话了,姚疤子又说:"师娘,都是我姚疤子误会你了,师娘不是那样子的人,苗寨主刚才都说了。"

"苗水田去你那了?"姚晓媚显得有些紧张,"都跟你说了些什么?"

"嗯,苗寨主刚才到我那拿包烟袋,他说他的烟袋让你拿去熏跳蚤了。"

"还有呢?"姚晓媚问道。

"他说你拉着娃崽不容易,要我好好照顾你。"

"他就说这些?"

"他就说这些。"

"他说得没错,我一个女人拉着娃崽不容易。"姚晓媚叹了口气,苦笑道,"姚疤子,你师傅不在三年多了,我守寡守了三年多了,要是你不嫌弃师娘,那就搬过来住吧,我们搭火过日子。"

"不嫌弃,不嫌弃,怎么会嫌弃呢。"姚疤子受宠若惊,连连说道。

当天下午,姚疤子就把自己的那点东西搬过来了。

因为姚晓媚是寡妇,按照姚家寨的规矩,寡妇再婚不用办婚礼,他们就在家里摆了一桌酒菜,然后把寨主和房族长辈喊过来吃餐饭,就算是成家了。

十二

苗一铳和姚满妹是一块玩泥巴长大的,两小无猜,感情很好。十六岁那年,苗一铳想娶姚满妹,可是军师苗里奇说他们两人的生辰八字不合,不宜做夫妻。苗一铳和姚满妹就是以死抗争,也没有用。月亮湾的男人讨婆娘要合八字,这是规矩。所谓合八字,就是看男女双方的生辰八字是否相合,有无相冲。他们认为人的福禄都是生辰八字带来的,生辰八字的好坏就是命运的好坏,因而看重生辰八字。两人的生辰八字要是相合,便择吉日迎娶,两人的生辰八字要是相冲,感情再好也得放弃。

苗一铳要娶姚满妹,苗水田跟姚晓媚坚决反对。"你们做兄妹可以,就是不能做夫妻。"

苗水田是这么说的。

姚晓媚也是这么说的。

苗水田的理由是:"你们的生辰八字不合。"

姚晓媚则说:"别说你们的生辰八字不合,你们的生辰八字就是合,我也不会同意!"

姚满妹问:"为什么?"

"为什么?"姚晓媚说,"他是吃我的奶长大的,现在他又想打我妹崽的主意,我们娘俩的奶要是都让他吃了,岂不是太便宜他了。"

苗一铳本来不想放弃的,可是苗水田说:"你已经把你娘克死了,你的生辰八字大,难道你还要把姚满妹也克死吗?"

苗水田这么一说,苗一铳就只能放弃了。

苗一铳喜欢姚满妹,想到自己会克死她,就只能放弃了。"我不想克死满妹。"苗一铳赌气说道,"爹,要不你就给我找个生辰八字大的女人吧,把我克死算了。"

就这样,苗水田给苗一铳找了姚田田。

苗一铳娶了姚田田,姚满妹伤透了心,没过多久便嫁到苗王寨去了。

"女大八,抱银娃。"二十几年过去了,姚田田就给苗一铳生了个妹崽苗九妹。苗水田快九十岁了,却迟迟没能抱上传说中的银娃。

姚满妹倒是挺能生的。

姚满妹嫁到苗王寨的第二年,就生了个男娃。姚满妹的男人是个木匠,苗王寨的人都喜欢叫他毛师傅。毛师傅并非毛姓,他的名字里也没有一个毛字,他个头小,四尺不到,看上去像个娃娃崽,但脑袋瓜子灵光,样样都会做,就是做事有点毛手毛脚的,所以苗王寨的人都叫他毛师傅。尽管毛师傅做活路毛手毛脚的,但方圆几十里的嫁妆都是喊他做的,因为他有一个好名字。

苗王寨的人家嫁妹崽,要送妹崽一整套杉木家具,这些杉木家具包括:雕花床、柜子、箱子、梳妆台、火桶、织布机子、洗澡盆、马桶,等等。其中高矮柜子一对,箱子一对,洗澡盆两大一小,三个洗澡盆大小有序地套在一起。最大的那个是男人用的,放在最下面,稍小的那个放在中间,是女人用的,最小的那个放在最上面,是将来娃崽用的,又叫娃娃盆。

哪户人家要嫁妹崽了,寨子里的人总会问:"伙计,准备喊哪个师傅做嫁妆?"

嫁妹崽的人家总会说:"还能喊哪个喽,当然是喊毛师傅周富贵。"

毛师傅本名叫周富贵,也就是说,只要毛师傅上门做嫁妆,就是富贵到家了,嫁妹崽的人家图的就是个吉利。毛师傅虽然长得不怎么样,但是有福气。其实,毛师傅有没有福气,只要看看他的婆娘姚满妹就知道了。毛师傅脚短手短,比姚满妹矮一大截,姚满妹回娘家,他也跟着来。毛师傅跟在姚满妹的屁股后面,不像是姚满妹的男人,倒像是姚满妹的娃崽。用月亮湾人的话说,就是想喝口奶,恐怕都得要架个高凳子哩。

有一次,毛师傅跟姚满妹回月亮湾,到姚一刀的肉铺砍了一坨屁股肉。姚一刀把肉砍下来后,用棕树叶子串好了并不直接递给毛师傅,而是顺手把肉挂到肉架上。

姚一刀、苗一铳,还有姚满妹都是一块玩泥巴长大的。姚一刀喜欢姚满妹,可是姚满妹喜欢的是苗一铳,姚一刀一直苦于没有机会。后来,苗一铳娶了姚田田,姚一刀以为机会来了,就托媒婆去说亲,哪想姚满妹却嫌他是屠夫,说他身上有股猪粪味,死活不肯嫁给他。

见姚满妹嫁给了又矮又丑的毛师傅,姚一刀的心里很不是滋味,于是故意把肉挂到肉架上。毛师傅付了肉钱,要姚一刀把肉拿下来,姚一刀偏不拿。

姚一刀嘻嘻哈哈地说道:"肉给你挂在钉子上了,想吃肉,就自己拿。"那肉架子少说也有六尺高,哪里拿得到?毛师傅急了,想跳起来拿那肉,但连连蹦了几下,也就手指头碰到那块肉了,根本拿不下来。

姚一刀见了,哈哈大笑道:"新姑爷,你这一蹦三尺高,连猪屁股都够不着,真不知道你是怎么够着我们姚家妹子的?"

毛师傅也不生气,只是厚着脸皮乞求说:"姚家阿哥,求你帮忙取一下。"等姚一刀把肉取下来递给他了,他却嘻嘻哈哈地顶了姚一刀一句:"姚家阿哥,我是够不着猪屁股,只要你够得着猪屁股就可以了。"

见两个男人相互斗嘴,姚满妹在边上也不说话。

  姚家妹子真可惜,
  嫁个男人逼疤疤;
  垫根板凳到肚脐,
  喝奶还要爬楼梯。

姚满妹和毛师傅离开肉铺的时候,姚一刀忍不住又编了首小曲,戏谑他们。

玩笑开到这分上，就有点过火了。姚满妹正想开口骂几句，哪想毛师傅却摇头晃脑地唱起来了，一副满不在乎的样子。

　　不是姻缘不是妻，
　　不是草籽不粘衣；
　　只要中间对得准，
　　管它两头齐不齐。

　　毛师傅虽然长得又矮又丑，但说到一个"准"字，月亮湾的男人没有哪个不佩服他的，就连月亮湾的女人也都佩服他。姚满妹嫁给毛师傅二十几年，不偏不倚，两年生一个娃崽，已经有十一个娃崽了，而且都是带把的娃崽。
　　而现在，姚满妹又怀上了。
　　姚满妹挺着大肚子走在低头弄里，月亮湾的人是要多羡慕，就有多羡慕。
　　"满妹，又怀上了呀？"月亮湾的人问。
　　"是哩，我家富贵想要个女娃。"姚满妹摆摆脑壳，苦笑道，"每次下来都是男娃，希望这次是女娃，我就不用受这份罪了。"姚满妹的这句心里话，让月亮湾的人心酸不已。月亮湾的人能不心酸吗？他们都想要个男娃，可是盼星星盼月亮，就是盼不到男娃。姚满妹跟毛师傅倒好，却盼起女娃来了。
　　月亮湾的女人跟自家男人吵嘴的时候就有了埋怨，说有些人的肉都长到别处去了，只有毛师傅的肉是长在裤裆里的。这话太伤人了，月亮湾的男人哪里受得了，把眼睛一瞪，说要怪就怪自己的那块地不好，没收成。
　　很多家庭因此闹翻了。
　　月亮湾的女人都后悔当年没有看上毛师傅。
　　而男人，都后悔自己当年没有娶到姚满妹。
　　就连苗家寨寨主苗水田也在心里暗自可惜，心想一铳当年要是娶了姚满妹，说不定自己现在也有一群大胖孙崽了。

十三

　　其实姚田田嫁给苗一铳纯属意外。
　　之前，姚田田一直跟姚有地相好，而且差点就嫁给姚有地了。姚有地之所以没有娶姚田田，是因为他爹姚本奋始终没有开口。因为姚田田比姚有地大三岁，姚本奋就姚有地这么个独崽，他不想让姚有地娶一个大女人。

姚有地做事情一向果断雷厉风行,但是他在娶姚田田这件事情上却表现得相当软弱,而且是婆婆妈妈的。他总是对姚田田说,等等,再等等。这一等再等,五年过去了,姚田田已经是二十四岁的老姑娘了,不能再等了。

有一天,姚田田问姚有地:"还要等多久?"

姚有地摆摆脑壳,说道:"我也不知道还要等多久,但是等我做了姚家寨的寨主,肯定娶你。"

要知道,姚有地说这话的时候,老寨主姚本奋也就五十几岁,还壮得跟头牛似的,姚有地要做寨主,那得等多少年?姚田田看不到任何希望了。

月亮湾的女人都很实在,很多时候她们是为希望而等待,一旦看不到希望了,她们就不会再等待了。后来,苗水田托媒人来给苗一铳提亲,姚田田二话没说就嫁给苗一铳了。二十多年过去了。姚有地还没有当上寨主,老寨主姚本奋七十多岁了,仍然能跟苗家寨的小伙子们上山打猎,把野猪野羊撵得满山跑。

姚有地是在姚田田嫁给苗一铳的那年冬天,娶的牛家寨的姑娘牛麻花,现在他们已经有三男两女了。而姚田田就生了一个妹崽苗九妹。姚田田只能摇头苦笑了,都是自己给咒的,怪不得哪个。

月亮湾的男人与女人要是真正好上了,就会自己咒自己,以表相爱之心。

咒越毒,说明爱越深。

姚家寨的人原本是不咒自己的,但苗家寨的人喜欢咒自己,言而有信,时间长了,姚家寨的人也跟着咒自己了。

月亮湾的人都知道,姚有地要娶姚田田做婆娘。姚有地从小就吵着要娶姚田田,姚田田也不把这个邻家小弟弟的话当回事,只是觉得好玩。但是说得多了,月亮湾的人就真把姚田田当成姚有地的婆娘了。就连姚田田自己也觉得姚有地就是自己的男人。以至于那年秋天,十六岁的姚田田拉着十三岁的姚有地跑到月亮湖边,站在一枚神仙蛋上,对着月亮山上的那个大窟窿狠狠地咒自己。

姚有地狠狠地咒自己道:"我姚有地一定要讨姚田田做婆娘,要是我姚有地不讨姚田田做婆娘,就让月亮山上的神仙蛋滚下来,砸烂我姚有地的脑壳!"

姚田田也跟着这样咒自己,但是姚有地不让姚田田这样咒自己。姚有地说:"不行,不行,田田姐,你就是不嫁给我,我也不想要你死呀。"

姚田田问:"那我咒哪样?"

·裂缝

"反正不能咒死，你是女人……"姚有地想了想，说，"要不这样吧，你就咒自己生不了男崽好了。"

不孝有三，无后为大。男人讨婆娘，就是为了续香火传宗接代，女人咒自己生不了男崽，那是多么恶毒的咒啊。当时姚田田想都没想就把自己咒了。姚田田说："我姚田田一定要嫁给姚有地做婆娘，要是我姚田田不肯嫁给姚有地做婆娘，这辈子都生不了男崽！"

后来姚田田实在等不及了，嫁给苗一铳，没想真的把自己给咒了。

咒就这样，好的不对，坏的很灵。

姚田田又怀上了，估计又是女娃。

苗里奇拉线号脉的那一刻起，姚田田就开始在留意这位老人脸色的变化了。苗里奇凝神静气眉头紧锁，反复号了好几次，这才回头对苗一铳说："没事，恭喜少寨主，是喜脉。"然后匆匆离开了房间。苗里奇在走廊上又与苗水田嘀咕了半天，姚田田在房间里虽然听不太清楚，但还是隐隐猜测到了。

现在苗一铳要纳妾了。

姚田田没有反对苗一铳纳妾，不但不反对，反而还多次提醒苗一铳纳妾。但每次苗一铳都说，好地有一块就够了，要那么多地做哪样？姚田田就笑，说"你一块地是这么种，两块地也是这么种，月亮湾的男人还怕自家的地多啊？"姚田田说得多了，苗一铳就生气了。他把眼皮子一翻，冲姚田田吼道："娘卖掰的，你是不是想累死老子呀？这月亮湾的女人还不跟你一样，都是些望天吃饭的田，年成不好，就是种了，又有什么卵收成！"想想也是的，苗一铳这些年没少在自己的地里忙活，可就是没收成，姚田田也就不好再说什么了。

十四

过年的时候，月亮湾发生了一件奇怪的事。

苗家寨寨主家的年猪杀不死，而姚家寨寨主家的年猪杀死了，刨毛的时候又活过来了。

苗家寨的人赶年，比姚家寨要早一天过年。

年猪，也比姚家寨的人早杀一天。

月亮湾的人过年，家家户户都会杀年猪，而且是大年猪。月亮湾的猪都是姚一刀杀的，年猪也是姚一刀杀的。月亮湾的人杀年猪都要翻翻皇历，挑选一个大吉大利的日子。这天，女人们早早起来，把准备好的柴火塞进灶膛里，烧起了红红的灶火，往往是把一锅水烧开，姚一刀就不请自来了。主人家在猪圈边找一块宽敞的平地，摆上一条结实的高脚板凳。然后焚香烧纸，噼里啪啦地放一挂爆竹，这才喊来五六个汉子，把两三百斤的大肥猪从圈里慢慢赶出来。然后五六个汉子一拥而上，扯耳朵的扯耳朵，扯脚的扯脚，扯尾巴的扯尾巴，大家齐使劲，把猪抬起来，放翻在长凳上。猪就一阵嚎叫，拼命挣扎，但毕竟被五六个汉子死死擒住，动弹不得，只能任人宰割了。不过，在姚一刀动刀子之前，主人家还要求财，即拔三五根猪的鬃毛扔回猪圈里，据说这样，来年的年猪就会更肥更大。姚一刀双手紧紧捏住猪的嘴巴，捏牢后，腾出右手，抄起亮晃晃的刀子，对准猪脖子的凹处扎进去，刀尖直达心脏。

然后喊道："放好血盆！"

接猪血的人便将盆子端过来，姚一刀把刀一抽，"噗"的一声，鲜红的猪血像箭一样喷出来，哗哗地直喷向血盆，猪在拼命地挣扎，往往喷得接血的人满脸都是冒热气的猪血，众人哈哈大笑。这时，主人家就会拿一小摞纸钱来裹伤口，挂红，然后把挂了红的纸钱放回到神龛上，等大年三十祭四官的时候，再拿来焚烧。

对于姚一刀来说，杀年猪的日子也是最累的日子，一天要杀上百头年猪。月亮湾的年猪都是从苗家寨寨主苗水田家杀起的，最后杀到姚家寨寨主姚本奋家。就是说，姚一刀到了姚本奋家，月亮湾的年猪也就杀完了。

姚一刀杀猪从来都是一刀，月亮湾再肥再大的猪，只要一刀扎进去，准会划船断气，可是这次，姚一刀给苗一铳杀年猪时，却杀了两刀。月亮湾杀年猪讲究一刀开仓，来年主家诸事顺畅，要是补刀了，那就不顺畅了，弄不好还会生出事端来。姚一刀像平时那样，刀对准猪脖子的凹处扎进去，然后喊了声："放好血盆。"

姚田田赶紧把事先装了半碗盐水的血盆端过去，准备接那猪血，不知道是担心血来得太猛会溅到自己脸上，还是别的什么原因，姚田田把脸扭到一边去了。

姚一刀这才把刀慢慢地拔出来。

因为月亮湾杀年猪忌讳白刀子，所以拔刀的速度比平时要慢得多。尽管这样，刀口上还是没有粘到一滴血，刀子拔到一半，血却没有跟着刀子涌出来，姚一刀就不再拔刀子了，再拔，就是白刀子了。

拔白刀子对主家不利，对自己也不利。姚一刀杀了二十几年猪，自然知

裂缝

道是怎么回事,复又把刀子猛地往心窝里送回去,直到刀柄完全没入刀口里,这才把刀拔出来。这回血跟着刀子涌出来了,但来得不是很猛,姚田田接了半天,才接到浅浅的一摊子血。一袋烟的工夫过去了,猪还在高脚板凳上哼声,没有断气,抓猪的几个汉子累得直喘粗气,但是都不敢松手,生怕自己一松手,猪就跑掉了。

现在,最吃力的要数苗一铳了。

苗一铳的力气大,苗家寨的猪尾巴都是他扯的。

以前姚一刀杀猪,也就喝碗甜酒的工夫,再肥再大的猪扯着尾巴也不感觉到累,往往是开几句玩笑就完事了。可今天这年猪像中了邪似的,左等右等,就是不断气。这年猪少说也有四百斤,屁股肥得圆滚滚的,苗一铳扯得眼冒金星,手臂都酸了,眼看就要撑不下去了。

"姚一刀,好了没有?"苗一铳直喘粗气问道。

"还没有划船哩。"姚一刀说,"猪要划船了才断气,大伙儿才能松手。"

姚田田还蹲在那接血,那刀口就像田水口让人用什么东西堵住了,只是没有堵好,三不三滴几滴下来,溅到血盆里,让人看了干着急。猪还没划船,苗一铳实在是撑不住了,于是冲姚田田喊道:"臭婆娘,还接什么卵血喽,快去给老子拿根板凳过来。"知道自己男人快要撑不住了,姚田田赶紧放下血盆,跑到堂屋里拿了一根高脚板凳过来。

"放哪?"姚田田问。

"塞到屁股底下去呗。"苗一铳直喘粗气说,"把屁股垫起来,老子也省些力气哩。"

听男人说要把屁股垫起来,姚田田就脸红了。因为男人做那事的时候,总是让她在屁股底下垫些东西,什么旧衣服烂棉被的,每次都是垫得山高水满的。

苗一铳奇怪道:"臭婆娘,老子让你在猪屁股底下垫根板凳,又不是让你在屁股底下垫东西,你红什么脸?"

不说还好,苗一铳一说,所有的人都哈哈大笑起来。

姚田田没有笑,但是脸红得更厉害了。

姚田田红着脸往猪的屁股底下塞板凳,但板凳就是塞不进去。

"塞不进去。"

姚田田急了,便冲男人喊:"把屁股抬高一点,再抬高一点。"

苗一铳大喝一声:"起来!"

然后奋力把猪尾巴往上提,但还是不够高,板凳塞不进去,姚田田气喘吁吁地提醒男人说:"再……再高那么一点,板凳就塞进去了。"

苗一铳稍作休息后,又大吼一声:"起来!"

这一次,苗一铳把吃奶的劲都用上了,并迅速踮起了脚尖。姚田田眼疾手快,刹那间就把那根高脚板凳塞到了猪的屁股底下。

尽管这样,苗一铳还是累得趴在猪的屁股上。猪的屁股底下垫了根高脚板凳,苗一铳就轻松多了。抬头见姚一刀还在死死地撸着猪的下巴不敢松手,便哈哈大笑道:"姚一刀,你莫不是抱着猪脑壳打瞌睡了吧?"见姚一刀不搭话,又笑呵呵地问身边抓猪的汉子:"你们猜猜,姚一刀昨夜些做哪样去了?"

"还用猜呀,"骑在板凳上负责掰前腿的汉子笑道,"肯定是钻牛寡妇的被窝去了。"

"难怪没精打采的。"揪耳朵的汉子跟着笑起来,"原来杀年猪的那点劲都用在牛寡妇的那了。"

姚一刀每次杀猪,牛寡妇都会跑去看热闹,可偏偏这次牛寡妇没有来。有人说:"怪卵了,怎么没看到牛寡妇?"

有人猜:"昨夜些杀得太厉害,怕是起不来了吧?"

有人问:"姚一刀,你该不会是在等这个女人吧?"

说到牛寡妇,大伙儿就来劲儿了,你一句,我一句,然后哈哈大笑。苗一铳的嗓门儿粗,他的笑声比谁都爽朗。姚一刀扫了一眼得意忘形的苗一铳,心说:"你苗家怕是要有血光之灾了,亏你还笑得出来。"

其实在拔刀的那一刹那,姚一刀就有一种不祥的预感了。

屠夫杀猪讲究的是,白刀子进去,红刀子出来,见红吉祥。特别是杀年猪,最忌讳见到白刀子。如果杀年猪见到白刀子了,主家来年必定会有血光之灾。这种白刀子的猪是杀不死的。以前姚一刀听父亲姚大腿说过,但是姚一刀根本不相信,他认为,世上没有他姚一刀杀不死的猪。这也难怪,姚一刀杀了这么多年猪,哪头猪不是一刀断气的。而现在撞上了,姚一刀就不得不相信了。

苗一铳还在那里跟抓猪的汉子牛寡妇长牛寡妇短地乱扯,姚一刀就说:"苗一铳,我看你是婆娘把屁股垫高了,舒服了吧,看把你乐得……"

苗一铳笑道:"是啊,昨夜些你跟牛寡妇干的时候垫了没有?"

抓猪的汉子跟着起哄,笑道:"垫了,垫了,肯定垫得比这板凳要高。"

·裂缝

　　大伙儿很快活地说着，笑着，后来姚一刀说："好啦，你们可以放手了。"

　　大伙儿这才发现，板凳上的猪一动不动，显然断气了。

　　苗一铳说："好像还没有划船哩，会不会是装死呀？"

　　姚一刀说："哪有猪还会装死的。"

　　姚田田奇怪："怎么就这么点血？"

　　姚一刀说："肥猪一坨铁，瘦猪一盆血，血少，说明你婆娘猪喂得好，肥得很呗。"

　　姚一刀说："把血盆端开。"

　　姚田田把血盆端开去了。

　　大伙儿一松手，猪软软地滑到了地板上，果真断气了。

　　开膛破肚的时候，却发现，那两刀都没有扎到心脏。姚一刀半开玩笑，半认真地问道："你们知道这猪是怎么死的吗？"

　　抓猪的汉子看了看苗一铳，又看了看姚田田，笑道："垫了板凳，舒服死的。"

　　姚田田摆摆脑壳，连连说道："不对，不对。"

　　大伙儿问："那是怎么死的？"

　　姚田田说："我看是让你们几个给笑死的。"

　　"哈哈——"

　　大伙儿笑，姚一刀也跟着笑，但是他笑得有些牵强附会，很不自然，因为苗水田家的年猪不是被他用刀杀死的，而是用衣袖捂死的。

　　让姚一刀感到恐惧的是，月亮湾有十几家的年猪都杀不死，都是他用衣袖活活捂死的。姚本奋家的年猪也是捂死的，是头黑猪。哪想那头黑猪是装死，当时姚一刀吹也吹了，烫也烫了，毛都刨去了半边，那半边白半边黑的猪居然爬起来跑了。

　　大伙儿想去抓，但哪里抓得住。

　　那猪突破了月亮湾人的围堵，拼命地往月亮湖的方向逃，大伙儿想要继续追，但姚本奋摆摆手，说道："孽障，别追了。"

　　姚本奋从堂屋的柱子上取来弓箭，三步并作两步来到低头弄里。

　　那猪已经逃到露天禾场上了。

　　只见姚本奋弯弓搭箭，一支毒箭"嗖"地射出去，那猪便应声倒在了露天禾场上。

那猪死了。

那头死而复活的年猪让姚一刀名声扫地，同时也让月亮湾人笼罩在一种不祥的阴影中。好端端的新年，月亮湾的人过得提心吊胆小心翼翼的。

但开春的时候，月亮湾还是出事了。

十五

开春的时候，苗一铳要纳妾了。

那姑娘是苗王寨毛师傅的堂妹，叫周培根，是姚满妹帮忙说的媒。月亮湾有"初一崽，初二郎，初三初四走四方"的拜年规矩，已经分家的娃崽大年初一要带上家人给父母拜年，已经出嫁的妹崽大年初二要携男人给父母拜年，大年初三以后，邻里、亲友互相拜年直至正月十五。

大年初二这天傍晚，姚满妹挺着大肚子和毛师傅回月亮湾拜年，刚到路口，就让苗水田喊住了。"满妹崽，跟姑爷回来拜年哪。"苗水田笑眯眯地说道。

姚满妹说："是哩。"

姚满妹见苗水田拄着拐杖站在路口，像是在等什么人，便顺口问了句："舅公，这么晚了，你在这里等哪个？"以前姚满妹喊苗水田作舅舅，现在嫁人了，有娃崽了，就跟着娃崽喊了。月亮湾的女人都跟着娃崽喊人。

苗水田说："就是等你们哩。"

姚满妹问："等我们做哪样？"

苗水田说："想问你件事情，是这样子……"见毛师傅挑着担子跟在后面，苗水田欲言又止。姚满妹知道苗水田有话想单独跟自己说，就回头跟毛师傅交代说："富贵，你担东西进屋去做夜饭先，我跟舅公在这说几句话就来。"

毛师傅抬脑壳望了望天，说："那你快当点，日头要下山了。"毛师傅挑着担子从苗水田的身边经过的时候，又说了句："舅公，那你们后头点子，我先进屋去了。"

苗水田说："好，要得。"

见毛师傅走远了，姚满妹这才回过头来问道："舅公，什么事情？"

苗水田没有说什么事情，而是盯着姚满妹的大肚子问道："满妹崽，快要生了吧？"

姚满妹说："还早着呢，大概还要两个多月呢。"

苗水田摆摆脑壳，叹气说："唉，都怪我，当初一铳要是娶了你，那就好了。"

姚满妹说："你们家的门槛高，我哪进得去喽。"

姚满妹摆摆脑壳，又笑嘻嘻地问道："舅公，田田姐不是也要生了吗？"

"田田啊，跟你差不多，估计也是三月份生。"

苗水田摆摆脑壳苦笑道："只可惜又是女娃。"

听说姚田田又是女娃，姚满妹羡慕道："舅公，我要是怀的女娃，那该多好啊！"

苗水田奇怪道："生女娃有什么好羡慕的喽？"

姚满妹笑道："我家富贵就是想要个妹崽哩，可是我这肚子不争气，就是没有女娃。"

苗水田突然想起正事来了。他说："对了，满妹崽，舅还真有件事想要请你帮忙哩。"

姚满妹忙说："舅公，什么事情？你讲讲看。"

苗水田四下里看了看，见周围没人，便压低声音说："我想给一铳再讲个小的，你看看苗王寨有没有合适的姑娘，帮忙讲一个？"

姚满妹想了想，苗王寨还真有些姑娘。姚满妹说："苗王寨姑娘倒是有好几个，就不晓得一铳哥他想要什么样的？"

苗水田说："像你这样的，能生娃崽就行。"

"是吗？"姚满妹奇怪道，"不用合生辰八字了？"

苗水田说："四十几岁的人了，还合什么卵生辰八字喽。"

姚满妹说："那我回去问问看。"

姚满妹果真帮忙问了。

姚满妹回到苗王寨的第二天，就有人捎来口信，说姑娘找到了，要苗水田带苗一铳过去相亲，看姑娘。

苗水田拄着拐杖翻山越岭不方便，苗一铳就自己去了。

那姑娘就是毛师傅的堂妹周培根。

苗一铳看了，觉得还可以。周培根奶子大，屁股也圆，就是皮肤有点黑，但黑得透亮。苗一铳回来跟父亲苗水田一说，苗水田也觉得奶子大屁股圆的女人好生娃崽，就让苗里奇给看日子。苗里奇把皇历一翻说，正月二十八日是黄道吉日。

正月二十八日这天清晨，苗王寨的公鸡刚叫过第三遍，月亮湾的迎亲队伍就从苗王寨出来了，苗一铳背着一杆乌黑发亮的鸟铳，走在队伍最前面，身后是花轿和嫁妆，抬的抬，挑的挑，五六十人的队伍拉得跟长龙似的。这些抬花轿和担嫁妆的小伙子都是月亮湾的猎手，他们脚力足，精神抖擞，走在山道上，健步如飞，就像刚撵到猎物凯旋。

而后面，多是些迎亲和送亲的女客。这些女客凑到一起，相互攀交情，扯家常，走路慢吞吞的，很快就被小伙子们远远地抛在后面了。后面挑嫁妆的关亲客则大声提醒说："前面慢走些，女皇客都还没跟上来哩。"

月亮湾把迎亲的人叫关亲客，把送亲的人叫皇客。

这些皇客都是女方家的至亲，是最尊贵的客人哩。

苗王寨素来有"皇客三天是知府"的说法。说是古时候，有位知府送妹妹出嫁，打扮成送客的，落轿时有知情者把这事告诉了主人家，主人家得知知府大人到了哪敢怠慢，将他视为上宾侍奉，盛情款待。于是"皇客三天是知府"成了规矩，一直流传下来。苗一铳自然不敢怠慢。苗一铳说："我们还是到松桃路口等她们吧，那里宽敞些。"

从苗王寨出来，翻过两个不大不小的山坡，就是松桃路口了。

松桃路口有棵大樟树，枝繁叶茂，像把绿色的大伞撑在那里，过往的行人都喜欢在大樟树下驻足小憩片刻。后来，有好心人还在大樟树下添置了一些板凳，供路人小憩。男人往往会在大樟树下停下来烧袋旱烟，女人则在大樟树下的板凳上奶孩子。这棵大樟树看到过许多女人白花花的奶袋子，同时也见证了即将到来的这一场厮杀。

苗一铳让小伙子们把花轿和嫁妆停放在松桃路口往月亮湾的那条岔道上，然后到大樟树下坐等那些女客们。

哪想那些女客刚翻过对面的山坡，山道上却来了一支队伍。苗一铳以为是松桃那边的迎亲队伍，就吩咐大伙儿看好自己的家伙。

队伍走近了，才知道是松桃土匪。

这些松桃土匪肩上扛着鬼头大刀嘴里咬着红布，看上去有些狼狈，显然是在外面打了败仗匆匆逃回松桃。

摆在松桃路口的那些嫁妆和山梁上的那些女客还是让松桃土匪的头领眼睛一亮。那头领的年岁跟苗一铳差不多，四十几岁，也是浓眉黑髯，虎背熊腰，就像是一个模子倒出来的。与苗一铳稍稍不同的是，对方大冷天还光着个膀子，敞着个怀，胸毛飘飘的。

那头领跟身边的两名匪徒用苗话嘀咕了几句。其中一名匪徒突然把嘴里咬的那块红布举起来，大声疾呼："二王有令，把这些男人全砍了，女人和嫁妆都带回去！"那些苗匪便像潮水一般向松桃路口涌来，喊杀声震天，只吓得对面坡那些女客们转身就往苗王寨逃。

苗一铳见势不妙，当即吩咐下去："抬花轿的先走，其余的弟兄们跟我操家伙断后！"四名轿夫抬起花轿就往月亮山的方向跑。苗一铳与二三十名月亮湾的小伙子立刻被涌过来的两三千松桃土匪淹没了。

而那棵大樟树，成了厮杀的漩涡。

只是后来，松桃土匪分成了三股：一股在大樟树下厮杀，一股涌向了苗王寨，另一股则拥向了月亮山。

近身肉搏，鸟铳自然用不上了。苗一铳挥舞着手中的竹扁担，连连劈开了十几个松桃土匪的脑袋瓜子。

月亮湾亦有十几个小伙子倒在土匪的鬼头刀下了。

苗一铳带着十几名小伙子杀出重围，正要夺路回月亮湾，就在这时，山道上传来了女人的尖叫声。

显然松桃土匪已经追上那些女客了。

苗一铳突然想起来了，姚满妹与毛师傅也在皇客的名单中。苗一铳当即吩咐月亮湾的小伙子们："你们先回月亮湾，我去救人。"

然后背着鸟铳，提着竹扁担向苗王寨飞奔而去。

十六

尖叫声是姚满妹发出来的。当时就毛师傅一个男人走在后面，众女客七嘴八舌地拿毛师傅开玩笑，寻开心。"毛师傅，男人都到松桃路口了，你怎么不追他们去？"明知道毛师傅腿短，走不快，有女客故意问。

毛师傅说："哪有男人追男人的喽？要追也是追女人。再说，我要留在这里照顾女人。"

有女客说："毛师傅，我们这里都是母的，就你一个是公的，你能照顾得过来吗？"然后"嘎嘎嘎"地笑。

"怎么照顾不过来喽？"毛师傅"嘿嘿嘿"地笑道，"你没看见苗王寨的那些公鸡，走到哪里不是带着一大群母鸡喽？"

"满妹，你家男人说自己是只大公鸡，晚上雄势得狠哩。"姚满妹挺着个大肚子走在毛师傅的前面，有女客就把玩笑故意扯到姚满妹的身上。哪想姚满妹也不生气，反而摸着圆鼓鼓的肚皮"嘎嘎嘎"地笑道："是哩，我家这只公鸡现在是饿得慌哩，要不今夜些我让他到你家菜地里刨一个晚上，帮你捉捉虫子。"

"我家菜地天天有人刨，没虫子。"那女客连忙说。

"谁家菜地没人刨？"毛师傅问。

"她的……"

"她的……"

众女客相互推诿，嘻嘻哈哈的，在山道上笑得堵作了一团。后来姚满妹说："不笑了，不笑了，再笑，这尿就要飚出来了。"

自从怀上娃崽后，姚满妹就觉得自己的尿特别多，以前自己怀过那么多次娃崽，也没见过有这么多尿。姚满妹觉得有点奇怪，但是苗王寨的老人都说，怀男崽的尿少，怀女娃的尿多，看来这次，十有八九怀的是女娃了。这不，想到自己怀的是女娃，姚满妹就觉得有点胀尿了，想找个地方屙尿。

有女客埋怨说："毛师傅，你在这里，害得我们有尿都不好屙了。"

毛师傅笑道："有什么不好屙的喽？都说你们女人屙尿只看到栽，不看到掰，除了地上的那些蚂蚁虫子，哪个看得到？你屙就是了。"话虽这么说，但女客真要屙尿了，毛师傅就勾起脑壳走到前面去了。

姚满妹刚钻进路边的松树林里，松桃土匪就来了。

山道上的女客调头往苗王寨跑，只有毛师傅傻乎乎地站在山道上，急得姚满妹蹲在一棵松树边上大喊："砍脑壳死的，还不快跑！"

毛师傅却不肯丢下姚满妹一个人先跑。他说："好了没有？我要等你上来了，一起跑。"

姚满妹心头一热，摆摆脑壳说道："砍脑壳死的，我就是上来了，也跑不动，你自己赶紧跑。"

毛师傅说："那你藏好了，我这就跑。"

毛师傅想跑，但已经晚了，松桃土匪追上来了。松桃土匪手起刀落，毛师傅的脑壳就像离了蒂的老南瓜，骨碌碌地从姚满妹的身边滚到排坡里去了。"啊——"吓得姚满妹大声尖叫起来。

苗一铳闻声赶来的时候，姚满妹已经被两个松桃土匪逼到了一小块黑乎乎的平地上。松树林里的那小块平地显然是铁匠挖来烧明炭的，周围有火烧焦的痕迹。姚满妹抱着大肚子不断地往后退，那两个松桃土匪提着鬼头大刀淫笑着，步步紧逼。

姚满妹已经没有退路了。

·裂缝

眼看姚满妹就要遭殃了，苗一铳大喝一声："畜生！"然后跳进松树林里，只两扁担就结果了那两个松桃土匪的性命。

"满妹，你没事吧？"苗一铳问。

"我……我没事，只是富贵没了，他的脑壳滚到排坡头去了。"姚满妹眼泪汪汪地说，"一铳哥，快去苗王寨，快去救娃崽。"

苗水田说："那你呢，怎么办？"

姚满妹说："快去吧，我在这里等你，还有娃崽。"

见姚满妹救崽心切，苗一铳把那两具松桃土匪的尸体踢到排坡里，回头对姚满妹说："那你藏好了，等我们回来。"然后提着竹扁担去了苗王寨。

苗王寨虽说有百余户人家，但都是些老实巴交的庄稼汉，他们平日里只知道耕田种地，养猪放牛，没有任何防御措施。两千多松桃土匪潮水般涌进寨子里，掳走了寨子里的女人、牲口和粮食，以及一切值钱的、能拿走的东西。

苗一铳赶到苗王寨的时候，寨子里的男人、老人和娃崽都被杀光了。两千多松桃土匪正扛着女人牵着牲口驮着粮食浩浩荡荡地往回走。

射人先射马，擒贼先擒王。

苗一铳心想，对方人多，只有擒住他们的头领，才能救苗王寨的女人。苗一铳伏在苗王寨对面的竹林里，把松桃土匪逐个认了一遍，却没有见到他们的头领。奇怪，那个长得跟自己有点像的头领哪去了？后来，苗一铳猛然想起来了，有股土匪去了月亮山。

这家伙肯定是去月亮山了。

想到自己新娶的女人还在逃往月亮山的路上，吉凶未卜，苗一铳只好离开竹林，抄小道回到松树林里。

松树林里有很多土坑，这些土坑都是猎人挖猎物留下的。姚满妹已经把毛师傅的脑壳从排坡里找回来了，连同尸体一块埋在其中的一个土坑里。姚满妹正在往土坑里填土，见苗一铳一个人回来了，连忙问："娃崽呢？我的娃崽呢？"

苗一铳不忍心告诉她娃崽没了，就说："他们不知道躲哪去了，现在寨子里全是土匪，根本进不去。满妹，你还是跟我先回月亮湾躲一阵子，等他们走了再回来。"

可是姚满妹放心不下那些娃崽，想回苗王寨看看。苗一铳说："寨子你不能回去，这些土匪估计是打败仗逃回来的，可饿女人了。"

姚满妹说:"可是,我担心娃崽……"

"娃,娃崽不会有事的。"苗一铳只能撒谎到底了,"这些土匪只饿女人,贪财,到处抢东西,他们不会把娃崽怎么样的。满妹,现在你得为你肚子里的娃崽着想,跟我回月亮湾避一避。"

"这……"

姚满妹还在犹豫。洗劫苗王寨的松桃土匪回来了,他们发现松树林里有人,便大呼小叫地追过来。苗一铳拉着姚满妹就往月亮山的方向跑。

山道上到处都是松桃土匪,苗一铳拉着姚满妹不敢走大路,只能抄小道走。姚满妹挺着大肚子,行动十分不便,刚爬过对面的坡头,就累得走不动了。

这样走走停停,也不知道要走到什么时候才到得了月亮湾。后来,苗一铳干脆找来野藤和树枝,扎了一把藤椅,让姚满妹坐在藤椅上面,自己背着走。姚满妹坐在苗一铳的背上,舒服了,话就渐渐地多了起来。

苗一铳披荆斩棘,在林子里不断寻路前行,有一句没一句地搭着话。一路上,姚满妹都没有提到娃崽,说的都是他们还没有婚嫁时候的那些事。那时候,他们都很幸福。话题很轻松,苗一铳背着姚满妹翻山越岭也不感觉到累。

"唉——"

只是后来,姚满妹一声叹息道:"我差一点就是你的婆娘了。"

苗一铳说:"是啊,我差一点就是你的男人了。"

然后双双摆脑壳,苦笑道:"就差那么一点点,这就是命啊。"

他们只能认命了。

苗一铳突然觉得,姚满妹一下子变重了,压得自己步履蹒跚,有些喘不过气来。

"累了吧?"

姚满妹在苗一铳的背上似乎察觉到了,便提醒他说:"一铳哥,要是累了,你就把我放下来,我自己走一段。"

苗一铳没有说累,也没有说不累,只是喘着粗气说:"这里离月亮湾还有二三十里地哩,你自己走,怕是要走到明天早上去了。"

"嘻嘻——"

姚满妹突然想起来了,忍不住笑道:"你是怕我走得太慢,会耽误你今晚做新郎官吧。"

如果不是姚满妹提及，苗一铳都把这事给忘了。

也不知道周培根现在怎么样了。

苗一铳心里乱糟糟的，那四个轿夫能否摆脱松桃土匪的追杀？

见苗一铳不说话，姚满妹又问："一铳哥，你在想什么？"

苗一铳没有说自己在想什么，而是问姚满妹："你说周培根现在会到哪里了？"

"嘻嘻，还能到哪里，当然是到红红的被窝里等你呀。"姚满妹笑道，"一铳哥，富贵的堂妹是个贤惠的好姑娘哩，现在是你的人了，你要好好待人家。"

"嗯，那是。"

说到周培根，苗一铳又来劲儿了。

二三十里地，只一炷香的时间就到了。

苗一铳背着姚满妹爬上月亮山的时候，太阳正好落在山背上的那棵古枫香树上。古枫香树的叶子入冬的时候掉光了，到现在还没绿起来，苗一铳看到太阳慢慢地掉进了鸟巢里，就像是一枚巨大的鸟蛋。

虽然还没有到家，但是苗一铳已经闻到酒肉的香味了。

显然，苗家寨已经摆好了宴席。

但是，花轿还没有回来。

苗一铳知道，花轿肯定回不来了，到苗王寨接亲的小伙子肯定回不来了。苗一铳把姚满妹放下来，说了句："满妹，你自己回去吧。"然后跑到月亮山的那个大窟窿边吹响了牛角。

"呜噜噜——"

"呜噜噜——"

姚满妹知道，这是月亮湾的男人准备战斗的号角。那一刻，她看到月亮湾的男人像潮水般的涌向露天禾场，然后又像潮水般的向月亮山涌来。大敌当前，苗家寨的男人来了，姚家寨的男人，也来了。

十七

银须飘飘的苗水田拄着拐杖走在队伍的最前面，同样银须飘飘的苗里奇紧跟其后，手里提着乌黑发亮的牛角，姚本奋姚有地父子俩则背着弓箭提着刀枪走在苗里奇的后面。见苗一铳一个人站在窟窿边，苗水田老远就大声问道："宝崽，怎么回事？周培根呢？"

"周培根怕是落到松桃土匪的手里了。"苗一铳摆摆脑壳,回答道,"我们在松桃路口碰到松桃土匪了,这些松桃土匪血洗了苗王寨,现在又朝月亮山杀来了。"

"什么,你没跟周培根在一起?"苗水田感到很惊讶,"宝崽,你怎么能在这个时候扔下自己的女人呢?"

"不是的,当时情况十分危急,我让抬花轿的先走,结果我跟弟兄们被松桃土匪困在松桃路口了。"苗一铳解释说,"松桃土匪多得像抬虫子的蚂蚁哩,他们有两千多人去苗王寨追那些女客,又有几百人去追花轿了,路口还有两三百人,我的鸟铳用不上,就用竹子扁担劈翻了几十个,好不容易才杀出重围……"

"所以,你就一个人逃回来了?"姚本奋满脸不屑地看着苗一铳,问道。

苗一铳摆摆脑壳,说:"不是,我是去苗王寨救人了。"

姚本奋说:"那苗王寨的人呢?"

"苗王寨没人了。"苗一铳说,"苗王寨的女人被他们抢走了,苗王寨的男人、老人和娃崽,都被他们杀光了。"

哪想这话正好让姚满妹在旁边听到了,她喊了声"我的娃",便晕倒过去了。"满妹家的男人和娃崽都没了,她是我从松桃土匪的鬼头刀下救回来的。"苗一铳回头吩咐姚本奋道,"表哥,你安排两个姚家寨的人,把满妹送回寨子去。"姚本奋当即叫过两名姚家寨的汉子,说:"你们把姚满妹抬回月亮湾去。"

两名姚家寨的汉子把姚满妹扶到用野藤扎的担架上,抬下山去了。苗一铳的目光一直跟着他们,恋恋不舍地往山下走。苗水田突然喊道:"苗一铳,你过来!"

苗一铳一愣,苗水田以前喊苗一铳都是喊宝崽,现在却直呼其名了。苗一铳走过去了,苗水田又一脸严厉地说道:"跪下!"

苗一铳以为是自己没有保护好周培根,惹父亲生气了,也不争辩,就扑通一声跪倒在父亲的面前,勾起脑壳,像个做错了事的孩子。

苗水田举起拐杖喊道:"苗一铳,把脑壳抬起来!"苗一铳把脑壳抬起来,眼巴巴地望着父亲手中的拐杖。

苗水田手中的拐杖跟姚本奋手中的拐杖一样,都是寨主身份与权力的象征,不同的是,姚本奋手中的拐杖是用百年花椒木做的,而苗水田手中的拐杖是用黑色的方竹子做的。百年花椒木浑身上下长满了带刺的疙瘩,做拐杖的时候，刺被剔掉了，疙瘩还在。据说这些疙瘩有行气活血、以麻治麻的神奇功效，上了年纪的人拄这种花椒木做的拐杖，不但手脚麻利，气血流畅，还可以养生保健，延年益寿。百年花椒木到处都有，但是方方正正的黑竹子只有腊耳夺西山才有。苗水田祖上逃到腊耳夺西山，见山上的竹子长得怪异，便砍了一根做拐杖，说是砍，其实是挖。当时苗水田祖上把那根竹子连根挖起来了，竹子脑壳有拳头般大小，砍去根须，便成了现在这个样子。

现在，苗水田双手举起拐杖，朗声说道："阿爹老了，不能带兵打仗了，宝崽，阿爹把祖上的这根拐杖交付给你，希望你带着苗家寨的人，与姚寨主联手，把松桃土匪挡在月亮山的那边。"

"阿爹，你就放心吧，只要我还有一口气在，就不会让他们踏过月亮山半步。"苗一铳双手接过黑竹拐杖，从地上站起来，他就是苗家寨的寨主了。

苗里奇拍了拍苗一铳的肩膀，也不说话，就与苗水田一道下山去了。

这时，姚有地偷偷瞄了他爹姚本奋一眼。姚本奋把拐杖捏得紧紧的，丝毫没有松手的意思。

姚本奋回头对苗一铳笑道："松桃土匪要是敢来，我们就把他们当作野猪打。"然后带着月亮湾的人到窟窿的那边修筑防御工事，设置机关陷阱去了。

苗一铳则带着八名汉子，到松桃路口寻人。他们刚刚走到山脚，只见山道上慌慌张张地跑来一个人。那人一边跑，一边朝他们大声喊道："不……不好啦，松……松桃土匪杀……杀过来啦！"

这不是轿夫苗人福吗？

苗一铳迎上去一看，果真是苗人福。

"花轿呢？"苗一铳问。

"花……花……花……花……"太累了，苗人福"花"了半天，也没有把要说的话说出来。

苗一铳要他别急，有话慢慢说。

稍作喘息之后，苗人福把路上发生的事情说了一遍，花轿被那个长得跟苗一铳有点像的松桃土匪带人抢走了，苗人贵和另外两名轿夫也被松桃土匪杀死在路上了。

苗人福和苗人贵兄弟俩脚力好，功夫十分了得，是月亮湾出了名的轿夫，月亮湾的新娘子，十有八九都是他们抬的。松桃土匪追过来的时候，苗人福和苗人贵兄弟俩抬着花轿，拼命地往月亮山方向跑，他们兄弟俩虽然脚力好，但毕竟是抬着一个大活人,跑上十几里路,就慢下来了。另外两名轿夫早就累得跑不动了,想趴在路边喘口气,结果让松桃土匪追上来砍了脑壳,还把尸体踢到了路边的刺蓬里。

眼看松桃土匪就要追上来了。苗人贵说,哥,他们追上来了,轿子不能再抬了,你带新娘先走,我在后面抵挡一阵,再来追你们。

花轿停下来了。

周培根跑了几脚就不跑了。

周培根说:"我跑不动了,你们跑吧,他们只杀男人,不杀女人,你们赶紧去月亮湾喊人过来帮忙。"

"这怎么行呢?"苗人福兄弟俩说,"我们背着你跑。"

"怎么不行呢?"周培根说,"我家苗一铳跟苗王寨的人马上就会赶过来了,正好断了他们的后路。"

苗人福兄弟俩想想也是,苗王寨离松桃路口不到十里地,苗王寨的人知道消息肯定会赶过来救人的,他们说了句:"那你自己小心点,多多保重啊。"然后扔下花轿和周培根,自己跑了。

"这些松桃土匪显然是冲着新娘子来的。他们追上花轿后,就不再追赶了,那个长得跟你有点像的……"苗人福看到苗一铳手中的那根拐杖,连忙改口说道,"那个长得有点像苗寨主的人把周姑娘拎上花轿后,就把花轿抬回去了。"

"那苗人贵怎么死的?"苗一铳奇怪道,"他们不是回去了吗?"

"他们是回去了,我跟人贵松了一口气,哪想没过一会儿,他们又杀回来了,而且周姑娘像换了个人似的——"苗人福看着苗一铳,欲言又止。

苗一铳厉声问道:"说,到底怎么回事?"

苗人福摆摆脑壳,说:"我也不知道松桃土匪使了什么妖法,周姑娘见到我跟人贵就像见到仇人似的,她大喊大叫,说要杀了我们,她还说……还说要把我们月亮湾的男人杀干净。"

苗一铳说:"怎么会这样呢?"

"周姑娘这一喊,松桃土匪冲上来就砍,混战中,人贵死了,我就逃回来了,他们跟着屁股追……"苗人福正说着,松桃土匪追来了。只见他们拖着一把鬼头刀,嘴里咬着一块红布,山道上尘土飞扬。

十八

松桃土匪是抬着花轿追来的,花轿在离苗一铳百步远的地方停了下来。

那个长得跟苗一铳有点像的人走过去，撩开红色的轿帘，周培根从花轿里钻了出来。苗一铳走上前去，双手抱拳说道："在下是月亮湾苗家寨寨主苗一铳，多谢这位兄台帮我把娘子送回来了。"

那男人冷冷地看着苗一铳，没有说话。

周培根与那男人并肩站在山道上，苗一铳又说："周家妹子，快点过来！"但周培根站在那里纹丝不动，苗一铳以为她被那个长得跟自己有点像的男人控制了，就说："周家妹子别怕，哥来救你。"

"我不要你救，我的死活不要你管！"周培根终于开口说话了，"你还是去救你的老相好吧，我知道，你心里最放不下的，就是姚满妹那个老骚货。"

"周培根，你不能这么说你家堂嫂！"苗一铳冲周培根吼道。

苗一铳发怒了，周培根赶紧往那男人的身后退，边退边指着苗一铳的鼻子说："你……你给我杀了这个无情无义的负心汉，我就是你的女人了。"

周培根刚回到花轿里，那个长得跟苗一铳有点像的人就拖着鬼头刀奔向苗一铳，而苗一铳大吼一声"贱货"，提着那根黑乎乎的方竹拐杖迎上去。二人在山道上，刀来棍往，恶斗起来。

苗一铳一上去就想把对方拿下，逼对方交还自己的女人。要知道，迎亲队伍只要出了娘家的门，周培根就是苗一铳的女人了。现在自己的女人落在松桃土匪的手上，苗一铳觉得很没面子。哪想对方的武功十分了得，而且越战越勇。苗一铳想要在短时间内拿下对方，根本不可能。

苗一铳考虑到对方人多，有两千多人在盯着，这家伙一旦有落败的迹象，说不定他手下的人会一窝蜂扑上来，到那时自己想全身而退就难了。

苗一铳边打边往月亮山上退去。

月亮湾的人在姚本奋的带领下，已经在月亮山上埋伏了。月亮山上有一处峡谷，两面山坡都是密林，唯一的道路就在峡谷里，是一条石板路。从松桃那边过来，人必须沿着峡谷里的石板路往上走，然后从月亮山上的那个大窟窿里穿过去，往往是人在峡谷里走，有如走向月亮一般。

现在，苗一铳和苗人福等人已经退到峡谷里了。

苗一铳回头使了一个眼色，苗人福等人心领神会，一转身便钻进旁边的密林里，与此同时，苗一铳手中的黑方竹拐杖在石板上猛地一点，整个人像一支离弦的箭，向月亮山上的那个大窟窿激射而去，有如仙人奔月一般。

等松桃土匪们回过神来时，苗一铳已经消失在那个大窟窿里了。那个长得跟苗一铳有点像的人，见苗一铳跑了，气得大吼一声，提着刀向山上追去。

两千多名松桃土匪跟在后面，大呼小叫着，潮水般地向山上的大窟窿涌去。这时，峡谷里突然响起了"轰隆隆"的声音，有如巨雷一般，震耳欲聋，山摇地动。只见一枚巨大的神仙蛋突然从那大窟窿里滚了出来，沿着石阶骨碌碌地往峡谷里滚。

"嘿啦——"

眼看神仙蛋就要砸到自己的脑壳上了，那个长得跟苗一铳有点像的人大吼一声，跳到近旁的一棵大树上，只见他双脚在大树上一蹬，整个人箭一般射向花轿，并闪电般抓住轿子里的周培根，有如老鹰抓小鸡一般，拎着周培根像归鸟投林般投进了右手边的那片密林里。

好险！

他们人刚离开花轿，那枚巨大的神仙蛋就轰隆隆地从石阶上滚落下来了，把花轿砸得粉碎。峡谷里的数百名松桃土匪无路可逃，十有八九被这枚巨大的神仙蛋砸成肉饼了，峡谷里血流成河。还没有进入峡谷的两千多名松桃土匪，慌忙掉头逃到了对面的山道上。

周培根吓得晕倒过去了。

这个女人在那个长得跟苗一铳有点像的男人的怀里醒过来的第一句话就是："哥，我要血洗月亮湾！"说这句话的时候，她的指甲深深地嵌进了他的手臂里，她的嘴唇都咬出血花来了。

那个长得跟苗一铳有点像的男人想替死去的弟兄们报仇，无奈每次冲到峡谷里，都会有些或大或小的神仙蛋从山上的那个大窟窿里滚落下来，峡谷里的松桃土匪，非死即伤，惨不忍睹。他们想从两边的密林里摸上去，可是密林里机关重重，到处都是陷阱，一不小心就会掉进陷阱里，或者被吊到树顶上去，被竹箭射死，密林里惨叫连连。

后来，那个长得跟苗一铳有点像的男人叫人放火烧山。密林里日积月累，堆满了枯枝败叶，一点即燃。霎时，峡谷里浓烟滚滚，火焰冲天，密林里的野兽四处乱窜，吼叫连连。熊熊大火一转眼就烧到山顶上去了。

然后又烧到山背去了。

峡谷两边的密林顷刻之间化为灰烬了，只有一些树脑壳和一些被烧死的野兽还在那里冒着青烟。那个长得跟苗一铳有点像的男人哈哈大笑道："哈哈，月亮湾的男人就算是老虎，这回不被大火烧死，估计也被烧焦卵毛跑到卵背冲去了。"

等灼人的热浪一过，这个男人就带着两百多名松桃土匪直往山上冲。

周培根和大部分松桃土匪继续留在对面的山道上,以防不测。

眼看他们就要冲到山顶了。

苗一铳和姚本奋哈哈大笑,带着月亮湾的人突然从那个大窟窿里走了出来。月亮湾的人不是抱着圆溜溜的神仙蛋,就是扛着光溜溜的大木头,就像是从灰烬里冒出来的,两侧的山梁上也站满了月亮湾的人。松桃土匪见势不妙,转身就往山下跑,但哪里跑得掉?只听苗一铳喊了一句:"弟兄们,用神仙蛋招呼他们。"

几十枚神仙蛋齐刷刷扔下去,两百多名松桃土匪死伤了大半。那些没有被神仙蛋砸中的松桃土匪爬起来想逃,但听姚本奋喊了一句:"弟兄们,用大木头再送他们一程。"峡谷两边烧得光秃秃了,没有阻挡之物,十几截大木头呼啸而下,谷底的那些匪徒也就没命了。最后,只有那个长得跟苗一铳有点像的男人逃了回去。

十九

周培根与那个长得跟苗一铳有点像的男人要成亲了。

担心松桃土匪晚上要来偷袭,苗一铳带领苗家寨的人在山顶上修筑防御工事,设置檑木和滚石。天快断黑的时候,对面的山梁上突然射来一枚响箭。不偏不倚,那枚响箭正好落在离苗一铳只有四五尺远的檑木堆里。

苗一铳举起火把一照,见响箭上捆得有东西,捡起一看,是张纸条。

苗一铳把火把递给近旁的苗人福,说:"拿着!"

苗人福接过火把,苗一铳摊开纸条凑到火把下一看,只见纸条上写着:"今晚我要与长得跟你有点像的那个男人成亲了。"纸条上虽然没有称呼,也没有落款,但是苗一铳知道,这信,是周培根写给他的。

没想到自己的女人落到土匪的手里,竟然会委身于土匪!这个不要脸的女人竟然还写纸条告诉自己,不是明摆着要羞辱自己吗?苗一铳吐了吐口水,骂道:"骚货!"然后把纸条揉成一团,扔在地上,并且用脚狠狠地踩了两脚。可后来转念一想,又觉得有点不对劲,她为什么会在这个时候写纸条告诉自己要成亲了呢?

苗一铳把踩得脏兮兮的纸团捡了起来,重新打开了,在火把下很认真地看了十几遍,也没看出什么名堂来。

这女人是想自己前去救她呢,还是故意刺激自己,好让自己自投罗网?如果是想刺激自己,那她为什么要这么做?苗一铳的脑袋乱糟糟的,就像糨糊一样，稀里糊涂的想不开。

去救人还是不去救人？苗一铳自己也拿不定主意。苗一铳想找一个人商量，帮他拿拿主意。以前遇到事情拿不定主意，他总是找苗里奇和阿爹商量，偶尔也问表哥姚本奋。可是现在，苗里奇和阿爹不在山上，他只有找姚本奋商量了。

姚本奋带着姚家寨的人在山梁上打着火把挖战壕，苗一铳走过去，低声说："姚寨主，我跟你商量个事情？"

姚本奋说："你现在是苗家寨寨主了，有事情哪还用问我喽。"话虽这么说，但他还是抬头问道，"什么事情？"

苗一铳说："这里有一张字条，你帮我分析分析。"

苗一铳把纸条递给姚本奋。姚本奋接过纸条一看，问道："这纸条哪来的？"

苗一铳说："刚从对面排坡头射过来的。"

姚本奋问："哪个今晚要成亲？"

苗一铳说："周培根。"

"什么，周培根不就是你婆娘吗？"

姚本奋惊讶地看着苗一铳，低声问道："她要跟哪个成亲？"

苗一铳摆摆脑壳，说："跟那个松桃土匪头子呗。"

姚本奋"噢"了一声，问道："你们长得有点像？"

"嗯哪。"

苗一铳点点脑壳，又摆摆脑壳，苦笑道："我是撞到鬼了，这女人落到那个长得跟我有点像的男人的手里，就变了个人似的。"

"竟然有这种事？"

姚本奋看着纸条，分析说："她也许是真的想要你去救她，也许是松桃土匪设的圈套，想利用她来算计你……"姚本奋分析来分析去，也没一个定论。苗一铳急了，追问："你说我今晚去不去救人？"

姚本奋摆了摆脑壳，说："你去不去都不好。"继续分析："如果是松桃土匪设的圈套，你去了，肯定是羊入虎口凶多吉少。如果是周姑娘想要你去救她，你不去，那就是无情无义……"

姚本奋也拿不定主意，最后只能建议道："事关重大，你还是回去问问你爹和苗里奇吧，看看他们两位老人家有什么好办法。"

苗一铳想想也是，摆摆脑壳说："没办法，只能这样了。"

然后接过纸条拿着火把就往月亮湾里跑。

苗一铳回到家的时候，苗水田和苗里奇正在二楼的火铺上谈论白天的事情。见苗一铳突然打着火把跑回来了，他们连忙问道："是不是松桃土匪退去了？"

苗一铳说："退同卵，他们从峡谷里攻上来，让我们用神仙蛋砸死了几百人，结果他们就放火烧山了，幸亏表哥早有准备，让姚家寨的人在山顶上砍了一丈多宽的防火道，大火才没有烧过来。"

"那你跑回来做哪样？"苗水田奇怪道。

苗一铳说："我有件事情弄不明白，想回来问问你和里奇大伯。"

苗水田和苗里奇异口同声地问道："什么事情？"

苗一铳就把事情的经过说了一遍，然后把怀里的纸条拿给苗水田和苗里奇看。两位老人捋着银须各自沉思片刻，然后交流意见。苗里奇说："铳儿不能去救人，怕是有诈哩。"

"不去不好吧。"苗水田担心道，"要是姑娘……"

"有什么好担心的。"苗里奇说，"姑娘没了，我们可以再找，这苗家寨寨主，可就铳儿一个……"苗里奇把话说到这份上，苗水田当然明白，没有什么好担心的了。

"宝崽，你不能去冒这个险。"苗水田回头对苗一铳说，"你里奇大伯说的没错，肯定是圈套。"

"不去就不去。"

苗一铳从苗水田的手中夺过那张纸条，往火炉里一扔，说："我就当没有见到过这纸条儿。"只见火光一亮，纸条着火了，瞬间化为灰烬。苗一铳突然又想起来了，忍不住问道："爹，你年轻的时候是不是经常去松桃啊？"

"你爹我年轻的时候就去过四次松桃。"苗水田说，"怎么啦？"

"抢我婆娘的那个土匪头子长得跟我还真有点像哩，我怀疑那家伙是不是爹年轻的时候到松桃下的种……"苗一铳讷讷地说道。

苗水田听了这话，不生气，也不争辩，而是捋着银须在想什么事情。倒是坐在苗水田对面的苗里奇生气了。他瞪了苗一铳一眼，气呼呼地说道："铳儿，你怎么可以这样怀疑你爹呢！大伯我是晓得的，你爹这辈子呀，就喜欢你娘一个女人。"

苗水田的眼睛突然一亮，问道："宝崽，那个松桃土匪当真长得像你？"

"是有那么几分像哩。"

苗一铳点点脑壳，解释说："就像每次撒完尿时，我在尿桶里见到的那个影子。"

"难道是他？"苗水田沉思着，然后又摆了摆脑壳，自言自语地说道，"不可能是他，不可能……"

"老寨主，你是说……"苗水田摆摆手，苗里奇就住口不说了。

苗一铳觉得奇怪，忙问："爹，他是谁？"

苗水田摆了摆脑壳，说："爹也不知道。"

沉思片刻，苗水田又问："你们交过手，他有没有报上姓名？"

"他没讲。"

苗一铳摆摆脑壳，说："他一上来就往死里砍了。"

苗水田"噢"了一声，说："下次交手时，你就问他，是不是姓吴？"

苗一铳问："为什么？"

苗水田说："别问了，你赶紧回山上去吧。"

苗一铳见问不出什么名堂，便打着火把下楼去了。苗水田又站在二楼的走廊上大声嘱咐道："如果他姓吴，你就放他一条生路。"苗一铳回到月亮山上的时候，松桃土匪已经在营帐里挂起了红灯笼。想到自己的女人就要跟仇人成亲了，苗一铳在月亮山上发出狼一样的嚎叫。

"呜——"

"呜——"

二十

三天后，松桃那边又来了两千土匪，他们还拉来了三门大炮。据说这三门大炮是翼王石达开入川时留下，准备用来攻打铜仁城的。松桃土匪在月亮山损兵折将，他们就把三门大炮都拉过来了。

他们把三门大炮齐刷刷地架在对面的山梁上。

这种大炮的威力很大。

那天午后，姚本奇和姚一刀等十几名姚家寨汉子正在大窟窿里叮叮当当地采集神仙蛋，结果松桃土匪一炮轰过来，轰隆一声巨响，山摇地动，大窟窿里的人全没了。当时，苗一铳和姚有地刚走到大窟窿边，人还没有进去，他们还是被一股巨大的热浪掀到空中，然后重重地掉到了一片树林里。

还好，两人都没有受伤。

松桃土匪时不时往月亮山上开炮，轰得月亮湾的人躲在战壕里，不敢把

·裂缝·

脑壳抬起来。月亮湾的人没有打过仗，自然没有见过大炮，往往是炮声一响，人就慌了，乱成一团，因此死伤不少。

苗水田和苗里奇听到炮声便从月亮湾赶来了。"大伙儿别慌，都把脑壳抬起来。"见大伙儿抱着脑壳躲在战壕里，苗水田大声喊道。

刚上战场的人都害怕大炮，听到炮声就把脑壳抱起来，结果炮弹落到脑壳上还不知道。有经验的人就不一样了，往往是炮声一响，他们就盯着天上看，看炮弹会落到哪里，然后躲起来。

"这大炮，就跟砸石头一样，你抱着脑壳是没有用的，只有看准对方把石头砸过来了，再躲避，你才不会被石头砸到……"苗水田打比方这么一说，月亮湾的人就明白了。后来大炮再响时，月亮湾的人就不害怕了。不过几天下来，月亮山上的防御工事被松桃土匪的大炮轰得稀巴烂。

姚本奋在大窟窿里被松桃土匪的大炮轰得尸骨无存之后，姚有地就成了姚家寨的新寨主，他披麻戴孝带着姚家寨的人在月亮山上与苗一铳联手抗击松桃土匪。因为姚田田的缘故，姚有地二十多年来一直没有跟苗一铳说话，有时候就是在路上碰到了，他不是绕道而走，就是勾起脑壳掉转屁股，一声不吭地避到路坎上去。苗一铳知道他心里有气，也就不喊他了。松桃土匪炮轰月亮山的第六天下午，姚有地突然在战壕里找到了苗一铳。姚有地说："苗寨主，跟你商量件事情？"

苗一铳说："姚寨主，什么事情，你说？"

姚有地说："对面那三门大炮实在是太厉害了，没日没夜地往我们的阵地上扔炮弹，我们得想个法子把它们干掉才是……"正说着，松桃土匪又开炮，炮弹朝月亮山上飞来，苗一铳眼疾手快，一下子把姚有地扑倒在战壕里。

好险！

炮弹就落在离他们一两丈远的地方，掀动山石，腾起冲天的石浪。人如果不是卧倒，势必会被那些砂石所伤。尽管如此，他们的胸口还是被震得生疼。"操他娘的，差点就没命了。"苗一铳从战壕里爬起来，抖了抖身上厚厚的泥土砂石，大声骂道。

"再这样下去，月亮山非让这帮孙子轰垮不可。"

姚有地跟着爬起来，盯着那个四五尺深的弹坑，心有余悸地说道："苗寨主，我们真的要想个法子弄掉他们的大炮才行。"

"那三砣大铁少说也有一两千斤重，我们怎么弄得了？"苗一铳担心道。

"这还不简单哪。"姚有地笑道，"晚上找几个动作麻利点的人，摸过去，把它们掀到壕沟里去，不就得了。"

"对哩，我怎么就没想到呢？"

苗一铳拍拍脑壳，咧嘴笑道："就这样吧，晚上我找几个竹竿玩得顺溜的人摸过去，把那三坨大铁掀到壕沟里去。"

姚有地说："人少了，怕不行哩，得多去几个。"

苗一铳想了想，说："十二个人应该差不多了，每坨大铁四个人，到时候齐刷刷地把它掀翻了。"

姚有地说："要得，他们要是敢追过来，我们姚家寨的人就用神仙蛋招呼他们。"

二十一

初三得见影。

初四得见光。

初五初六得见大月亮。

这是月亮湾人经常挂在嘴边上的几句俗话，说的是月亮的明亮程度，每个月到了初五初六的晚上，上半夜走路就不用打火把了，能看见路了。下半夜则有"落五不落六"的说法。"五"是指农历二十五日，"六"是指农历二十六日。意思是每月二十五日以前（包括二十五日），月亮在天亮之前都会落下去，天要黑上一段时间才会亮，二十六日以后（包括二十六日），月亮在天亮之前是不会落下去的。二月初七，上半夜走路不用打火把也看得见。苗一铳和十一名手脚麻利轻功了得的苗家寨小伙子人手一根竹竿从月亮山上摸下来。

苗家寨的男人跟五竿十八寨的男人一样，从小就爱玩竹竿，平日里只要有一根竹竿在手，悬崖峭壁如履平地。苗一铳他们几撑几跳便到了对面的山腰上，他们避开岗哨，潜到松树林里，便听到搭在山腰上的营帐里传来了女人的说话声。

苗一铳侧耳一听，是周培根的声音。

周培根撒娇说道："田阿哥，你不是说你的大炮无坚不摧，很厉害吗？怎么轰了六天，还轰不垮一座月亮山？"

那个叫田阿哥的人笑道："难道我的大炮不厉害吗？一照面，就把月亮湾最漂亮的女人轰倒了，不，应该说是把苗家寨寨主的小婆娘给轰倒了，刚才还在嗷嗷叫呢。"答非所问,两人说的根本不是一回事儿。

"别跟我提那个无情无义的狗东西!"周培根突然吼了起来,"我要你把月亮山轰垮,把那个狗东西给我杀了。"

这女人为何这般恨我呢?

苗一铳很不解,那个叫田阿哥的男人也很不解,只听田阿哥不解地问道:"我的小美人儿,你怎么会如此恨那个长得跟我有点像的男人呢?要知道,那天你差点就要嫁给他了。"

"我恨他!"

只听周培根咬牙切齿地说道:"我是他的新娘子,当我被你们追杀的时候,他却置我的安危于不顾,跑去救我的堂嫂!田阿哥,你知道吗?他去救我的堂嫂,不,是去救姚满妹那个骚货!那个骚货是他的老相好!那天你把我抢回去的路上,我看到他背着那个骚货钻进树林里去了,当时……我死的心都有了。"

"所以你就要我杀回来找他?"田阿哥说。

"是的,当时我对这个男人还是不死心,就想找他当面问个究竟。"周培根说。

"噢,我明白了,那天他把我引到峡谷里,他明知道你在峡谷里,还让人把那颗圆溜溜的大石头推下来,你差点就没命了,是我拼死救了你,所以你就对他死心了。"听田阿哥这么一说,苗一铳似乎也明白了。

周培根误会自己了,而且误会得很深。

特别是在峡谷里,当时苗一铳箭一般向月亮山上的那个大窟窿里射去,人刚到窟窿里,姚本奋和姚家寨的人就把事先摆在洞口的那枚巨大的神仙蛋撬下去了。苗一铳喊了句:"不,新娘子还在下面!"但已经晚了。那枚神仙蛋少说也有上万斤重,一旦被撬动,就没办法让它停下来了。月亮湾的人只能眼睁睁地看着那巨大的神仙蛋骨碌碌地向峡谷里滚去。

还好,周培根命不该绝,让这个田阿哥救走了。"田阿哥,那天你冒着生命危险救了我,我醒来后真的很感动,我说我要嫁给你也是真心的,但是,我对那个男人还是不死心。"周培根似乎停顿了一下,接着又说道,"其实跟你成亲的那天晚上,我还抱着幻想,给了他最后一次机会……"

"什么机会?"田阿哥抢着问道。

"我偷了你的箭,往月亮山上射了一张纸条,说我要跟你成亲了。唉——"周培根叹了一口气,说道,"我以为他看到纸条,会不顾一切地前来救我，他没有来，他真的不要我了。"

苗一铳想起来了，那枚响箭上有一个"田"字。看来，这个跟自己长得有点像的人有可能姓田，也有可能不姓田，但是他的名字里肯定有一个"田"字。

"噢，那你现在对他死心了吧？"田阿哥若有所悟地问道。

"我都让你睡了，能不死心吗？"

周培根冷笑道："按月亮湾的规矩，我已经是他的婆娘了，现在你每睡我一次就是往他的心窝里捅一把刀子，田阿哥，我要你再捅他一刀子……"

田阿哥淫笑道："嘿嘿，那我现在就捅他一刀子……"在男人的淫笑声中，周培根就像挨了一刀子，突然尖叫起来，"啊——"

显然，他们又在营帐里干上了。

苗一铳真想提着竹竿冲进营帐，把这对狗男女给结束了。可是转念一想，自己是过来掀那三门大炮的，一个变了心的女人，根本不值得自己去冒这么大的险。想到这里，苗一铳把手一挥，带着十一名小伙子继续向山梁上摸去。

三门大炮架在山梁上，有六名土匪看守着。显然，那六名土匪对三门大炮很放心，他们正围着一堆大火打瞌睡。苗一铳用手指头比划着，和另外五名小伙子悄悄地摸上去，轻易就结果了他们的性命。每门大炮底下都插了四根竹竿，插好了，扛在肩膀上，苗一铳嘴里轻声念道："一……二……三！"苗一铳"三"字刚出口，十二根竹竿齐刷刷地扛起来了，三门大炮立刻被掀翻了，叮咣叮咣地往峡谷里滚去。

"叮咣！"

"叮咣！"

那声音就像杀红眼的莽汉，正在刀枪相见，刀重枪沉，每一次碰撞都震人耳膜。

而三四千松桃土匪就像被人捅了窝的马蜂，闹哄哄的。

后来有人跑到山梁上一看，喊了起来："嘿啦！嘿啦！我们的大将军不见了！"

松桃土匪把大炮叫大将军。田阿哥与周培根正在营帐里干得起劲，听说大将军不见了，哪还有心思干那事，连忙起身拔刀，裹了条毯子追到帐外，但苗一铳等人早就跑了。那一刻，月亮像一把镰刀，被人弯在山顶的那棵大枫香树上。田阿哥总觉得，那把镰刀不是弯在枫香树上，而是弯在自己的脖子上了，凉飕飕的。田阿哥这样想的时候，弯在大枫香树上的那把镰刀突然不见了,像是被人拿走了。

这是黎明前的黑暗,伸手不见五指。

三门大炮都让敌人掀到壕沟里去了,只好等到天亮,再让人去打捞。

好不容易等到天亮了。几百个松桃土匪到谷底拉大炮,哪想大炮还没见到,月亮山上的神仙蛋却像雨点一样砸下来。

田阿哥大怒,也就不要大炮了。

现在他只想要月亮湾人的性命。他一声令下,三四千松桃土匪像潮水一般向月亮山上涌去。月亮山上上下下,顿时鬼哭狼嚎,打杀声震天。

这一仗很惨烈。

两个多月下来,月亮山上的石头都被鲜血染红了。

后来,山上下了一场大雨,血水顺着溪水往下淌,平日里清澈透底的月亮湖也变得鲜红了。就在苗一铳与松桃土匪杀得天昏地暗的时候,姚满妹与姚田田双双临盆了。

二十二

姚满妹生的还是男娃,取名周记住。男人周富贵没了,她跟孩子是苗一铳从松桃土匪的鬼头刀下救下来的,也不知道这个女人想要记住什么。牛寡妇给她接生的时候,告诉她,是个带把的,她就说:"带把的也好,带把的就叫作周记住吧。"牛寡妇正想问她想要记住什么时,苗水田却在姚晓媚的院门外面大声喊她了。苗水田火烧火燎地喊道:"牛家妹子,你忙好了没有?我家媳妇田田快要生了,你要是忙好了,就赶紧过去帮忙招呼一下。"

牛寡妇把娃崽递给姚满妹,应了声:"忙好了。"然后跟在苗水田的屁股后面,匆匆地往苗水田家里赶。

月亮湾的人家生小孩后,忌生人进门踩生,并在门窗上吊草标或者橙子叶避邪,橙子叶还有祝福新生儿吉祥,易养成人之意。门窗上所挂之物,也是生男娃或者生女娃的标志,如果生男娃,就在门窗上吊一串红辣椒,如果生女娃,就在门窗上吊个十字形的草标,或者放些鸡蛋壳。

苗水田去喊牛寡妇,见姚晓媚家的院门上吊了一串红辣椒,知道得的是男娃,但他还是忍不住问了一句:"牛家妹子,满妹得的什么娃?"

牛寡妇嘻嘻地笑道:"跟你一样,是个带把的哩。"

苗水田羡慕道:"满妹真能生啊,我要是有个带把的孙崽就好了。"

牛寡妇说:"田田也能生啊,等会儿我就给你接个带把的孙崽来。"

牛寡妇的嘴巴甜，会说话，只一句话，就说得苗水田心里美滋滋的，跟自己真的抱到了孙崽似的。

自从周培根被松桃土匪掳走后，苗水田就没有开心过了。

巴多寨一战，吴土田下落不明，生死未卜。苗王吴三苗就苗一铳这么根独苗了，苗水田不能眼睁睁地看着这根独苗就这么断了。他整天和军师苗里奇凑在一块商讨如何延续香火之事。苗里奇觉得，必须给苗一铳再找个女人，而且是越快越好。因为苗一铳跟松桃土匪打的是恶仗，意外的事情随时都有可能发生。他们把月亮湾的姑娘都想遍了，但都是些小姑娘，年龄太小，没有一个适合的。

以前，月亮湾没有适合的姑娘，还可以跑到苗王寨和牛家寨去找。现在苗王寨的女人都让松桃土匪掳走了，就剩下牛家寨了。

苗水田托姚晓媚到牛家寨问过，可是牛家寨的人一听说月亮湾的人在跟松桃土匪打仗，就摆脑壳。哪个愿意把姑娘嫁到月亮湾呢？弄不好，会守一辈子寡。

到了楼脚，牛寡妇抢先上楼梯。

苗水田在背后瞟了一眼，牛寡妇四十岁不到，屁股还是那么圆，说不定还能生崽哩。"牛家妹子，我还想跟你说个事情……"苗水田讷讷地说道。

"苗老寨主，生崽要紧，有什么事情等我把你的孙崽接来了再说吧。"牛寡妇急匆匆地往楼上走，头也不回地说道。

苗里奇已经把水烧开了。

牛寡妇舀了一脸盆热水，径直去了姚田田的房间。

苗水田当即把苗里奇从火铺边拉到外面的走廊上。苗里奇很纳闷，有什么事情不能在火铺边说，非得要到外边来说？

苗水田突然咬着苗里奇的耳朵悄声问道："军师，你说牛寡妇怎么样？"

"什么，你想娶牛寡妇？"苗里奇回头见老寨主很兴奋，满脸红光，以为他是枯木逢春发芽了，想娶牛寡妇。

"不是我想娶，是我想给一铳娶。"苗水田笑眯眯地说道，"刚才上楼时我瞟了一眼，这女人的屁股圆溜溜的，肥得很哩，肯定能生娃崽。"

"三十七八岁的女人，还涨洪水，只要有男人下种，当然还有娃崽，只是……"苗里奇看着苗水田，欲言又止。

"只是什么？"苗水田问。

"只是……她是个寡妇。"苗里奇犹豫了半天，说道。苗里奇的意思是牛寡妇是个寡妇，根本配不上苗一铳，哪想苗水田并不介意。"寡妇怎么啦，一铳也不是什么黄花崽。"苗水田说，"只要她能替我们吴……苗家生个带把的娃崽，我们苗家就得烧高香了。"

苗里奇是军师，也没有其他更好的办法，于是摆摆脑壳，说道："只能这样了，有，总比没有的好。"

这时，姚田田的房间里传来了婴儿的啼哭声。

苗水田与苗里奇都不约而同地走进了堂屋里。

牛寡妇满头大汗地从房间里出来了，见苗水田与苗里奇都站在堂屋里等消息。牛寡妇走到苗水田的面前，很歉疚地说道："孙崽还没有接到，只给你接到了孙女，苗老寨主，下次我一定给你把孙崽接过来。"

其实苗水田早就知道姚田田怀的是女娃了，只是孩子还没有生下来，内心还有一丝盼头，现在孩子出来了，没有盼头了，心说完了，吴家这回真的完了。牛寡妇见苗水田默不作声，知道他心里很难受，便安慰道："我们牛家寨的人都说，孙崽发人，孙女发家，看来你们苗家要发了。"

苗里奇接口说道："孙女也好，苗寨主，你给孙女取个名吧。"

苗水田点点脑壳，随口说道："孙女也好，孙女就叫苗来弟。"

然后到火铺边打了一海碗荷包蛋，叫牛寡妇端到姚田田的房间里去，自己则把那些鸡蛋壳刨到竹篓里，提到楼脚去了。

牛寡妇替姚田田收拾干净后，从二楼下来，看到苗水田还在楼脚的楼梯口那挂鸡蛋壳。苗水田想把装满鸡蛋壳的竹篓挂在楼梯口的那根柱子上。柱子上钉得有一颗竹钉子，苗水田连连挂了几次，都没能把竹篓挂到竹钉上。见牛寡妇从楼上下来了，苗水田摆摆脑壳，叹气道："老喽，不中用喽，连点鸡蛋壳都挂不起来喽。"

牛寡妇说："苗老寨主，我来帮你挂吧。"

说着，她从苗水田的手中接过竹篓，顺手把它挂在竹钉上，然后宽慰苗水田道："苗老寨主，这回帮你挂鸡蛋壳，下回肯定帮你挂红辣椒。"

牛寡妇净挑吉利话讲，苗水田听了相当窝心，连连说道："那是，那是，下回有红辣椒了，你还得帮我挂。"

苗水田几次想问牛寡妇，愿不愿意跟苗一铳过日子，可是话到嘴巴边，又不好意思说出来。

牛寡妇倒是想起来了。

"苗老寨主，刚才上楼的时候你说有事情要跟我讲，不知道是什么事情?"牛寡妇笑嘻嘻地问道。

"唔,那个女人被土匪掳走了,我……我想帮一铳再讲个女人。"苗水田说。

"噢,原来你是想让我做媒呀,可是……这月亮湾哪来的姑娘?"牛寡妇难为情道,"我们牛家寨倒是有几个好姑娘,只是这边在打仗,哪个姑娘还敢嫁过来喽。"

"我是说……"

"我是说……"

苗水田讷讷了半天,还是不好开这个口。

苗里奇见状,便从二楼下来了,接口说道:"牛家妹子,苗老寨主的意思是想要你做他的儿媳妇,你肯,还是不肯?"

"我……不行,不行,一铳现在是苗家寨的寨主,我是寡妇,哪配得上他喽。"牛寡妇连连摆脑壳。

见牛寡妇没有说肯与不肯,只是摆脑壳,苗水田便说:"牛家妹子,我觉得月亮湾的女人就你跟一铳最般配了,只要你肯,你就是我们苗家的媳妇了。"

牛寡妇笑道:"苗老寨主,就算我肯,你们家一铳也看不上我的。"

苗水田说:"这个你尽管放心,我们苗家寨的婚姻,向来都是娘老子做主的,由不得他挑三拣四,何况现在他也没有机会再挑三拣四了。"

牛寡妇想了想,答应道:"好吧,那我现在就过来服侍你老人家。"

见牛寡妇满口答应了,苗里奇知道有些话老寨主自己不好开口说,他就把牛寡妇叫到猪圈边上,把老寨主想说的话都说了。

牛寡妇先是惊讶,然后是频频点脑壳。

最后苗里奇说道:"牛家妹子,你就按我说的去做吧。"

牛寡妇点点脑壳,笑嘻嘻地说道:"要得,我知道了。"

然后哼着小曲,满心欢喜地从猪圈边走了。

"军师,刚才你在猪圈边跟牛家妹子都说了些什么呀?"见牛寡妇笑嘻嘻地走远了,苗水田一头雾水地问苗里奇。

苗里奇则神秘兮兮地说了句:"天机不可泄露。"

见苗水田还在楼梯口发愣,苗里奇又笑眯眯地说道:"苗老寨主,你就别问了,等着抱孙崽吧。"说罢,他反背起双手,头也不回地走了。

二十三

两天后，牛寡妇漂漂亮亮地去了月亮山。

那是一个凄美绝伦的黄昏，月亮山上残阳如血。牛寡妇去的时候，月亮湾的男人刚刚打退松桃土匪的进攻。这些男人都因为牛寡妇的到来，精神振奋，欢呼雀跃，兴奋不已。只有苗一铳蓬头垢面地坐在一枚神仙蛋上，闷着脑壳抽旱烟。

牛寡妇跑过去笑嘻嘻地喊了一声："苗寨主。"但是苗一铳对牛寡妇充满喜悦的喊叫充耳不闻。

牛寡妇又面若桃花地喊了一声："苗寨主。"苗一铳这才抬起脑壳，见牛寡妇梳妆打扮得如此干净漂亮，便咧嘴笑道："牛寡妇，男人打仗你来这里做哪样喽？还打扮得这么漂亮，弄得跟新嫁娘似的。"

这时月亮湾的男人跟着起哄。

有人喊道："牛寡妇，你是不是上来犒劳弟兄们的？"

有人则说："牛寡妇，我们可是两个多月没有碰过女人了，个个都如狼似虎，搞得死母牛哩。"

但是，牛寡妇对他们近似快活的喊叫充耳不闻。牛寡妇说："苗寨主，走，我有重要的事情要跟你讲哩。"

见苗一铳坐在神仙蛋上纹丝不动，牛寡妇又说："老寨主要我上来跟你说件事情哩，这件事情非常重要，我们得找一个僻静的地方去说。"

听说是阿爹有重要的事情要交代，苗一铳便站起来，跟着牛寡妇的屁股去了。

阿爹也真是的，有什么事情不能当着月亮湾人的面讲，非得要到僻静的地方才能说。苗一铳边走边琢磨着，心想阿爹交代的事情肯定非同小可。

苗一铳跟着牛寡妇的屁股来到一个破烂不堪的山洞前。牛寡妇又说："苗寨主，这件事情非常重要，我们得到里面去说。"然后拉着苗一铳钻进了山洞里。

这就是当年大嗓门生熊崽的那个破山洞。大嗓门在这里跟二流子生活了将近一年时间，并在这里生下了熊崽。显然山洞有人刚刚打扫过了，特别干净。石凳、石桌、石椅和石床都在，而且石床上还铺了崭新的被子。苗一铳见了，忍不住问道："牛寡妇，是阿爹叫我来这里的吗？"

牛寡妇点了点脑壳，说："是的，被子也是苗老寨主刚刚铺的。"

然后又笑嘻嘻地补充说:"这些被子,都是他老人家为你成亲准备的。"

"有什么事情你就直说吧,外面还在打仗呢。"苗一铳正色道。

"他要我们……"牛寡妇朝石床努了努嘴巴,算是把要说的话都说完了。

"牛寡妇,都什么时候了,你还开这种玩笑。"

苗一铳生气了,转身想走,但是牛寡妇堵在洞口,不让他走。"你不能走!"牛寡妇突然冷笑道,"今天你要是不把种留下来,你就休想离开这里!"

"哪有你这样不要脸的!"苗一铳骂道,"牛寡妇,你是不是想男人想疯了?"

牛寡妇摆摆脑壳,说:"不是我想男人想疯了,是苗老寨主想抱孙崽想疯了。"

苗一铳"噢"了一声,问道:"牛寡妇,真的是我阿爹让你来的?"

"苗一铳,我牛寡妇什么时候跟你开过这种玩笑了?"牛寡妇把嘴巴一扁,"要不是苗老寨主求我做他的儿媳妇,死活要我为吴三苗吴苗王这半根苦瓜藤结个苦瓜崽,我才懒得来呢。"

"谁是吴三苗?"苗一铳惊讶道。

牛寡妇说:"苗老寨主的爹,你的公呗!"

苗一铳简直不敢相信自己的耳朵,以为是自己听错了。

苗一铳说:"什么,我是吴苗王的后人?"

牛寡妇点点脑壳,没有说话。

苗一铳仔细一想,自己还真有可能是吴三苗的后人,因为阿爹再三嘱咐过他,那个长得跟自己有点像的松桃土匪要是姓吴,就别杀他,要放他一条生路。还有就是牛寡妇跟月亮湾的男人都开过玩笑,唯独没有跟他苗一铳开过玩笑,如果不是阿爹特地安排的,牛寡妇脸皮再厚,也不会如此厚颜无耻,硬生生地把男人往床上拖。

"我阿爹他到底想怎么样?"苗一铳跺脚道。

"他想抱孙崽呗。"牛寡妇笑道,"哪个老人家不想早点抱孙崽呀。"

"想抱孙崽也不能这样啊,把一个老……"苗一铳想说把一个老寡妇送上山来,但话到嘴边上,还是忍住不说,这话太伤人了。牛寡妇知道苗一铳想说什么,就说:"我晓得,你嫌我是个老寡妇,可是,月亮湾现在真的没有能生崽的姑娘了,你就将就着点吧。"

见苗一铳愣在那里不吭声,牛寡妇又说道:"苗一铳,其实我牛寡妇也没有你们男人想象中的那么脏,你们月亮湾的男人不是经常讲,三年寡妇就像黄花闺女吗？我做寡妇都二十几年了。"

"是哩，三年寡妇就像黄花闺女。"苗一铳突然笑道，"我晓得，你牛寡妇就是黄花闺女，还没有被人开过苞。"

牛寡妇似乎感到很惊讶，讷讷地说道："你……你是怎么晓得的？"

"哪个不晓得喽。"苗一铳突然冷笑道，"你做了二十几年寡妇，但你也跟那个屠户佬眉来眼去，勾搭了二十几年。"

"我……我是喜欢姚一刀。"

牛寡妇讷讷地说道："可是姚一刀只知道杀猪，哪懂得心疼女人？再说，他心里早就有女人了。"

"屠户佬心里有女人了。"苗一铳感到有些意外，忙问，"他喜欢哪一个？"

牛寡妇说："就是你喜欢的那个呗。"

"我喜欢的那个？"

苗一铳想了想，忙问道："你是说他喜欢姚满妹？"

牛寡妇点点脑壳，算是承认了。

苗一铳摆摆脑壳，说道："那我就不明白了，既然屠户佬喜欢姚满妹，姚满妹为什么还要嫁给苗王寨的那个三寸钉？"

"我不是说了吗？姚一刀他只知道杀猪……"牛寡妇看了苗一铳一眼，突然叹气道，"唉——我牛寡妇算是明白一个道理了。"

苗一铳忙问："你明白什么了？"

牛寡妇说："看上去越像男人的，其实越不是男人，比如姚一刀，比如……"说到这里，牛寡妇突然不说了，她用不屑而又挑逗的眼神，看着苗一铳，那意思是说，比如你。

苗一铳立刻被牛寡妇的这种眼神激怒了。苗一铳吼道："牛寡妇，你这是哪门子卵道理？！"

要知道，周培根让松桃土匪抢走了，并且被松桃土匪占为己有，苗一铳早就窝了一肚子的火，他对周培根虽然没有什么感情，但毕竟是自己的新娘子。现在就连晚上睡觉上头没人的牛寡妇也怀疑自己不是男人，苗一铳哪里受得了这种窝囊气？

"牛寡妇，我现在就让你知道，什么是看上去越像男人的，其实更是男人……"苗一铳突然把牛寡妇抱起来，狠狠地扔到石床上，一把扯掉她的裤子，然后就像古战场上横刀立马的将军一样突然提着家伙向敌营冲过去。

长驱直入，没有任何先兆。

牛寡妇尽管早就有所准备，但还是感到慌乱，有些措手不及，忍不住要尖叫……很显然，松桃土匪又攻上来了，月亮山上喊杀声震天。

苗一铳感觉自己正提着家伙向那个长得跟自己有点像的松桃土匪冲去，那个男人也在拖着把鬼头刀向自己迎来，他不姓吴，他姓田，他是周培根的田阿哥。

想到周培根那夜在营帐里叫田阿哥叫得亲甜的，苗一铳手中的家伙就狠狠地插进了田阿哥的身体里，只听田阿哥一声尖叫："我的妈呀！"血就流淌出来了，就像年前那头杀不死的年猪。可是后来苗一铳仔细一看，哪来什么田阿哥？分明是牛寡妇躺在石床上哼哼叽叽的，就像一头刚挨过刀子的猪。

牛寡妇受伤了。

不过还好，牛寡妇流的血不是很多，星星点点地洒落在床单上，像雨后的桃花瓣儿。"牛寡妇，你流血了？"苗一铳盯着牛寡妇那里，满脸狐疑地问道，"你不是寡妇吗？哪来的血？"

"嘻嘻，我能不流血吗？"牛寡妇躺在石床上，艳如桃花般笑道，"苗寨主，刚才你是把我当成松桃土匪了，往死里捅我哩。"见苗一铳还在一脸歉疚地望着自己，牛寡妇又面如桃花般地问道："这回，你相信了吧？"

苗一铳说："我相信哪样？"

牛寡妇说："二十几年的寡妇像黄花闺女呗。"

苗一铳是过来人，知道什么是黄花闺女，他摆摆脑壳，说道："不是像，你本来就是黄花闺女。"

他们正说着，月亮山上突然喊杀声震天。"这回他们是真的杀上山来了。"苗一铳提着竹筒旱烟袋，边走边说道，"牛家妹子，我要走了。"

"你等一等。"

牛寡妇从石床上爬起来，笑嘻嘻地说道："我要为自己的男人点一袋烟。"

苗一铳停住了，当即撕了半皮烟叶子，飞快地装上。牛寡妇用火镰点着火了，苗一铳这才吧嗒着旱烟往洞口走去。牛寡妇说："早点回来，我在这里等你。"

"牛家妹子，你还是回月亮湾等我吧。"说这话的时候，苗一铳还在洞里。"等我把松桃土匪收拾干净了，再来娶你。"说这话的时候，苗一铳已经在洞外了。

牛寡妇穿好衣服追到洞外，苗一铳早就走得没见踪影了。

月亮山上，残阳依旧如血。

一轮月亮，静静地泡在血色里。

有一种幸福的疼痛，突然袭来。牛寡妇突然意识到，女人的身体，还有女人身体里的那些疼痛，终于被月亮湾的男人撕裂了。

二十四

苗一铳跟牛寡妇走后，月亮湾的人放松了警惕。结果让松桃土匪趁机偷偷地爬上来了。姚有地发现情况不妙赶过来时，已经晚了。松桃土匪已经攻破月亮湾人的防御工事，纷纷杀将上来了。

苗一铳提着竹筒烟袋从山洞里匆匆赶来的时候，月亮湾的人与松桃土匪正在山梁上展开激战。只见那个长得跟自己有点像的田阿哥挥舞着鬼头刀，连连砍翻了十几个月亮湾的人。苗一铳大怒，骂了声："狗日的。"

然后他猛地喷了两口旱烟，烟袋脑壳上的铜立刻红得发青了。

苗一铳提着红得发青的竹筒烟袋奔过去，连连敲开了十几个松桃土匪的脑壳。烟袋脑壳每敲到一个脑壳，就会发出"滋"的一声响，青烟直冒，一股被烧焦的难闻的肉香味便会在晚风中飘荡开来。

很快，月亮山上便弥漫着这种难闻的肉香味了。

山梁上红星闪闪，惨叫连连。

苗一铳每敲开两三个松桃土匪的脑壳，就会猛吸一口旱烟。

但见夜幕下点点红星忽闪着。一口呛人的烟雾狂喷出去，松桃土匪的脑袋瓜子就冒烟开花了。

松桃土匪很快被苗一铳的气势慑住了，再也不敢往前冲了，生怕那个红得发青的烟袋脑壳会砸到自己的脑壳上。

松桃土匪不但不敢往前冲，还慢慢地往后退。

这一退，松桃土匪的阵脚就乱了。

月亮湾的人乘机杀了回去。

田阿哥急了，高喊着："别退，给我顶住了。"

但松桃土匪哪里还顶得住！

田阿哥大喊一声："让开！"

然后拖着鬼头刀向苗一铳直扑过来。

只见苗一铳猛地吸了一口旱烟，一口浓烟狂喷出去，这才提着红得发青的竹筒烟袋不慌不忙地迎上去,边走边说道:"孙崽,公问你,你是不是姓吴?"

田阿哥先是一愣,随即骂道:"你孙崽才姓吴呢!"

田阿哥挥刀便砍,苗一铳闪身躲开去了,厉声吼道:"老子再问你一句,你是不是姓吴?"

哪想田阿哥笑道:"宝崽,你爹我姓田,叫田土地。"笑声中,又"呼"地一刀砍了过来。

听对方说自己姓田,不是姓吴,苗一铳也就没有什么好顾忌的了。苗一铳闪身,躲过这一刀之后,随即发起了猛烈的进攻,手中红得发青的竹筒烟袋的脑壳频频地向田土地的脑壳敲去。

射人先射马,擒贼先擒王。

这道理双方都明白。

双方都想拿下对方,尽快结束战斗,所以他们的每一刀,每一敲,都是取人性命的。月光下,刀光闪闪,红星闪烁。

苗一铳与田土地在山梁上打斗得正酣。姚有地也不闲着,他带着月亮湾的人与松桃土匪杀成一片。直到后来苗一铳大喝一声,把田土地打倒在山梁上,松桃土匪与月亮湾人才停止了打杀。

松桃土匪渐渐地往山下退去,月亮湾人也没有力气追赶。

牛寡妇帮点的那袋烟抽完了。苗一铳又撕了半皮烟叶子,重新装了一锅,点燃后,他猛地吸了两口,这才提着竹筒烟袋一步步向田土地逼过去。

田土地的一条左腿在打斗中让苗一铳敲碎了膝盖骨,跌倒在地上,已经没有办法站立了。田土地只能拖着鬼头刀,不断地往后退,最后退到了山崖上。

田土地已经没有任何退路了。

就在苗一铳抡起红得发青的竹铜烟袋,想要结果田土地的性命时,田土地突然喊道:"我爹姓吴!"苗一铳只一愣,哪想对方手中的鬼头刀突然劈过来。苗一铳猝不及防,肚子一下子被鬼头刀切开了。

苗一铳捂着肚子怒吼一声:"去死吧!"然后挥起一脚,把田土地踢到山崖下,自己则重重地倒在山崖上,只说了一句"卑……卑鄙无耻的小人",便气绝身亡了。

苗一铳把田土地踢下山崖后,松桃土匪便散去了。

这一仗,非常惨烈。松桃土匪死伤了两三千,月亮湾的人也死伤了八九百，月亮山上堆满了死人。山上的石头被鲜血染红了，偌大的月亮湖，也被鲜血染红了。

苗一铳死后，牛寡妇以未亡人的身份住进了苗家，跟姚田田一起服侍苗老寨主。牛寡妇的肚子也争气，没过多久，就慢慢地鼓起来了。

冬天的时候，牛寡妇给苗家生下了一个带把的娃崽，苗水田给孙崽取名苗黑雪。

因为牛寡妇要生产的那天夜里，月亮湾刚下了一场黑雪，家家户户的屋檐下都垂着两三尺长的冰棍子。牛寡妇四十岁才生娃崽，生产十分艰难。娃崽堵了两天三夜，直到第三天凌晨才出来，牛寡妇差点就没命了。

而苗水田与苗里奇在堂屋里等了三个晚上，终于等来了娃崽的哭啼声。听姚田田说是个带把的娃崽，苗水田就给他取名苗黑雪。

苗水田给娃崽取好名字后，想拿红辣椒到楼脚去挂，哪想楼梯上结了一层薄薄的冰，滑不溜秋的，苗水田一不小心就从二楼摔下去，摔死了。

苗水田死的时候，月亮湾的鸡刚叫过三遍，离天亮，还有一次鸡叫的距离。

龙虎镇往事

一

黄昏的时候,龙虎镇断了多日的炊烟又续上了。黑黑的炊烟从各自的屋顶上袅袅升起,然后慢慢地飘散开来,天就黑了。

狗娃总觉得,龙虎镇的天是大伙儿用枞膏熏牛肉给熏黑的。

那几年龙虎镇连连大旱,地上能吃的东西都吃了,不能吃的东西也都拿来吃了。大伙都在眼巴巴地盼着老天爷下雨,可是雨就是落不到地上。阳春三月,空荡荡的天空仍然没有一点落雨的意思,龙虎镇的老人认为这是报应,遭天谴,因为这几年用田地来修红旗炉炼钢铁得罪了老天爷,但都不敢明说。直到社员大会上有人提议要去雷公庙求雨,社员纷纷响应,大队干部也就不好说什么,只能这样了。求雨的时候得用一头雄性大牲口的脑壳祭拜雷公,但龙虎镇除了耕牛,再也没有别的大牲口了。大牲口都宰来吃了,只有耕牛没有宰,龙虎镇的人还都指望开春的时候用它们来犁田耕地。大伙儿合计说,要宰就宰一头瘦点的牛。大队长李铁蛋觉得,宰一头瘦牛不够诚意,要宰就宰一头大骚牯。

龙虎镇就贫协主席李大富有一头大骚牯。李大富虽然舍不得,但为了祭拜雷公,他还是把那头大骚牯牵到了晒谷场上。

这时,龙虎镇的人连宰牛的力气都没有了。

以前,龙虎镇的大牲口都是屠夫张宰杀的。而此时,瘦得皮包骨的屠夫张手拿尖刀,面对那头健壮的大骚牯,却束手无策了。"民兵营长不是有枪吗?"狗娃在晒谷场边上抱着半边脑壳晒太阳,看热闹,冷不丁地插了句,"拿出来,对着大骚牯搂一火,不就得了。"人们这才想起,民兵营长还有一杆枪。是啊,这枪是用来对付阶级敌人的,阶级敌人没有了,龙虎镇的人就把枪给忘了。李铁蛋一拍脑壳，回头对民兵营长说："没脑壳说得对呀，民兵营长，你快去把那杆快炮拿来。"

没脑壳，龙虎镇的人都叫狗娃没脑壳。其实狗娃有脑壳，只是狗娃的脑壳没有别人的完整，狗娃当过土匪，在飞云山上扛过枪，飞云山上的土匪被解放军剿灭后，狗娃参加了志愿军，赴朝鲜作战，因为左边的脑壳盖子在朝鲜战场上让美国的弹片揭开过一回，丢失了一些重要的东西，狗娃的脑壳就没有别人的脑壳好使了，成天雾里黄昏的，很少有清醒的时候。

没脑壳今天怎么变得聪明了呢？大伙儿都觉得不可思议。其实狗娃心里比谁都清楚，自己并没有变得聪明，自己只是想到了枪，在饥饿的面前突然想到了冰冷的武器。

步枪拿来了。

民兵营长提着步枪绕着大骚牯转了三四圈。民兵营长转圈的时候，大骚牯也跟着转，并不时地喷着鼻子，发出低沉的吼声。民兵营长迟迟没有下手，是因为心里没底，要是一枪不能要大骚牯的命，那么，他将会受到大骚牯最最致命的攻击。

民兵营长又转了三四圈，胆怯了，提着枪径直向狗娃走过去。

"没脑壳，还是你来吧。"民兵营长边走边说。

狗娃连连摇手："还是你来吧，你是营长。"

民兵营长摆脑壳苦笑道："我这个民兵营长哪能跟你比喽，还是你来吧。"

民兵营长说的是实在话，民兵大都没打过硬仗，没那狠劲，见到比自己更强大的生命，心里就发怵。狗娃是志愿军，当年在朝鲜战场上和美国佬真枪实弹地干过。

见狗娃没说话，民兵营长又说："没脑壳，你是扛枪都扛到外国去的人，是国际英雄哩。"说到这里，民兵营长回头问大伙儿："你们想不想见识一下国际英雄的枪法？"大伙儿都说想，想字虽然说得有气无力，但整齐，还是让人感到热血沸腾。

狗娃也就不推辞了，当即从民兵营长的手中接过步枪，走过去，他先是用枪口在大骚牯的脖颈上很友好地蹭了蹭，大骚牯被枪口蹭舒服了，以为狗娃是用棍子给它捉虱子挠痒痒，就停下来了。就在大骚牯对狗娃充满信任的时候，只见狗娃的手指摸到了它的锁骨，把枪口轻轻地抵在锁骨的窝窝里，然后扣动扳机。

"叭"的一声,枪响了。

大骚牯应声倒在血泊里。

"好枪法,一枪毙命!"

"没脑壳,真不简单……"

在一片要死不活的喝彩声中,屠夫张娴熟地剥下了大骚牯的皮,然后割下牛脑壳。牛脑壳被龙虎镇的人拿去祭拜雷公了。

开膛剖肚的时候发现,那颗子弹洞穿了牛的心脏。

二

李大富的那头大骚牯是龙虎镇最大的耕牛,但分到大伙儿的手上,就一点都不大了。按嘴巴算,每个嘴巴也就七两牛肉,还有一截刮得精光的牛骨头。狗娃抱着半边脑壳蹲在门槛上嘀咕:"梅花,要是龙虎镇再少一张嘴巴就好了。"

梅花是狗娃的老伴。狗娃的意思是,龙虎镇要是再少一张嘴巴,每个人就能分到半斤牛肉了。队里用的是十六两秤,半斤八两。

梅花误会狗娃的意思了。

"狗娃,你还嫌咱们龙虎镇死的人不够多啊,真是的!"

梅花白了狗娃一眼,狗娃就没话说了。

对于饿了很久的人来说,七两牛肉也就三口五口。但龙虎镇的人都没有这么做。大伙拿到牛肉后都在做同样的事情,那就是把这点牛肉熏干,日后慢慢吃。

梅花要做竹签牛肉,狗娃就到屋角砍了根楠竹子。狗娃将楠竹子砍倒后,还在竹脑壳上狠狠地砍了一刀,这才把楠竹子扛回家。

狗娃在火炉铺上劈竹子修竹签的时候,梅花在火炉铺的对面切牛肉,炉火烧得旺旺的,大瓦罐里正在"嘟嘟嘟"地炖那截牛骨头。

梅花把牛肉切成一条条的,然后用刀背把牛肉条拍松,然后切成小片,切完了,把牛肉片放进碗里,牛肉不多,就一小半碗。梅花悄悄地说了声:"狗娃,去把地窖里的那点米酒拿上来。"地窖是当年躲土匪,藏粮食用的。地窖在里屋的床底下,上边盖着楼板,得把床移开,揭几块楼板,才能下去。那点米酒是互助组的时候梅花酿的,藏在地窖里,差不多被狗娃做药引用光了,就剩壶底二三两。

狗娃点着枞膏到地窖里把酒壶拿上来了,鸡巴样的壶口塞着个干辣椒,狗娃把干辣椒拔掉,闻了好几下,这才把酒壶递到梅花的手上。梅花往小半碗牛肉片里滴了几滴米酒,然后把酒壶递给狗娃。

梅花悄声说:"放回去。"

狗娃舔了舔鸡巴样的壶口,又闻了几下,这才把干辣椒塞上,塞牢了,把酒壶放回地窖里。米酒很难得,吃食堂的时候不准酿酒,解散食堂之后,又没有米来酿酒,米酒很珍贵,狗娃舍不得喝,就藏在地窖里做药引用。

梅花往小半碗牛肉片里倒了些食盐水,又滴了几滴花椒油,用筷子搅匀了,然后用一个大海碗罩着。

梅花说:"要腌半炷香的时间。"

约莫过了半炷香的时间,梅花揭开大海碗,然后把牛肉一片片串在小小的竹签上,每根竹签串一小片牛肉。串好后,梅花把大瓦罐从三脚架上端下来,再架上砂锅。按理说,竹签牛肉要爆炒的,但家里没油,没办法爆炒,只能把竹签牛肉放到砂锅里用文火慢慢焙。焙干后,再把这些竹签牛肉放到竹筛里,用枞膏的烟子熏黑。梅花说:"用枞膏熏过的竹签牛肉黑乎乎的,还有股松香味,蚊子不会叮,也就不会生虫子,能吃很长时间。"说着,梅花挑了一小片竹签牛肉,递给狗娃:"尝尝味道。"狗娃尝了,香着呢。狗娃说:"人间美味哩,就是少了一点。"

然后意犹未尽地咂着两片薄薄的嘴巴。

梅花把黑乎乎的竹签牛肉装在篮子里,随手挂到楼板底下。

梅花掐着手指头比划着说:"狗娃,实在饿得不行了,咱们就吃这么一丁点儿。"

梅花把大瓦罐重新端到三脚架上,然后把洗砂锅的水倒进去,继续炖那截牛骨头。梅花笑眯眯地说:"牛骨头有营养,得炖久一点,今晚得把牛骨头里的那点劲火都炖出来。"

两碗牛骨头汤到肚子里,已经是下半夜了。狗娃到外面上厕所时,闻到的都是牛肉味,浓浓的牛肉味直往鼻孔里钻。这么香的牛肉味,狗娃心想,数十里之外的麻田铺都闻得到。

回到被窝里,狗娃一挨着梅花,就来劲了。这点劲火都是那两碗牛骨头汤给的。他想,牛骨头里的那点劲火都让梅花给弄出来了。他们已经很久没有做那种事了。在饥饿的面前,那种事也就变得可有可无,微不足道了。

"狗娃,狗娃,狗娃……"

就在梅花摸着狗娃的半边脑壳拼命地叫他狗娃的时候,外面突然传来了一阵虎啸声。紧接着,有人惊慌失措地喊:"不好啦,好……好多老虎!"

"老……老虎进屋了!"

"啊——"

很快,龙虎镇上的铜锣和犁头敲响了。

"哐哐哐——"

"铛铛铛——"

铜锣和犁头,敲得跟催命似的。

镇上似乎来了很多老虎,到处都有人喊:"老虎进屋了!"

"老虎进屋了!"

梅花推了狗娃一把,说:"狗娃,快,快,快,快跑,老虎要吃人了。"也不等他完事,爬起来,拉着他就往楼上跑。

老虎上不了楼,人在楼上安全,所有的人都跑到自家的楼上。

"天快亮了吧?"

梅花在狗娃的在怀里不停地问:"天怎么还没亮呢?"

梅花在盼天亮,狗娃也在盼天亮。

龙虎镇的人都在盼天亮。

因为天亮后,老虎就会离开龙虎镇,大伙儿就能从楼上下来,该干什么还干什么。

他们这样想的时候,天就开始亮了。

天越来越亮,大伙儿都看见老虎了,很多老虎。

老虎也都看见人了,很多人。

很多人在楼上大喊大叫,把铜锣和犁头敲得震山响。

只有牛二的婆娘在坎脚的走廊上扯着嗓门骂老虎:"挨千刀的,砍脑壳死的,天打雷劈的,什么东西不好吃,偏偏吃了我们家妹崽的那坨肉!"这婆娘骂老虎,就像骂自家男人似的。显然,老虎吃了她们家的牛肉。

刚开始,老虎还以为人们在敲锣打鼓欢迎它们呢,也就在大街小巷里优哉游哉地走着,东张西望。直到后来,楼上纷纷扔下石块和烂草鞋什么的,老虎这才知道,这里的人,并不欢迎它们。老虎似乎也很懂味,四下里散开了。

老虎一走,大伙都松了口气,纷纷扔掉手头的家伙,从楼上下来。

日子再苦,还得过下去。

大伙儿该干什么,还得干什么。

·裂缝·

梅花把那截牛骨头又炖了两碗寡淡寡淡的汤。

给狗娃喝了,正准备到山上找些吃的。

刚要出门,就听到有人喊:"救命啊!救命啊!老虎吃人啦!"喊也是白喊,没有人会去救他。一听老虎还没走,大伙又缩回楼上。楼上没吃的,老在楼上待着也不是办法。有些人就想走小路离开龙虎镇,可是没走上几步,又都逃回来了。

并且带回来更可怕的消息。

——路口都让老虎堵死了!

——每个路口上都有几只,或者十几只老虎。

这样一来,大伙儿惊恐万状地缩在自家的楼上。

"呜呜呜——"

牛二蹲在坎脚的走廊上哭,梅花一问才知道,他那骂老虎的婆娘让老虎给吃了。

牛二抽着鼻子说:"他们娘仨想回麻田铺,刚到路口,就让老虎叼走了。"

牛二就一个六岁的女娃,怎么说是娘仨呢?

狗娃觉得奇怪,问梅花。

"不是娘仨是什么?"

梅花摇头苦笑说:"这身上背一个,肚里又怀一个……"

"什么?牛二的婆娘怀上了?"

梅花的话让狗娃感到非常吃惊。能不吃惊吗?这两年,龙虎镇还没有哪个男人能让自己婆娘怀上娃的。人是铁,饭是钢,没吃没喝,男人的家伙都饿得快要缩进肚子里去了,哪还有精力做那事。再说,女人是水,这水也都干涸了。走到哪,茅坑里都干干净净的,根本见不到那种洪水。这女人没有洪水,哪来的娃?闹了这么久的饥荒,牛二还能让婆娘怀上娃,简直就是奇迹。

"这有什么好奇怪的。"

梅花提醒说:"你想想看,这牛二是什么人?"

狗娃说:"有什么好想的,这牛二还不跟我一样,是个背家伙的爷们。"狗娃比划着这么一说,梅花想笑,但是笑不出来,梅花让狗娃再仔细想想看。狗娃仔细一想,嘿,这牛二跟他还真的不一样,牛二的屁股上挂着一把钥匙,是队里的保管员。

"你是说——"

话说了半截，狗娃就不往下说了。

现在，狗娃相信牛二婆娘的肚子里有娃了。老虎实在太可恶了。这一口下去，竟然要了三条人命。狗娃说："我得想办法，治治这些老虎。"

但狗娃想来想去，就三个字——

脑壳痛。

楼上的人，都在敲东西。

有铜锣的敲铜锣，没铜锣的就敲犁头，有的甚至用棍棒击打屋柱子，乱哄哄的。要是以往，铜锣和犁头一响，老虎早就逃到山上去了。可现在，铜锣和犁头敲破了也没用，老虎就猫在路口上，跟睡着了似的。

三

人有三分怕虎，虎有七分怕人。说到底，还是老虎怕人。新中国成立前，偶尔也会有只把两只老虎来龙虎镇找吃的，但没有伤人。傍晚的时候，老虎来了，就躲在路坎脚的古树林里，像猫一样缩着身子。当落单的牲口经过那里，它就会跳上来，叼了牲口又跳回古树林里去了。每每这时，人们就操着家伙，敲着铜锣和犁头，大喊大叫地追进古树林里。老虎就会扔掉那来不及吃的牲口，拼命地往雷公山上逃，这一逃，就逃到湖南四川去了。老虎喜欢待在深山老林里，深山老林里有各种各样的动物，要多美味，就有多美味，老虎跑到深山老林里，也就懒得再回来了。

可是前两年，全国都在大炼钢铁，山里的大树古树大都被砍了。

雷公山上的大树，更是一根不剩。

树是人砍的。

现在，老虎没地方呆了，白天就猫在路口，晒太阳，见到人就咬。晚上就蹿到镇上，到处叼牲口。其实镇上没有别的牲口。别的牲口都杀来填肚子了，现在就剩下百把头耕牛。老虎想要吃掉耕牛，也没那么容易。初生牛犊不怕虎。那些耕牛，特别是那些骚牯见到老虎找上门来了，就会往死里顶，直顶得老虎吼叫声连连，老虎锋利的爪牙也让耕牛流血不止，惨叫声连连。听到牛圈里有打斗声，楼上的人都心痛不已，但是没有办法，只能把铜锣和犁头敲得很响。有的耕牛体力不支，倒下了，也有的耕牛越战越勇，把老虎顶死在牛圈里。一个晚上下来，老虎就叼走了五六头小牛和母牛，还伤了两头骚牯。

裂缝

两天两夜了,老虎还是没有离开。老虎不但没有离开,反而越聚越多了,还咬伤了好几个过路讨饭的人。都说一山难容二虎,像这样,上百只老虎聚在一个小镇上,大伙儿还是头一次看到。显然,老虎是冲着这些耕牛来的。

老虎没吃的,饿疯了。

铜锣和犁头就是敲破了也没卵用。最后,李铁蛋把手上的破铜锣往楼脚的塘油沟里"哐当"一扔,坐在隔壁的走廊上埋怨起狗娃来。

"都是你这个没脑壳做的好事。"

李铁蛋扯着嗓门埋怨狗娃:"没脑壳啊没脑壳,要不是你把李大富的大骚牯杀了,老虎闻到了血腥味,它们会大老远跑到这里来吗?"李铁蛋埋怨狗娃的时候,还在往嘴巴里塞牛肉,好像他塞的不是牛肉,而是狗屎。

狗娃看了就生气。

狗娃说:"这牛又不是我要杀的。"

李铁蛋说:"但这枪是你开的呀,要是你不开枪,没有人杀得了李大富的大骚牯。"

李铁蛋这么一说,坎脚的人也都在走廊上埋怨狗娃,说他干的好事,这回把大伙儿害苦了。狗娃生气了,说:"谁叫你们没能耐,非要找我开枪,回头还来怪我。"

"是呀,龙虎镇就你没脑壳的能耐大。"

李铁蛋说:"要是真的有能耐,那你就下去把老虎赶走啊!"

很多人也跟着瞎说:"没脑壳,那你就下去把老虎赶走啊!"

狗娃说:"去就去。"

然后回头对梅花说:"我就不信,这人还赶不走这群畜生!"狗娃是故意说给那些埋怨他的人听的,因此说得很大声。

就在狗娃大声说话的时候,路口那边突然传来了枪声。

紧接着,又传来了老虎的惨叫声。

狗娃说:"不好,坏事了。"

枪是民兵营长开的。

民兵营长一家住在路口那边,一群老虎就猫在不远处,盯着他们家,两天两夜下来,民兵营长让这些老虎盯得心里发毛,再也沉不住气了。扯来那杆快炮,架在走廊的栏杆上,瞄准近处的一只大老虎,从早晨瞄到现在,总算瞄准了老虎的左眼睛,一枪过去,正中左眼。

那老虎吃痛,吼叫着,在路口翻滚。

民兵营长还以为，那只老虎受伤后，别的老虎就会害怕，就会夹着尾巴，逃之夭夭。

但他失算了。

别的老虎爬起来，不但不逃走，反而咆哮着，朝他们家的房子冲了过来。

老虎扑到房门上，房门就开了，再尾巴一扫，好端端的一堵板壁就垮了。

十几只老虎扑过来，再蹿过去，楼下就空了。

剩下十六根抱大的柱子，光荡荡地站在那里。

民兵营长害怕了，又往楼脚连连开了两枪。这两枪虽然都打中老虎了，但是都没有打中老虎的要害。枪里的子弹本来就不多，一共就五颗。狗娃杀牛的时候用了一颗，刚才打老虎又用了三颗，现在，枪里就剩最后一颗子弹了。

民兵营长再也不敢乱开枪了。

而是一家五口缩到屋檐底下，大喊救命。

喉咙喊破了也没用。没有人会去救他们，也没有人救得了他们。民兵营长背着枪，在三楼的屋檐底下死死地抱着一根柱子。狗娃刚从巷子里探出半边脑壳，这家伙就看见狗娃了，冲狗娃大喊大叫："没脑壳，没脑壳，快点想办法，救救我们一家子！"

民兵营长这么一喊，狗娃就觉得好笑，心说，有脑壳的人都没有办法救人，没脑壳的人还能有什么卵法子救人？

民兵营长好像听到狗娃说话似的，又喊："狗娃哥，你比有脑壳的人都聪明哩，仗都打到外国去了，还怕美帝国主义的这些纸老虎吗？"

民兵营长这么一喊，狗娃就有办法了。

是呀，美帝国主义都是一些纸老虎，我为什么要怕这些畜生？狗娃没有说话，而是用一根食指竖压在嘴唇上，民兵营长就闭嘴了。

民兵营长在楼上，老虎上不去。

但老虎也有思想，自己上不去，就得把上面的人弄下来，而且非要把上面的人弄下来不可。十六只老虎蹲在十六根柱子旁，不停地撕咬那些干巴巴的柱子。

抱大的柱子，没有大半天工夫，老虎是咬不断的。

狗娃在镇上转了一圈。每到一个地方，楼上的人都在喊救命，但狗娃懒得理会他们。

这些老虎是有组织的，夜里随时都有可能发起进攻。后来狗娃在南边路口一棵碗大的松树底下看到了一只大老虎。这老虎比别的老虎都大。最有意思的是，别的老虎都在白花花的太阳底下猫着，只有它在树阴下闭目养神，养尊处优。头圆，耳短，四肢粗大，尾巴长，胸部和腹部有很多白色的毛，全身橙黄并布满黑色横纹。它的脑壳上好像有个字。狗娃觉得，这字有点眼熟，好像在哪见过。仔细一想，这不是王老五的那个王字吗？没错，三横一竖，正是王老五的王字。王老五，狗日的王老五，当年一把火烧了龙虎镇，狗娃还以为是美国佬干的，让他恨了一辈子美国佬。这王老五是湘西土匪杨白狼的手下，剿匪胜利那年去了朝鲜战场，跟狗娃是战友，后来在松骨峰战斗中英勇牺牲了，狗娃的脑壳也在松骨峰战斗中少了半边。

这是一只虎王，所有的进攻都是它组织的。

虎王的面前摆着两双烂草鞋，用稻草编的。

这一大一小的两双烂草鞋应该是牛二婆娘和妹崽的。人给虎王吃了，但烂草鞋还在。娘仨也许是虎王叼来的，也许不是，也许是别的老虎叼来孝敬它的。因为它是虎王，三条人命啊，它得血债血还。

四

学校的操场边有一棵古松，要两个大人合抱，才能抱得过来。小时候，狗娃经常到古松下听私塾老人摆门子，讲故事。记得有一次，私塾老人跟孩子们摆的老虎。故事很简单，深山老林里有只特别好斗的大老虎，每遇到一种动物，都要打上一架，赢了，就把对方吃掉。十多年来，没有哪种动物能打得过它，也没有哪种动物敢跟它打。因此有点不可一世，就去跟猫老师炫耀，说自己天下无敌，没有什么东西能打败自己。猫老师为自己的学生感到骄傲，就开玩笑说，你是老虎，当然只有老虎才能打败你。大老虎不信，非要猫老师找到那只能打败它的老虎，不然就把猫老师吃掉。猫老师没办法，就把它带到一个很深的湖边，指着湖水说，湖里的那只老虎肯定能打败你。大老虎不信，冲到湖边一看，水里果然有只大老虎冲着自己虎视眈眈。老虎大怒，咆哮着扑上去，结果掉进湖里，淹死了。大老虎死了。猫老师就说了一句话："再强大的老虎，最终也斗不过自己。"

离古松不远的湾里，有一口古井。

古井的旁边，有两个连着的水塘，水位一个比一个低。古井里的水漫出来后，流进第一个水塘里，再流到另一个水塘里，这两个水塘子是龙虎镇人用来洗菜和洗衣服的。

从古井边回来，狗娃要李铁蛋把楼上的男人都叫下来。

李铁蛋不干。

李铁蛋说："没脑壳，你想让龙虎镇的女人都做寡妇啊。"

狗娃懒得跟他理论，只说了句："想活命，你就快点把他们喊下来。"然后背着把铁锹，头也不回地往学校走。李铁蛋急了，问狗娃这是去干什么，狗娃说："挖老虎坑。"

李铁蛋不信："都快晌午了，能挖得了这么多老虎坑吗？"

李铁蛋的意思狗娃懂，每个老虎挖一个坑，得挖上百个坑。

用得着挖上百个吗？一个萝卜填一个坑，老虎又不是萝卜，就算挖得了，老虎不会傻到这样，一只只往坑里掉。

狗娃说："这个你别管，你只管叫他们带上家伙，跟我去井塘边挖老虎坑。"

李铁蛋又问："老虎现在会不会出来？"

狗娃说："大白天的，老虎不会逛街。"

听狗娃这么一说，李铁蛋开始传话。

"楼上的男社员都听好了，老虎大白天不会逛街，大伙儿赶紧下楼拿家伙到井塘边挖老虎坑，日头落山之前，一定要把老虎坑挖好，一定要让这些美帝国主义的老虎都掉进坑里去！"

这话从一栋房子传到另一栋房子，没一会儿，龙虎镇的男人都扛着家伙来到井塘边。除了被十六只老虎困在三楼上的民兵营长，别的男人都来了。

狗娃要他们把两个水塘挖成一个坑。

有人问狗娃："这成吗？"

狗娃说："当然成，今天晚上你们就等着吃虎王的肉吧。"

听说有老虎肉吃，大伙挖起来也有劲儿，没一会儿就挖出了一个大坑，里面填满烂泥巴。机关盖子一会儿做不了，狗娃就叫人把两副棺材底子抬来了。再用薄板铺在坑上，并盖上一层沙石。然后又叫人在古松上挂了一根拇指粗的棕绳。

一切准备妥当之后，狗娃让大伙儿回到楼上。狗娃弄了个大弹弓。他把大弹弓往裤腰上一插，然后去了南边路口。

虎王正在碗大的松树底下打盹。

狗娃站好位置，这才把大弹弓从屁股边拔下来，捡起一粒光荡荡的鹅卵石子。老虎的眼睛最脆弱，但不能打，要是把老虎的眼睛打瞎了，它就看不到人了。虎王趴在树阴里，脑壳正对着狗娃。虎王的尾巴搁在地上，一动一动的。狗娃照着虎王的尾巴"嗖"地一弹弓，不偏不倚，光荡荡的鹅卵石正好打在虎王的尾巴上，虎王的尾巴一扫，"呼"地跳起来，转身看后面。虎王的屁股正好对着狗娃。狗娃又一弹弓打过去，正好打在了它的屁眼上。虎王吃痛，猛回头，看到狗娃了。狗娃扬了扬手中的大弹弓，冲它做了个打屁股的动作，然后转身就跑。整个人向操场边的古松箭一般地射去。

老虎的屁股摸不得，更何况是虎王的屁股。虎王被狗娃彻底激怒了。只听一声怒吼，山摇地动，虎王向他追来，各个路口的老虎听到吼声，也都咆哮着，向这边跑来，龙虎镇上尘土飞扬。就连民兵营长楼脚的那十六只老虎，听到虎王的吼叫后，也扔下民兵营长，跑来了。

狗娃的速度就比虎王只快那么一点。他刚抓着棕绳蹿到丈把高的地方，虎王就赶到古松底下了，他想收起棕绳，已经来不及了，虎王一张嘴咬住棕绳，脑壳一甩，想把他从棕绳上甩下来，但没有成功，等它再次甩脑壳时，狗娃已经蹿到了两三丈高的一个树杈上。棕绳子一松，"呼"地打在了操场上，只听"啪"的一声，扬起一片尘土。

好险！

这时，各个路口的老虎都赶来了。上百只老虎，全是头圆，耳短，四肢粗大，长尾巴，胸部和腹部有很多白色的毛，全身橙黄色并布满黑色横纹的大老虎。它们围住古松，拖着尾巴缓缓走动，低低地吼着。虎王果然有虎王的威风。只见它抖抖身子，吼上一声，上百只老虎就像听到上级的口令一样，齐刷刷地趴在操场上。

虎王好像有意要在众老虎的面前展示一下自己的威风。这不，只见它身子一抖，尾巴像铁棒一样扫在古松上，"啪"的一声，好家伙，古松硬是让它的尾巴给震动了。一阵红色的松针，簌簌地往下掉。

显然，虎王的尾巴也给古松震痛了，它的尾巴在空中微微地抖动了好几下。

狗娃干脆把家伙掏出来，朝它的脑壳淋了一泡尿。

虎王没能把狗娃从松枝上震落下来，觉得没面子，现在，狗娃又当着这么多老虎的面，朝它的脑壳上淋尿，更是让它脸毛无光。这不，虎王恼羞成怒，大吼一声，扑上来，张嘴就撕咬古松。这一咬，黏糊糊的松油就冒出来，粘住了它的牙齿。

虎王不得不找东西磨它的牙齿了。

龙虎镇的老人说过，在山上遇到老虎，要不就趴在地上装死，老虎喜欢新鲜，不吃死了的东西，要不就爬到大树上，树，最好是大松树，老虎喜欢干净，咬到松油后，老虎就会到水边的石头上磨牙齿，人就可以趁机逃走。

虎王看到湾里有水，还有两块黑乎乎的东西。显然，虎王把那两块黑乎乎的棺材板当成黑石头了。正好可以磨牙齿。然而虎王刚跳到湾里，就掉进老虎坑里了。触动机关，两块棺材底子"呼"地翻过来，把虎王关在烂泥坑里，虎王还来不及吼上半声，就让烂泥巴给淹了。

虎王落到坑里不久，天就黑了。虎王死了，上百只老虎在镇上各自折腾到半夜，见没有捞到什么好处，就走了。上百只老虎就这样悄然退去了。

狗娃成了龙虎镇的英雄。

在饥饿的年岁里，英雄的待遇就是，狗娃拥有了一只虎王的脑壳，还有一张虎王的皮。虎王的脑壳让梅花拿去炖汤喝了。梅花还用这张虎王的皮给狗娃做了一件虎皮大衣。冬天的时候，狗娃把虎皮大衣穿在身上，怎么看，都像一只老虎，但没有人会怕他。

·裂缝

下放地

一

从师范学校毕业那年,被分配到黔东一所子弟学校担任美术老师还不到两个月,我就被下放知青的浪潮卷到了农村广阔的天地间去接受劳动再教育。下放地是夜郎边陲一个叫磨子溪的侗家山寨,那里的民风淳朴,儿女多情。磨子溪有九个生产队,近千户人家,全是楼下住猪马牛羊,楼上住人的吊脚楼。刚到磨子溪那天,公社干部把我带到大队长李红年家里,公社干部走后,李红年又东拐西拐把我带到第九生产队队长李长年家里。

李长年似乎不乐意让我住他们家,我们刚要上楼,就被他堵在猪圈边:"大队长,你这是把个陌生人往哪里带?"

"伙计,你们家不是想要个劳力吗?"

李红年笑嘻嘻地说:"你看,我把城里的小伙都给你带来了。"

"我是想要个劳力,可是——"李长年看了看我,板着两块脸,没有把话说完。"可是什么?"李红年扫了他一眼,提醒说,"你看,人家长得多结实呀,又是一个文化人。"

李长年还是板着两块脸,话里有话地问李红年:"这么好,那你怎么不自己留着?"

"我是想留着,可是——"李红年摇摇头,解释说,"我那嘴巴多,地方小,住不下。"

"大队长,我这也不宽……"

李长年还在板着脸为难,有个面色姣好的女人挑着担水桶正好从楼脚经过,看见了,嘻嘻哈哈地接过话头:"队长,要不你让他住我家吧,我家宽敞得很哩。"

李长年板着的脸松弛了，换了副笑脸，半开玩笑说："还真的哩，我们磨子溪，就你牛寡妇的床铺最宽敞。"

"是啊，两个人睡的床铺现在一个人睡，能不宽敞吗？"说到床铺，那个叫牛寡妇的女人又嘻嘻哈哈地笑开了，"小兄弟，他们要是不让你住，你就过来找姐，再挤，姐也会给你腾出半铺床……"

"牛寡妇，那半铺床你还是自己留着吧。"李红年原本松弛的脸绷紧了，一脸严肃说，"你也不想想看，那半铺床是怎么空出来的。"

李红年板着脸这么一说，牛寡妇的笑声顿时枯萎了，她脑壳一勾，挑着水桶径直下到井边。我们的目光跟到了井边。井是吊井，在李长年的楼脚。"嘭"的一声，牛寡妇把水桶放在井边的青石板上，很显然，心里有怨气，水桶放得很重。

牛寡妇把一只水桶拿开，把另一只水桶的绳索套在扁担的挂钩上，然后撅着屁股，把水桶放到吊井里。很显然，绳索加上那根竹子扁担还是短了那么一点点，屁股越撅越高，平江布做的裤子本来就很薄，这屁股一撅，那里勒得紧紧的，就有点显山露水原形毕露了。

李红年说："快要裂了。"

李长年说："裂了才好。"

他们说的是牛寡妇的裤子，也许不是。但牛寡妇的裤子并没有裂开，就在裤子快要裂开的时候，只见她身子一扭，手上一用劲，满满的一桶水提了上来。这让他们有点失望，他们没有心思再看牛寡妇打第二桶水了。他们知道，即使再看，还会是失望。

李长年从极度失望中回过神来，冷冷地问我："伙计，怎么称呼？"

我说："我姓周，叫周全。"

李长年又问我："是'周总理'的'周'呢，还是'朱总司令'的'朱'？"显然，李长年'周''朱'分不清。

我说："'周总理'的'周'。"

听我跟周总理同姓，李长年马上来热情了，笑眯着眼睛说："好姓，好姓，五百年前跟周总理是一家的嘛，欢迎，欢迎，楼上去坐吧。"

然后回头告诉李红年："大队长，你可以回去了。"

李红年说："嘿嘿，人到猪圈边，就是到你家了。"

然后，把脸一拉，耍起赖来。"进屋就是客哩，难道你李长年还不让我上楼找妹嫂要口凉水喝呀？"

"大队长想喝口凉水,那还不容易呀。"

牛寡妇正勾着脑壳挑水路过楼脚,李长年喊了声:"牛寡妇!"

牛寡妇听到叫唤,停下来,扁担挑头换了个肩膀,这才问道:"队长,你喊我做哪样?"

"那你想我喊你做哪样喽?"

李长年半开玩笑说:"刚才你在下头翘着两块屁股打水,大队长在上头看得口都干了,现在想找你要口凉水喝,怎么样?"

牛寡妇说:"口干了不打紧,你要他过来喝就是了。"

李长年推了一把李红年,笑嘻嘻地说:"还不快点过去?"

见李长年确实不想让自己上楼,李红年转身走向牛寡妇。

牛寡妇说:"大队长,你还是去我那吧,我给你煮碗喷香的竹筒油茶。"

李红年说:"不用了,我就讨口凉水喝。"

牛寡妇前后看了看,摇头说:"大队长,还是到我那喝吧,这路坑坑洼洼的,人家水桶哪里放得下来?"

李红年说:"不用放,我就扒着你的水桶边喝两口。"

牛寡妇说:"那怎么可以呢,你又不是不知道,女人挑在肩上的水,男人不能喝哩。"显然,牛寡妇怕人说闲话。

李红年说:"你个寡妇家家,又不是黄花闺女,难道还怕别人说闲话?"

牛寡妇说:"那倒不是,人家是怕你——"

李红年也不等牛寡妇把话说完,拉住面前的水桶,把头埋进水桶里,牛一样喝起水来。牛寡妇笑骂道:"你这头牛,一口喝了人家半桶水,这头轻,那头重,还叫人家怎么挑呀?"

李红年说:"别急,那头也要喝,反正你牛寡妇的水多,不缺这口水。"说着,李红年绕到牛寡妇的背后,拉住水桶也喝了一口,这才咂着嘴巴称赞道:"牛寡妇的水,就是解渴,比蜂蜜还要甜哩!"牛寡妇挑着担水,美滋滋地往家里走,李红年则跟在牛寡妇屁股后面,扯着嗓子唱开了:

> 嫁人莫嫁磨子溪,
> 脚板磨得辣兮兮;
> 三个苕棒抬颗米,
> 还说杂粮办得稀。

"三个苕棒抬颗米",说的就是磨子溪的生活。这歌,是外面的人唱磨子溪的,磨子溪的人自己也爱唱。用磨子溪的话说,就是穷得干净,饿得新鲜,没有什么不能唱的。这个地方,物质生活虽然十分贫瘠,但是,精神生活却非常富有。他们喜欢音乐,酷爱唱歌,走到哪,唱到哪。年轻男女行歌坐夜时,往往一首山歌定终身,男人山歌唱得好,娶的女人也漂亮。

李长年人长得并不怎么样,年轻的时候就秃顶了,几根稀疏的长头发盘在脑壳上,勉强遮住那片不毛之地。但李长年是磨子溪的歌师,山歌唱得几好,他的老伴荷花四十多岁了,依然是光彩照人哩。

其实,荷花漂不漂亮看看她的女儿李月儿就知道了。

荷花年轻的时候也是磨子溪的一朵花。

李长年没有儿子,就李月儿一个女儿。

我住进去的时候,李月儿刚满十八岁,人长得很乖巧,看哪,哪都有股月儿的味道。他们家并不宽敞,二楼就三间房,一间厨房,两间睡房,老两口住在里面那间,李月儿住在外面那间,外面那间靠走廊。李长年让我睡他女儿的房间,女儿则搬到三楼,三楼就一间房,以前是仓库,放粮食用的,现在空着,李长年就在两条板凳上搭了三块木板,让李月儿睡在粮仓里。本来我想睡粮仓的,但是李长年不让我睡粮仓。

李长年私下里问过我两次:"小周,你想在磨子溪住一辈子不?"他的意思是,如果我打算在磨子溪生活一辈子,他就让李月儿下来跟我一起睡。但是,两次我都说不想。我说的是心里话,总有一天,我会离开磨子溪,我会回到城市里。

他问:"为什么?"

我说:"城里有我的梦想。"

李长年因此认定我在城里有女人了。

对于磨子溪的男人来说,女人就是他们的梦想。

对于磨子溪的女人来说,能够嫁到外面去,就是她们的梦想。

每个人都有自己的梦想。

然而,每个人的梦想又都不一样。

生活,因此而丰富多彩。

鲤鱼跳龙门,我算是跳过龙门的那条鲤鱼了。

我从黔东南的一个山旮旯里考上边城师范学校,毕业后在城里任教。现在,插队插到磨子溪,我觉得自己只不过是山崖上一粒随风飞翔的种子,偶然落在石头的缝隙里，没有泥土，我的梦想照样会生根发芽，照样会向天空抽出一片嫩绿的叶子。

刚到磨子溪的时候，感觉一切都是那么新鲜。特别是晚上，楼下那头半大的猪会鼾声如雷，比隔壁李长年的鼾声还要响亮。还有，隔壁的老两口也特别有意思，他们每隔两天就会折腾一次，每次折腾时，都能听到荷花低低的叫骂声："砍脑壳死的！剁脑壳死的！挨千刀的！以前想要娃，让你整，现在没娃要了，还让你整。"床铺在荷花没完没了的骂声里越来越响，最后整栋楼板都震动了，荷花就会小声提醒李长年："轻一点，轻一点，别让外边和楼上的听见了。"李长年就笑，上气不接下气地说："怕……怕什么卵，年……年轻人做活路累了一整天，睡得死，我们就是把整栋楼弄垮了，他们也醒不来，你只管骂我就是了。"

而早上，最热闹的地方就数楼脚的那口吊井了。磨子溪就这么一口吊井，女人都要来这里挑水。每天早上鸡叫两遍就有女人来打水了。她们挑着桶，或打着火把，或提着马灯，或唱着歌，或打着哈欠，沿着那些麻石铺的花街小巷跌跌撞撞地往吊井边赶。

第一个来吊井边打水的，是李红年的女儿李果。

这个跟李月儿差不多大的女孩子是提着马灯唱着歌来的，她先是唱革命歌曲，然后唱山歌。每次把水提上来之后，她都会坐在吊井边的青石板上静静地唱山歌，她的歌声很干净，也很缠绵，就像吊井里的水源源不断地涌出来，取之不尽，用之不竭，直到有人来挑水了，她才挑水匆匆离开。

李月儿说这歌是故意唱给我听的，但是我不相信，后来李月儿的母亲荷花也这么说，我就相信了。荷花说："李果这姑娘，以前我从未听到她唱歌哩，自打你来了磨子溪之后，她是走到哪，唱到哪。"

哪天要是有三五个女人聚到吊井边，吊井边就热闹了。

这些结了婚的女人喜欢拿男人来说事儿，相互开玩笑。

"你家男人抽了一晚上，水缸还没满啊？"

"那你呢，水缸满了没有？"

说着说着，有人就会扯到牛寡妇。

"昨晚牛寡妇家好像又来男人了。"

"难怪狗叫得这么厉害。"

"会是谁呢？"

"还会有谁？肯定是死了老婆的。"

"你是说大队长……"

"这,我可没说。"

"那个骚货就像这口水井,能把磨子溪的水桶都放进去。"

"这狐狸精骚得很,还少得了你家男人这一桶啊?"

"是呀,大伙儿可得那个一点,别让男人嘴馋了。"

"嘻嘻——"

"哈哈——"

在女人的笑声里,天慢慢地亮了。

牛寡妇总是最后一个来到井塘边,把两块肥硕的屁股默默地翘在晨曦里。

而李长年总是在这个时候吹响楼脚的土号。

这种土号是用炮桐杆和半截葫芦壳做成的,是磨子溪人特有的乐器。炮桐是一种空心草本植物,长在塌方或者新开的地头上,拇指般大小,通常有丈把高。秋天的时候,人们把成熟的炮桐杆去头去尾,留八尺六寸长,然后在炮桐杆的大头套上半截葫芦壳,呈喇叭状,鼓起腮帮用劲一吹,就会发出沉闷而短促的"嘟嘟"声。如果吹奏者会用巧劲,掌握气流,就能吹奏出各种深沉而动听的乐曲。

李长年吹的是川东民歌《太阳出来喜洋洋》:

太阳出来罗嘞

喜洋洋罗郎罗

挑起扁担郎郎采光采

上山岗罗郎罗

手里拿把罗来

开山斧罗郎罗

不怕虎豹郎郎采光采

和豺狼罗郎罗

悬岩陡坎罗来

不稀罕罗郎罗

唱起歌儿郎郎采光采

忙砍柴罗郎罗

走了一山罗来

又一山罗郎罗

·裂缝

  这山去了郎郎采光采

  那山来罗郎罗

  只要我们罗来

  多勤快罗郎罗

  不愁吃来郎郎采光采

  不愁穿罗郎罗

  牛寡妇挑着水，踩着土号欢快的节奏，屁颠屁颠地往家里赶。这是第九生产队每天出工的信号，每天早上只要李长年的土号吹响这首《太阳出来喜洋洋》，大伙儿就得操起家伙往地里赶，每一次，牛寡妇都弄得手忙脚乱，气喘吁吁，香汗淋漓。李长年说，以前出工敲的是烂犁头，自从磨子溪分成九个生产队后，这烂犁头就没法敲了，纷纷改吹木叶，树皮，土号……至于吹什么，内容由队长自己决定。

  在磨子溪，男人与女人都有音乐天赋。

  他们的音乐天赋都是与生俱来的，得天独厚。无论是到田间地头劳作，还是在山坡上小憩，他们随手摘一片树叶，或者剥一块树皮，贴在唇边，轻轻一吹，就能吹出美妙动听的歌曲。

  这是一种天籁之音。

  我的心常常被这种天籁之音吸引着，也会情不自禁地摘一片树叶贴在唇边，轻轻一吹，薄薄的树叶就破了。再换厚点的老树叶，轻轻一吹，没有声音，可是一用劲，树叶又破了。

  我摘光了身边好几棵树的叶子，也没有吹出名堂来。

  李月儿说："笨死了，我来教你吧。"

  李月儿开始教我如何挑选树叶，树叶不能太嫩，也不能太老，弹性好的叶子，吹起来才有颤音，最好的树叶应该是山茶树的新叶子，山茶树的新叶子不软不硬，吹起来，有一种颤巍巍的感觉，特别扣人心弦。树叶挑好后，李月儿开始教我嘴型，如何把握气流。很快，我就能用木叶吹奏各种歌曲了。

  半年后，我还学会了树皮号。

  跟土号一样，树皮号也是磨子溪人所特有的。梧桐树的树皮是最好的，用刀子旋转着割开梧桐树的树皮，然后把树皮层层缠绕成喇叭状，做成两三尺长的树皮号，同样能吹出优美动听的音乐。

  土号。

木叶。

树皮。

这是磨子溪土生土长的三种土乐器,千百年来,一直是各吹各的,互不干扰。它们虽然优美动听,各有特色,但是音色仍然显得有些单薄。后来,有一位老人把它们统一起来,组成多声部,并且让它们在音乐的世界里发出了巨大的声音。

这位老人就是歌者。

下放知青那几年,全国大搞水利建设,兴修朝阳水库,年轻人都要去修水库。朝阳水库离磨子溪有五十里路,每天往返跑通宿是不可能的,我们只能住在工地上。一群年轻人住在一起,刚开始感觉很新鲜,但这种新鲜感很快被工地上的重活,还有粗糙的食物所击溃。我开始给家里写信,想借此来减轻精神上的压力。最常用的词汇是"万事如意"。我常想,如果每天的生活都称心如意,那人生的天空该是多么明朗。然而现实的生活大都难以如愿,这种事与愿违的困境使我懂得了许多做人的道理。后来,我实在懒得写信了,就与李月儿她们坐在工地对面的山坡上吹吹木叶、土号、树皮,唱唱山歌。

再后来,我们的身边多了一位老人。

这位老人是在工地上给我们做饭的,炒得一手好菜。我们吹唱的时候,老人就在旁边闭目养神,很认真地聆听着。而老人睁开眼睛,第一句话就是:"你们几个再给我老人家吹一首歌,如何?"

我们问:"哪一首?"

老人说:"就刚才吹的那首吧,《太阳出来喜洋洋》。"

我、李月儿,还有李果,齐刷刷地吹起了土号、树皮和木叶。

老人好像懂得欣赏音乐,我们刚吹到一半,他就摇头了:"不对,不对,吹树皮的先来,吹木叶的跟上,吹土号的最后跟上。"

反复调整五六次之后,老人这才欣喜若狂地告诉我们:"这就对了!土号、木叶,还有树皮,完全可以组成一个多声部。"

当"多声部"这个音乐词汇突然从一个做饭老人的嘴里说出来时,我们觉得不可思议。我们小心翼翼地问:"老人家,您也懂音乐?"

面对我们的疑问,老人笑了,谦虚说:"就懂一点皮毛而已。"

我们问起老人的姓名,老人哈哈大笑:"你们就叫我歌者吧,歌人生者,人生如歌。"

后来我们才知道,歌者是个为歌而狂的艺术家。

·裂缝

抗美援朝那几年，他作为一名文艺骨干随团到过朝鲜战场，慰问在前线英勇作战的中国人民志愿军。回国后，他还当过文工团团长，只是快退休那年，他在酒桌上唱了几句"流氓歌曲"，被遣送回乡里，接受劳动思想改造。

远看妹妹一身红，
抖抖奶子过田垅。
杏花眼闪岩山动，
庙里和尚也发疯。

这就是歌者在酒桌上唱的那首"流氓歌曲"。

"其实这算哪门子流氓歌曲喽，只不过是一首湘西山歌而已。"歌者摇头苦笑，"不过，这首湘西山歌原来不是这么唱的，原来是'远看妹妹一身红，摇摇摆摆过田垅'，那天高兴，我多喝了几杯酒，结果头脑发热，就把'摇摇摆摆'改成'抖抖奶子'了。"

我说："改得很好啊，您这一改，就更形象，更生动了。"

见歌者不说话，我问他："难道不是吗？"

"山歌是生动形象了，问题是，我这一改，却得罪了对面正在扒饭的红卫兵小将。"歌者继续摇头苦笑说，"他们当中有个名字叫红的女红卫兵把饭碗一搁，桌子一拍，骂我老不正经，唱流氓歌曲，当场就把我抓去游街批斗了。他们说什么都可以唱，就是妹妹的奶子不能唱，这一唱，就是流氓歌曲了。最后他们还说，红就是红卫兵的红，妹妹，就是红卫兵女将。这样一来，我就成反革命了。"

歌者说这话的时候，太阳快要下山了，一道残阳打在他的脸上，一片血红。当时工地上一个人都没有。朝阳水库断流成功，工地上杀猪打牙祭，每人分得半碗肉，大伙儿舍不得吃，纷纷带回家去了，只有我和歌者留在工地上。

"周全老弟，我们两个是有家不能回啊。"

歌者叹了口气说："走，到宿舍喝两杯去。"

人在孤独的时候，酒的诱惑是最致命的。

我二话没说，跟着歌者去了宿舍。

那一夜，我们喝了半斤夜郎苕酒。半斤夜郎苕酒兑了半壶开水，虽然只有那么一点酒气了，但经得喝。我们边喝酒，边谈音乐，最后谈到了磨子溪的土号、木叶和树皮。"土号、木叶和树皮都是好东西,这些都是植物,都有根,这次,我算是找到音乐的根了。"

歌者说:"有根,音乐,就有生命。"

二

传说中的凤凰很美丽,而现实生活中的凤凰是个奇丑无比的老女人。我与这个奇丑无比的老女人作为伴郎与伴娘,双双出现在歌者与知音的婚礼上。

凤凰是夜郎寨最后一位压寨夫人。她男人马得胜是夜郎寨的寨主,是得胜马帮的大当家。每次说到自家男人马得胜,凤凰奇丑无比的脸上,始终洋溢着幸福。人害人害不倒,天害人不长草,民国三十五年湘黔境内大旱,夜郎寨饿死了很多人。得胜马帮的马被夜郎寨的人吃掉之后,第一个被吃掉的人就是夜郎寨的寨主马得胜。

有马吃马,没马吃人。

这是夜郎寨的老规矩,也是夜郎寨人所必须有的自我牺牲精神。

第二个将被吃掉的人,就是凤凰。

凤凰之所以没被吃掉,是因为香火。当时凤凰怀有香火了。香火是马得胜的遗腹子,是夜郎寨的继承人。尽管如此,凤凰还是在自己漂亮的脸蛋两边分别割了一刀,放了半碗血,让夜郎寨的人喝了。

香火是在那年冬天生下来的。

夜郎寨的寨老们都说,香火的八字大,还没有出生,就把自己的爹克死了。他们还说什么八字大的孩子,难得养活,即使养活了,将来也会克夫克子。

香火的确很难养活。

香火出生后,没有奶喝,身体非常虚弱,经常感冒发烧,满嘴起泡,别说吃东西,就连奶妈的奶头,也含不到嘴里。八字大的孩子,要过寄,要给孩子找一个八字相符的寄娘或者寄爷。遗憾的是,夜郎寨没有一个人的八字是与香火相符的。就在大伙儿认为香火即将灯枯油竭香消玉殒的时候,一个过路的女人抱走了香火。

这个女人就是知音。

知音从一棵古枫上摘来一把飞天茶叶,煮了半碗飞天续命茶,然后用舌头轻轻地撬开香火的嘴巴,一点一滴地喂进去,硬是把香火从鬼门关里拖了回来。知音救了香火的性命,按夜郎寨的风俗,香火便认知音为寄娘。

现在，香火是个四十出头的老姑娘了。

这个四十多岁的老姑娘与母亲凤凰一道"亭亭玉立"地出现在歌者与知音的婚礼上，我的心里有一种强烈的预感，这对性格相貌有着天壤之别的母女，她们的身上似乎有种看不见摸不着的魅力在吸引着我。

这也许就是传说中的凤凰涅槃吧。

神话中说，凤凰是一只不死鸟，每次死后，会周身燃起大火，然后其在烈火中获得重生，并且获得较之以前更加强大的生命力。我想，香火应该就是在烈火中获得重生的那只凤凰。

新婚之夜，歌者和知音喜结连理的后花园里，木叶声声。对于年轻人来说，春宵一刻值千金，而对于两位百岁老人来说，那只是曾经的浪漫与遥远的记忆。良宵易尽，他们只能用歌声来回味当年那种美好的时光。

在岁月的长河里，一个人的面貌变得苍老了，但是，木叶的声音永远都是年轻的，绿油油的，充满生机。人的思想可以融入到歌声里，而木叶正好充当了年轻的道具。美妙的歌声在洞房里交织着，缠绵了一夜。第二天，凤凰去喊两位老人起来吃饭，却发现，两位老人相拥着躺在雕花床上，绿油油的山茶树叶撒了一床，他们脸上的笑容宛如盛开的山茶花，幸福的生命像昙花一样，一夜之间就枯萎了。

对于百岁老人来说，死亡是一件很正常的事情，只是他们双双死在婚礼上，实在让人难以接受。

红喜，转眼成了白喜。

两位老人都没有后代，凤凰母女哭得呼天抢地，让人看了心酸不已。

葬礼办得隆重而体面。坟头插满了各种各样的花环，爆竹、烟花从两间简陋的小木屋，一路燃放到了墓地。按照老人生前的遗愿，他们被安置在同一个墓穴里。在夜郎，同日死的夫妻都埋在同一个墓穴里，这叫葬龙凤棺。那是歌者生前请风水先生踩好的地盘，是一块千载难逢的风水宝地。风水先生姓牛，是位满脸麻花的古怪老头儿。牛先生把生死看得比谁都透彻，老人结婚的黄道吉日也是请他看的。现在老人携手西去了，牛先生则感慨万端："这人活着就是累啊，可是死亡，又令人恐惧！明知谁都免不了一死，可是不到最后一刻，谁又愿意放弃世俗，驾鹤西去……唉！"

牛先生失礼了，但是牛先生的叹息是真诚的，没有人会在意他的失礼。

牛先生说："是人都有怀念故土的情结，无论岁月怎么变迁，人类的根，人类的文化，人类的精神，人类的信仰，都会有一些永久性的，值得回忆的东西长存下来。江山是主，人是客。人活着，本身就是一场游戏，每一刻都在扮演着各种各样的角色。在每个人的内心深处，都有一种情结，那就是祖先们所特有的乡音，它的气息，它的颜色，它的冷暖。这种情结，是与生俱有的，上了岁数的人，都想回到故土，安度晚年。"

牛先生就是牛先生，说起话来文质彬彬，慢条斯理。

"人活着总不能让尿憋死！"

"拔根毫毛游泰山！"

这是牛先生经常挂在嘴边的两句口头禅。牛先生很健谈，也很能干，整个葬礼几乎都是他一个人在忙碌。

"两位老人家走得太突然了。"

牛先生说："我看择日不如撞日，压山葬。"

"压山葬"是一种丧葬习俗。"三"与"山"近音，"压三"也就是"压山"，死人第三天下葬，不用算八字看日子。

老人上山后，按夜郎寨的风俗，送葬的人只要回亡者家里洗一把脸，吃一顿回笼酒就可以了。但凤凰母女为了表达对两位老人的敬意，在夜郎寨得胜酒楼摆了几十米长的合拢宴，还请身怀绝技的民间艺人前来鼓楼唱一个星期的傩戏。我本来想邀请牛先生一道前往鼓楼看傩戏，哪想他对此毫无兴趣。

"虽然是人生大事，但如此铺张浪费，反倒像是在耍猴戏了。"

牛先生说："不过，有件事情我一直想不通。"

我说："什么事情会连我们牛先生都想不通？"

我奇怪地望着牛先生。

"你说，凤凰母女俩的面相怎么会相差这么大？"

"这有什么好想的喽。"

我不屑一顾地说："想不通的事情，干脆别想，人生要做的事情太多了，与其把精力花在这些没用的问题上，还不如找个安静的角落喝酒。"

我不想和牛先生胡扯下去了，独自去了鼓楼。

想想也是，这后事，凤凰母女确实操办得有点离谱了。

做丧事有必要这么铺张浪费吗？

不过很快，我的注意力就回到了香火的身上。

自从送葬回来之后，香火一直待在吊脚楼上，无论凤凰怎么喊，她都不下来。"香火，你阿妈喊你吃饭，都喊半天了，你怎么应也不应一声？"在去茅厕的路上，我终于找到了与香火说话的机会。

"噢——"香火看了我一眼,含糊其辞,转身欲绕道而行。

"噢什么噢。"我横跨一大步,挡住她的去路,继续追问,"为什么不去吃饭?"

"没胃口呗,不想吃。"香火捂着嘴巴,皱着眉头,转身进了茅厕。

"那你也要注意身体……"

看到香火脸色苍白,面无血色,我不忍心再说,随口安慰了她几句,便回到戏台前,台上正在表演夜郎绝技——刀梯舞狮。

舞狮的刀梯与别的刀梯不一样,别的刀梯大都是架的平刀,这里的刀梯内容丰富,有平刀,有交叉"V"形双刀,有直立尖刀,舞狮艺人一双赤脚踏着刀刃刀尖,身披狮身,右手执狮头,左手扶刀梯,抬刀梯而上,还要与舞狮尾的搭档配合默契,表演威猛雄狮的各种高难度动作,双脚如履平地,安然无恙,令人叹为观止。

但我满脑子都是香火的事情,没有心思看表演。

吃晚饭的时候,香火还是没有下来,我问凤凰:"香火今天是怎么了,也不下来吃饭?"

凤凰摇头苦笑:"这都是牛先生那张破嘴,说什么孝子禁食,香火这孩子是死脑筋,听信了他的鬼话,这不,赌气不肯吃饭呢。"

牛先生正抓着一只油炸的鸡腿往嘴里送,闻言微微一怔,解释说:"这香火是过了堂的寄女,现在寄爷寄娘不在了,她理应禁食七七四十九天,当然,这里禁的是肉食类的荤菜,萝卜白菜豆腐还是可以吃的……"

我问牛先生:"为什么不能吃荤菜?"

牛先生把那鸡骨头往桌子底下一扔,看着我,一脸严肃说:"那是老人家的肉,孝子不能吃,这是规矩。"

三

香火不吃饭,凤凰自然明白女儿的问题出在哪里。香火从小就喜欢唱歌,想当歌唱家。可是山里的孩子,根本没有什么机会接触外面的世界,尤其是过去的女孩子,读几年私塾,便待在家里刺绣,等待媒人上门提亲,这辈子就完了。

香火是马得胜的遗腹子,而马得胜又是夜郎寨得胜马帮的大当家,是名噪湘黔边境的大土匪。香火跟这个做土匪的父亲虽然没有照过面,但是她的前途和婚姻都受到了影响。湘西剿匪胜利的那年冬天,凤凰母女在一位马崽的帮助下,逃到黔东南一个叫高门楼的小镇,隐名埋姓。对于没有父亲的孩子来说,他们的童年大都是在别人的嘲笑声中度过的,香火也一样。

香火也是在一片"野种""骚货"的骂声中长大的。

香火喜欢读书,但是她小学只读到四年级,就没法再读下去了。因为班上的男生经常骂她是野种,她说她不是野种,于是发生了争吵。

男生挖苦香火:"那你阿爸呢,阿爸在哪里?"

香火说:"我没有阿爸。"

男生哈哈大笑,说:"没有阿爸的娃,就是野种!"

香火哭着鼻子跑回家问凤凰要阿爸,凤凰告诉她:"你阿爸是个大英雄,早就死了。"后来同学吵架,香火就说自己的阿爸死了,是个大英雄,于是那同学问香火:"那你阿爸叫什么名字?"香火说不上来,那同学哈哈大笑,说:"我知道,你阿爸死不了,你阿爸是经常睡桥洞的张大侠!"大伙儿就跟着笑。

香火反驳那同学:"你阿爸才是张大侠呢。"

那同学反问香火:"张大侠要不是你阿爸,干吗穿你阿妈的裤子?"

香火还真给问住了。

张大侠身上那条裤子的确是阿妈的,屁股上打了好大一个补丁,香火认得。张大侠是个老叫花子,又脏又臭,专门在垃圾堆里找吃的。香火一直弄不明白,阿妈为什么要把自己穿的裤子扔给一个老叫花子穿?

难道张大侠真的是阿爸?

香火这样想的时候,张大侠颤巍巍地走来了。他冲香火咧嘴傻笑,然后带着一股恶臭走了,身后跟着一群苍蝇。这是香火第一次捂着鼻子跟在张大侠的后面,走了很远,很远,一直跟到高门楼大桥桥头,看着他从河滩边很艰难地爬进桥洞里。他没有家,就住在桥洞里,好几个冬天了,他都没有被冻死,所以大家都叫他张大侠。

"张大侠要真是阿爸,同学们就不会说自己是野种了。"

回到家里,香火张口就问凤凰:"阿妈,张大侠是不是我阿爸?"

凤凰说不是,可是香火偏不信,香火说:"那他为什么穿阿妈的裤子?"

凤凰一听这话,发火了,顺手甩了香火一记耳光。

那是凤凰第一次,也是唯一一次动手打香火,而且下手很重,直打得香火眼冒金星,半边脸都肿起来了。

寡妇门前是非多,你说一个寡妇与男人同穿一条裤子,那意味着什么?

·裂缝

凤凰最听不得人家说这件事情了。

香火年纪还小,十一二岁,哪懂得这些,别人这么说,她也就这么问了。

对于凤凰来说,这是一种耻辱。

因为这条裤子,凤凰在高门楼一直抬不起头来。其实,这都是善良与仁慈惹的祸。那年冬天,高门楼飘着鹅毛大雪,天寒地冻的,张大侠仍在冰天雪地里觅食,身上的衣服早就破烂不堪,衣不蔽体了,身上那条裤子,更是烂得不成样子了,连男人的东西都遮掩不住,黑乎乎地缩在那里。

张大侠绝对是一个知道羞耻的人,凤凰挑水从他身边经过时,他赶紧用手捂住自己的裤裆。刚从垃圾桶里刨到的一个烂红薯,又掉进了垃圾桶里。

不只是凤凰,高门楼的其他女人从他身边经过时,他也会重复这一动作,并且迅速侧过身去。尽管如此,还是有女人会朝他吐口水,骂他不要脸。高门楼的孩子嫌他身上太脏太臭了,远远地朝他扔雪块,当然也有个别孩子不怕臭,跑上前去,抓起一大把雪塞到他的裤裆里,然后哈哈大笑。

这一切,都被凤凰看在眼里。

凤凰觉得,张大侠的动作很不雅观,高门楼有那么多女人,还有那么多黄花闺女……再说,那地方,张大侠就是想捂也捂不住,总会露出些毛毛草草来。凤凰回到家里,想都不想就把自己一条旧裤子拿出来,等傍晚再去挑水的时候,扔给他穿。第二天,张大侠穿着那条旧裤子出现在街上时,高门楼就热闹了。

因为那是一条女人的裤子。

大伙都在猜,这裤子到底是谁的?

后来,有人想起来了。

"凤凰不是有这样一条裤子吗?"

"对,是凤凰的,屁股上的那个大补丁,我认得。"

因为凤凰是寡妇,很多难听的话也就跟着出来了。

"这种男人也要,真够贱的了。"

"人家没得男人,那点地早就荒得长草了,饥不择食嘛。"

"也难怪,一个女人长得这么丑,除了张大侠,还会有谁要?"

"……"

那以后,无论凤凰走到哪,都会有人对她指指点点,说三道四,高门楼的孩子甚至冲着她大喊大叫:"喂,跟张大侠共裤子穿的……"

凤凰在高门楼再也抬不起头来了。

好心被人当成驴肝肺，凤凰的肠子都悔青了。

时隔两年多了，当香火再次提到这条裤子时，凤凰依然是那样愤怒。不过看到香火捂着红肿的半边脸蛋惊恐万分地看着自己，凤凰就后悔了，她一把抱过香火，泪流满面愧疚万分地说："对不起，阿妈不是真的想要打你。"

然后抚摸着香火红肿的半边脸蛋，不停地解释："香火，张大侠不是你阿爸，那是别人瞎说的，阿妈跟张大侠没有那种事情。"

"那我的阿爸呢？"香火哭了，哭得非常伤心。

"阿妈不是跟你说过了吗？你的阿爸早就死了，他是个顶天立地的大英雄。"

"那我的阿爸叫什么名字？"

"他叫……"凤凰本来不想说的，但见香火哭得那么伤心，她一咬牙，还是说了。

"他叫马得胜。"

其实"马得胜"这三个字刚出口，凤凰就害怕了，她害怕香火会把阿爸的名字说出去。她要香火管住自己的嘴巴，别到外面乱说阿爸的名字。当时香火是点头了，并且跟她拉钩，信誓旦旦地说："放心吧，我谁也不会告诉！"小孩子哪里管得住自己的嘴巴，后来香火跟同学一吵闹，就把阿爸的名字说出来了，而且是拍着自己的胸脯说的，一副很自豪的样子。

"我阿爸叫马得胜！"

"什么，香火是马得胜的女儿？！"

"是啊，湘西土匪马得胜。"

"凤凰原来就是湘西土匪马得胜的婆娘啊！"

这消息，立刻像风一样，在高门楼传开了。

四

高门楼虽然是贵州境内的一个小镇，但与夜郎相邻，隔得并不是很远。夜郎寨得胜马帮搞的是介帮押运的活路，当年运货，走水路全靠排帮，走旱路全靠得胜马帮。水路主要是下沅江，到常德，走汉口，到上海；旱路主要是上黔东，走川进藏，或者跨长江，过黄河，一路北上，直到蒙古地区。对于高门楼的人来说，马得胜绝对是一个家喻户晓的人物。当年马得胜血洗蓝坪寨，而蓝坪寨就在高门楼的隔壁。

"太惨了，蓝坪寨上上下下几百号人哪，一个活口都不留……"高门楼

裂缝

有点年纪的人，只要说起当年马得胜血洗蓝坪寨的事，就直摇头。

得胜马帮跟很多杀人越货的湘西土匪不同，他们有正当的职业，养马，搞驮运，靠收取驮运费生活，从不干杀人放火的事情。但蓝坪寨那一次，马得胜的马帮兄弟却大开杀戒……其中的原因，只有凤凰清楚。

那是民国三十五年5月的一天，得胜马帮从排帮的刘大竿子那里接到了一笔生意，有五袋粮食要运到四川那边去。当时大旱，到处都缺粮食，那五袋粮食是排帮的刘大竿子从常德运来的，买主花了天大的价钱，运费自然不菲。因为货不多，马得胜只派七个马崽去介帮，哪想刚介帮到蓝坪寨，就出事了。

五袋粮食给蓝坪寨的人劫了，七个马崽给他们杀了六个，只剩一个马崽逃了回来。

逃回来的马崽向马得胜报告说，当时他拉肚子，到路边的茅厕里屙屎，要另外几个弟兄在寨子外面等他，哪想蓝坪寨的人把他们当成杀人越货的湘西土匪了，结果蓝坪寨的蓝寨主把铜锣一敲，男女老少都来了。

"他们一个个都凶神恶煞似的，就连小孩子都捡起石头跑到楼上去砸人，对方人多，马帮弟兄打不过，最后把得胜马帮的名号都亮出来了，但是他们还是把货抢了，把人杀了。"说起蓝坪寨的人，逃回来的马崽仍心有余悸，"蓝坪寨的人，实在太野蛮了，比土匪还要凶狠，当时我们有个弟兄受伤了，但还没有断气，蓝坪寨的蓝寨主就在他的胸口上横着切了一刀，用脚使劲一踩，伸手一抓，就把心子掏出来了。"

听完马崽的报告，马得胜勃然大怒："岂有此理，老子这次非灭了他们不可！"

马得胜一声令下，得胜马帮倾巢出动，去了两百多人马。马得胜带着马帮的弟兄们冲进蓝坪寨，逢人便砍，见人就杀，最后还点了一把顺风火，把寨子烧了。

马得胜灭了蓝坪寨，那五袋粮食自然也要不回来了，后来排帮的刘大竿子上门理论，马得胜的老本都赔光了。得胜马帮的名声因此受损，生意也一落千丈，后来粮食吃光了，只能杀马充饥。再后来，马帮的马也吃光了，马得胜本人也被夜郎寨的人拿来吃了。

然而对于香火来说，父亲马得胜无异于一场灾难。

"什么狗屁英雄，她阿爸是个无恶不作的大土匪。"

"听说她阿爸当年到处杀人放火，还用麻袋到处装女人哩。"

"说不定她阿妈凤凰也是马得胜用麻袋装来的,然后被他打整了,就有她了。"

"哈哈——"

同学们开始交头接耳,四下里议论,时不时还哈哈大笑。

因为香火是土匪马得胜的后人,成分不好,思想有问题,学校不让香火读书了。每天早上,香火只能躲在门缝里看着别的孩子去上学,然后在心里恨自己那当土匪的父亲。

凤凰是土匪马得胜的老婆,因此被认定是潜伏在高门楼的国民党高级特务分子,被民兵工作队抓去批斗,挂尿桶,吊半边猪。但凤凰说自己没干过坏事,死活不承认自己是坏人,后来差点被他们当成特务分子枪毙了。

凤凰被绑赴刑场的那天,高门楼飘着牛毛细雨。

高门楼大桥下边的河坝头有好大一片空地,所有的土匪和特务分子都是在那里被枪毙的。

桥上、河坝头、岸边,甚至于屋顶上都站满了看热闹的人。

当时凤凰已经跪倒在那片空地中央,解放军手中的冲锋枪已经瞄准了凤凰的脑袋,正准备开枪,桥洞里突然传来一个苍老而又威严的声音:"住手!你们不能杀凤凰!"

人们寻声望去,却见张大侠颤巍巍地从桥洞里爬出来,跌跌撞撞地朝河坝头跑,边跑边大声喊:"住手!你们不能杀凤凰!"

张大侠臭气熏天地跑过来,看热闹的人连忙掩着鼻子,纷纷躲开了。

行刑的解放军问张大侠:"凤凰为什么不能杀?"

张大侠气喘吁吁地说:"凤凰是好人,不能死。"

行刑的解放军说:"凤凰是湘西土匪马得胜的压寨夫人,是国民党反动派的高级特务分子,我们现在枪毙她,是她咎由自取,罪有应得!"

张大侠说:"凤凰不是国民党特务,她当压寨夫人也是被逼的。"

行刑的解放军说:"凭什么这么说?"

"凭什么?"

张大侠朗声说道:"就凭老子是得胜马帮寨主马得胜手下的第一马崽张不平。马得胜当年壮得像头大种马,带着马帮弟兄跟日本鬼子在雪峰山那边干大仗的时候,想找乐子,老子就用麻袋把良家闺女凤凰给装到山上了。"

行刑的解放军问:"那你的证据呢?"

"证据?哪来的证据?"

张大侠哈哈大笑说:"那口破麻袋当年丢在雪峰山上了,马帮很多弟兄的性命也都丢在雪峰山上了。现在,就我和凤凰还活着,我就是证人。"

张大侠扫了凤凰一眼,又想起来了。

张大侠说:"还有,凤凰的这张脸就是证据!当时凤凰死活不肯,是马得胜用刀子逼着她就范的,好好的良家闺女就这样让马得胜这个恶魔给糟蹋了。后来,凤凰逃跑了两次,但两次都让马得胜抓回来了,还在她的脸上划了两刀。"

行刑的解放军质问张大侠:"那孩子呢?孩子是怎么回事?"

张大侠反问行刑的解放军:"马得胜壮得像头公牛,凤凰让他糟蹋了两年多,能没有孩子吗?"

行刑的解放军看看凤凰的脸,再想想张大侠说的话,觉得有道理,凤凰是给冤枉了。共产党做事情是讲证据的,不会冤枉一个好人,但也不会放过一个坏人。张大侠亲口承认自己用麻袋装过凤凰,是土匪马得胜的帮凶,作为流氓土匪被就地镇压了。当时张大侠想逃跑,结果行刑的解放军一梭子弹打过去,张大侠就光着屁股扑倒在河坝头了。

张大侠死的时候还穿着凤凰送给他的那条裤子,只是几年穿下来,未曾换洗过,屁股上的那个大补丁早就脱落了,那里有好大两个洞洞,整个屁股都露出来了。

张大侠死的那天晚上,高门楼雷雨交加,瓢泼大雨整整浇了一晚上。

第二天早上起来,河坝头涨大水了,有人看见张大侠的尸体像死猪一样漂浮起来,白白净净地被大水冲走了。

……

虽然活下来了,但是凤凰为自己的苟且偷生感到悲哀。凤凰回忆说,自己在夜郎寨的时候,根本没有见过张大侠,马得胜手下也没有一个叫张不平的马崽。马得胜手下的马崽平日里都是以弟兄相称,从来都不分什么第一,或者第二。还有就是,马得胜从来不让手下的弟兄用麻袋去装女人,用麻袋装女人,那是流氓土匪才干的缺德事。

凤凰知道,这一切都是为了救自己,张大侠胡编乱造的。张大侠胡编乱造的话,同时也加深了香火对父亲马得胜的仇恨。无论凤凰怎么解释,都改变不了马得胜在香火心目中的土匪形象。香火总是咬牙切齿地说:"湘西土匪杀人放火,奸淫掳掠,哪会有什么好人,湘西土匪都是畜生!"

香火一直没有嫁人,土匪后人的成分不好是个原因,但不是主要的原因。

最主要的原因还是香火自己不想嫁人。这是香火对父亲马得胜的报复，马得胜就她香火一个女儿，只要她香火今生不嫁，马得胜就会断子绝孙了。

"我不嫁，我要让姓马的断子绝孙。"

这种仇恨，一直持续到八十年代初，凤凰带着香火重新回到夜郎寨，香火内心的这种仇恨才有所改变。

凤凰是在香火三十四岁那年冬天回到夜郎寨的。二十八年的流亡生活，凤凰已是白发苍苍满脸皱纹的老太婆了，而香火，也从一个五六岁的小女孩变成了老姑娘。对于夜郎寨的姑娘来说，十八岁就该嫁人了，三十岁还没有嫁人的，就是老姑娘了。

回到夜郎寨后，香火对父亲马得胜又有了新的认识。因为说到马得胜，夜郎寨上了年纪的老人都会竖起大拇指，说他是一条响当当的汉子。

这让香火感到不解。

"我阿爸不是一个无恶不作的大土匪吗？"

"谁说你阿爸是大土匪？"那些老人不高兴了，就会字正腔圆地告诉她，"你阿爸是顶天立地的大英雄。"

以前凤凰这么说，香火不相信，现在，夜郎寨的人都这么说，香火就不得不相信了。在夜郎寨，凤凰母女受到了前所未有的尊重。夜郎寨只要上了点年纪的人，当年都吃过马得胜的肉，喝过凤凰的血，才得以活命。

马得胜的老屋有马头墙，还有得胜马帮的标志，"文革"期间被"破四旧"的红卫兵小将捣毁了。凤凰在马得胜的老屋场上重新盖房子的时候，大伙儿都抢着过来帮忙。夜郎寨与夜郎县城隔河相望，凤凰在夜郎寨开了第一家农家乐餐馆——得胜酒楼。而现在，夜郎寨已经是夜郎人吃饭休闲的农家乐园了。香火跟知音学过几年中医，在县城中心地带开了一家药店，取名叫"得胜大药房"。

五

料理完两位老人的后事，香火说要跟我学吹拉弹唱，我毫不犹豫就点头答应了。不过，在香火行拜师礼之前，我还得去一趟磨子溪。

磨子溪说远不远，说近也不近，距城里有百把里路。当年回城的时候，磨子溪还没有通车，要到五十里外的朝阳水库去搭车。得知我要回城了，李月儿鸡叫头遍就起来做饭菜，为我准备路上吃的饭团。这女人的饭团做得很讲究，米饭煮熟了，先舀半海碗，中间掏个窝窝，把放了重盐的酸菜放进去，再舀半海碗米饭盖上去，捏紧，成团，再把饭团取出，放到火塘的火子上翻来覆去地烤干烤焦，烤得香喷喷的，再把粘在上面的火子和灰炭清除掉，放进精巧的竹饭盒里。等我吃完饭，鸡叫三遍上路时，李月儿就把精巧的竹饭盒连同叮咛挂到我的扁担上。"知青阿哥，我阿爸阿妈还真舍不得你走哩，你要是出差路过夜郎，别忘了回来看看他们……"李月儿舍不得我走，想我回去看望她，但又不好意思说出来，就把阿爸阿妈搬出来了。

我从磨子溪回城的那年，正好恢复高考。我考上了边城师大音乐系，学的是民族音乐。按理说，我应该继续学习美术专业的，因为之前我在师范学校学的就是美术专业。然而，人是很容易改变自己的。也许是受到歌者的影响吧，我放弃了美术专业，重新选择了有根的民族音乐。我觉得，民族音乐都是有根的。正如歌者所说："有根，音乐才有生命。"大学毕业后，我追根到底，又报考了研究生，然后就留校任教了。

回到磨子溪，树叶、土号和树皮就是乐器了。

这不，我随手摘一片山茶树的树叶贴在唇边，那些在记忆中远去的青春，顿时化作了优美的旋律——

> 哥是天上花蝴蝶，
> 有处飞来无处歇。
> 借妹花丛打一望，
> 不知要得不要得？

我吹着木叶往李长年的家里走，刚要上楼，就被一个黑脸汉子拦在了猪圈边。"你找哪个？"黑脸汉子一脸狐疑地看着我。

我说："这不是李长年家吗？我找李长年。"

黑脸汉子说："他不在。"

我问："李长年去哪了？"

黑脸汉子把手往对面坡上一指，说："在那儿。"

顺着黑脸汉子的手指望去，那是片零乱的坟山。

李长年不在了。

我连忙改口说："那我找李月儿。"

黑脸汉子凶巴巴地说："李月儿也不在，走走走……"

"什么？李月儿也不在了?!"我心里一惊，难道李月儿也死了？不可能。

我想上楼看看，黑脸汉子不让我上楼，他把楼梯口堵得死死的。我急了，就在猪圈边扯起喉咙大喊大叫："李月儿，李月儿。"

"黑牛，是哪个喊我？"李月儿在楼上大声问。

黑脸汉子说："哪晓得是从哪跑来的一只野狗。"

"黑牛，你怎么说话的呢，到了屋头就是客，还不赶紧招呼客人上来喝碗甜酒。"听那口气，李月儿在楼上有点不高兴了，黑脸汉子赶紧侧过身子，把楼梯让给我。

李月儿正在走廊上补衣服。

眼前的李月儿与我记忆中的李月儿有点不一样了，我记忆中的李月儿，年轻漂亮，充满活力，而眼前的李月儿显得有些沧桑，眼角已经起了几条细细的鱼尾纹，靓丽的青春就像一尾鱼，从我们的眼睛里游走了。

见到我，李月儿愣愣地看了好一会儿，这才扔掉手中的旧衣服站起来，欢天喜地地叫了一声："知青阿哥！"然后迎上来，拉住我的手笑嘻嘻地问："知青阿哥，是什么风又把你吹到我们磨子溪来了？"

"是音乐。"

我半开玩笑，半认真地说："是音乐的风，又把我吹到了美女的面前。"

"不是美女，不是美女，是黄脸婆。"李月儿连连更正说。

然后给我介绍身后的黑脸汉子："这是李黑牛，我家男人。"

回头又向李黑牛介绍说："黑牛，这位就是我经常跟你说起的知青阿哥。"

李黑牛说："认得哩，你不说，老子也认得哩。"

李黑牛认得我，我却不认得他。

我奇怪地看着他，说："伙计，我们以前见过吗？"哪想这家伙牛了我一眼，什么也没说，黑着两块脸抱着屁股走了。李月儿怕我对她男人有什么想法，赶紧圆场说："知青阿哥别介意，我家男人就这牛样子，别往心里去。"

然后进里屋，用凉水给我泡了一碗甜酒。

我给李长年画的那张全家福，还贴在堂屋的板壁上，画面虽然有些破旧，但仍能看到当年他们一家三口其乐融融的样子。喝甜酒的时候，我没话找话说："这甜酒沁甜的，是用楼脚的井水泡的吧？"

李月儿摇摇头说："哪里是喽，楼脚的井水早就干涸了，现在我们磨子溪喝的用的，都是从山上架来的山泉水。"

"井水怎么会干涸呢？"

· 裂缝

"井水怎么不会干涸？"

李月儿挖了我一眼，悠悠地说道："这乡头的井水就像女人的奶，要有人喝，你不喝，它就干涸了。"

"是吗？"

我不相信，甜酒喝完了，我把碗筷交给李月儿，三步并作两步走到走廊上，探头一看，楼脚那口吊井里果然没水了。

井塘边长满了狗尾巴草，显然是很多年没有人光顾了。

见我纳闷，李月儿又说："我们磨子溪这地方太穷了，留不住人，这年头，年轻人都拼命地往外面跑……"

"那，那你怎么不跑？"我问。

"我？我跑得动吗？"李月儿笑了笑，解释说，"我呀，就是狗尾巴草的命，既然落在这个地方，就只能在这里生根了。"

"李果呢？"

我突然想起李红年的女儿李果，我问李月儿："李果现在怎么样？"

"李果现在在广东。"

李月儿看着我，笑嘻嘻地问我："怎么，你还记得她呀？"

"记得，当然记得，她的木叶和树皮吹得这么好听，当年差点就跟我回城了。"我说，"还记得不？那次你还帮我拿糖去她家问亲呢。"

"结果，那两封糖让李红年扔到楼脚去了。"李月儿看着我，嘻嘻哈哈地笑起来。

"是啊，那两封糖被你捡回来了，我们在他们家湾头的油菜地里吃了一晚上的糖。"听我说到那天晚上在油菜地里吃糖的事儿，李月儿的脸就红了，露出少女般的羞涩："还好意思讲，那天晚上人家吃亏吃大了。"

那天晚上李月儿是吃亏了。当时，我们压倒了一大片油菜花，李红年还以为是狗在田里打架。第二天早上，李红年扯着嗓门挨家挨户地喊："大家注意了，要看好自家的狗，莫要到油菜地里去打架，把油菜都弄烂了。"尽管现在李月儿是三个孩子的阿妈了，但提起这段往事，她还是会脸红耳热，心跳加速。

李月儿说："还，还不是你使坏……"

正说着，李月儿的男人李黑牛赶着一头大骚牯从山上骂骂咧咧地回来了。后来大骚牯蹿到猪圈里了，李黑牛就在楼脚破口大骂："好好的圈你不进去，非要往猪圈里跑，看老子今天不抽死你！"楼脚传来了猛烈的抽打声。大骚牯挨打后,在猪圈里乱转,那头快要下崽的母猪拍着嘴巴,吼声连连。

李月儿说:"这两头牛,我们下去看看。"

我们从楼上下来的时候,李黑牛还在猪圈里用竹鞭子猛抽那头大骚牯,李月儿说:"砍脑壳死的,剐脑壳死的,它是头牛,你也是头牛呀,你这么用劲抽它做哪样?"

"老子早就想抽它了!"

李黑牛咬牙切齿说:"这头畜生,一天不抽它,它就皮痒!"

李月儿问:"黑牛,到底怎么了?"

"怎么了?!"

李黑牛跺着脚说:"闯大祸了!它把牛寡妇家的那头母牛从那边排坡追到这边排坡,最后追到湾头的油菜地里干那事,把李红年家的油菜踩得稀巴烂,还让李红年给抓住了。"

"李红年怎么说?"

"还能怎么说,他让我们先挑粪去浇一浇,要是还不行,到时我们只有赔油菜了。"

那头大骚牯回到牛圈里,雄赳赳气昂昂地转个不停,李黑牛低头往牛圈里扔青草,那头大骚牯则把下边那根又长又红的东西露出来,一甩一甩地撒尿,结果淋了李黑牛一脸。李黑牛本来就有气,一竹鞭抽过去,正好抽在那东西上,只见大骚牯浑身打颤,尿还没有撒完,那东西就又缩到肚子里头去了。

李黑牛用手抹了一把脸上的尿水,咬牙切齿说:"娘卖掰的,老子看你还骚。"然后挑着一担粪桶到隔壁的茅厕头淘粪水去了。

连个招呼都没有打。

李月儿望着李黑牛的背影摇摇头,说:"知青阿哥,你莫见怪,我家男人真是头牛哩。"

我说:"你们去忙吧,我也该走了。"

李月儿说:"知青阿哥忙哪样?今天是礼拜六,等孩子放学回来了,一起吃餐饭,歇一晚上再走。"

"饭就不吃了。"

我撒谎说:"我到镇上还要办点事情。"

六

我低着头,满腹心事地从李月儿家出来,差点撞到牛寡妇的粪桶上了。

·裂缝·

牛寡妇挑着一对粪桶从寨子外边急匆匆地回来。

"喂喂喂，勾起脑壳想哪样喽？"

牛寡妇把我当成磨子溪的男人了，大声提醒说："砍脑壳的，你别弄脏我的粪桶啊。"

我一抬头，发现自己离牛寡妇的那只粪桶不到两尺远了。

空气里飘荡着一股淡淡的粪便味。

"周知青，怎么是你呀！"

牛寡妇认出我来了，嘻嘻哈哈地问我："又在想哪家的小媳妇了？"

我开玩笑说："想你哩，我在想你当年那半铺床，现在到底有没有人睡？"

牛寡妇又笑："姐那半铺床你才不会想哩，磨子溪的黄花闺女那么多，你哪想得过来。"

牛寡妇的面色还是那么红润，屁股还是那么翘，胸脯还是那么挺，与当年相比，牛寡妇不但不显得老相，反而显得年轻了许多。这分明就是当年的牛寡妇嘛，就换了一身漂亮点的衣裳。我感叹说："是啊，当年的黄花闺女现在都变成黄脸婆了，只有你牛寡妇，还是那么漂亮，还是那么迷死男人。"

我开玩笑，牛寡妇也不生气，摇摇头，笑道："你是说李长年家的闺女李月儿吧。唉，造孽啊，都是你给人家弄的……"

"什么？你说是我弄的？"

"你不知道？"

"我哪知道？"

"既然你不知道，那就算了，当姐什么都没讲。"

牛寡妇说："要不，你到姐那里坐坐，歇歇脚，喝碗甜酒再走？"

我说："不麻烦了，甜酒我刚到李月儿那喝过，这就回城头去。"

牛寡妇说："什么？这么晚了你还要回城头去？"

这时，两个穿校服的男孩从寨子外边有说有笑地回来了，看那身校服就知道，他们是夜郎民族中学的学生。

牛寡妇解释说："现在哪还有班车喽，你看，孩子都从城头放学回来了。"

两个男孩从牛寡妇的身边经过时，很有礼貌地喊了声："阿婆。"

牛寡妇应了声："唉，有根，有福，你们放学回来啦。"

他们点头说："嗯哪。"

然后侧着身子从我的身边过去了。

这两个孩子差不多大，长得一模一样，就跟一个模子倒出来似的。

我悄声问牛寡妇："这是谁家的双胞胎？"

牛寡妇没有说是谁家的，而是笑嘻嘻地反问我："你说呢？"

我摸摸脑壳说："这模子还真有点眼熟，好像在哪见过哩，只是一时想不起来了。"

牛寡妇说："你再想想看。"

我想了想，还是想不起来，牛寡妇就嘻嘻哈哈地笑："别想了，他们是两个娘生的，不是什么双胞胎。"

我奇怪说："这就怪卵了，这怎么可能呢？"

我又问："他们俩的娘都是谁？"

牛寡妇说："有根是李月儿跟李黑牛生的，有福呢，不知道是李果跟谁生的，李果，现在还没有结婚……"

"李果还没有结婚？"

"嗯，她现在在广东当老板，听说很有钱。"

牛寡妇指着对面的一栋小洋房说："你看，那栋洋房就是她拿钱回来砌的。"

那是一栋三层楼的小洋房，建在鼓楼边上，有种鹤立鸡群的感觉。

牛寡妇跺了跺脚，埋怨说："只顾讲话，姐站得脚杆都酸了。"

见我不说话，牛寡妇又说："走吧，歇个晚上，陪姐说说话。"

我抬头看了看天空，日薄西山，太阳懒洋洋地躺在山背上，天色不早了，加上我还有一些事情想问牛寡妇，就跟着她的屁股，去了。

牛寡妇单家独户住在寨子背后的竹林里，以前生产队收活路之后，我经常和李月儿去竹林里挖竹笋。那时候，磨子溪的男人都喜欢往牛寡妇的家里跑，是光棍汉的，喜欢去，不是光棍汉的，也喜欢去。炎炎夏日，大伙儿都敞着个胸脯或者光着个膀子在竹林里进进出出，好不热闹。有好几次，我甚至看到李月儿的阿爸李长年也光着个膀子从牛寡妇的家里出来。

那时候，牛寡妇门前屋后的那条路，光溜溜的，寸草不生。

而现在，这条路已经是荒草萋萋了。

"很久没有男人来姐这里了。"

牛寡妇说："寨子里的男人呀，不是老得走不动路了，就是到外面找活路去了。"看得出来，牛寡妇说这话的时候，仍掩饰不住内心深处的那份失落感。

然而一进门，我就闻到有一股浓浓的旱烟味了。

我笑呵呵地问牛寡妇:"你说没男人,哪来的旱烟味?"

"看不出来,你的鼻子比狗还灵嘛。"

牛寡妇笑嘻嘻地从门后摸出一根两尺来长的旱烟管说:"没事做的时候,姐就抽两口。"

牛寡妇生火煮了一大锅竹筒黑油茶。竹筒黑油茶,就是把竹笋一节节掰断之后,放在黑油茶里煮。约莫两袋烟的工夫,香喷喷的竹筒黑油茶煮好了,牛寡妇回头问我:"这竹笋,你想吃哪一头呢?是老的那头,还是嫩的那头?"

我想都没想,说:"当然是嫩的那头。"

"这就不懂了吧。"

牛寡妇笑嘻嘻地说:"这竹筒黑油茶呀,你要吃老的这头。"

我问:"为什么?"

牛寡妇话里有话地笑道:"老有老的味。"

见我不信,牛寡妇往我的碗里舀了两节竹笋,一老一嫩,说:"不信,你吃吃看?"

我先把嫩的那节吃了,然后吃老的那节。

味道还真的不一样哩。

牛寡妇没有骗我,竹筒黑油茶还是老的那头好吃。奥妙在于,老的那头是空心的,煮的时候,很多东西都可以填进去,米粒进去了,茶水进去了,油盐进去了,配料进去了,内容丰富,味道十分鲜美。而嫩的那头是实心的,因为没有空间了,什么都进不去,竹笋虽然很鲜嫩,但是没油没盐的,吃起来自然是寡淡无味。

牛寡妇盯着我,又话里有话地说了句:"有些东西,是越老,越有味道。"

我们把两碗香喷喷的竹筒黑油茶填到肚子里,已经是晚上了。牛寡妇收拾好碗筷,给我倒了盆洗脸水,自己则装了袋叶子烟,坐到对面的板凳上慢慢悠悠地抽起来。

我劝她说:"姐,你还是别抽烟了,抽烟对身体不好哩。"

"姐知道,可是……"

牛寡妇盯着我看了一阵,摇摇头,苦笑道:"姐是寡妇,就一个人,要是不抽两口,这日子怎么过……"

七

牛寡妇本名叫牛翠翠,是科赖的姑娘。

科赖是夜郎境内出了名的野猪窝，大大小小的野猪，山上到处都是。有一次，牛翠翠到山上打猪菜看到一窝黑乎乎的小野猪，觉得好玩，就捉了一只小野猪放在菜篓里，准备背回家里喂养，哪想被那头母野猪发现了。母野猪拍着嘴巴，咆哮着，扑了过来——吓得牛翠翠两腿发软，瘫倒在地。

眼看牛翠翠就要遭殃了，树林里突然跳出一个手拿斧头的小伙子。小伙子照着母野猪的屁股就是一斧头，母野猪恼羞成怒，转而咆哮着扑向那小伙子。只见那小伙子往旁边一闪，跳开去了，身后那棵脚棒粗的樟树硬是让那头母野猪给撞断了。当母野猪转身再次扑来时，小伙子抡起斧头照着它的脑壳一斧头砸过去，不偏不倚，正好砸在它的鼻子上。母野猪连声都来不及吭一下，就山一样倒下了。

野猪的皮子非常硬，特别是刚下过一两窝崽的母野猪，更是刀枪不入。但是野猪的鼻子软，不经打，你一打，它就昏死过去了。

小伙子趁机砍下野猪的脑壳，送给牛翠翠。

然后把那野猪拦腰砍成两截，用野藤捆住两条腿，挂在一根木棒上，血淋淋地挑走了。

小伙子就是磨子溪的李瑞年。

李瑞年救了牛翠翠一命，自然是赢得了牛翠翠的一片真情。第二天再次见面时，牛翠翠就跟李瑞年钻草窝窝了。

科赖的姑娘都这样，爱上男人就会心甘情愿地跟他钻草窝窝。如果双方都满意，男方就会提篮子上门提亲，做父母的知道是怎么回事，就闭着眼睛答应了。

李瑞年提着篮子上牛翠翠家说亲时，牛翠翠的阿爸却把眼睛瞪得牛卵般大。"这门亲事我不能答应！"

牛翠翠急了，连连提醒阿爸说："阿爸，人家都钻草窝窝了。"

可牛翠翠的阿爸说："你们就是野猪下崽了，我也不会答应。"

"为什么？"

"为什么？有首歌不是这么唱的么，'嫁人莫嫁磨子溪，脚板磨得辣兮兮，三个苕棒抬颗米，还说杂粮办得稀！'磨子溪就是个火坑，我不能眼睁睁地把自己的妹崽往火坑里推呀。"

李瑞年还小的时候，父母就不在了，是穿着百家衣吃着百家饭长大的孤儿，家里穷得叮当响，但是牛翠翠在心里认定李瑞年了，不怕穷。

牛翠翠跺着脚说："就是火坑，我也愿意往里面跳！"

结果跟家里闹翻了。

· 裂缝

　　牛翠翠刚到磨子溪的那两年，家里虽然穷得揭不开锅，但能与自己喜欢的人朝夕相处，耳鬓厮磨，就是喝口凉水，心里也是甜滋滋的。实在没米下锅了，他们就一起上山摘野果，挖野菜，找竹笋，煮竹筒黑油茶。

　　见牛翠翠爱喝竹筒黑油茶，李瑞年就在屋前屋后栽了很多竹子，甜竹、苦竹、水竹、毛竹、桃竹、斑竹、黑竹、楠竹……几十种竹子，应有尽有。

　　然而好景不长，他们这种夫唱妇随的穷日子只过了两年，就变样了。

　　第三年春天，李瑞年在镇上认识了一个叫毛得振的人。毛得振游手好闲，是个兵痞，专门给有钱人家卖兵，每次得钱后，中途又溜了。

　　"卖一次兵能赚二十担谷子哩。"

　　"难道你就不怕上前线去打仗，当炮灰？"

　　"怕个卵，出了湖南，老子就跑。"

　　"跑得掉吗？"

　　"跑得掉！当然跑得掉，老子都跑七八回了。"

　　听毛得振这么说，李瑞年心动了。

　　李瑞年想赚那二十担谷子，但是牛翠翠不让赚。

　　牛翠翠担心说："这钱还是不要赚，弄不好哇，会丢掉性命的。"

　　李瑞年说："怕个卵，二十担谷子，能煮好几年竹筒黑油茶呢。"

　　牛翠翠说："我不要那二十担谷子，我只要跟你在一起。"

　　李瑞年说："好好好，听你的，不要就不要……"

　　那天夜里，牛翠翠被李瑞年打整得舒舒服服地睡着了，醒来一摸，却没有摸着李瑞年。直到第二天傍晚时分，镇上的金大牙派人送来二十担谷子，牛翠翠这才知道，李瑞年替金大牙的二儿子卖兵去了。

　　李瑞年跟毛得振一起去卖兵，赚的是卖命钱。刚出湖南，他们就跑，然而没有跑几脚，毛得振就让接兵的人开枪打死了。

　　李瑞年慌不择路，结果跑到了悬崖上。

　　眼看接兵的人就要追上来了，李瑞年只能硬着头皮往深渊里跳……

　　李瑞年命不该绝，竟然掉在了得胜马帮的马车上。当时，得胜马帮给夜郎王棉絮厂驮运几百床棉絮去江西上饶，正好从悬崖底下经过，李瑞年从悬崖上跳下来，不偏不倚，落到厚厚的棉絮上，自然没事。

　　那时候，马帮是正当职业。

　　李瑞年因此加入得胜马帮，做了马得胜的马崽。

　　李瑞年是磨子溪第一个在城里当差的人。

　　不介帮的时候，李瑞年就会骑着高头大马回磨子溪看看，每次都会给牛翠翠带一些好吃的东西，还有花花绿绿的新衣服和香喷喷的胭脂。因为得胜马帮押运货物走的是旱路，南来北往，路途遥远而孤寂，李瑞年跟别的马崽一样，开始抽旱烟。

牛翠翠就把屋后最好的一块地种上叶子烟，等烟叶子收割、推杆、晾干了，让李瑞年大捆大捆地带回去。只是后来解放军来夜郎剿匪，把得胜马帮也当土匪剿了。有一天，李瑞年扛着一袋米慌慌张张地回到磨子溪，刚到寨子外头，就让埋伏在那里的解放军用枪口顶着了脑袋。

"老实交代，你把那个女人和孩子都藏到哪里去了？"

解放军这么一问，牛翠翠以为李瑞年在外面有女人，还生了孩子，心顿时凉了半截。但李瑞年死活不肯交代，解放军就让牛翠翠去做思想工作，李瑞年还是死活不肯说。

"坦白从宽，抗拒从严。"

最后，李瑞年作为顽固不化的土匪给枪毙了。

枪毙的那天，李瑞年很从容地告诉牛翠翠："死你妈的，老子这辈子就你牛翠翠一个女人，那袋米是马帮弟兄留给你的烟钱，你留着日后慢慢煮竹筒黑油茶，老子走了。"

后来一声枪响，牛翠翠成了寡妇。

"我那半铺床，就这样空了。"

牛寡妇抽着叶子烟，慢慢悠悠地说："我是冤枉他了，后来我才知道，我家那死鬼是把马得胜的女人藏起来了。"

我问牛寡妇："姐，你是说马得胜的女人凤凰吗？"

牛寡妇点点头，说："没错，就是凤凰。"

八

其实牛寡妇把洗脸水放到我的面前时，我就知道是怎么回事了，但我还是忍不住要问牛寡妇："姐，有根和有福这两个孩子，今年多大了？"牛寡妇说："好像是你回城的那年冬天生的，他们相隔不到两天，现在是夜郎民族中学高中一年级的学生了。"

牛寡妇抽完那袋叶子烟，她把我的那盆洗脸水倒在脚盆里，自己又舀了一盆洗脸水，洗完脸，再把那盆洗脸水倒进脚盆里。

然后跟我一起洗脚。

磨子溪的人不共一盆水洗脸，但共一盆水洗脚。脚盆比脸盆要大得多，一家人的洗脸水倒在脚盆里，也就半盆水。脚盆在这里有三种用途：一是用来洗脚，二是用来洗衣服，三是用来洗澡，男人女人脱光了，就蹲在盆里洗。

在磨子溪，洗脚是一件非常快活的事情。

下放那几年，每天忙完活路回来，晚上李长年一家都会用那热乎乎的洗脸水洗脚。他们家的脚盆本来可以一起放三双脚板的，自从我去后，就改放四只脚板了。每人一次放一只脚板。四只脚板在热气腾腾的脚盆里你踩我，我踩你，踩得波涛滚滚，尖叫连连，踩舒服了，换一只脚，再踩，笑声不断。那时候，李月儿喜欢踩我的脚板，我也喜欢踩她的脚板，而李长年与老伴荷花，也对着踩，往往是一二十分钟下来，脚洗好了，一身的疲惫也就洗掉了。

"水要热点，洗才舒服。"

牛寡妇嫌洗脚水不够热，又往脚盆里加了两瓢热水。

水热了，我们的四只脚板像四条鲤鱼，在水里游弋，穿梭，若即若离，相互试探，然后相互踩起来。牛寡妇眯缝着眼睛说："真舒服，李瑞年当年也是像你这样，轻轻地踩……"

"是吗？"

我说："那我就踩重一点。"

我使劲一踩，牛寡妇就咯咯地笑，说："踩吧，踩吧，姐不怕重。"

踩累了，牛寡妇不想踩了。

牛寡妇就眯缝着眼睛，说："小兄弟，今晚，姐让你踩。"

牛寡妇说这话的时候，娇喘吁吁，再看她那眼神，觉得有点怪怪的。后来，牛寡妇又重复了一遍，我就明白了。

"踩"在这里有别的意思。

牛寡妇以前养得有一头猪郎公，也就是种猪，磨子溪无论哪家的母猪发情了，都要到牛寡妇家把那头瘦骨嶙峋的猪郎公赶到自家圈头去，每次给牛寡妇一碗米，或者五毛钱。李长年养得有母猪，每年都要为这事往牛寡妇那跑两三趟，每次把猪郎公赶来后，牛寡妇来楼脚挑水总会仰起脑壳大声问李长年："队长，踩了没有？"

李长年说："踩了。"

牛寡妇说："踩了你还不赶紧给我撵回圈头去？"

李长年说："急哪样，我晚些时候再给你撵过来，看还有得踩不？"

牛寡妇说："你不急，人家急哩，你家母猪要踩，人家母猪也要踩……"

显然，牛寡妇是把自己当成猪了。我只能装糊涂，踩她的脚板，半盆热水变凉变冷了，我还在踩。牛寡妇说："别踩了，把脚板擦干，睡觉去。"

关于李月儿与李果的事情，我是在牛寡妇的床上听说的。

洗完脚，牛寡妇把我带到房间里。

牛寡妇家就一张雕花床，我问牛寡妇："还有没有别的空床？"牛寡妇就咯咯地笑，说："姐是寡妇，就半铺空床。"

"姐都不怕，你还怕哪样？真是的！"

见我愣在那不说话，牛寡妇又说："跟姐睡，你一个男人，又不会亏本撒。"

"姐，这不是亏不亏本的问题，而是——"

牛寡妇不等我解释，抢过话头，劈头盖脸把我数落了一顿："而是什么，扭扭捏捏的，这哪像个男人？哪像两个孩子的爹？"

"什么，两个孩子的爹？！"

我扁扁嘴巴，说道："我又没有结婚，哪来的两个孩子？"

牛寡妇就笑："有根有福要不是你的种，怎么会跟你长得一模一样？"

"莫乱讲，天底下长得像的人，多的去。"

"哈哈，她们都跟我讲了，你还不承认？"

"她们都跟你讲了些什么？"

"想知道，就上来跟姐睡。"

牛寡妇往床里边让了让，腾出半铺床来，嘻嘻哈哈地说："上来撒，这么宽的地方，姐的身上就是长得有刺，想钩，也钩不到你了。"

然后，牛寡妇把眼睛一闭，什么都不说。

只是后来，我往被窝里一钻，这个女人什么都跟我说了。

我离开磨子溪之后没多久，李月儿和李果的肚子就像吹了气的尿脬，慢慢地鼓起来了。

李黑牛是荷花娘家天井寨的人，比李月儿大十几岁，一直娶不到婆娘，正好做了李长年的上门女婿。冬天的时候，李月儿生下个胖小子，李长年很高兴，给孙子取名李有根。然而李有根越长越不像李黑牛，也不像他外公李长年，倒有几分像我。结果，李长年与荷花被磨子溪的风言风语给气死了。不过，李月儿的肚子也还争气，给李黑牛也生了一男一女。

李果则是另外一番情形了。

李果的眼光高，一门心思想嫁到外面去，磨子溪的男人啊，没有一个是她看得上眼的。结果是孩子生下来了，也没有把自己嫁出去。按理说，女儿在家生孩子是要被人戳脊梁骨的。但李红年的老伴死得早，自己既当爹又当妈，把五个孩子拉扯大了，也不怕别人戳脊梁骨。

"不就是个外甥吗？"

李红年说:"谁家养女没个外甥?"

磨子溪有人故意问:"你女婿呢?"

李红年说:"在城头。"

有人又问:"叫什么?"

李红年反问:"你看我外甥像哪个?"

有人说:"像周知青。"

李红年说:"周知青就是我家女婿。"

有人提醒李红年:"李有根也像周知青哩。"

李红年把眼睛一瞪:"这有什么好奇怪的,磨子溪的女儿家都是嫁过去娶过来的,都是卵蛋边的两个人,长得像的人多的是。"

李红年给孩子取名叫周有福。周有福快一岁半的时候,李果把他扔在家里,一个人跑去广东打工,结果几年下来,自己当了老板。

九

我跟李果也就钻过一次草窝窝。朝阳水库快要完工的时候,李月儿突然生病,回家休息了。那段时间,收工后李果经常来找我玩。李果只念了一年高中,就回家帮父亲照看弟弟妹妹了。跟李月儿不同,李果有自己的理想。每次说到磨子溪,李果就有一股怨气。

"总有一天,我会离开这个鬼地方的!"

"怎么离开?"

"找个男人,嫁到外面去。"

我们在一起的时候谈理想,谈人生,对未来,充满希望。那时候,李果的理想就是到镇上,或者是城里开一个代销点,自己当老板。而我的理想则是当一个音乐家,或者是画家,把美好的生活,唱出来,或者是画出来。

两个有理想的年轻人走在一起,总有说不完的人生,扯不完的话题。

就这样,我们慢慢地远离人群,渐渐地谈到了工地背后的草窝窝里。

那天山雨过后,朝阳水库里腾起两道美丽的彩虹,工地上的人都以为彩虹是懒龙变的,担心它们会把水库里的水喝干了,都在敲锅敲碗敲盆桶大喊大叫:"懒龙喝潲水,懒龙喝潲水,不知羞!"

李果和我则在这种无知的叫声里,钻进工地背后的草窝窝里。

李果说:"真好笑,这彩虹怎么会是懒龙变的呢?"

"那是什么变的?"我明知故问。

"青草叶子变的。"

"是吗？"

"是的，那是母螃蟹在向公螃蟹示爱哩，说是有一种红色的螃蟹，公母是分开住的，母螃蟹想公螃蟹的时候，就会咬住河边的草叶，把思念的颜色映到天上，公螃蟹看到暗示后，就会不辞辛劳，从很远的地方爬来，和母螃蟹团聚一个晚上，然后再分开……据说一辈子，它们就……聚一次。"

我哈哈大笑道："这么说来，我们朝阳水库里有两只红色的母螃蟹在想公螃蟹了。"

奇怪的是，我迟迟没有听到李果作声。

后来回头一看，只见李果躺在草窝窝里，含情脉脉地看着我，嘴里咬着一片嫩幽幽的青草叶子。

我开玩笑说："李果，是想男人了吧？"

李果"嗯"了一声，说："周全，人家想你了。"

只一句话，我们就成了两只红色的螃蟹……

牛寡妇得知我跟李果就钻过一次草窝窝，跟李月儿就滚过一次油菜地，这女人就在被窝里咯咯地笑成一团。牛寡妇说："看来，你比姐家的猪郎公强多了，姐家的猪郎公是一次踩不中，还得回头踩，而你只一次，就让两个黄花闺女都下了崽。"

牛寡妇的笑声听起来很暧昧。

而我却在这种暧昧的笑声里，进入了梦乡。

后来，我又梦见李果了。

李果在草窝窝里激情难抑地叫唤着："周全，周全。"李果叫我周全的时候，草窝窝里的每一片草叶和空气都充满了幸福。一缕夕阳从屁股后头懒洋洋地照射过来，我看见李果在我的影子里鲜活无比……醒来却发现，自己竟然睡在牛寡妇的床上。

所有的汗水，都洒在这个女人的身上了。

我赶紧爬起来，逃也似的离开了磨子溪。

拂晓的风中，隐隐传来了这个孤寡女人凄凉的歌唱声——

　　你说难挨不难挨，
　　半边床铺长青苔。
　　一年到头吞冷饭，
　　眼泪滴穿火塘岩。

·裂缝

裂缝

一

荷花的二婚原定于中秋节的第二天,据说这天是黄道吉日,宜于婚丧嫁娶。这里值得一提的是,二手新郎官李家发在当今文坛也算是有半席之地的传奇人物。他是一个从墨水瓶里爬起来的文学作者,凭一部三十余万字的都市言情小说《立体交叉》一炮走红。这本书的取材和风格如何姑且不论,但书商给他百万稿酬却是千真万确的事情。

李家发要请几十个帮工打扫卫生,布置新房,包括铺红地毯和挂红灯笼,还要请市里有名的厨师来主厨。他甚至放出话来,要找婚庆公司用十辆红旗牌轿车接新娘子过门,结婚那天要在杏花村设一里多地的长龙宴席,凡是一条街上的父老乡亲,都可以在路边临时搭起来的棚子里喝喜酒,吃喜糖。这样一来,街头巷尾谈论的都是李家的气派和李家发二婚的大手笔。

荷花的前夫叫龙雨生,三年前在抗洪抢险中牺牲了。龙雨生被追认为烈士,荷花成了烈士的家属。

荷花就要改嫁了。

改嫁前,荷花无论如何都要与小叔子龙雨林见上一面。接到电话,龙雨林连夜从省城搭火车赶回杏花村。

两年不见,龙雨林觉得嫂子像是换了一副模样。她的头发剪短了,是那种短得不能再短的头发,跟男人理的平头差不多。在荷花看来,剪头发是一种告别过去的仪式,说明新的生活就要从头开始了。

龙雨林发现嫂子的变化是从她的笑声开始的。荷花一见到他就笑了,那是一种放纵与无忌,一副全然无所谓的样子。龙雨林甚至觉得,这种笑声不是嫂子的,好像是电视剧里某个荡妇的。想到"荡妇"这个词,他感到耻辱。而嫂子的眼神，更是让他感到吃惊。他在嫂子的眼睛里发现了一种疯狂的东西，是那么飘浮不定。

"嫂子，你好像跟以前不一样了。"他说。

"是吗？"荷花把嫩藕似的双臂往胸前一抱，把两道修得很细很细的柳叶眉往上一挑，轻佻地笑道，"是不是比以前更加疯狂了？"

龙雨林没有理会荷花的轻佻与疯狂，而是一本正经地问："嫂子这次喊我回来，不知道有何要紧的事情？"

荷花说："我要改嫁了。"

"什么，嫂子要改嫁？"

龙雨林心里一惊，说："这么大的事情也不跟你娘亲商量一下？"

荷花抿嘴笑了，她说："娘亲？我哪来的娘亲？现在就你一个亲人，我这不是把你叫回来了吗？"

龙雨林听了心头一热，问道："那男人是干什么的？住在哪？"

荷花说："他是个作家，就住在街上。我没了老公，他没了老婆，我们是同病相怜。你不会反对吧？"说着，她把一条大腿叠放在另一条大腿上，两条腿显得更修长了。她穿着红色的睡裙，前卫，奔放，性感，就像一朵熊熊燃烧着的火焰。

"你是说村口的李家发？一个写色情小说发家的小老头？"龙雨林简直难以置信，李家发人长得不怎么样，个子比自己还矮小，一头白发，他的老婆三年前也打了水漂。平日里油腔滑调的，喝了点酒就自吹自擂，老子文章天下第一。龙雨林真弄不明白，嫂子怎么会看上这种男人，而且还要跟他结婚，嫉妒中多了点人身攻击。荷花有点不高兴了，面带愠色说："什么小老头？人家才四十三岁。男人四十花一朵，亏你还是个文化人哩，这个道理都不懂。至于他写什么，我可不管，只要他能赚钱养家就行。"

荷花的轻率让龙雨林感到气愤，但他是个受过高等教育的人，而且还在教育着别人，他没有理由生嫂子的气，哥哥不在了，嫂子改嫁也是天经地义的事。但他还是压不住心中的不快，嘀咕了一句："怎么会是这样呢？"

"为什么不能这样？"荷花激动地站起来，"我做自己喜欢的事情，有什么不可以？"又坐了下去。龙雨林用陌生的眼光打量着坐在床边上的嫂子。他的目光不由自主地停在了荷花身后的墙上。雨生哥不在了，四年前他用大红蜡纸为他们剪的那个大大的"囍"字还在满是裂缝的墙上贴着，有些褪色了，显得有点苍白，刺眼。他伸手揉了揉有点干涩的眼睛，打哈欠说："嫂子，时间不早了，我要回房休息了。"

荷花摇摇头，幽幽地说道："雨林，也许我根本就不该叫你回来，我不配做你的嫂子，真的，不配。"荷花一下子回到了原来的形象。嫂子又是原来的嫂子了，说话的语气也平和了许多，龙雨林慌乱的心像是打了镇静剂，屁股在沙发上只挪动了一下，又坐稳了。他开心地笑道："不，嫂子，你永远都是我的嫂子。"

"但是，我就要成为别人的妻子了。"荷花幽幽地叹了口气。

"其实，你可以不离开我们龙家的。"龙雨林的脸上突然流露出某种期待。

"是呀，我原来也是这么想的，可是，我现在还是改变了。"荷花忧伤的语气中又多了一丝不可言喻的苦涩。

"对不起，也许我的想法太自私了。"龙雨林面有愧色说。

"谢谢你的理解，其实说这句话的人应该是我。"荷花的思绪又回到了现实中。

不知为什么，今晚的谈话，他们都在回避着一个人的名字。

——龙雨生。这个名字就像一层无法捅破的纸。

那是一张退伍军人的最高荣誉证书，荷花已经把它装帧好了，此刻就放在床头伸手可及的柜子里，象征着一个合格的军魂永恒地保存在那里了。

二

龙雨生生前的衣物熨得整整齐齐，衬衫和领带也都搭配好了，就放在床头的衣柜里，上面压着烈士家属的荣誉证书。荷花起身打开衣柜的时候，龙雨林的心是平静的，像是没有了生命一般。他似乎不会说话了，不会呼吸了，只是一滴硕大的泪珠悄然滑落在刚扫过的水泥地板上，在他的印象里，这个家永远都是干净的。从前，是母亲打扫，紧接着是嫂子打扫，可是以后呢？一想到嫂子就要嫁人，就要与别的男人相爱了，他就莫名其妙地心痛。嫂子怎么可以是别人的呢？他突然觉得哥哥这辈子有点窝囊，让他这个弟弟也跟着脸上抹黑。可是他除了沉默，还能怎样？在哥哥被洪水冲走之后的那一段时间里，父母亲都先后在悲痛中去世了，家里只剩下他和嫂子了。孤男寡女同在一个屋檐下，朝夕相处，他们几乎就要碰出爱情的火花了。但是他们都知道这种关系的罪恶。两年前龙雨林去省城教书，表面上是组织工作的需要，其实是在逃避，他是个理智得有些迂腐的男人。

荷花说："给你，这是你哥的东西。"

龙雨林低头接过荷花递过来的证书和遗物，忽然闻到一股湿润的皂香，他的手在清凉的空气中微微颤抖了一下。荷花径直走到对面关上窗子,说:"今晚的风好大。"

龙雨林说:"那嫂子多穿些衣服吧,别着凉了。"他想了想,又把雨生哥的遗物和证书重新放回尚未锁上的柜子里,柔声说:"嫂子,这些东西还是留在你身边吧。"

荷花没有搭话。

荷花若有所思地在房间里不停地走动着,也不搭话,这让龙雨林感到有点不安了。他问:"嫂子,你这是怎么啦?"

荷花说:"没什么,我冷,想走走。"

龙雨林连忙说:"嫂子,那你赶紧睡觉吧,我也要回房休息了,明天一大早还得赶车回城上课呢!"龙雨林拉开门,正要返回自己的房间。荷花突然从背后将他抱住了,脸搭在他的颈上,急促而狂热的呼吸吹拂着他的耳根:"雨林,别走,你的房间两年没人住了,现在一下子也收拾不好,你就留在这里,陪我说一晚上的话,好吗?"

龙雨林慌了,忙说:"嫂子,你放了我吧,求求你了!"

荷花似乎要松开了,似乎要放弃了,但是她搂着的双手却由松开而变得更紧,更紧。她语无伦次地说着:"雨林,难道你就这么狠心?你需要我,是吗?你一直都喜欢我,你不说,是吗?"

龙雨林挣扎了几下,没用。

理智的身体被一股滚烫的血流冲荡得有些坚持不住了,他不断地提醒荷花:"不!你这是害我呀,嫂子,我不能对不起我哥,更不能对不起你未来的丈夫!你这是……"

"我不管!我什么都不管!雨林,没有你的这些日子,我的世界全是灰烬和黑暗。雨林,我的世界因你而光明,因你而温暖,就算是你可怜我,让我感受一下做女人的滋味吧。"荷花近似疯狂地搂着他,"如果世上真的有在天之灵的话,我相信,你哥和你父母在地下有知都会赞成我们的。"

荷花这么说,龙雨林不再犹豫了。他猛地转身抱住了荷花。那一刻,他忘却了荷花是自己的嫂子,也忘却了所谓道德观念上天理人伦的立场的约束。

第一次看见女人的身体,龙雨林有些不知所措。身体是荷花的,腰肢很细,让他联想到被风吹拂着的波浪。乳房小巧而精致,但是给人一种圆润的感觉。龙雨林不敢往上面看,上面有烈焰,也不敢往下面看,下面也有烈焰。他就抱着她的腰,把脸贴在她的乳房上,他像一个迷路而饥饿的孩子,任由她牵引着,不管带向何方。荷花呢喃着:"雨林,我们就这样相处下去,不是很好吗，一辈子这样？"见他不做声，荷花接着补充说："我本想为你哥守寡一辈子的，可我还是违背了最初的诺言！雨林，别怕，进去，明天我就要嫁人了。"

"嫂子，你真的要嫁给那个李家发？"龙雨林问。

"当然是真的。"荷花定定地看着龙雨林，过了一会儿又说，"不过，我们之间还有一个约定。"

"什么约定？"龙雨林奇怪道。

"我说这事还要征求你的同意，否则——"荷花突然住口不说了。

"否则怎么样？"龙雨林追问。

看着龙雨林紧张的样子，荷花笑了，说："否则，否则就拉倒呗。"

"就这么简单？"

"就这么简单。"

"那他有何反应？"

"他还能有什么反应，当然是一切听我的。"

"嫂子，你太善良了。"说完，龙雨林抱住荷花滚进了被窝温暖的深处。

三

荷花与李家发的婚礼，因为龙雨林的沉默而无限期地拖后。秋天就要过去了，一些草木呈现出了某种衰败的迹象。

国庆节放长假了，龙雨林特地陪荷花到君山游玩。泛舟洞庭湖的这几天可以说是荷花有生以来最快乐的时光。龙雨林对她温柔体贴，呵护有加，他们似乎忘记了世俗与烦恼，忘记了他们之外的世界，全身心地投入到了大自然的情境之中。

他们渐渐融入了洞庭湖水天一色的情境里，胸襟顿时开阔了许多。"这样真好哇，但愿人生永远都这样。"荷花说这话的时候，龙雨林从后面环抱着她，把嘴唇凑在她的颈上。荷花在那种近似落日余温的呼吸中慢慢地闭上了自己的眼睛……八百里洞庭之波吞没了夕阳，他们又相拥着回到了船舱里，远离村庄的心情像放飞的风筝一样，越飞越高了。

在晃晃悠悠的船舱里，龙雨林开始亲吻荷花，从头发到脚趾地吻，不放过任何一个角落。"嫂子，我真的爱你。"龙雨林的声音梦呓一般开放在耳际，荷花战栗了，潮湿了，泪水突然在她的眼眶里打转，然后大滴大滴地滚落在船舱里。

荷花竟然哭了。

裂缝

龙雨林一下子从爱的巅峰上跌落下来，不解地看着荷花。刚刚激起的那点情欲被洞庭湖的一个浪头打翻了。"嫂子，怎么啦？"龙雨林似乎没有任何思想就把荷花搂在怀里。他的胸膛还算宽厚，温暖得像一个小小的家。荷花把脸贴上去的时候，泪水还是止不住地掉了下来。"抱着我就好，抱着我就好——"荷花的嘴唇一直在发抖，那声音在这个夜里像洞庭湖上荡开来的碧波，湿润而绵延。

"嫂子，冷吗？"

龙雨林无意中这么一问，荷花的牙齿禁不住"咯咯"地磕碰起来。"冷，不，有点。"荷花语无伦次地说着，龙雨林感觉到搂着他的手在剧烈地抖动。他不得不腾出一只手来抚弄她的头发，那样短茬茬的秀发，他抚弄着的时候心里就有一种冲动——荷花已经不是一个纯粹的女孩，而是一个真正的女性。尤其是当荷花柔软成熟的胸脯贴在他"咚咚"狂跳着的胸口时，那种最原始的欲望也就越发强烈，越发深沉。

龙雨林觉得很奇怪，在拥抱这个成熟的身体时，脑海中还是不能抑制地浮现出十年后那个丰盈的身体，仿佛眼前的一切就是十年后的那个影子的延续，再现。那个影子似乎是他现在的某个女学生。他的手无言地伸向她的胸部，像是在探索一段未来的时光。他轻轻地揉捏着，荷花发出一串低低的呻吟。她在这种快意的抚摸中像是沉睡了一样，意志完全脱离了她的身体。女人是有裂缝的，当龙雨林的嘴唇就要掠过女人的裂缝时，荷花的意志一下又回到了她的身体之中，她受惊般地推开他坐了起来，慌乱地拒绝着："不，雨林，我怕，我真的好怕。"

龙雨林一脸茫然地蹲在那里，好像刚刚看清眼前的女人似的。他的头颅慢慢地垂下去了，发出一声近似玫瑰落地时的叹息。此刻，他压抑着内心的渴望，不停地告诫自己，这是雨生哥的妻子，自己的嫂子。他不能够，也不允许把一双理智的男人的手伸向嫂子神圣的身体。

"她是我的嫂子。"龙雨林在心里不断地对自己说，"那些欲望只不过是十年后的一个梦幻，很不真实。"

理智再次战胜情欲之后，龙雨林问："嫂子，怎么就没有听你说过你家人呢？"关键时刻龙雨林突然更换话题，问起家人，这让荷花感到有点惊讶。"家人？"荷花摇头说，"我哪来的家人？"

龙雨林说："那你父母呢？"

"他们啊，"荷花说，"父亲在我十三岁那年死了，母亲也跟着离开了家。"

·裂缝

龙雨林问:"她为什么要离开你?"

荷花说:"为了一个男人。"

"你恨他们?"

"过去恨,现在不恨了。"

"为什么?"

"因为我现在爱着,所以便理解他们了。这些年我慢慢地学会了承受,我恨过那个男人,是他把我的父亲气死的,是他让我母亲别无选择地离开了这个家。我被表哥带回农场,忍受着生命里的种种伤痕,慢慢地成长着。后来农场来了工作队,其中一个技术员就住在表哥家里,那年我刚满十六岁,正是爱情花开的季节,我很快被技术员特有的魅力深深地吸引住了,并且偷偷地喜欢上了他。"说到这里,荷花看了龙雨林一眼,见他听得津津有味,于是兴奋地往下说,"他是个腼腆的人,可爱得让农场的姑娘们都在背后拿他当笑料。不巧的是,我的表妹何香也喜欢上了这个男人。记得那段日子,与我同住在一个房间的表妹经常红着脸,轻轻挥着一封封折成豆腐状的书信,花枝招展地笑:'哎呀,这个死龙哥,写的情书真逗,酸溜溜的。'然后问我想看不,我说不想,她就把信收起来了。"荷花望着窗外月光下的湖水,心情像一片随波逐流的落叶。龙雨林又重新把她拥抱在怀里,嘴唇紧贴着她耳朵,问道:"那后来呢?"

"表妹何香之前的这些举动已经让我感到非常失望了,然而她接下来的一番话,更加让我感到自卑。"荷花说道,"那天,我放羊回家就到厨房里弄饭。何香放学回来咯咯咯地笑个不停,表哥问她到底什么事情这么好笑,她低声说:'你说好笑不,隔壁那个连 ABCD 都写不完整的野丫头居然也想追龙大哥,人家可是最讨厌这种四肢发达头脑简单的花姑娘了,他说和这种没文化素质的女孩走在一起呀,简直就想上厕所……'墙上有裂缝,我在隔壁厨房里听得清清楚楚。在他们兄妹俩的嬉笑声中,我悄然溜出了房间,想找个没人的地方偷偷地哭一场。路过农技站的门口时,我看见你哥和几个工作队员走了出来,我想转身视而不见已经来不及了。他竖了竖风衣的领子,跟我打招呼:'嗨,你好。'我心不在焉地'嗨'了一句,赶紧逃也似的走了。"说到这里,荷花停下来,她把头靠在龙雨林的臂弯里,深深地吸了一口气,然后望着窗外树影婆婆的湖岸发呆。

龙雨林只是双手很安静地搂抱着她。龙雨林知道自己不能对怀里的这个女人有任何非分之想了。因为她是自己的嫂子,他不能让别人在背后戳自己的脊梁骨或者一辈子都躲在世俗的屋子里苟且偷生。

"那你和我哥是怎么走到一起的呢?"龙雨林问。

"此后,直到工作组离开前夕,我没有再和他说过一句话。"荷花沉思半响,说了一句答非所问的话。这次龙雨林没有出声,只是静静地等待着下文。因为他有预感,故事的高潮总是在意想不到的时刻发生的,就像人与人之间的感情随时都有某种可能。

"其实,我和你哥的故事是从一条蛇开始的。"荷花终于开口了。

"蛇?"

龙雨林在黑夜里突然听到这个爬行动物的名字时惊呼了一声,双手条件反射地离开了荷花蛇般的腰际。一朝着蛇咬,十年怕井绳。龙雨林小时候在坡上放牛被毒蛇咬过,如果不是哥哥发现得早,挖耳屎给他镇痛解毒,他早就没命了。

"我又不是蛇,你紧张什么?"荷花转身抱着他的腰杆,笑道。

"谁说不是蛇,我看你分明就是一条不可捉摸的美人蛇。"龙雨林很快又恢复了幽默滑稽的本性,他的手也自然地回归到了人体最曲折最脆弱的部位,搭在她的腰上。

"占了人家便宜还卖乖,真没良心。"荷花撒着娇,用手轻轻捶打着他那肌肉并未怎么发达的胸膛。

"江山如此多娇,引无数英雄竞折腰。"只要一高兴,龙雨林就又忘了嫂子的身份。他的双手从背后回到荷花身前的肚脐眼上,嬉皮笑脸地说道:"还是'风景这边独好'啊。"

荷花说:"好你个大鬼头。"在黑暗中,荷花的手不知在哪个危险地带过了一把瘾,龙雨林像被蛇咬一般惨叫:

"哎哟——"

四

月亮像一个顽皮的孩子爬到船舱顶上去了,窗口的世界黑得仿佛伸手就可以摘到满天露水深重的星星。这样的夜晚,湖泊平静得像一面镜子。因为洪水决堤的历史已经翻过去三年多了。只是那些抗洪抢险英勇献身的英雄却在人们的心灵上投下了一个永恒的阴影。一盏茶的时间过去了。故事又回到蛇的身上,主人公还是荷花,龙雨林还是一名忠实的听众。

"表妹,表哥,你哥,还有我,我们四人最后一次聚会是工作队回城前夕的事了。那天,工作队的人邀请农场的女孩子去野炊。本来我是不想去的,可是禁不住他们的再三邀请。表妹也说去吧,表姐。于是我便去了。一路上,我跑在最前面,表哥却远远地落在后面,其实我早就知道,表哥是喜欢我的,只是我们都知道,近亲是不可以朝'婚姻'这个字眼发展的。那天真的很兴奋,弱不禁风的表妹自然成了他们献殷勤的对象,特别是你哥雨生,他就像保护着国家的稀有动物那样跟着何香的屁股,寸步不离,我心里很不是滋味,却又装作满不在乎。我甚至有了奇怪的念头,想跑到队伍的最后面拉住表哥的手,在他们的面前疯狂地奔跑。我知道我是在嫉妒,并没有怎么想就怎么做。"

说到这里,荷花脸上的表情突然变得紧张而激动起来。"就在我们吃过午餐,围坐在浓密的草丛里听你哥弹吉他的时候,一件可怕的事情发生了。"荷花平定了一下情绪又接着往下说,"大伙儿都在和弦而歌,而我却一直在偷偷地看你哥,我突然看见一条让人头皮发麻的小花蛇在他背上伸出个头来,蛇爬到了你哥的背上。我尖叫了一声:蛇!众人的目光随即投到了我的身上,几乎与此同时,坐在你哥身边的表妹猛地跳了起来。那条小花蛇受了惊吓,张口往雨生的脸上咬去。我不知道是从哪来的勇气,冲上去,一把抓住小花蛇的尾巴猛地摔了出去。那条小花蛇迅速地钻进草丛里,不知所踪了,回头再看抓过蛇的手,我突然全身战栗,手更是抖得像在发鸡爪疯……

"回去的路上,我依旧独自跑在最前面,表哥依旧跟在最后面,你哥和表妹何香虽然并肩走着,却自始至终没有说一句话。在路口告别时,你哥突然一把拉过我,问道:'荷花,你既然肯为我冒这样大的险,为什么却对我写给你的信置之不理?'我呆立在那里,直到他走远了也没有说出一句话来。我回头看了看始终插在我们中间的表妹,表妹却避开了我的目光,转身走了,那一夜表妹没有回家。表哥脸色灰暗地跟我打了个招呼,也一声不响地走了。我独自站在夕阳里,感觉很冷,是全身心都空荡荡的那种凄凉与失望。太累了,我回到家,连衣服也懒得脱就躺在冷清清的床上,不知不觉就睡着了。那夜,我没有梦想。因为我的梦想还没有开始就被一个男人撕碎了,连同我尚未脱掉的衣服。那男人是在我拼命地踢打与尖叫中逃走的,对了,我在他的这里狠狠地踢了一脚——"说到这里,荷花还伸手在龙雨林的裆里摸了一下,然后她心有余悸地往龙雨林的怀里靠。

"你知道那男人是谁吗?"龙雨林到底还是按不住一颗好奇的心,追问,"后来呢?"

荷花点了点头,又摇了摇头,说:"第二天我表哥失踪了,你哥雨生也不辞而别。"

这时,月光又从另一个窗口爬了进来,像善解人意的幽灵,一声不响。

龙雨林抱住她悄声说:"时间不早了,睡吧。"荷花没有言语,只是闭着双眼轻轻背过身去。

五

荷花与李家发的婚礼重新定在元旦节那天举行。接到电话后,龙雨林提前一天赶回杏花村,他是荷花唯一的亲人,他要以娘家人的身份把荷花风风光光地嫁出去。他把嫁妆准备妥当时,已是晚上十点多钟了,他洗完澡正要上床睡觉,忽然听到嫂子在房间里喊:"哎哟!雨林,快过来帮帮我。"他闻声跑过去,推门一看,只见荷花拖着一件白色的婚纱,长长的婚纱像一张鱼网,静静地撒落在红色的地毯上,婚纱的一个边角让床脚的什么东西给挂住了,荷花就像一条被渔网困住的鱼,不知所措地站在那里。

龙雨林站在门口不动,荷花有点急了,连忙催他:"快,快,快把我放了。"

龙雨林一听乐了,好像是自己撒网把她困住似的,就站在门口嘿嘿地笑道:"嫂子,时辰好像还没到哩,就想当新娘子了?"

"人家都给什么东西挂住了,你还有心情站在那里说风凉话。"荷花有点发火了。他赶紧进屋,蹲到床边查看,原来婚纱是给一枚铁钉钩住了。他小心翼翼地从铁钉上取下婚纱,正想回头跟荷花开玩笑,哪想到荷花已经悄然站到了他的身边,他赶紧站起身来,并且由衷地夸了一句:"嫂子,你真漂亮!"

"是吗?"

荷花笑了,笑得千娇百媚。

荷花娇笑着,整个身体都向他逼过去。

龙雨林本来就靠着床,后退是不可能的了。结果他被荷花压倒在席梦思上。"雨林,你就要了我吧!"荷花的急促的呼吸近在耳畔,"今夜,我要给你一个惊喜!"

龙雨林不知道荷花说的惊喜是什么,但是男人身体里的欲望一下子被点燃了,并且熊熊燃烧起来。所谓的理智不复存在了,白色的婚纱像一缕炊烟,轻轻飘散,最后落在了红色的地毯上。此时的荷花就像一尾破网而出的鱼,在他的身上游动,而他像一个刚出道的渔夫,把鱼紧紧地搂在怀里,他的手在经过一片草地,一条狭长的裂缝时潮湿了,他摸索着,终于找到了男人最坚硬的身体,随着荷花的一声尖叫,女人的身体彻底裂开了。女人是有裂缝的，一个女人埋藏多年的幸福就这样从裂缝里溢了出来，它让男人感到了快乐与疯狂。

平静下来后，荷花如释重负地笑了。

荷花说："想不到吧，我还是个处女。"

荷花的话真的让龙雨林有一种受宠若惊的感觉。这就是所谓的惊喜。他知道，这意味着什么。一个女人没有把自己那一层薄膜撕裂之前，永远都不能成为一个真正的女人。他也知道，自己要为刺穿这层薄膜付出什么样的代价。他像一个做错事的孩子一样，慌乱地回到衣服里。没想到一个结婚一年多才守寡的女人还是处女。龙雨林十分不解地问荷花："既然嫂子还是处女，应该珍惜它才是，为何又要轻易地糟蹋它？"

面对龙雨林的不解，荷花很坦然。荷花说："这张处女膜本来就是属于你们龙家的。"

龙雨林说："为什么？"

荷花说："你想想，我进龙家一年多，你哥雨生便成了烈士。三年了，我总不能把一张完好无损的处女膜从龙家带到李家去，让李家发知道，你哥雨生是个窝囊废。"

龙雨林说："当初你们不是婚检了吗，怎么会这样？"

荷花说："我是检查了，但你哥没有。"

龙雨林说："为什么？"

"他们都说你哥的身体没问题，就免检了。"荷花苦笑着，摇了摇头说，"你哥长得高大威猛，可结了婚才知道，根本就不是那么回事。"

荷花翻动了一下身体，又接着呢喃："结婚前，我听人说，女人的身体里有一条很深的裂缝，只有男人才能打开它，里面装着女人一生的幸福。女人的幸福是一种坚硬无比的东西，一旦被男人融化了，就是一种水，如果幸福从眼睛里流淌出来，就叫泪水，如果从裂缝里流淌出来，就叫爱。和你哥在一起的时候，我的那里总是干巴巴的，根本打不开。这些年来，我一直怀疑，自己有没有裂缝，裂缝里有没有幸福？直到在洞庭湖上与你相处，我才相信，女人的裂缝里真的有幸福，每天都是湿润的，可每次你都是那么理智，不愿打开它。"

荷花轻轻地叹了口气，说："我是不可能把一张完好无损的处女膜带到李家去的，因为这关系到雨生的声誉，他不在了，我不能让任何人知道这个秘密，除了你。"

"为什么？"

"因为你是雨生的弟弟，只有你才能为雨生死守这个秘密。"荷花若有所思地说道。

"嫂子，真的难为你了。"荷花在龙雨林的心目中突然变得伟大起来。可冷静一想，他又感到无比的悲哀。他是龙雨生的弟弟，荷花和他在一起仅仅是为了让他穿透那一层世俗的膜，用以维护一个英雄的尊严。

"难道我在你的心里，就没有一点点爱？"龙雨林仍心有不甘地问道。

"没有。"荷花斩钉截铁地说道，"雨林，你永远都是我的小叔子，我们之间是不可以有爱的，爱对我们来说，只是非分之想。"

龙雨林彻底绝望了，他痛苦地闭上了眼睛。对于很多人来说，世俗就像一堵沉重的墙，虽然也有裂缝，隐隐约约可以看到其中的希望与幸福，但是墙里墙外的人却无力打开它，摧毁它。作为男人，龙雨林感到很悲哀，他不能像打开女人的身体那样打开墙。

纵情过后的身体有一种无法言说的疲惫，荷花迷迷糊糊地睡去了。在荷花细碎的鼾声中，龙雨林走了。他把荷花随手扔在床脚的那方香风阵阵、落红点点的手巾连同柜子里已经收拾好的遗物揣进包里，他带走了一个属于革命烈士家属的荣誉证书。

六

荷花从疲惫的睡梦中睁开慵懒的眼皮时，一缕新年的阳光已经透过墙壁的裂缝悄无声息地撒落在她娇羞的脸庞上，阳光虽然白花花的，但有种说不出的冷。龙雨林已经走了，荷花伸手摸了摸，龙雨林睡过的地方已经失去了温暖。一抬眼睛，她看见了床头小桌上放着一片扁平的小石块，那是上次和龙雨林在洞庭湖边打水漂用的，是她带回来的，她希望永远留住那分在湖面上蜻蜓点水般的快乐。而此时，那片曾经让她快乐过的小石块正压着一张信纸，她感觉到了前所未有的沉重。她挣扎着爬起来，坐直了身子，她很吃力地拿开小石块，又拿起了压在小石块下的那张信纸，比小石块更沉重的是龙雨林不辞而别留下的简短留言：

嫂子：

  我走了，也许永远也不会再回来了。不要问我为什么，我永远也说不清楚。命运像水流，它把我生命中的女人漂泊成了一段错误的婚姻。

·裂缝

人生如棋,我的爱只是你棋盘上捍卫尊严的一枚棋子,感谢你用自己的苦难捍卫了龙家的尊严。今天是你新婚的好日子,我永远祝福你!嫂子,请珍重!

雨林

"嫂子……"

荷花的泪水悄无声息地滴在信纸上,溅湿了雨林最初和最后的称呼。

从现在开始,一切都过去了。

荷花要彻底忘掉这个不属于自己的男人,也就是忘掉两年多来一直活在生命里的故事。荷花爱这个男人,但这个男人永远都不会属于荷花。就像龙雨生当年差点强奸了她,她还是心甘情愿地做了他的妻子。婚后,龙雨生是她心中抹不去的阴影。而龙雨林是唯一让她感受到阳光的男人,一直温暖着她的内心生活。当心中的阴影打了水漂,她却成了烈士的家属。她爱龙雨林,却不能给他更多的爱,因为他是龙雨生的弟弟,是她的小叔子。在世俗的面前,他们的爱很难见到阳光。更重要的是,龙雨生是人们心目中的英雄,为了捍卫英雄的尊严,她必须忍痛割爱,不得不让龙雨林在爱的裂缝里找到幸福后,又带着她的伤口上路了。

如果不是龙雨林在信中刻意提及,也许荷花忘了,今天就是她和李家发结婚的日子。又要嫁人了。荷花突然觉得,女人好可怜,女人永远都觉得自己被辜负了。很多时候,女人无力把自己树为主体,女人要通过男人的梦想去完成自己的梦想。女人依附惯了。女人可以不要脸,但不能不要面子,女人的面子是男人挣来的,必要的时候,还得还给男人。正如几个小时前,龙雨林让她找回了一个寡妇的尊严。几个小时后,她将带着一个寡妇的尊严成为李家发的妻子。

荷花怅然若失地靠在满是裂缝的墙壁上,几个小时前才有的肉体享受在这一刹那变得疼痛起来。她的脸色慢慢地变红,一直红到嘴唇和指甲。她知道有一种什么样的血液在这种时刻贯穿她的身体。她内心仿佛有一种声音在呼喊:"谁来爱我!谁来占有我的肉体与灵魂!"这个一直生活在理想中的女人,就这样带着崭新的伤口,在内心告别了她的爱情,重新面对自己的婚姻。

上午九点,杏花村里鞭炮齐鸣,锣鼓喧天,迎亲的红旗车队开过来了,迎亲的唢呐声,越来越嘹亮……

满城找妈

一

国庆长假的最后一天,叶满城又身心疲惫地从乾州古城回来了。在鹤城火车站的广场上见有许多人正在围着圈子看热闹,她挤进人群一看,只见两个小孩披麻戴孝地跪在地上,面前用白色的粉笔歪歪扭扭地写着"讨钱葬父"四个字。

看热闹的人很多,但是没有一个慷慨解囊者。叶满城正要把身上仅有的两百块钱递给孩子时,突然愣住了。"这不是邻居张中秋家的孩子吗?讨钱葬父,怎么可能……"国庆节那天,叶满城大清早起来赶火车去乾州,还在院子里碰到了张中秋,当时他拉着个板车,说要到建材市场给别人拉货。张中秋是条三十多岁的汉子,身子壮得像头牛似的,五天不见,怎么可能死了呢?这两个孩子准是跑来骗钱的。这年头装可怜行乞的骗子到处都是,把孩子都教坏了。想到这里,叶满城冲上前去,心疼地问道:"张林张燕,你们这是怎么了?"

张林与张燕抬头一看,见是住在隔壁的叶老师,眼泪水一下子就滚出来了:"叶老师,爸爸死了五天了,还没钱火葬,所以我们就……"

原来,国庆节放长假,到建材市场买装修材料的人很多,张中秋拉货拉到很晚才回来,还到菜市场砍了个猪腿,装了两斤米酒。晚餐很丰盛,张中秋自斟自饮,中途他哼着小曲去上厕所。半天不见爸爸回来,张林跑去喊,才发现父亲栽倒在楼道尽头的厕所的尿槽里,已经没气了。父亲死了,家里没钱,张林便带着妹妹张燕去火车站讨钱。这个主意是张燕想到的,因为经常有半大的孩子跪在学校门口讨钱。

现在学校放假了,校门口没有人。

·裂缝

张林说，讨钱得到人多的地方讨。

火车站的人多，张林就把妹妹张燕带到火车站来了。

在火车站，看热闹的人很多，但给钱的人很少。兄妹俩在广场上跪了四天了，膝盖都跪肿了，也就零零星星收到一些皱巴巴的毛毛钱。

张林十二岁，张燕九岁不到，他们哪知道，这年头火车站的骗子太多，人心早就变得冷漠了。

多懂事的孩子啊！叶满城的眼泪一下子就掉下来了，她把兄妹俩紧紧地搂在怀里，泣不成声地说道："你们这样是讨不到钱的，跟叶老师回家吧，叶老师会给你们想办法的。"

料理完张中秋的后事，已是晚上十一点多钟了。在市政府工作的男友王薪先后打了十几个电话过来，让她马上过去，但她想等张林张燕兄妹俩睡着了再离开。可是悲伤和恐惧让两个孩子都不敢上床睡觉。最后她一咬牙，对张林张燕说："别怕，叶老师陪你们睡觉。"

叶满城躺在张中秋生前睡过的床上，辗转反侧，怎么也睡不着。张中秋的妻子去世好几年了，现在张中秋也走了，孩子还那么小，今后的日子怎么办？最后她横下心来，让张林张燕跟自己一块儿过。

叶满城给王薪打电话，刚把想法说出来，王薪就在电话那头生气了。"我看你是不想跟我结婚过日子吧，每次放假你就往乾州古城跑，现在倒好，你还要往家里领两个孩子，这日子怎么过？你赶紧把孩子送到福利院去！"王薪的火气很大，"叶满城，如果你不把孩子送进福利院，那么我们就分手！"电话挂断了。

放下电话，叶满城陷入了沉思。

二

国庆放长假，王薪本来要去桂林玩的，叶满城偏偏有事要去乾州古城。只要是放长假，她就往乾州古城跑，也不说什么事，以至于王薪都怀疑她了。王薪怀疑她是去找老相好。"满城，乾州古城是不是有你最重要的人？"王薪试探性地问过一次，但是问得很含蓄，她就点了点头，笑嘻嘻地说："是啊，那里有我生命中最重要的人。"王薪没有追问，她也就懒得解释什么了。因为有些事情，想解释也解释不清楚，越是解释，对方就越怀疑。

她去乾州古城，的确是去找人的，而且是去寻找生命中最重要的人。

叶满城的妈妈丢了。

九岁那年，叶满城和爸爸妈妈去乾州古城游玩，结果把妈妈弄丢了。他们是半边户家庭，她妈妈是苗家妇女，没有上过学，不会说汉话，人却长得很漂亮。她妈妈与爸爸结婚的时候，爸爸还是小学代课老师，后来，爸爸考上了公务员。爸爸在乡政府工作了六年多，然后泥腿子进城了。爸爸是在叶满城五岁那年进的城。一年后，叶满城跟爸爸到城里去读书。妈妈一个人留在了苗家山寨里。在叶满城的记忆里，她们一家人离多聚少，一年到头难得聚几次。那时候国庆节只放一天假，那次正好连着星期天，有两天休息时间，爸爸一大早便把妈妈从乡下接来了，一起去乾州古城玩。

　　荡舟万溶江河畔，爬南长城……在乾州古城，一家三口玩得很开心。只是回来那天，在乾州火车站候车的时候，叶满城娃哈哈喝多了，想上厕所，爸爸陪她去广场边上厕所，回来就发现妈妈不见了。他们把火车站都找遍了，也没有找到妈妈。"你早不上厕所，晚不上厕所，偏偏要在等车的时候上厕所。"妈妈丢了，爸爸很伤心，人前人后没少埋怨她。叶满城也在心里埋怨自己，早知道这样，她就不会喝那么多娃哈哈了。

　　人丢了，埋怨也没有用。后来爸爸又到乾州古城找过几次，也没有找到人。第二年夏天，爸爸便跟单位的一个非常漂亮的女同事结了婚。

　　其实后妈对叶满城很不错，问寒问暖的，还给她买了很多礼物，但是她却从心里不喜欢这个女人。因为娶了这个女人后，爸爸就不再去找妈妈了。"你不找，我自己去找。"叶满城好几次赌气要去乾州古城找妈妈，但都被爸爸到车站拦回来了。"要找，等你长大了再去找。"爸爸说，"满城，你现在还小，妈妈已经没了，要是你也走丢了，爸爸还怎么活呀。"叶满城知道爸爸说的是实话，爸爸与妈妈曾经在乡下相依为命过，现在妈妈没了，她自然是爸爸唯一的寄托。但她还是指着后妈说："我丢了就丢了，反正还有这个女人陪着你呢。"

　　从那天起，叶满城便在心里暗自发誓：我长大了一定要去乾州古城找妈妈。

　　妈妈没有文化，不认识字，所以才会像小猫小狗那样，找不到回家的路。那以后，叶满城拼命读书。她的成绩十分优异。高考填报志愿的时候，她没有填报清华大学，也没有填报北京大学，而是填报了一所普通高校——吉首大学。

　　大学四年，她找遍了乾州古城，甚至把城郊的那些村庄都找遍了，还是没有找到妈妈。以至于大学毕业那年，她想留在乾州古城工作，继续寻找妈妈。但是乾州古城没有适合自己的工作,她只好去离乾州古城最近的鹤城当老师。

十五年过去了。

还是没有妈妈的消息,所有的寻找都是徒劳。

妈妈也许不在人世了。

她已经有心理准备了。

王薪多次提出要结婚,但她都以各种理由推脱了。这次国庆是她最后一次去乾州古城了,最后一次去找妈妈,如果再没有妈妈的消息,她就和王薪结婚。而且结婚的日子她都想好了,就在元旦那天。哪想在这节骨眼上,隔壁的张中秋不在了,还丢下两个孩子。

这没妈的孩子实在是太可怜了。

经过三天三夜的思考与挣扎后,叶满城毅然选择与王薪分手。

望着相爱多年的男友远去的背影,她的心都碎了。

三

年底的时候,同学们相互赠送贺年卡,张林和张燕却犯愁了。叶满城得知后,分别给了他们兄妹俩二十块钱。后来兄妹俩私底下商量:"叶老师跟我们的亲妈妈一样,从新年钟声敲响的那一刻起,我们就叫她妈妈吧。"

晚上,当新年钟声进入倒计时,电视机前的张林张燕齐刷刷地跪在叶满城的面前,恭恭敬敬地喊道:"妈妈——"这一声呼喊,不是与生俱来的称谓,而是真诚心灵的碰撞,叶满城的眼睛顿时湿润了。

"妈妈"的称谓让叶满城感到不安。她才二十四岁,还没有做好当妈妈的准备,也不具备当妈妈的硬件设施,更不具备领养孩子的条件。自己充其量只能说是代理妈妈,或者说是保姆。最后,叶满城心里一横:孩子的父母都不在了,我这个邻居必须尽一个母亲的职责,好好教育他们。

为了培养孩子的爱心,儿童节那天,叶满城带着张林张燕,拎着糖果去了市福利院。院里有十几个被父母遗弃的残疾儿童和孤儿,阿姨们精心地照料着。看着那些孤儿,张林哽咽着对叶满城说:"妈妈,等以后有钱了,我一定把钱捐给这里的孤儿。"张燕也抹着泪说:"妈妈,等我长大了,一定要做有爱心的人。"

暑假的时候,张林张燕到乡下亲戚家住了一个月不到就回来了,一起回来的还有三个衣衫褴褛的小女孩。那三个小女孩一见到叶满城就喊"妈妈",

把叶满城吓了一大跳。原来她们是张林舅舅邻居家的孩子，是三姐妹，父母一年前都不在了，三姐妹在村里吃的是百家饭，穿的是百家衣，吃不饱，也穿不暖。大姐八岁，叫杨梅花。二姐六岁，叫杨菊花。小的叫杨兰花，才四岁多。而且杨兰花还是超生子女，没有上户口。张林张燕见她们可怜，于是动了"爱心"，把她们带回来了。

"妈妈，你就收下我们吧！"杨梅花带着两个妹妹"扑通"一声跪在地上。望着孩子乞求的眼神，叶满城鼻子一酸，泪水滚了出来。她扶起杨梅花三姐妹，心疼地说："孩子，都进屋去吧，妈妈这就去给你们做饭。"

当丰盛的饭菜摆在桌子上，看着狼吞虎咽的孩子们，叶满城心里很不是滋味。新学年开学在即，叶满城每月只有一千八百多块钱的工资，供张林张燕读书吃饭还勉强过得去，现在又多了三个孩子，而且都到了上学的年龄，那点工资显然远远不够了。

眼看五个孩子就要开学了，而学费还没有着落，叶满城只好把家中唯一值钱的一辆嘉陵摩托车卖了。当孩子们得知叶满城卖了摩托车为他们交学费时，懂事的张林流着泪说："妈妈，我不要读书了，我十六岁了，是个男子汉，我要出去打工挣钱让妹妹们读书！"听到张林的话，叶满城既心疼，又生气："妈妈再苦再累也要供你们读书，张林，以后再说这种话，就别怪妈妈不要你！"

开学的那天，叶满城望着五个孩子背着书包高高兴兴地去上学了，她这才想起自己也该动身了，没摩托车，到学校还要走二十多分钟的路呢。在路上，叶满城想得更多的就是这些孩子的将来：孩子们一天天长大，开销也一天天增加，而自己就那么点工资，要是误了孩子的前程怎么办？

只是经过报社的门口时，叶满城的心里突然一亮。

四

两天后，《鹤城晚报》在显著的位置上刊登了一则《征母启事》："我是鹤城第四中学一名未婚女教师，无意中收留了五个父母双亡的孤儿，按有关政策，我不符合领养条件。这五个孩子活泼可爱，我想给他们找一个好妈妈。如果您是一个有爱心的妈妈，如果您想有一个活泼可爱的孩子，如果您能给他们一个幸福的家，那么，请您一定跟我联系。叶满城。"

这则启事引起了社会的普遍关注。湖南、贵州、湖北、广西、广东、上海等地的很多家庭纷纷来函来电，要求领养孩子。

登门请求领养孩子的人数也与日俱增，人贩子也混杂其中。一天，一个操着广东口音的中年妇女找到叶满城家中，自称是广州某幼育院的院长，她假惺惺地恭维了一通后，掏出几叠人民币往叶满城的面前一推，说："叶老师，你收留孤儿辛苦啦，这五万块钱算是给你的辛苦费啦，请你笑纳啦。这五个孩子，你就放心地交给我啦！"叶满城要查看她的证件时，她却磨磨蹭蹭。叶满城脸色一沉，说："你到底想干什么？赶快把钱收起来，给我出去！否则，我要报警了。"中年妇女大惊失色，抓过钱慌忙离开了。

那以后，叶满城更加小心谨慎了，为了不给人贩子有机可乘，她有空就上门摸底调查情况。经过反复的论证和比较，她在三百户要求收养孩子的人家中就近选定了五家。这些家长有的是个体户，有的是退休干部，有的是教育工作者。

一个月后，杨兰花就给退回来了。领养杨兰花的那对夫妇是鹤城市下边一个小县城的民办中学的老师，叶满城问他们为什么不要杨兰花，那对夫妇有点难为情地说："叶老师，有人说女大不中留，留来留去留成仇，如果真是这样，我们岂不是白养一场了。我们想来想去，还是觉得领养男孩好，将来靠他养老送终。"叶满城气得脸色煞白，嘴唇直发抖："这不是商场买东西，想买就买，想退就退，这是一个活生生的孩子啊！"

那对夫妇想走，杨兰花冲上去抱住那个她喊了一个多月"妈妈"的女人的腿苦苦哀求："妈妈，您要我吧，我会听话的……"那女人用力甩开杨兰花的手，转身走了。杨兰花从地上爬起来，又发疯似的抓住那个她喊了一个多月"爸爸"的男人的裤脚苦苦哀求："爸爸，带我走吧，我会听话的……"那男人猛地扳开杨兰花紧握的手指，头也不回地走了。无论杨兰花怎样哭喊，也不能打动他们的铁石心肠。叶满城彻底失望了，哭着对杨兰花说："孩子，别哭，他们不要你，我要。"

"妈妈——"

杨兰花扑进叶满城的怀里，两人哭作一团。

五

要求领养孩子的人很多。

在接下来的半年时间里，叶满城收到了上千封信件。其中有一封是来自乾州古城的。对方姓叶，叫叶通根，是铁路上的退休工人，他的妻子四十九岁，没有生育能力，想领养一个女孩子。经电话联系，沟通后，叶满城觉得老人很和蔼，各方面的条件也不错，心想，这是一个充满爱心的家庭，便约好星期六中午十二点到乾州火车站出站口见面。

晚上睡觉时，叶满城对杨兰花说："兰花，我又给你找到了一个新家。"

杨兰花一听，眼泪就流出来了，抽着鼻子问："妈妈，你不要我了吗？"

叶满城摇头说道："不是妈妈不要你，而是妈妈还没有结婚，没有结婚是不能有孩子的，妈妈不能让你成为一个没有户口的黑孩子。"杨兰花用忧郁的眼神看着叶满城，没有再吱声，泪水打湿了枕巾。

星期六中午十二点。叶满城带着杨兰花从火车上下来，刚走到出站口就看到叶通根老人举着一块大纸板站在出站口等她们了，纸板上写着叶满城的名字。老人的身边还站着个女人，叶满城觉得那女人有些眼熟，好像在哪里见过，可又想不起来了。

见到叶满城，叶通根老人也很惊讶，他介绍说："这是我的老伴。"老人看了看叶满城，又看了看老伴，奇怪说："晓妹，你们俩长得真像。"

叶通根的老伴叫晓妹。

其实晓妹也看出来了，眼前的这个姑娘长得跟自己年轻时一样。于是问了声："叶老师，你老家是哪里的？"

叶满城也觉得这个女人长得有点像妈妈。

到底是不是妈妈，叶满城也不敢肯定，毕竟妈妈走丢的时候，她才九岁，记忆里只有一点妈妈的影子，而且这个影子已经很模糊了。她只知道，妈妈叫桃花，是桃花沟的大美人。这都是爸爸跟她说的，她妈妈不会说汉话。她妈妈要是会说汉话，就不会丢。眼前的这个女人不叫桃花，叫晓妹，而且她的汉话还讲得这么好，肯定不是妈妈。当晓妹问起老家时，她没有说自己是桃花沟的，而是回答说："我是鹤城的。"

听叶满城说是鹤城的，晓妹便哄杨兰花去了。晓妹笑眯眯地说："你就是兰花吧，来，妈抱抱。"晓妹伸手过去，想抱杨兰花，但杨兰花抓着叶满城的衣角，躲到叶满城的屁股后面去了，只露出半个脑袋，十分警惕地看着晓妹。

晓妹从衣服口袋里摸出一个棒棒糖，继续诱惑说："只要抱一抱，棒棒糖就是你的了。"孩子哪经得起糖的诱惑，过去把糖拿了，然后让她抱。

在两位老人热情的邀请下，叶满城带着杨兰花去了他们家。他们住在铁路职工之家，三层楼房，看上去很陈旧，很破烂，但房间收拾得很干净，家的味道很浓。两位老人还为杨兰花收拾了房间，房间里的那些玩具更是让杨兰花爱不释手。

杨兰花很快就喜欢上这个家了。

晚上吃饭的时候，杨兰花还开口喊叶通根"爸爸"，喊晓妹"妈妈"，喊得两位老人眉开眼笑，高兴得合不拢嘴。

第二天早上，叶满城要回鹤城了。临上车时，她把晓妹拉到一边，低声说："阿姨，我想跟您打听个人……"

晓妹问她："打听谁？"

叶满城说："桃花，桃花沟的桃花。"

"她是你什么人？"晓妹显得很惊讶。

"桃花是我妈妈。"叶满城很忧伤地说道，"十九年前，就在这里，我把妈妈弄丢了。这些年，我一直在找她，可是怎么也找不到……"

"什么，你是梅子？"

叶满城的小名叫梅子，晓妹突然喊出了叶满城的小名。

"我是梅子！"叶满城吃惊地望着晓妹，"您是……"

"梅子，我就是你的妈妈呀。"

"您不是叫晓妹吗？怎么会……"

"我叫桃花，是桃花沟的桃花，晓妹这个名字是他取的。"桃花冲着叶通根大声喊道，"老头子，你过来一下！"叶通根拉着杨兰花应声过来了。

桃花兴奋地说："我找到我的女儿了。"

叶通根奇怪道："女儿不是在我这吗？"

杨兰花也跟着说："妈，我在这里呢。"

桃花搂着叶满城，热泪盈眶地说道："叶满城就是梅子，她就是我的女儿。"

叶满城突然推开桃花，冲叶通根吼道："你这个骗子，你为什么要拐骗我妈妈？！"

面对叶满城的吼叫，叶通根一头雾水："叶老师，我什么时候拐骗你妈妈了？"

"不是拐骗是什么？"叶满城说，"你拐走了我妈妈，拆散了我们的家庭！"

叶满城要跟叶通根拼命，被桃花拉开了。桃花连连说："他没有拐骗我，他没有拐骗我，是你爸爸他……"欲言又止，没把话说完。

"这到底是怎么回事？"叶满城追问道。

桃花说："我，我哪知道。"然后哭了，哭得很伤心。

桃花没有说，但叶满城还是从叶通根嘴里隐隐约约知道了。

事情是这样的，爸爸带她去广场边上厕所后，叶通根就跑到候车室找桃花了，桃花不懂汉话，他就比手画脚，很着急的样子，他穿着铁路上的制服，桃花以为父女俩出事了，就跟着去了。结果刚进屋，就被这个男人反锁在家里。

桃花跟这个男人闹死闹活闹了一年时间，后来就不闹了。因为一年后，桃花学会了汉话，知道了事情的真相，她就不再闹了。

叶通根人很好，家庭条件也不错，只是年轻的时候太损女人了，先后娶了七个女人，都死了。因为太损女人，条件再好也没有哪个女人愿意嫁给他。后来他又花钱买了两个女人，也都死了。之前他有过九个女人了，从大妹二妹一直叫到九妹，桃花是第十个，所以就叫晓妹了。

叶通根说："当年，我给了他八千块钱。"

叶满城听后直摇头，说："不信！我不信。"

桃花说："不信？那你回去问你爸爸好了。"

叶满城还是不信，觉得爸爸不会是这种人。

这些年来，叶满城一直在找妈妈，以为只要找到了妈妈，就会很幸福。然而妈妈找到了，又能怎么样呢？叶满城对桃花说："妈妈，这次我是来给杨兰花找妈妈的，现在妈妈找到了，我也要回鹤城去了，你就跟着叶叔叔好好过日子吧，杨兰花很乖，很懂事，将来她会像女儿一样好好照顾你们的。"

六

第二天快要上班的时候，叶满城突然接到妈妈的电话，说是叶通根一会儿要到派出所给杨兰花上户口，想要她给杨兰花取一个好听点的名字。叶满城想了想，说："你们家也姓叶，就叫叶子吧。"接着她又若有所思地补充道："一片叶子，只有长在母亲这棵树上，它才会苍翠，如果从树上落了，它就会枯黄……"

在电话里，妈妈还问她："梅子，那事你问清楚了没有？"

叶满城说："你们的事，我不想问了。"然后挂了电话。

叶满城不是不想问，而是没办法问了。叶满城考上大学的那年冬天，爸爸开车去学校看望她，在路上与那个女人双双出了车祸……

·裂缝

酒窝

尚未见到红时,我就知道红有漂亮的酒窝。

这是红的闺中密友云说的。我没有见过云,我只知道云是虎门新达电子厂的打工妹。我是广州某打工杂志的编辑,常写些恻隐缠绵的爱情故事,每次发表了都会收到读者雪花般的来信,就这样,我认识了云。

我与红的第一次亲密接触是从声音开始的。那时候,云三天两头地往编辑部打电话。有一次,我和云正聊得起劲,电话的那头却传来了甜甜的笑声。我问云是谁,云说,是一个小美人,想跟她聊聊不?我说是小美人哪,那就聊两句吧。

你就是经常写爱情故事的鱼吧。

电话那头的声音很甜,小溪流水般动听。

你是谁呀?我问。

叫我红吧,是云的闺中密友。

红和我聊了很久,多是与爱情有关的问题,比如打工妹与在校大学生之间的爱情有没有结果,什么样的爱情最浪漫。放下电话后,我沉默了,一颗心却在爱情的声音里漂浮着。

我很想认识红。特别是云在电话里跟我提到,红有两个漂亮的酒窝。我不喝酒,但对女孩子的酒窝却情有独钟。我甚至觉得,漂亮的女孩子都应该有酒窝,而且酒窝里应该斟满了醉人的微笑。

每次听到红的笑声,我就想,那笑声一定是从酒窝里漫出来的。

红是一个很怀旧的女孩子。我甚至觉得,怀旧的女孩子很有诗意。我写过八年的诗,而且是为一个女孩子写的,那个女孩子与红一样,有两个漂亮的酒窝。因此我说诗人都是一些怀旧的家伙,这些家伙之所以写诗,是因为他们仍在怀念某些美好的事物,而这些美好的事物早已经失去了。

红的男朋友是一个在读的大学生，最近，男朋友的信越来越少了。不过红说，男朋友如果需要钱的话，就会主动联系的，写信，或者打电话。红对自己的爱情越来越没有信心了。我每次都有很哲理的观点，比如人生的行囊中不能装有太多的过去，人应该学会忘记，更多的时候，人应该学会欺骗自己。最后还说什么金钱会让爱情乏味。红听了，似懂非懂的。

云回家结婚后，红也跳了槽。红到曙光超市做化妆品促销员。红说鱼啊，在那里，进进出出的多是一些捏着手机的有钱人，那些看似事业很成功的男人都很不可理喻，他们把一个个年轻漂亮的女人像手机一样别在腰间……

红开始迷茫了。

红给我打电话，问我人世间有没有真爱，我说应该有吧。红又问，那真爱是什么？我说自己一直在找，等找到了再说。放下电话后，我又沉默了，其实和红一样，我也很迷茫。

很快我就找到了真爱的答案。我租住在白云区上步村的一栋接吻楼里，是一间民房，在四楼，条件还蛮不错，有独立的厨房和卫生间，最重要的是，房间连着楼顶的阳台，一有空，我就登楼远眺，那些关于爱的创作灵感就是从不远处的小巷里飘过来的。

这次也不例外，我撑着小伞站在阳台上看瓢泼的大雨，湿漉漉的广州却也另有一番景象。当我的目光掠过往日热闹非凡的小巷时，立刻被雨中踽踽而行的两位老人吸引住了——撑伞的是一位老人，整个身体都暴露在伞外，花白的头发被淋成一缕一缕的，贴在前额，老人一只手撑着伞，另一只手搀扶着头发同样花白的老伴，那伞全部都倾斜在她那有些佝偻的身体上……这就是真爱，我想，真爱不是世人所说的拥有，真爱是手中那把倾斜的伞，是伞下那两个踽踽而行的身影，是今生今世的约定和心灵与心灵的相通。

回到房间里，我提笔写下了让红最最感动的一篇抒情散文。我在《爱是一把倾斜的伞》中这样写着：雨中有一把倾斜的伞，我知道，不让雨淋湿自己，那是一件幸福的事情。

红开始在茫茫的人海中寻找那把倾斜的伞，但始终找不到。有一天，红说在商场打工没意思，想离开。我说，那就来广州吧，换换环境。红在电话那头沉默了好一会儿，那四月一日过来接我吧，记住，我是"丽涛"专柜的促销小姐。

我提前一天到了虎门。走进曙光超市，我仿佛掉进了大花园里。超市里专柜林立，到处都是花枝招展的促销小姐，我的目光像蝴蝶一样飘来飘去，

裂缝

飘过"丽涛"专柜时，蝴蝶静静地泊在那个美丽的酒窝上。红果真有两个酒窝，一大一小的，都很迷人。我朝迷人的酒窝鱼一样地游了过去……

先生，看一看，瞧一瞧，这是丽涛化妆品有限公司新开发的产品……红立马向我推销开了，小小的酒窝里斟满了醉人的微笑。

我每向前走一小步，红酒窝里的微笑也跟着漫了过来，这种也挺不错呀！

就这些？我忽然止住了脚步，声音怪怪地问。那先生需要什么？红在一边小心地问我。

我说，需要酒窝里的爱情。说完，我就笑了。你就是鱼吧，一条写了许多爱情故事却找不到爱情的鱼。红也笑了，酒窝里的微笑是粉红色的。

我说，找到了，美着呢！

找到了？你说你找到了那一把倾斜的伞？看得出来，红有那么一点失望。我说，是啊，爱情有点像你的酒窝，很迷人。我的目光如水，而红的酒窝是两个浅浅的湖泊。

第二天，我就把红带回了广州。我第一次感觉到自己的那个"窝"是如此的狼狈，有点像自己的心情，纷乱而没有头绪。

没有爱情的男人就是这样！我好不容易为自己找到了开脱的理由。我说，红，饿了吧？然后到厨房弄饭去了。晚饭弄得很简单，是我常吃的，西红柿炒鸡蛋。

吃过晚饭，我就把红带到了阳台上。我说，每天吃了饭都会上来瞧瞧，那些浪漫得有点动人的爱情故事啊，都是站在这里想出来的。我又说，如果有一天能和自己心爱的女人牵手站在这里，看美丽的夕阳，那是一件多么幸福的事情……说这话的时候，红的手在我的手心里微微地颤抖。

我和红站在阳台上，都市的楼群好像以我们为中心涟漪般地荡漾着。我们说了很多很多的话，不知不觉中，碗大的夕阳从城市的屋顶上掉下去，溅起了一生中最美丽的夜晚。

当红从浴室里出来时，一袭白色的连衣裙，宛如出水芙蓉。我情不自禁地把红抱在怀里。红娇嗔地挣扎，红的腰肢盈盈一握。我的嘴唇只在红的小酒窝上蜻蜓点水般地点了一下，就松手了。

我和红很理性地躺在那张宽敞的席梦思上。红面壁而卧，我便在背后想着红那两个大小不一的酒窝，不知什么时候，红睡眼蒙眬地翻了一个身。红不经意地翻身，却翻动了我的欲望。我是个男人，我在红色的薄毯下痛苦地弯曲着男性的身体，我用拳头狠狠地敲着自己的头颅。我想，红是第一次看到一个男人在爱欲里受煎熬的样子吧。从生理结构上讲，红同样忍受着一种折磨。

红无比娇羞地凝望着我，清澈的眼睛像阳光一样温暖。红知道，我是鱼，鱼需要水，而女人是水做的，也就是说，我需要女人。

渐渐地，我在红的眼中看到了蓝色的火焰——蓝色的火焰点燃了薄毯下波涛汹涌的胴体……席梦思突然陷下去的时候，我终于找到了水。我在激情的水中幸福地游动着。末了，红把头靠在我厚实的胸膛上问，这就是人们苦苦寻觅的爱情？我吻了吻红的大酒窝，又吻了吻红的小酒窝，是啊，我要做一尾在酒窝里游泳的鱼。

天亮了，我依然到杂志社上班，没完没了地编着爱情故事。然而每一次出门时，我都要吻吻红的酒窝，每一次清晨，红都会在阳台上目送我远去的背影。

有一次，我走到了胡同的尽头又扭转身子往回跑。是忘了什么东西了吧？红站在阳台上大声问我。我什么也没有说，蹬蹬蹬地跑上阳台，气喘吁吁地吻了吻红的酒窝。你急匆匆地跑回来，就为了这个？红很纳闷。我说是啊，差点就忘了。说完，我很歉疚地笑笑，走了。

红把房间布置得十分的精彩浪漫，床前的花瓶插着娇艳的玫瑰，粉红色的床罩上摆放着一只她钟爱的小狗。乳白色的墙壁，向右看是一幅油画——××床上用品有限公司的暧昧广告，一对外国男女在床上赤裸裸地拥吻着，汗津津的，仿佛能听到他们激情的呼吸；向左看是一叠狗年挂历——杂志社的赠品，那含苞欲放的梅花鲜艳极了，枝头那两只交颈的鸟仿佛在窃窃私语，可谓鸟语花香。

同居的日子里，红像一个家庭主妇一样赶到菜市场，为我买新鲜的蔬菜。一下班，我就能准时吃上红弄的美味佳肴。我很少有甜言蜜语。我甚至连那句俗得不能再俗的"我爱你"也从未提及，若换了别的男人，说不定还会来点洋味，比如"I LOVE YOU""999朵红玫瑰"什么的。

日子就这样一天天过着，我总能从红的酒窝里找到酒一样的灵感，编的爱情故事也越来越精彩，精彩得让红对爱情产生了些许的怀疑。

我和红在一起，偶尔也有感动的时候。那天，我接到了初恋情人的电话，也就是那个让我写了八年情诗的女孩，雪。雪说，是小鱼儿吧，十年不见，现在过得怎么样？我说，是啊，雪，晚上见一面吧，现在挺忙的。

下班后，我第一次没回出租屋。在骏景花园的一栋豪华别墅里，我见到了雪。雪和我聊起了如诗的初恋，豪华的房间里装满了叹息。雪说，小鱼儿啊，你的情诗写得真感人，你的爱情故事也写得很精彩。雪还叫我小鱼儿，跟十年前一样，没有变，雪的酒窝还是那样让我留恋。我说，是啊，十年前你来了南方，就像一片美丽的雪花……

十年前，雪离开了我。

雪到了深圳才知道，南方的天空根本容不下北方的雪，雪只好在深圳的"梦瑶酒楼"当陪酒女郎。雪说陪酒女郎是那些有钱男人手中的另一杯酒。雪迷人的酒窝斟满了一个女人纸醉金迷的笑。一个偶然的机会，雪认识了一位六十多岁的台商，他把雪带到广州，十八岁的雪做了他的包租情人，也就是"二奶"。

雪说金钱能让一个六十多岁的男人充满了肉欲和激情。后来，老头走了，在广州留下二百多万块钱和这栋别墅。

小鱼儿，今夜留下来陪我好吗？

这是雪第三次向我发出恳求。

雪的酒窝里装满了一个女人的沧桑和孤寂。

我正在犹豫的时候，手机突然震动起来。这么晚了，谁在给你发短信？我点开一看，是红。红说夜深了，鱼啊，早点回家。

我说夜深了，女朋友还在等我，再见了，雪。

回到出租房的时候，红还站在阳台上等我。

我把雪的事从头到尾说了一遍。红小嘴一撇，说是啊，女人的酒窝再漂亮，也要有爱情的滋润，就像公园里的荷花池，如果没有爱的呵护，就会成为藏污纳垢的臭水塘。

我说，红啊，夜深了，你还不睡？风挺凉的。红说，我啊，习惯了，酒窝里没有爱情的吻，一个人在席梦思上翻来覆去的，夜晚就会变得很厚很厚。

是吗？我把红紧紧地搂在怀里。

画一朵玫瑰给你

一

　　黑葡萄有点恨女人，特别是那些看起来很漂亮的女人。用他自己的话说，漂亮的女人都是画出来的，很不真实。再说就是，漂亮的女人都是一种简单的动物，简单是她们的身体。她们身上的每个部位都是一些简单的曲线，说穿了，就那么弯弯的几笔。黑葡萄是男人，而男人则是喜欢把简单复杂化的另一种动物，复杂是男人骨子里的思想，女人的简单会让男人的思想变得更加复杂。

　　而眼前的一幕，恰恰证实了这观点。

　　窗口很冷，窗口外面的长沙，更冷。刺骨的寒风时不时地从窗口外面涌进来，黑葡萄缩了缩脖子，然后竖起了蓝色的衣领。他把漫不经心的目光集中到一个女人的身上，那是一个手持玫瑰的女人。确切地说，是那个手持玫瑰的女人自己闯进了他的目光里。他的目光像一张网，手持玫瑰的女人就像一只红色的蜻蜓，不，手持玫瑰的女人就像岳麓山上的一片熟透了的枫叶，轻飘飘地落下来，偶尔粘在网面上了。这个冰冷的下午，他只是习惯性地往岳麓山上瞄了一眼，手持玫瑰的女人正好从弯弯的山道上轻飘飘地下来，他不得不把目光集中到她的身上。手持玫瑰的女人很简单，红色的短裙，紧身的短衣，肉色的裤袜，齐耳的短发……他的目光在女人的胸前弯弯地描了两下，然后又弯弯地下滑，就像河水漫过一块饱满而光滑的红色石头。

　　手持玫瑰的女人有点高，不过这种高是垫起来的，很不真实。黑葡萄心里非常清楚，这是一个喜欢垫的年代，在如此冷的天气里，几根塑料带子硬是抓着一块七八寸厚的泡沫底板不放，而两只脚丫隔着跳板似的泡沫底板，欲盖弥彰，招摇过市，不得不让人对寒冷产生了怀疑。手持玫瑰的女人轻飘飘地穿过岳麓书院，穿过东方红广场，然后顺着那条远近闻名的堕落街抵达溁湾镇，然后轻飘飘地挤上 305 路公交车。手持玫瑰的女人最终将要回到都市的喧嚣里。

其实，手持玫瑰的女人与黑葡萄毫无瓜葛。这个有点冷的情人节下午，黑葡萄只是很随意地看了一下窗外，然后简单地想了想，他就开始莫名其妙地恨起女人来。手持玫瑰的女人消失了，他把被女人烫弯了的目光重新收回房间。房间很简陋，一张摇摇欲坠的木板床斜斜地靠在一堵斑驳的石灰墙上，俨如一对患难夫妻不离不弃地依靠着。窗口边摆放着一张红漆脱落的办公桌，黑葡萄绕过那张办公桌，来到窗口的左侧。他想换一个角度，看另外一个女人。

不过在把自己的目光扔出去之前，黑葡萄必须看看自己的样子。

窗口左侧的墙壁上镶着一面五边形的镜子。

这是一块刚从建筑工地上捡回来的旧玻璃，黑葡萄用三枚钢钉就把这块缺了一个角的旧玻璃牢牢地固定在墙上，成了镜子。

肥头。

大耳。

镜子中的自己，隐隐约约的，怎么看，都像个人物。黑葡萄索性把长长的头发往后脑一甩，把目光往窗外一扔，他的目光就落在了女人的身上——一个身着绿色羽绒服的女人，在麓山南路"花言草语"鲜花店的门口张望，好像是在等什么人。她的目光与他的目光有意无意地碰了一下，很轻，但他还是感觉到了，她的目光，有点烫。

感觉，有点疼。

二

这里是河西大学的枫叶楼。三层高的楼群都是红色的，就像岳麓山上随风飘落的十几片红枫叶，很随意地落在山腰上，显得有些零乱。从那褪色的红色里可以看出枫叶楼的历史，它的存在只能是某种传说。枫叶楼原本是河西大学教职工的宿舍楼。随着"百年大计，教育为本"方针的进一步落实，教育设施得到了空前未有的改善，教职工纷纷搬进了更高更新的宿舍楼里。枫叶楼就这样空出来了。现在，枫叶楼住满了热恋中的男女。

黑葡萄是湘西黑家寨人。黑家寨是个苗族山寨，近千户人家都姓黑。黑葡萄是黑家寨第一个大学生，黑家寨的人都知道，黑葡萄是靠写诗起家的，五年前，黑葡萄写了几首诗，连高考都免了。哪想大学毕业后，学校没有分配。有关系的同学早就找到工作了，没有关系的同学，纷纷外出打工。

　　毕业后，黑葡萄去了一趟深圳。哪想手上那本崭新的中文系毕业证书和厚厚的作品复印件到了深圳人才大市场根本不管用，最后他成了歪瓜裂枣，被泰瑞工艺制品厂一个脸蛋还算漂亮的人事助理以储备干部的形式捡到了彩绘车间里，整天给一批批光着屁股的西方女人雕像润肤着色，描眉点睛什么的。每天都要在油漆和丙酮水里泡上十四个小时，写诗的脑袋都快要炸开了。半年后，他见升职无望，故意让一批"复仇女神"春光外泄了。结果彩绘部那个漂亮的女主管雌威大发，叫几名保安把他扔到厂门外面。据说问题就出在女人的阴毛上。原来辞工不成，黑葡萄突发灵感，给一批性感十足的西方女郎全都描上绿色的阴毛，并美其名曰"绿火丛生"。获自由后，黑葡萄再也不敢在深圳逗留了，他用身上仅存的两块硬币买了一张站台票，蹿上火车便钻进了其中的一个厕所里，蹲了整整十二个小时后，他才重新闻到长沙浓郁的文化气息。

　　黑葡萄在枫叶楼C座306室找到了楚流水。

　　楚流水是河西大学很有名气的诗人。半年前，他与河西师大的李上霜一拍即合，租了枫叶楼C座306室，过了一把异性合租的瘾。前不久，楚流水生了一场幸福的病，为了照顾楚流水，李上霜总想把自己搬进他的房间，却找不到名正言顺的理由。黑葡萄的到来为他们的同居找到了名正言顺的理由。黑葡萄住进了李上霜的房间里，而李上霜则把自己顺理成章地搬到了楚流水的床上。

三

　　有天晚上，黑葡萄醉醺醺地从外面回来了，一进门就跟楚流水嚷嚷："我要借李上霜用用。"楚流水一听鼻子都要气歪了，冲他吼道："如果你小子是憋得慌了，我可以到堕落街上给你找个艺术学院的婊子回来，随你怎么弄。"

　　见楚流水误会自己了，黑葡萄赶紧解释说："你小子别想歪了，我可不是想借你老婆的那个东西，我只是想让她明天晚上陪我到麓山南路上走一走，做做挡箭牌。"楚流水这才转怒为笑，笑嘻嘻地问："你小子遇到那个等你等得花儿都谢了的谢一婷了？"

　　黑葡萄点了点头。

黑葡萄从建筑工地上回来，刚走到麓山南路，就让谢一婷给叫住了。当时谢一婷走在街道的另一边，见到黑葡萄在对面，便欢天喜地地喊了声："黑葡萄——"迅速穿过那条并不宽阔的路面，袅袅地站在他的面前："你什么时候回来的？"

黑葡萄说："一个月前。"

谢一婷说："那你怎么不来找我呢？"关切的脸上掠过几分埋怨。

谢一婷还没有吃晚饭，黑葡萄跟着她就近去了"新村饭庄"。那顿饭差不多吃了一个小时，面对谢一婷喋喋不休的倾诉，黑葡萄一个劲地灌啤酒。时隔一年多，谢一婷是河西大学的研究生了，并在邻近一所高校给一个自考班上课，她刚给自考班上课回来，正好遇上了黑葡萄。从"新村饭庄"出来，黑葡萄与谢一婷并肩走在东方红广场上。"原以为再也见不到你了。"谢一婷如释重负地说，"谢天谢地，老天爷让我又遇见你了，这就是缘分！"

"缘分？"

黑葡萄突然止住脚步，笑道："我从来没有爱过你，哪来的缘分？"

谢一婷一愣，说："黑葡萄，你就不要自欺欺人了！"

"自欺欺人？"黑葡萄突然变得愤怒起来，"谢一婷，我敢发誓，我是不会爱上你的！"

"为什么？"

"因为你不是处女了。"黑葡萄扔下这句恶毒的话，头也不回地走了。

"我不是处女了？"谢一婷突然糊涂了，"我怎么会不是处女了呢？"但想到"处女"这个词，谢一婷刚刚沉重起来的心情似乎又轻松了许多。

四

黑葡萄赶到河西师大时，李上霜正在校门口张望。

黑葡萄走过去，乐呵呵地说道："走吧，李上霜！我今晚要取代楚流水了。"

李上霜笑笑说："你就省了吧，楚流水是没有人可以取代的。"

黑葡萄厚着脸皮说："那小子把你借给我了，今晚你是我的。"

"他把我借给你了？"李上霜不信，脱口说了一句，"我又不是什么东西。"说完，李上霜就不好意思地笑了。

黑葡萄说："知道自己不是东西就好，我们走吧！"

塘子路口。李上霜往一个"避孕套自动提取机"里投了两块钱硬币，提示灯亮了一下：没货。她踢了那口箱子一脚，和黑葡萄继续往前走。

天马路口。李上霜又往一个"避孕套自动提取机"里投了两块钱硬币，灯亮了，一个乳白色的东西掉了出来。她把那东西迅速夹在那本《人际关系学》里，回头笑笑说："有了这个东西，如今谈起恋爱来方便多了！"

"是啊，河西大学还真为你们这些恋爱的女生着想哩，他们想把女生都变成真正的女人，而不是真正的母亲！"说完，黑葡萄嘿嘿地笑开了。

岳麓山下高校云集，大大小小的院校有十几所，而且各大院校都在扩大招生规模，校舍变得拥挤不堪了，条件成熟的年轻男女成双成对地搬出集体宿舍，在岳麓山一带组建临时小家庭。由于校舍紧缺，校领导也就睁一只眼闭一只眼，他们强调得更多的，就是"同居可以，但别出问题"。为了防患于未然，河西大学干脆在辖区里设置了"避孕套自动提取机"，既方便又安全，也避免了许多尴尬。

黑葡萄是知道的，在"避孕套自动提取机"设置之前，这些临时小家庭还没少闹笑话。他的铁哥们艾子与河西师大的林子在岳麓山山顶上一见钟情后，便在一个叫望城坡的村子里租了间民房同居。他们睡在一张床上都快一年了，仍没干那事。其实并非艾子无能，只是胆小怕事，说穿了，没有避孕工具，他怕东窗事发，把林子的肚子弄大了。这期间，艾子去了几趟性用品专卖店，但都只是在店门外兜了几个圈又回来了。一年后，长沙的大街小巷都挂满了"避孕套自动提取机"，艾子与林子才避免了这种难言的尴尬。河西大学在校园内设置"避孕套自动提取机"，这事无异于引爆一颗原子弹。这条新闻最先登上的是《大学生报》的头版头条，紧接着是长沙市的大报小报。新闻媒体大都从道德伦理方面论述了这一事件，言语不乏刻薄者。

晚上十一点多钟了，那些性用品专卖店的招牌还在小巷里散发着暧昧的光，黑葡萄忽然问了李上霜一个与人际关系有关的问题："人与人之间最大的亲密度是多少？"李上霜脱口而出："零呗。"

黑葡萄说："你的答案只能用在同性之间，而异性之间就不适用了。"

"那异性之间应该是多少？"

"负二十厘米！"

"谁说的？"

"楚流水。"

李上霜这才听出了其中的暧昧，抬腿踢了黑葡萄一脚，笑骂道："流氓！"

· 裂缝

麓山南路上的"流星花园"刚开张两天，门口摆满了各式各样的花篮。经过门口时，黑葡萄顺手从其中一个花篮里抽了两朵红玫瑰和一朵百合，递给李上霜。"三朵花是什么意思呀？"李上霜接过花就笑了。

黑葡萄说："不懂了吧，这叫三心二意！"李上霜把其中一朵玫瑰往他的手心里一插，语重心长地说："对自己心爱的女人还是一心一意的好！"

那一刻，黑葡萄突然发现自己手上的玫瑰沾满了羡慕的目光。

最关键的是，谢一婷的目光也沾在上面了。

回到房间里，黑葡萄与一朵玫瑰对视了一个晚上。

五

一年前，黑葡萄是在自己穷得揭不开锅的时候找到麦子的。麦子是黑葡萄的诗友，在桃子湖畔开了家"极地溜冰场"。麦子让黑葡萄晚上到自己的溜冰场兼职，做技术指导员，月薪200元。桃子湖位于河西大学与河西师大之间，前来"极地溜冰场"溜冰的多是这两所高校的学生。

黑葡萄的情诗写得好，溜冰技术也是一流的。那些小师妹们得知黑葡萄在"极地溜冰场"做技术指导，都蜂拥而至，纷纷与心目中的"情诗王子"牵手，做着"比翼双飞"的梦。那些小师妹当中，算谢一婷的梦最美最深了。谢一婷是河西大学中文系的校花，追求者很多，但她却对高一届的"情诗王子"黑葡萄情有独钟。

谢一婷第一次把手递给正在场地边"指导"的黑葡萄时，黑葡萄的眼睛突然一亮。谢一婷打扮得非常时髦，天蓝色的连衣短裙裹着姣好的身体，长长的秀发柔柔地披在肩上，正好遮住裸露的肩背，一条金灿灿的项链挂在修长的脖颈上，悬着的坠子在若隐若现的双乳间动荡不定，那圆鼓鼓的胸脯让黑葡萄想起了"做女人挺好"的那句广告词。

谢一婷是第一次溜冰，刚换上溜冰鞋就摔了个脚朝天。但她对溜冰极有天赋，两圈下来，她就能拉着黑葡萄的手，跟着感觉走了。只是每次在她躬身跌倒的那一刹那，黑葡萄都会被那两只白晃晃的奶子刺得面红耳赤……

黑葡萄发现自己爱上谢一婷了，但这种爱很快就偃旗息鼓了。毕业前夕，黑葡萄与谢一婷相拥着坐在湘江河畔的草地上，说着各自的理想。不知不觉中，黑葡萄说到自己的家境，兀自流泪了。谢一婷轻轻地吻干了他脸庞的泪水，并且告诉他："贫穷并不可怕，只要有信心，我可以圆你的梦，让你在长沙开一家文化公司。"

黑葡萄笑了:"又说梦话了吧,一个学生,哪来那么多钱。你帮我去抢银行啊?"

"哪用抢?我父亲是……"谢一婷凑到他的耳朵边说了,把他吓了一跳,那不就是长沙知名企业的老总吗?

黑葡萄沉默了。

不知道过了多久,谢一婷开始在黑葡萄的怀里蠕动着,呢喃起来。"黑葡萄,让我们这就相爱吧,来……"谢一婷在月光下一粒粒地解开衣扣,诱人的胴体在月光下一寸寸地裸露出来,黑葡萄的目光第一次在少女最完美的曲线上爬行着,呼吸变得粗重起来。黑葡萄突然问道:"你还是处女吗?"月光下,谢一婷娇羞地点点头。黑葡萄轻轻地推开她,把她刚脱了一半的裤子重新穿上,替她拉上了拉链,把衣服重新穿到她的身上,并替她把扣子一粒一粒系上,他说:"一婷,等你不是处女了,我们再相爱吧!"

"为什么?"

"……"

黑葡萄再次沉默了。

谢一婷流着泪,跑着离开了。

严峻的现实生活给黑葡萄蒙上了一层虚伪的硬壳。

无论做什么事情,黑葡萄都记得他那贫穷的出身。他不想让那纯洁善良的身份因自己而变得低微,包括他与谢一婷的爱情。他只能用这种诗意的方式结束自己的爱情,让她知难而退。然而黑葡萄错了。

第二天晚上,谢一婷把他拉到湘江河畔,泪流满面地告诉他:"我已经把贞操献给一个苦苦追求我的男生了,你现在可以爱我了吧?"

"你……你怎么可以这样呢!"黑葡萄再也不能沉默了,他连夜从麦子的手中接过两百块钱工资,逃也似的离开了长沙。

六

黑葡萄把自己关在房间里。对于黑葡萄来说,这个情人节他唯一能做的事情就是给自己心爱的女人画一朵玫瑰了。只不过在画这朵玫瑰之前,他必须把自己心爱的女人画出来,在他的思想里,自己心爱的女人几乎是赤裸的,但是有点模糊,始终披着淡淡的月光。

谢一婷第三次在"花言草语"鲜花店的门口张望时,黑葡萄的心又被那件绿色的羽绒服暖暖地触动了一下,不由自主地想起了"复仇女郎"绿色的

· 裂缝

阴毛和那些圆润而倔犟的乳房。他似乎找到了灵感。心爱的女人很简单，心爱的女人怀抱一串葡萄，光洁地坐在一片草地上。弯弯的长发，弯弯的眉毛，弯弯的脸蛋。弯弯的乳房上有两粒弯弯的葡萄。他想了想，便把一朵怒放的玫瑰慎重地画在女人的根部，遮住了男人所有的想象。他把这幅题为"画一朵玫瑰给你"的白描线条画贴在靠着床的墙上。他整个傍晚都趴在床上欣赏自己心爱的女人。他觉得自己心爱的女人太简单了，随口一句话，她就成了女人。

在城市里活着，真的很累！

黑葡萄真想回到黑家寨去，可是回不去了。接到河西大学录取通知书的那天下午，黑葡萄家杀了两头肥猪，黑家寨的人都来了。黑家寨的人都说黑葡萄有出息，是黑家寨的骄傲，就连寨老也唱起了赞歌，夸黑葡萄长得肥头大耳，将来准是当大官的料。从离开黑家寨的那天起，黑葡萄就设想着，要与这座城市融为一体。

毕业一年多了，城市的天堂却无门可入。既融入不了城市，又回不了故乡。这是农村大学生的痛苦，也是黑葡萄的痛苦。很多时候，黑葡萄感觉自己就像一片忧伤的羽毛，悬浮在空中，偶尔落下去了，又飘起来。

夜里，黑葡萄一个人在房间里声情并茂地唱着："你是我的情人，像玫瑰花一样的女人，红红的嘴唇……"

这时，李上霜在外面咚咚地敲他的房门，喊道："发什么情啊，礼物来了，快开门！"

闻声，黑葡萄停止歌唱，跟李上霜开玩笑道："什么礼物啊，该不是那小子真的把你送给我了吧？"

黑葡萄刚拉开门，李上霜就把谢一婷推进去了。

李上霜笑嘻嘻地说了声"情人节快乐"，就"拜拜"了。

房间里顿时安静下来。

"你们是怎么认识的？"黑葡萄带着自己的疑问打破了这种沉静。

谢一婷没有直接回答他的问题，而是说："这里两个多月前应该是李上霜的闺房吧，我经常来这里串门的。其实你一回到长沙我就知道了。那天你和李上霜手拿鲜花故作亲密地走在街上，我就在心里暗自发笑，我现在是来——"

"来看我笑话，是吧？"黑葡萄打断了她的话。

"不，今天是情人节，有情人的情人节是不可以没有玫瑰的，葡萄，我们相爱过，而且还在内心深爱着，所以我就来了。"

黑葡萄问："那你的玫瑰呢？"

谢一婷指着墙上的那幅画淡淡一笑，说："就在那里！"

"就在那里……"

黑葡萄顺着她的手指一看，脸顿时红了，那里是女人的禁区。

谢一婷站在床边，默默地欣赏着墙上的画，泪水开始在眼眶里转动起来。

"刚画的？"

"刚画的。"

黑葡萄突然从背后伸出两条臂膀，紧紧地搂着她，动情地说道："亲爱的，画一朵玫瑰给你，喜欢吗？""喜欢！怎么不喜欢呢？画一朵玫瑰给你！画一朵……真好！"谢一婷挣扎着，拉灭了床头的灯。

一弯新月静静地挂在窗上。黑葡萄看见自己心爱的女人从厚厚的衣服里一点点地冒出来。蒙在诗人心头的那层虚伪的硬壳被一个女人的善良与美丽一点点打碎，他的激情被彻底点燃了……他和自己心爱的女人在爱的天空里奋不顾身地飞翔，旋转，他的幸福渐渐找到了方向。他满脸幸福地呢喃着："女人的线条是如此饱满，女人的土地是如此肥沃……"而她却说："如果没有男人的开垦，女人的裸体就是模糊的。""是吗？""嗯。啊——"她本能地叫了起来。那张摇摇欲坠的木板床在淡淡的月光中有节奏地敲打着一堵斑驳的墙。

黑葡萄从睡梦中睁开慵懒的眼睛，谢一婷已经离开了，一朵鲜红的玫瑰盛开在零乱的床单上。这就是一个女人献给男人最珍贵的礼物吗？那一刻，他对女人的恨荡然无存了，内心涌起了莫名的感动。乳白色的桌子上有张纸片，他拿过一看，是南方人才市场到长沙高校举办人才交流会的入场券。黑葡萄带着那张入场券离开房间的时候，一缕阳光正透过玻璃悄无声息地落在那朵玫瑰上。

·裂缝

婚姻欠条

中午吃饭的时候,手机响了。我打开一看,是福州的,陌生的号码。这个陌生的号码早上打过一次了,我没有接。现在又打,估计有事,我就接了。电话是堂弟打的,他在福建打工,有十多年没联系了。我问他有什么事,他在电话那头支吾了一阵才说,想问我借一万块钱。原来,他在福建那边打工,谈了个对象,准备结婚,可女方父母不同意,非要三万块钱的彩礼。他自己有一万块钱,找亲戚朋友东拉西扯又弄了一万块,现在还差一万,想问我借。按理说,这点忙我应该帮,堂弟是个老实人,今年三十多岁了,能讲到对象是件好事。可是我刚在城里买了房子,没有剩钱。不就是一万块钱吗?我说你跟岳父岳母说说,要他们通融一下,先把婚结了,钱以后再给。他说不行,对方父母嫌他年龄大,家里穷,故意拿彩礼来磨他,三万块钱的彩礼,少一分都不行。他在电话里苦笑说,这事已经拖一年了,不能再拖,明年没有立春,都说是寡妇年,不能结婚,无论如何也要赶在今年把婚事办了。得知我刚买房子,没钱借,他说他再找别人想想办法。然后挂了电话。

现在年轻人结婚,特别讲究,要有自己的房子,而房价在一个劲地涨,七八十平方的小房子,从当初的一两万,涨到了四五十万,大城市涨得更快,上海、北京等地都两三百万了。年轻人要买房结婚,没有几个不欠钱的,有的甚至一辈子都要做房奴。因此很多年轻人的婚姻都卡在了房子上。前两天有微博报料,重庆一妙龄女子跳楼自杀了。原因是她所爱的小伙子被父母开的礼单吓跑了,父母要求男方必须在重庆买房结婚,小伙子刚毕业两年,倾其所有在重庆也买不起房,只能扔下女友一走了之,女友一气之下跳楼自杀了。为这事,我在微博上发过牢骚,我说,幸福到底是什么?然后@"兰花指"和"爱情不设房"两位博友。"兰花指"立马回话,对于女人来说幸福就是一套房子。"爱情不设房"则补充说,房子里还要有一个爱自己的男人。

看来，女人的幸福离不开男人和房子。

很多年轻人因买房结婚欠了一屁股钱。想到欠钱，我就暗自发笑，就会想起一张与婚姻有关的欠条来。也许在很多人看来，买东西钱不够，你打一张欠条，然后把东西拿走，那是天经地义的事。如果是婚姻，你打一张欠条，然后把人家的黄花闺女带走，那可就破天荒了。这破天荒的事儿还是让我给撞上了。都说男人三十而立，可我三十二岁那年仍在广州跟一帮王老五们鬼混，早晚吼着："一无所有……"我的公文包里有一盒精美的名片，接过名片的人都叫我主任。我这个编辑部主任一点也不假。杂志是书商用钱从山西太原搬过来的，在广州租了个信箱，又租了个带电话的房间，美其名曰：XX杂志驻广州的组稿部。我在杂志上发表了近百万字的文章，在当时也算是名人了，书商便把我从公司的流水线上挖过来，名正言顺地封我做"编辑部主任"。编辑部就我一个编辑，也就是说我一个人负责组稿编稿校稿。一个月下来，空余时间也就所剩无几了，但我还是坚持给报纸杂志写些短稿，捞点外快。每一次发表作品，我都会收到读者雪花般的来信。后来有个叫辛儿的广西女孩在信里说："我有美丽的爱情故事想说给你听！"就这样，我成了辛儿故事中的主角。半年后，辛儿在我的怀里呢喃："我们结婚吧。"结婚？我犹豫了。我何尝不想结婚呢！但结婚要上万块的彩礼钱，我上哪找去？虽说每月的工资和稿费林林总总加起来也有两千多，但都用于生活开支了，卡上没有一分钱。尽管如此，我还是决定年底回家结婚。年底的时候，我上门求亲，辛儿的父母很热情地款待我。只是半夜起来上厕所时，我听见辛儿一家人正在隔壁的房间里小声地说话。"这怎么可以呢？按风俗，他得先下一万块钱的彩礼。"她父亲的声音略显沙哑。

"爸，难道您就不能通融一下吗？"

"辛儿，这是规矩。再说，你要嫁到湖南去，那么远，妈还真的不放心！"

"爸妈，你们就通融通融，反正女儿这辈子嫁定他了。"

"辛儿，你先去睡吧，让爸想想。"

第二天，辛儿的族人都赶来了，满满的一屋。酒桌上，辛儿的父亲乘兴举杯宣布："我们的辛儿决定和湖南的华仔结婚，由于路程遥远，往返不方便，明天去民政局拿婚姻状况证明。"送走族人后，岳父却一脸严肃地对我说："华仔，你目前的处境辛儿也都跟我说了。按我们这里的风俗，你得下一万块钱的彩礼。昨晚我跟辛儿她妈商量过了，明天你和辛儿先去登记，至于这一万块钱，你先欠着。但空口无凭，你得出具一张字据，免得日后赖账。记住，两年后一次还清。"无奈之下，我只能硬着头皮写了一张字据："我和辛儿结婚时，尚欠岳父家彩礼钱壹万元人民币整。两年后一次还清，绝不食言。特立此据，为证。郝中华。"

女儿藤藤能用一些简单的词汇聊天的时候，两年过去了，辛儿吵着要回娘家过春节。我只好把那张仅有五千块钱的龙卡塞给辛儿，说是孝顺孝顺她爸妈。自己则推说报社有重要约稿，不能和她一起回去了。

辛儿和藤藤走后，我脑子里全是他们父女见面时的场景——岳父指着辛儿的鼻子吼，嫁给这样一个窝囊废，说话不算数，他甚至当着族人的面把那张欠条拿出来大声地念……

年后，辛儿和藤藤回来了。

辛儿递给我一个旧信封，说是爸妈给的。当时我想里面肯定装着岳父岳母的愤怒。哪想拆开来，里面却是一张发黄的欠条。见我愣在那儿，辛儿笑了，解释说："是这样的，当初爸妈怕你靠不住。为了考验你，他们让你打了一张欠条。两年了，你对我还蛮不错，这张欠条便成了他们送给藤藤的见面礼，还给你了。"说着，辛儿从包里取出我的龙卡递给我。

一晃十几年过去了。

我和辛儿几经打拼，在城里买了房子，有了一个温暖的家。如今想起这张与婚姻有关的欠条，我就倍感幸福。能不幸福吗？辛儿的父母当年挖空心思要我写下这张欠条，只不过是想让我明白，有一份婚姻得之不易。为了这一份婚姻"巨债"，我曾经夜以继日地工作，甚至曲解了他们的思想。然而婚姻的欠条就像一张空头支票，当你填上了一串数字后却找不到通兑的银行，拿着它，却有所希望，像辛儿的父母。

补丁

　　我是一个从穷山沟里出来的灰姑娘。我出生的那阵,国家还没有实行计划生育,目不识丁的父母就像在跟村里人进行一场生孩子比赛似的,一年一个,一连生下了六男三女,最后却只夺了个亚军,因为三叔生了九男一女。我排行第七,村里人都叫我"七丫"。自从记事的那天起,我就看见妈妈在一盏昏花的油灯下穿针引线,补那些永远也补不完的"破洞百出"的旧衣服。妈妈给我们打的那些补丁都很难看,像一张张嘲笑的嘴巴。为了分担妈妈的苦累,四岁那年,我和姐姐便跟奶奶学绣花。心灵手巧的我们很快便可以在自己的破衣服上绣各种各样的图案了,而且栩栩如生。

　　随着改革开放的进一步深入,山里皱巴巴的日子也在一天天舒展着。从村小学到乡中学,我衣服上的补丁也越来越少了,到了高中,补丁便从我的生活中消失了,而且我还有了花花绿绿的裙子,昔日的丑小鸭就这样变成了亭亭玉立的白天鹅,补丁成了一个日渐遥远的梦。

　　高中毕业后,我便带着一个文学少女的梦想飞向了深圳。在这扇特区的窗口里,我遇到了最美丽的爱情——我的爱情与一个补丁有关。

　　刚到深圳,有一家制衣厂正在招聘车间文员,要求不是很高,于是我便进去了。制衣厂的生意不错,但我还是忙里偷闲地写些散文和诗歌,大都是很抒情的那种。那些文章很快便在打工类杂志上发表了,就这样,我的名字引起了一位大人物的注意,他就是制衣厂的总经理。

　　那天是上班时间,我又在忙里偷闲地写那些很抒情的东西,办公电话响了。"你是七丫吧,马上到总经理办公室来一下。"我一惊,是总经理的声音。该不是有人在背后偷偷地打我的小报告吧?放下话筒,我茫然地往总经理的办公室走,一副将被炒鱿鱼的沮丧样。

　　办公室的门敞开着,总经理正在埋头签发文件。我举起右手在那扇敞开着的门上轻轻敲了一下，紧张而犹豫。"进来吧。"总经理仍然在签发那些文件，没有抬头。"葡总……"我怯怯地叫了一声。"有事吗？"他这才抬起头来，"哦，是七丫啊，你先坐一会儿。"继而他又低头签发那些文件。我忐忑不安地坐在黑色的沙发上。

那些文件不一会儿就签发完了，接着他又问了一些工作上的事情，我都如实说了。他一脸严肃地看着我，说："明天你就到这里来工作，做我的助理，怎么样？"

"葡总，这……怎么行呢，我……只有高中文化，再说，我的……脸蛋……并不漂亮。"也许是我这番打着结巴的话把他逗乐了。"别逗了。"他起身过来，并笑呵呵地拍拍我的肩膀，"在我这里，漂亮的脸蛋有什么用？我要的是真才实学，你的文笔这么好，准能行的。"

"那我试试吧！"

当我受宠若惊地从总经理室回到制衣车间里，我仍感觉到总经理拍在肩膀上的手，有一种信任与沉重。

总经理三十五六岁，他有一个好听的名字，叫葡萄，人也长得帅。他虽然不像名字那样甜，但是很有男人味。他对工作要求严格，对员工也是如此。但工作之外却是另外一个人：热情活泼而不失浪漫，是很能和员工们打成一片的那种高级管理者。

葡萄的应酬很多。作为他的助理，很多应酬我都如影随形。只是和他单独相处的时候，我始终睁着一双警觉的眼睛。我从不吃他买的冰淇淋，从不喝他沏的茶水，因为我担心他是一匹披着人皮的狼，一不小心就会被他弄到床上去，后果不堪设想。然而他从不勉强我，始终与我保持着良好的距离。

天长日久，我还是从心里偷偷地爱上了这个比我大十多岁的男人。我的梦中时常出现这个男人的身影。如果哪天梦中没有他，我的心就空落落的。

但我不敢和他走得太近。说穿了，我是怕别人说闲话，因为助理还有一个代名词，叫"小蜜"，是总经理裤腰带上的BB机。

深圳的冬天不是很冷，但离海近了，经常刮一些莫名其妙的风，喜欢简单的人们不得不穿上比较复杂的冬衣。那时候还不流行羊毛衫，时尚男人穿的毛线衣，也大多是"温暖牌"的。

葡萄也有一件淡黄色的毛线衣。

那天晚上，他应酬客人时多喝了几杯，醉得一塌糊涂。从火宫殿出来，我费了好大的劲才把这个东倒西歪的大男人弄回到他的住处。他住在罗湖的矣！他用九百九十九朵玫瑰也没能修复女友那颗吐血的心。

那是一个爱情的伤口。十年过去了，他始终没有办法修复这份破碎的爱。直到那天晚上，我无意中用自己的头发堵住了那个漏洞，无意中让一颗破碎的心感到了温暖。

因为一个补丁，我们相爱了。新婚的那天晚上，葡萄拥着我深情地说："跟一个懂得给爱情打补丁的女人一起生活，即使人生偶尔也有一些漏洞，但能打上一些漂亮的补丁，爱就不会流失。"

婚后的日子里，我们也有磕磕碰碰的时候，但每一次磕碰过后，我们都会在彼此磕碰的部位上打一个补丁。

其实婚姻家庭有如一件"温暖牌"衣服。如果这件"温暖牌"衣服偶尔被人生的坎坎坷坷所洞穿，渐渐失去了温暖，那么，我们不妨拿出心中的宽容与挚爱，给脆弱的情感打一个补丁，即使它不漂亮，却也温暖如初，幸福如初。

一个小区里，三室一厅的房子很豪华。当把他扶上席梦思后，我本欲转身离去的，但转念一想，我还是帮他脱去了外衣，可夹克还没脱下来我就笑了——他那件看上去很温暖的"温暖牌"毛线衣并不温暖，因为靠近心脏的部位有一个鸟蛋大小的洞，那鸟蛋大小的洞似乎还在继续扩大，如果不是他事先用透明胶粘贴着的话。

笑过之后，我还是决定给他的那件"温暖牌"毛线衣打个补丁。于是我满屋子地找针线，从卧室到书房，没有放过任何角落地找，针线还没有找到，在书房的抽屉里，我却见到了那位粗心的经理太太，很漂亮，他们在一个小小的镜框里深情地凝视着。

最后，我在橱窗里找到了几根牙签。在穿衣镜前，我狠心地揪下一根长发。那阵子，我压根没想到会获得他的垂青，更没有纠缠之意。算一算，葡总属狗，于是我用自己的头发在破洞上织了一条席地而坐的小黑狗。补丁打好之后，我把那件淡黄色的毛线衣叠放在他的床头，然后一声不响地回到冷冷的夜风中，茫茫然地走回了宿舍。

第二天我来到总经理办公室，葡萄已经在那里签发文件了。他那件灰色的西服挂在靠背转椅上，没穿夹克，那件淡黄色的毛线衣像一团火焰，正在他的身上柔柔地燃烧着，我的心被他胸前那条黑色的小狗咬了一口，我仿佛还听到了一声小狗的轻吠……

情人节那天正好是周末。看来，没有情人的情人节我只能在宿舍里度过了。我不敢出门，我害怕满街游走的玫瑰花会伤害我的自尊。下午，葡萄来了，他用九朵玫瑰花敲开了宿舍的门。他笑呵呵地说："小狗把我的心舔得暖暖的，痒痒的，所以我就来了。"我说："你今天该给太太献花才对呀！到我这里来干什么？"

"七丫啊，你也看到了，胸口上的那个洞，早就把初恋的感觉都漏掉了，只留下一段孤苦伶仃的岁月！"他一声感叹，话题就回到了毛线衣的那个破洞上。

那年月，大学校园的女生都得了"艾滋病"（爱织病），他的女友也一样。漂亮的女友在情人节前点着蜡烛为他赶织了一件毛线衣，并美其名曰"温暖牌"。可他穿在身上总觉得有点不舒服——原来是一小绺头发在胸前纠缠不清！他花了一个下午才把头发拔光了，结果还弄了一个大洞。他把这一"怪事"跟女友说了，女友却当场指着他的鼻子骂他是个大笨驴，最后气不过，怒而转投他人的怀抱了。后来他私下一问才知道，那就是爱！但悔之晚